花腔

COLORATURA

李洱 著

人民文学出版社

图书在版编目（CIP）数据

花腔/李洱著. —北京：人民文学出版社，2021
ISBN 978-7-02-016488-2

Ⅰ.①花… Ⅱ.①李… Ⅲ.①长篇小说—中国—当代 Ⅳ.①I247.5

中国版本图书馆 CIP 数据核字（2020）第 127402 号

责任编辑	宋　强　刘　稚
装帧设计	陶　雷
责任印制	王重艺

出版发行　人民文学出版社
社　　址　北京市朝内大街 166 号
邮政编码　100705
网　　址　http：//www.rw-cn.com

印　　刷　三河市鑫金马印装有限公司
经　　销　全国新华书店等

字　　数　256 千字
开　　本　850 毫米×1168 毫米　1/32
印　　张　12.875　插页 3
印　　数　1—20000
版　　次　2021 年 1 月北京第 1 版
印　　次　2021 年 1 月第 1 次印刷

书　　号　978-7-02-016488-2
定　　价　46.00 元

如有印装质量问题，请与本社图书销售中心调换。电话：010-65233595

目 录

卷首语　1

第一部　有甚说甚

消息　3
二里岗战斗的常识　9
毛驴茨基　12
与田汗拉家常　20
早产儿　25
葛任家谱　28
帽子戏法　32
李有源之子　37
张家口　39
白圣韬的丈人　47
诗朗诵　50
谁曾经是我　53
鼻出血　57

粪便学　59
菩萨心肠　63
东方的盛典　68
二人行　74
雪泥鸿爪　79
上一次远行　80
忧郁斯基　88
易子而食　96
梅苏膏（哥）　102
屎白疗伤　106
大宝　112
活口不留　114
白圣韬的结局　119

第二部　向毛主席保证

喜鹊唱枝头　123

劳改队　125

歌乐山　127

蚕豆花　131

命令　134

东方红　138

奔丧　140

父亲之死　145

革命友谊　152

初恋　154

葛任赴日　159

大贞丸号　159

黄鼠狼给鸡拜年　165

显微镜　167

蚕豆乖,乖蚕豆　174

行走的影子　179

杨凤良　182

关于杨凤良　188

密电　193

一个谜案的揭晓　198

盼星星,盼月亮　198

山花烂漫　202

利用一切可以利用的力量　204

宗布的大荒山之行　210

白圣韬又被吊了起来　215

慢性腹泻　221

第三部　OK,彼此彼此

白圣韬见到了葛任　223

透明,轻盈,绯红　227

杨凤良之死　230

邱爱华　236

葛任却没有走　238

真诚的痛恨　241

马缰绳　243

阿庆之死　246

我是来还愿的　251

一点说明　253

忘掉过去,就意味着背叛　255

南陈北李　257

忘掉过去,就意味着
　背叛(续)　262

希望小学　264

晕船　266

交通线　270

第一夜　272

剧团　275

葛任劝我走　280

好一朵茉莉花　283

胡安之死　286

历史诗学　293

每天都有人头发变白　297

关于阿庆的一点补充　301

狗的哲学　304

巴士底病毒　309

扁桃体发炎　313

万物为刍狗　315

谈诗论道　319

徐玉升与《逸经》　323

组阁　327

杨凤良的后人　329

一箭双雕　333

对邱爱华之死的补充　336

迷雾中的冰莹　340

费朗的记述　345

屁股擦干净　348

张奚若　352

川井寻兄　353

七福神与喜鹊宴　357

调查研究　364

我成为我的开端　369

阿庆的工作汇报　372

真实就是虚幻？　376

白圣韬　379

西官庄邮局　383

循序渐进　384

姑祖母的顾虑　387

劝降　388

小休息，大休息　391

历史是由胜利者书写的　394

尾声　401

卷 首 语

昨天我才意识到，我与这本书已经相伴十年了。这让我感到惊讶。但是，如果能更深入地了解葛任的故事，我就是再花去十年，也是值得的。

其实，这并非我一个人写的书。它是由众多引文组成的。我首先要感谢医生白圣韬、人犯赵耀庆以及著名法学家范继槐。他们不光见证了葛任的历史，参与了历史的创造，而且讲述了这段历史。读者很快就会发现，他们讲故事的能力足以和最优秀的侦探小说家相比。他们的讲述构成了本书的正文部分。其次我也要感谢冰莹女士、宗布先生、黄炎先生、孔繁泰先生，以及外国友人安东尼先生、埃利斯牧师、毕尔牧师、费朗先生、川井先生等人。作为本书的副本部分，他们的文章和言谈，是对白圣韬等人所述内容的补充和说明。

读者可以按本书的排列顺序阅读，也可以不按这个顺序。比如可以先读第三部分，再读第一部分；可以读完一段正文，接着读下面的副本，也可以连续读完正文之后，回过头来再读副本；您也可以把第三部分的某一段正文，提到第一部分某个段落后面来读。正文和副本两个部分，我用"@"和"&"两个符号做了区分。之所以用它们来做分节符号，而不是采用通常的一、二这样的顺序来划分次序，就是想提醒您，您可以按照自己对故事的理解，重新给本书划分次序。我这样做，并非故弄玄虚，而是因为葛任的历史，就是在这样的叙述中完成的。

有人说，葛任的生与死，其实也是我们每个人的生与死。还有人说，葛任身后长着一条尾巴，一条臧否各异、毁誉参半的尾巴，一不小心就会抽打住您的神经末梢。前天早上，我打开电脑的时候，又看到一位朋友在发给我的电子邮件中说，葛任是一块魔毯，既能将你送上云端，也能将你推下幽谷。这些话准确与否，读完本书的朋友或许都会有自己的判断。

最后必须说明的是，虽然我是葛任还活在世上的惟一的亲人，但书中的引文只表明文章作者本人的观点，文章的取舍也与我的好恶没有关系。请读者注意,在故事讲述的时间与讲述故事的时间之内,讲述者本人的身份往往存在着前后的差异。正是由于这一差异,他们的讲述有时会出现一些观念上的错误。我相信读者能正确地看待这些错误,所以我并没有做出太多的纠正。我只是收集了这些引文,顺便对其中过于明显的遗漏、悖谬做出了必要的补充和梳理而已。当然,因为葛任是我的亲人,我对他的爱也与日俱增,所以在与本书相伴的十年间,尽管工作的性质要求我保持冷静和超然,但很多时候,我还是忍不住要放声大笑,或低声哭泣,或在沉默中战栗……

第一部 有甚说甚

时　　间：1943年3月
地　　点：由白陂至香港途中
讲述者：白圣韬医生
听　　众：范继槐中将
记录者：范继槐随从丁奎

@　消息

　　将军，有甚说甚，那消息是田汗告诉我的。那时我还在后沟。干你们这一行的，定然晓得枣园后沟。对，那里有一所西北公学，还有一个拘留所。我自然是在拘留所里。我在那里住了两个来月。那天晚上，当田汗来后沟看我的时候，我想，他定然是看着同乡之谊，来给我送行的。唉，我可能活到头了。按说，我是学医出身，也上过战场，死人见多了，不应该感到害怕。可是，一看到他，一闻到他身上的酒气，我的胆囊还是缩紧了，就像一下子掉进了冰窖。我做梦也没想到，田汗是来告诉我那样一个消息的。

　　他把我领了出来。走出那个院子，我看到了他的卫士。他们离我们十几步远，猫着腰来回走着，就像移动的灌木。此外还有几个站岗放哨的人，他们拿的是红缨枪。（在夜里）那红缨看上去是黑色的。此时，朔风劲吹，并且开始下雪。一个卫士走了过来，递给田汗一件衣服。那衣服是用斜纹布做成的，就像医院里的病号服。它比老乡织出来的土布软和，惟有首长和刚到延安的学者才有穿的份儿。不瞒你们说,当田汗把它披到我肩头时,我忍不住流泪了,鼻涕也流了出来。田汗看着我,想说些什么,但一直没有说。我的脑子更乱了。在外面站了一会儿,他说,这里太冷了,还是回后沟吧。他没有把我送进拘留所,而是把我带进了一间暖烘烘的窑洞。看到墙上贴的列宁像和教室分布图,我方才晓得那是西北公学的一间办公室。他把鞋脱了下来,掏出鞋垫,用火钳夹住,悬在火盆上方烤着。一个卫士进来要替他烤,他摆了摆手,命令他站到外面去,不许放一个人进来。窑洞被他的鞋烤得臭烘烘的,再加上炭火的烟气,我的眼睛就熏得眯了起来。不怕你们笑话,当时我觉得那味道很好闻,很亲切。他翻开自己的裤腰,逮住一只虱子丢进了火盆,我听到叭的一声响。尔后,他又逮了几只,不过,他没有再往火里扔,而是用指甲盖把它们挤死了。

他身上的酒气,让人迷醉。他掏啊掏的,从身上掏出一个酒葫芦。他把酒葫芦递给我,尔后又掏出两只酒杯,用大拇指在里面擦了一圈。他给自己倒了一杯,也给我倒了一杯。他说:"喝吧,怎么?还得我给端起来?"这是两个月来,第一次有人请我喝酒。我又流泪了。当他又从怀里掏啊掏的,掏出两只猪蹄的时候,我赶紧咬住了嘴唇,不然,我的口水就要决堤而出了。田汗问我这酒怎么样,我说,好啊,真好啊。葛任没死的消息,我就是在这个时候听说的。我刚啃了一口猪蹄,就听他说:"有件事,给你说一下,葛任还活着。"我吃了一惊,一下子站了起来,就像被火烧了屁股。

有甚说甚,我简直不敢相信自己的耳朵。去年,也就是三十一年(注:即1942年)冬天,我从前线回到延安时,田汗噙着泪,向我讲过葛任的死。当时,他说得有鼻子有眼,说三十一年夏,葛任带着部队出去执行任务,黄昏时分,在一个叫二里岗的地方,邂然与一股日军遭遇了。二里岗有一个关帝庙,葛任的部队就是在关帝庙四周,与敌军激战了几个时辰,最后为国捐躯,成为民族英雄的。他告诉我,有人私下把葛任说成是关公似的人物,当地的民众还嚷着要在关帝庙里为葛任立碑。将军,田汗这么说的时候,我是边听边流泪呀,都不晓得说甚么好了。有好长时间,我夜夜梦见葛任,每次从梦中醒来,我都唏嘘不已。唉,未曾想闹了半天,葛任竟然还活着。

这会儿,田汗讲完之后,一边用劲地拍着大腿,一边说:"驴日的,我真是太高兴了,太高兴了。葛任同志大难不死,必有后福。我是整夜整夜睡不着觉呀。"随即,他又提醒我,此事尚无人知晓。事不秘则废呀,一旦走漏了风声,日本鬼子和国民党反动派就会提前下手。那样一来,葛任同志可就性命难保了。

将军真是心明眼亮。对,田汗冒雪来看我,当然另有目的。我想到了这一点,但他不说,我不敢贸然发问。待我啃净了一只猪蹄,他才说,他命令我到南方去一趟,代表他把葛任接回来。让我想想他的原话是怎么说的。哦,想起来了。他说:"葛任同志在南方受苦了,身体原本虚弱,肺又不好,够他受的。你去把他接回来,让他回延安享几天福。

你是医生，派你去最合适不过。不知你意下如何？等办好了此事，我就去给组织说说，把你的问题解决了。戴着托派帽子，你不觉得丢人，我还丢人哩。谁让咱们是老乡呢？丑话说头，要是办砸了，可别怪我挥泪斩马谡。"

他说得很笼统。只说南方，没提大荒山，更没有提到白陂镇。我当时对他说，我呢，只是一介书生，又犯过路线错误，恐怕难当此任。他说，不管白猫黑猫花猫，捕得耗子便是好猫，祝你完成任务。我问他组织上是不是已经决定了。他脸一沉，举着烧得通红的火钳，说："你呀你，真是狗改不了吃屎。有句话一定要牢记心间，不该你问的，你就不要多嘴，更不要随便记日记。你不说话，也没人把你当成哑巴。不写日记，也没人把你当成文盲。"我赶紧立正站好，对他说，我跋山涉水来到延安，为的就是给革命做贡献。如今机会来了，头可断血可流，也不会辜负你的教诲。

按田汗的吩咐，当晚我还住在后沟。田汗还交代看守，让我独自住了一间窑洞。那天晚上，我怎么也睡不着，一晚上撒了好几泡尿。每次撒完尿，我都一边打着尿颤，一边对着贴在窑洞里的那张列宁像鞠躬。因为下雪，天地之间都是灰的，让人觉得天很快就要亮了。鸡好像被雪迷住了，半夜就叫了起来。鸡一叫，我就一骨碌爬了起来，站在那里，还不由自主地抬起了脚。这样连续搞了几次，我的右腿就开始痉挛了，我很担心右小腿的静脉炎恶化，令我不得不推迟行期。唉，进拘留所之后，我那个地方挨过几脚，十分敏感。

人是需要互诉衷肠的，那是一种幸福。是的，一想到可以对葛任倾诉衷肠,我就觉得这将是一次幸福的旅程。我还想,葛任见到我,一定会满脸通红。他是一个羞涩的人,受到一点恩惠,就会脸红。将军说得对,这与他的革命者身份不符。若知道我是千里迢迢赶来看他的,他不脸红才怪呢。我这样想着,就在鸡叫声中迷迷糊糊地睡着了。可刚睡着,就听见轰的一声,接着我就听见有人喊,出事了,出事了,当中还有人哭爹喊娘。起初,我还以为是敌人打过来了,连忙从地上捡起一块石头,想着起码可以和敌人拼一下。后来,我从人们的喊声中听了出来,原来是拘留所的一间窑洞塌掉了,几个人犯被砸了进去。范将军,你问得好。那窑洞为甚么会塌下来?莫非那些人吃了豹子胆,想挖出一条道跑出来?连我都这样想了,后沟审讯科的人自然也会想到。我的头皮立即有点发麻了,仿佛看见子弹正穿过他们的眉心。

我正这样想着,一个人影闯了进来,拽住我就走。我问他:"同志,你有何贵干?"他命令我闭嘴,只管跟他走。出了院子,借着莹莹雪光,我模模糊糊看出他是田汗的卫士。那个小鬼很会说话,说首长让他来看看我是否受了伤。走了一会儿,在一个牲口棚旁边,我看见了田汗。他袖着手,披着羊皮袄,嘴里叼着烟。他命令我马上离开延安,火速奔赴张家口,面见窦思忠,尔后再到南方迎接葛任。不,将军,他还是没有明说是白陂镇。他说,具体事项,窦思忠会向我讲明白的。窦思忠是谁?他是田汗的手下,曾跟着田汗出生入死,对田汗忠心耿耿。我后面还将提到此人。当时,他(田汗)一提到张家口,我就想到了自己的老丈人。

我的老丈人就住在张家口。我担心他受我连累，有甚么不测。田汗多聪明啊，甚么能逃过他的眼睛。我稍一迟疑，他就看出了我的心思，说："这跟你的老丈人无关。还是葛任同志的事，窦思忠同志会告诉你如何找到葛任同志。"我问冰莹是否和葛任一起，要不要把冰莹也接回来。田汗脸一沉，说，你只管完成你的任务就行了，别的不要多问。天冷，我想回去取件衣服。他拉了我一下，说："都给你备齐了，连裤衩都给你备好了。给窦思忠的信，就封在裤衩里。"他还特意交代我，一路上不要提葛任的名字。"记住了，葛任的代号是〇号，取的是圆圆满满的意思。祝你圆满完成任务。"他指了一下沟底。我模模糊糊看见，沟底有一头毛驴，还有一个人。

田汗说完就走了。我顿觉心中悯然，在雪地里站了许久。雪越下越大，田汗的身影消失在土岗那边时，我才向沟底走去。风从光秃秃的土岗上吹来，吹到脸上有如刀割。然而，一想到马上要见到葛任了，我也就不觉得苦了。牲口棚上的苇秆呜啾啾响着，尔后风将棚顶也掀翻了。有几只鸟惊飞而起，也不晓得乌鸦还是喜鹊。我跟喜鹊有仇，因我曾用烧熟的喜鹊为人治疗便秘。灵鹊报喜，是迎客进门的，此时却叽叽喳喳地要撵我走。将军，当时我可万万没有料到，我这一走，就像瓜儿离开了秧，再也回不去了。甚么，那是哪一天？唉，我实在记不起来了。在后沟关了两个来月，脑子都不大好使了。

&　二里岗战斗的常识

据《二战史·中国战区》一书记载：1942年5月1号，日本华北方面军司令官冈村宁茨中将，率三个师两个旅，共5万人，动用800辆汽车、坦克和飞机，采用"纵横张网，对角清剿，反复合击"战术，以及"三光"政策，对冀中抗日根据地进行了为期两个月的扫荡，企图发现并围歼"像鳗鱼一样滑溜，不可捉摸"（冈村宁茨语）的八路军主力部队。从5月16号到6月20号，日军在滹沱河以南、德石路以北、滏阳河以西的三角地带，进行过反复清剿。二里岗战斗，就发生于这期间。后来，日本出版的《大东亚战史》，称它是"五月大扫荡之一典型战例"。

二里岗战斗最早见于1942年10月11号《边区战斗报》，文章的题目叫《敌后铁流》。这篇文章的作者黄炎，当年曾与葛任以及本书第三部分的叙述人范继槐，乘坐同一艘邮轮到日本留学。在《敌后铁流》的第三段，黄炎这样写道：

此次反扫荡战役，中华民族的许多优秀儿女英勇牺牲，为国捐躯了……在麻田战役中，我副参谋长左权同志指挥所部，向敌军反复冲杀，激战竟日，敌伤亡甚重，难以支持，于午夜向麻田窜去，左副参谋长率部追击，指挥作战，奋不顾身，不幸中弹，在十字岭壮烈殉国；在太行山麓，女战士黄君珏身陷重围，面对敌人篦梳式进攻，搏战竟日，弹尽援绝后跳崖自杀，实为女界之楷模；在二里岗战斗中，文化教员葛任同志在执行任务途中，遭遇敌军，毫不畏惧，与敌人同归于尽，虽死犹生……民族痛失精英，抗战顿失干城；军民同声哀悼，血债誓死讨清……

关于葛任是个"文化教员"的说法，与事实略有出入。葛任当时真正的身份是马列学院编译室的译员。许多年之后，黄炎再提到此事时，顺便纠正了这一错误。黄炎后来移居了美国，并著有长篇回忆录《百年梦回》。在这本书中，黄炎先生写道：

> 那时候，葛任在马列学院编译室工作，专事译述，并继续他的中国文字拉丁化研究。他要算个富人，因为除工资外，他尚有部分稿费收入。因为我是他留日时的同窗，所以他常邀请我，以及他的两位同乡——边区锄奸科副科长田汗、边区医生白圣韬，一起共享民间的美食……在一次外出途中，我发现他喜欢采摘坟间地头的那些枸杞子，他称之为死婴的念珠。啊，时光荏苒，二里岗战斗距今已经半个多世纪了。如果葛任的坟头还立于天地之间，我想那上面一定长满了那些念珠。他说，因为牛是中国农民的命根子，舍不得宰杀，他曾有过一个念头，将托洛茨基著作中的"土豆烧牛肉"，译成"枸杞炖狗肉"。

黄炎的文章还说明了这样一个事实：半个世纪之后，人们仍然认为葛任死于二里岗。看来，这已经成了常识——最近出版的《中国现代文化名人录》中，葛任的卒年写的仍是1942年。

1998年春天，我到二里岗采访，曾去过关帝庙，即人们所说的葛任殉国之地。现在的关帝庙，是"文革"后修建的。庙前的石碑记录了当地政府为发展旅游经济，筹资重建关帝庙的经历。门内的石碑，是关帝庙里的旧物。负责出售门票的人告诉我，石碑是从他女婿家的驴圈上取下来的。此碑立于康熙二十三年，碑文记录了关羽浓墨重彩的一生："汉寿亭关夫子不受曹□之封而一心为汉室，非有功于朝□乎？除黄巾之害，诛庞兵于□，非有德于百姓□？千里寻兄，独当一面，杀身成仁，非有光于名节□？"

导游向我解释，碑文字迹脱落，一是因为枪打，二是因为驴踢。不过，他又告诉我，某电视台"欢乐大本营"剧组，来拍过这个石碑，并拟订了知识抢答题。我曾看过当时的录像片断，抢答题就是字迹为何脱落。随后公布的标准答案是："这是八路军和日本人打仗的时候留下的。"作为远道而来的特约嘉宾，那些影、视、歌明星，在主持人的反复启发下，瞎猫终于逮住了死老鼠，都蒙对了，并领取了奖品。那是一盒阿拉斯加海豹油。为了显示自己知识渊博，主持人又特意做了一番解释："这个题太容易了，因为它是个常识。1942年6月1号，著名翻译家、诗人、语言学家葛任，在此与日本鬼子狭路相逢，有过一场生死决战。如果还有人想不起来葛任是谁,那么我一提到冰莹,你就会想起来。这位观众朋友真聪明。对了,冰莹是三四十年代有名的演员。不知道贝克汉姆的人,总该知道辣妹维多利亚吧。对了,葛任就是冰莹的丈夫。不,不,不,葛任已经死了,当时就为国捐躯了。这是个常识。"

读者朋友,不怕你笑话,作为葛任的后人,我在看到白圣韬的自述前,也认同这个常识,即葛任死于1942年的二里岗。而被常识忽略掉的东西,比如葛任为何会到二里岗,他执行的是何种使命,似乎也就显得微不足道。在常识面前,我们似乎只有默认、服从,或者无动于衷。

@ 毛驴茨基

有甚说甚,田汗没骗我。驴车上果真甚么都有,吃的,喝的,穿的。连酒都是现成的,那天晚上不是用过一个酒葫芦,就是那个。命令如山倒呀,因我走得急,没有甚么衣服,田汗就在车上给我放了棉袄和棉裤,当然还有裤衩。在车上换衣服时,我拎着那个裤衩亲了亲,就像亲着自己的亲人。

将军,你到过陕北么?好,我不问,只管说。我先说说毛驴。毛驴可是宝贝疙瘩,你寻不到比它更好的长工了。犁地、推磨、拉炭,甚么都离不开它。边区的人说话都要带上"驴"字。骂人时喊对方是"驴日的"。事情办砸了,十分恼恨自己，怎么办？就骂自己是"驴日的"。别笑，我有甚说甚。高兴了，也说"驴日的"，细声细语的，就像和婆姨说悄悄话。我刚到延安时，革命热情高涨，干活不惜体力。有一次在延长，风闻胡宗南的人马打过来了，部队必须马上转移。当时车马不足，我背着一个伤员，沟沟坎坎的，一走就是二里地。人们这就送给我一个外号，叫"小毛驴"。我当时甚是高兴，就像戴上了桂冠，做梦都会笑醒。可是，后来我成了托派，人们就把这个绰号给改了，叫我"毛驴茨基"。

　　赶车的老乡都晓得我的绰号"毛驴茨基"。他说，我给打成托派的时候，他亦在跟前。他以前是康生的房东，康生你知道么？此人是中央社会部部长。老乡还说，他多次见过毛，也见过王明。老乡嗜酒，趁我解手的工夫，把我的酒葫芦掖进了他的棉袄。喝了酒，他的话就多了起来，扯东拉西。说王明的列宁装总是干干净净的，像个婆姨。他又喝了一口酒，扭头说道，"你这人，姓毛，脸上却没有一根毛。"他说着，就笑了起来。他笑的样子很怪异，笑的时候脖子要缩回去，笑完之后才伸出来，好像他是用脖子笑的。我告诉他，我不姓毛，姓白，脸上的毛还是有的，因为要出远门，把毛刮掉了。他这才说，他晓得，甚么都晓得，只因雪天出门太悕惶，找着话和我拉呱呢。

　　甚么，将军，你问我是怎样成为托派的？唉，说起来，我能成为毛驴茨基，也是因为毛驴。说得细一点，是因为驴粪。因果相生，毛驴多，驴粪就多。驴粪多了，就需要掀起拾粪运动解决问题。而有了运动，就要有人倒霉。说起来，最早还是我们这些医生们提议拾粪的。起因是一名战士夜间通知人开会，出门踩住了一颗驴粪。就像踩着一块冰，他哧溜一声滑出很远，撞住了一个树桩。他的一条腿原本就挂过彩，不能太过用力，这一下给撞骨折了。一位首长来医院慰问战士的时候，医生们就提议，最好能给老乡们打个招呼，在自家牲口屁股后面挂一个布兜兜，这样既积了肥，道路还干净，还能避免此类事故。首长一听很高兴，搓了搓手，说："驴日的，好主意。"随后，他提到了一个实际困难：虽说老乡们可以让自己的娃娃穿上军装为革命而死，可是让他们拿出一块布做个粪兜兜，却比从老虎嘴里拔牙还难，舍不得呀。不过，首长还是表示要把这个问题拿到会上研究研究。我们等了很久，也不见下文。遽然有一天，上面说美国记者要来延安，为了给美国人留个整洁的好印象，组织上决定，赶在美国记者到来之前，掀起一个轰轰烈烈的拾粪运动。

舆论是革命的先导，我们医院的墙上就贴着一幅标语：拾粪归田，服务抗战。报社和学校组织的文艺宣传队还扭着秧歌，宣传拾粪。冼星海和塞克写的《生产大合唱》也给改了唱词："二月里来呀好春光，家家户户拾粪忙，指望着今年收成好呀，多捐些五谷充军粮。"为了进一步给拾粪运动造势，延安还组织过一次歌咏晚会。担任主唱的两位歌手来自陪都重庆和孤岛上海，如今是这里的合唱团团员。上海的那位歌手曾找我看过病。她对我说，她曾在德国呆过，在那里学过花腔。"花腔？花腔不就是花言巧语么，还用得着去德国学习？巧言令色，国人之本能也。"我对她说。她立即掐了我一下，说我是个土包子，白在苏联呆了。尔后，她指着自己的玉颈，比划来比划去，说花腔是一种带有装饰音的咏叹调，没有几年工夫，是学不来的。既然她说得神乎其神，我就让她来一段听听。哈哈，在我听来，那跟驴叫差不离，一咏三叹，还抖来抖去的。她告诉我，她曾给合唱团的领导上过一个折子，说美国人就喜欢听这个。但领导说了，美国人来后，最好还是让他们见识见识咱们的《二月里来》。

在那个歌咏晚会上，她们唱的就是改了词的《二月里来》，也算是美国人到来之前的一次彩排。重庆的那位歌手很兴奋，一上来就喊："Are you ready（都准备好了么）？"我们就喊准备好了。她这才开始唱。她还喜欢把话筒伸到观众席上，让大家和她一起唱。虽然没人响应，可她还是说："唱得好，唱得好。再来一遍好不好？"她还号召大家："两边的同志比一比好不好，Yes! 给点掌声啦，鼓励一下啦。"在她的号召下，我们都把随身携带的粪筐举过头顶，随着节拍，跟着她一起摇头晃脑。

运动就有这点好处，立竿见影！不分男女老幼，都带着柳条编的粪筐，见粪就拾。拾来拾去，就没粪可拾了。街上干净得很，就像上海的霞飞路（注：现名淮海路）。可是有一天早上，我值完夜班从医院回来，遽然看见有人在街上放羊，放牛。甚么时候，都少不了毛驴。牵到街上的毛驴，都有一副好行头，腰上披着棉垫，嘴上戴着驴套，围脖也是少不了的，因为那就相当于人们出席酒会时打的领带。（毛驴）还打滚呢，搞得尘土飞扬。延安正在反对自由主义，可那些畜牲们却不吃这一套，自由得很，到处拉粪。咦，怎么回事？我还以为要开一个牲口交易会。尔后方才晓得，畜牲们上街游行，是为了把粪拉到街上，让人们有粪可拾，以便掀起拾粪运动新高潮。当时，我正纳闷，遽然听见唢呐声声，扭头一看，腰鼓队和舞狮子的都来了。人们就在欢庆声中拾粪。很快，街上的粪就被拾完了。千错万错，我不该看见马路中央的那几颗驴粪。那几颗驴粪蛋，像元宝似的躺在路上，很招人喜欢。我随着节拍，扭着秧歌走了过去，可我刚铲起一颗，有人就把我的粪叉没收了。原来是我们医院的外科主任张占坤。他是医院拾粪小组的组长，也在俄国呆过，平时与我谈得来，还和我住过一间窑洞。我对张组长说："你都看见了，我正在响应拾粪运动。"他说："这些粪是给首长们预备的，可不是给你拾的。你拾了，首长们拾甚么？"我开了句玩笑，说："毛驴还会再拉呀。"我就把驴粪放进了粪筐里。张占坤恼了，上来就把粪筐给我踢翻了，"叫你拾，叫你不听指挥。"他还推了一下我的肩胛骨，我差点像那个不幸的伤兵一样摔倒在地。张占坤本来性情温和，对我也很尊重，这会儿遽然向我动粗，我的脑子都转不过弯了。他再踢我时，我就用胳膊肘顶了一下他的软肋。我没有太用力，他也没有摔倒。他还笑嘻嘻地说："哟嗬，驴脾气还挺大哩。"我也笑了笑。唉，我以为事情就过去了，可没想到,第二天张占坤就把我的日记从枕头里偷了出来,上缴给了组织。尔后,麻烦就来了。

有甚说甚,给我带来麻烦的那页日记,记的其实是我与葛任、田汗和黄炎的一次谈话。说起来,我之所以写日记,还是听了葛任的话。他说,写日记能使内心生活丰富起来,一个人没有内心生活,就像一个人没有影子,一间房子没有门窗。他一定没有料到,我会栽到日记上面。甚么?你也知道黄炎?对,他是个记者、编辑。有一次,我们几个人坐在窑洞里聊天,聊着聊着,就说到了托洛茨基。葛任讲了托洛茨基的一个小故事,托洛茨基被史大林(注:现译为斯大林)流放到阿拉木图(注:现为哈萨克斯坦的首都)的那一年,集体化运动引发了大规模的农民暴动。托洛茨基认为,他和列宁建立的苏维埃政权,已经快被史大林的暴政和冒险给毁了。但是,托洛茨基想的不是重返莫斯科,借机发难,而是给朋友们写信,让他们顾全大局,求同存异,不计前嫌,辅佐史大林渡过难关。我在日记中记下了此事。好在我没写是在田汗的窑洞里听来的,没写它出自葛任之口,不然,他们也要跟着我遭殃了。如今想起来我还有点后怕,因为我差点把葛任的另一番话记下来。葛任说,倘若列宁的继任者是托洛茨基,托洛茨基也定然会与史大林(斯大林)一样,对昔日的战友痛下杀手。酒装在瓶子里是酒,装在葫芦里还是酒。我后来想,倘若这句话也写进去,我即便种了十亩脑袋,也别想留住一颗。

日记缴上去,我就被收审了。如今想起审讯者的样子,我还胆战心惊。他们一上来,就把枪拍到了桌子上,叭的一声,吓得人魂飞魄散。要晓得,那可不是惊堂木,而是从日本人手中缴获的三八大盖。我被押进去的时候,有一个人正在受审。他是个智(知)识分子,被打成托派是因为嘴太碎。有一次,他从操场上听完报告,在延河边散步的时候,对别人说:"江青装着捉虱子,裤子捋得那么高,让丘八(士兵)们看她的大腿。真不要脸呀。"这话传到上面,他就被收审了。刚好王实味也说过类似的话,锄奸科的就断定他和王实味是一伙的。调查来调查去,就查出他和王实味是北大同学。他一开始也是嘴硬,拒不承认自己是托派,于是乎,他很快就被提溜起来,吊到了房梁上。刚吊了一袋烟工夫,他就承认自己是托派了。我听见旁边的一个审讯者说:"好,一炮就打响了。坦白从宽,抗拒从严,只要你乖乖地承认自己是托派,你就可以吃到一碗鸡蛋面条。"那家伙看来是饿坏了,吃过第一碗,抹抹嘴,又说还有事情要交代。他又交代自己是特务,于是乎他又吃到了一碗鸡蛋面条。抹抹嘴,他说他感谢组织,因为他刚才吃的是双黄蛋。他说还要交代,这回他吹牛说蒋介石是他的外甥,宋美龄是他的外甥女。宋子文呢?他说是他侄儿。疯了,彻底疯了,连胡宗南和阎锡山都成了他的干儿子。这回他吃不成鸡蛋面条了,而是吃了几鞭。他当天就自尽了。他活学活用,也把自己吊到了房梁上。他用的不是绳子,而是自己的裤带。他的遗言只有一句:"哲学家说,无人能揪着自己离开地球,可我做到了。"

甚么，你问我是否也（被）吊了起来？吊了，当然吊了。对，我也吃了两碗香喷喷的鸡蛋面条。之所以吃到第二碗，是因为我对审讯者交代，我日记里所写之事，皆是张占坤告诉我的。我并不想把他屙出来，因为诿过于人并非我之做派，可是人不犯我，我不犯人，人若犯我，我必犯人。他后来也被关到了后沟。我在后沟时，半夜曾听见张占坤像疯狗似的，把我的祖宗八代都骂了一遍。起初，我还很生气，倘若我是一只狗，我定然扑将过去，咬他娘的一个稀巴烂。可我是个人，脖子上架的脑袋是用来思想的。我想，我犯不着跟他一般见识。这么跟你说吧，起初我还有点后悔，觉得对不住张占坤，后来我就不后悔了。还是那个理由，我是一个人，不是狗，我会思想。我想，我这样做是为了惩前毖后，治病救人。这么一想，心里就舒服多了，我捂着耳朵说，驴日的，骂吧，我就当耳孔塞了驴毛，甚么也听不见。

有甚说甚，在后沟，不等别人来做思想工作，我就把自己的思想工作给做了。我打心眼里承认自己犯了错误。别的都放一放，就拿拾粪来说吧，当我说"毛驴还会再拉呀"的时候，我其实就已经犯下了不可饶恕的错误。我受党教育多年，早该学会站在毛驴的立场上思考问题：那些毛驴，口料已经一减再减，可为了革命事业，还是坚持拉磨、拉炭、犁地。它们的肚子本来已经够空了，但是为了响应拾粪运动，它们有条件要拉，没有条件创造条件也要拉，不容易啊！可我呢，作为一名知书达理的智（知）识分子，却一点也不体谅毛驴，竟然还要求它们一直拉下去，拉下去。这跟党八股错误，宗派主义错误，主观主义错误，一样严重呀。阶级感情都到哪里去了，喂狗了么？难道你的觉悟还不及一头毛驴？

前面不是说了，我被吊上房梁那天，赶车的老乡也在场。他很牛气，说吊人用的那根绳子还是他贡献出来的。那可不是一般的草绳、麻绳，而是祖上传下来的缰绳。因为贡献了那么好一根绳子，他和儿子都吃了一碗鸡蛋面条。他说，当时他最担心的是绳子断掉，因为除了毛驴，那就是他最贵重的家产了。他用它捆草，拴牲口，也用它拴人。他儿子的头脑不大好使，媳妇动辄就要逃回娘家。她的娘家在葭县（注：现名佳县）葭芦镇（注：现名佳芦镇），离圣地很远，去逮一次很麻烦，走一天一夜不说，还得给亲家说好话。所以，最好的办法就是把她拴在炕头上。他十分诚恳地对我说："毛驴茨基，咱有甚说甚，撞上这种鸡巴事，手边没绳，还真是不行。"

&　与田汗拉家常

田汗高寿，直到1991年6月5号才中风而死，时年虚龄90岁，堪称人瑞。他死去的前几年，有个叫朱旭东的人，一直守候在他旁边。朱旭东就是《田汗自传》一书名义上的特约编辑和事实上的作者。田汗死后，朱旭东又陆续整理发表了田汗和他的谈话。在一次谈话中，田汗首次透露，是

他向组织上建议,将葛任派往前线的。就在这次谈话中,他还提到了一个名叫川田的日本人:

> 当时,葛任正在翻译列宁。有人问他,老托(托洛茨基)这人到底是不是混蛋。你骑驴就磨台,说他是混蛋不就行了。可我的那位老哥们儿呢,哪壶不开提哪壶,说,托是列宁的朋友。他说的是真理,可在特定的历史场合,真理就是谬误。谁会相信,列宁会拿混蛋当朋友呢?就凭这一句,把他打成托派头目,都不冤枉他。唉,诗人脾气啊。按我的理解,诗人脾气就是驴脾气,犟!他管不住自己的嘴呀。后来,我找了一些人,好说歹说,总算把这事给捂住了。实事求是地说,我这样做,也是出于一点私心。不然,我也会受到牵连的,因为我们是老乡,都来自青埂镇。在别人眼里,我们穿一条裤子。
>
> 可是后来,又有一件事冒了出来。有一天,我们截获了一封信。信是从上海写(寄)来的。一看信皮上的字迹,我就知道那是冰莹的信。为了对葛任负责,我背着他把信拆了。这一拆就拆出了问题,而且问题还不小,我就像被蝎子给蜇了一下。上面说的是,她最近想去法国,问他想不想和她一起走。如果他不想走,也没有另找女人,她就来延安,和他团聚。里面还说,如果他还坚持不回信,她就不再写信了,肯定不写了。照她这么说,她以前没少给葛任写信。我的头皮都麻了。冰莹是个艺人,背景复杂,结交的人三教九流,据我所

知，她和一个叫安东尼的美国（英国）人有过接触。这样的女人，就跟定时炸弹差不多，危险得很哪。她要是来延安，哎呀，这简直不可想像。有一点是肯定的，我和葛任都要跟着倒霉，倒大霉，倒血霉。

纸哪能包住火呀。果然没过几天，就有人找我谈话了，那人把我叫到延河边，问我，葛任是不是还和冰莹有联系。我还能怎么办，只能装做什么都不知道。有这回事吗？我问来人。我一脸真诚，由不得他不信。那人说，为惩前毖后，治病救人，他会查个水落石出的。我干着急没办法，嘴上都起了大燎泡。总不能眼看着他往坑里栽吧，我就去马列学院找葛任，想问问情况。到了那里，我就看见一帮人在吵架，乱哄哄的。原来一盆菜刚端上来，王实味的筷子就瞄准了一块肥肉，塞进了嘴巴。当时肥肉比瘦肉金贵。王实味后来成了大托派，这你是知道的，当时王实味的问题已经快暴露了。一帮人喊着揍扁王实味，往他身上扑，葛任呢，忙着拉架。当时我就想，唉，这位老兄啊，问题不出是不出，要出可就是大问题。一想到这里，我就发愁啊。

过了几天，我们弄到了一个重要的情报。冈村宁茨的爱将，时任冀渤特别区司令的坂本少将，将于近期带领日本代表团，前往一个叫宋庄的地方考察战事。还获悉，代表团里有个人名叫川田，川田是葛任在日本留学时的房东，此时他是个少佐翻译官。我们需要把这个情报送到滹沱河南边的八路军手中，让他们早做提防，条件许可的话，可以捉上一两个代表团成员。情报部门征求我的意见，派谁去合适。我就想，何不让葛任跑一趟呢。可靠吗？人家问我。我说可靠，人家又问，葛任乃一文弱书生，万一路上遇见敌军，那该如何是好。我告诉人家，葛任与代表团里的川田是旧交。若真的与日军遭遇，他也会设法逃脱，并劝说川田与他一起逃脱，这样，我们日后还可以撬开川田的嘴巴，弄到更重要的情报。我的想法很简单，借这个行动让葛任暂时出去躲躲风头。因为那时候，整风运动就要开始了。当然，最坏的结果我也考虑到了：葛任可能会死。对这个问题，我是这样考虑的，就是死到日本人手里，总比被自己人冤屈强。唉，当时我也只是这么想想而已，没想到后来真的如此。邪了，也真是邪了。

就这样，葛任去了宋庄。对，现在的宋庄改叫朝阳坡了，是搞土改的时候改的。后来有一部戏叫《朝阳坡》，说的就是那个地方。葛任是那一年5月底离开延安的。问题是，他还没到朝阳坡（宋庄），就在二里岗碰上了日本人。鬼子狡猾狡猾的有，代表团出来考察之前，坂本先派了一个精锐的小分队布防、扫雷。葛任他们碰上的就是那支小分队。日本人搞三光政策，遇到中国人就杀啊烧啊抢啊。反正我们的人都死了，葛任也死了。那一天是礼拜一，6月1号。这个日期很好记，儿童节嘛。当然，血债要用血来还，同志们的血不能白流。那年的6月20号，敌人撤退的时候，我们在朝阳坡（宋庄）设下埋伏，打了一个漂亮的伏击战，敌人跑都跑不及，鬼哭狼嚎，只恨爹妈给他少生了两条腿。打扫战场时，我们俘虏了一个日本少佐。好啊，竟是川田！他叽叽喳喳，胡说什么他来中国是搞大东亚文化共荣研究的，还说他是藤野先生的弟子，跟鲁迅是师兄弟。怎么？拿鲁迅做挡箭牌就能饶了你？我掴了他一耳光。后来，他趁我们不留意，吞药自杀了。不，他没给自己开膛，因为他没刀！

我后来常想，葛任死得早，也就死得巧。你知道，没过多久，他在马列学院的同事王实味就被打成了托派，后来还被砍杀在一眼枯井里。而葛任呢，因为我的巧妙安排，漂亮地躲过了这一灾难。我可以拍着胸口告诉你，如果他不死，他不光会被打成托派，还会被打成特务，遗臭万年。小朱同志，你说说，这不是死得巧，又是什么？所以，听说他的死讯以后，我就为有这样的同乡而自豪。没错，我是流了泪。但是！泪跟泪不同。这么说吧，我的左眼流的是痛苦的泪，右眼流的是自豪的泪。

此次谈话是在1990年春天。朱旭东先生后来告诉我，田汗同志曾反复交代他："我们是拉家常，家常话都是大实话，上不了桌面的，没必要讲去，没必要写进书中。"所以，在正式出版的《田汗自传》一书中，你看不到这段文字。它是另外单独发表的，题目就叫《与田汗拉家常》。顺便说一下，对于田汗提到的朝阳坡和川田之死，本书还将多次涉及。

@ 早产儿

坐着毛驴车,我想,田汗真是心明眼亮。我确实是最合适的人选。一来我和田汗、葛任都是老乡,二来我是个医生。如此重要、艰巨的任务,交给别人,还真不能让人放心。打虎还要亲兄弟呀,我和葛任虽说不是一家人,却是亲如兄弟。他还没有出生,我就见过他了,当然见的是他母亲的大肚子。葛任的母亲会填词,会作画,葛任后来喜欢写写画画,大概是受她的影响。想起来了,冰莹和葛任的母亲有几分相似,额头像,眼睛像,尤其是嘴角的笑纹,遽然一看,简直就像是一个人。有甚说甚,冰莹和葛任有那么多恩怨,扯不断,理还乱,实在是缘分。

好,不谈这个,还说葛任。我记得他是游行时生的,那是在己亥年(注:1899年)。他是个早产儿,我的五婶就是他的接生婆。游甚么行呢?戊戌六君子的人头,已经落地一周年了,理当庆祝一番。当时传闻,葛任的父亲与六君子有过来往。为堵别人的口,他们一家人都上了街。队伍游到镇上的麒麟桥时,他的母亲遽然歪到了栏杆上。众人七手八脚把她抬到家,她就生了,生的是一对双生(即孪生子)。他是第一个出来的,第二个是女婴,生下来脐带就缠在脖子上,很快就死去了。后来在苏联,葛任有一次对我说,自他生下来那一刻起，死神就是他的伴侣。他说的就是这个意思。五婶说，葛任生下来时胎衣很薄。照青埂镇人的说法，那叫"蓑衣胞"，长大后会有出息。不过，医学上对蓑衣胞另有说法。胎衣薄，是因为他是个早产儿。我想，他后来患上肺病，大概就因为他是早产儿。医书上讲，早产儿的肺组织分化不够完善，肺泡少，血管多，易于出血。将军，你知道葛任的乳名叫甚么？对，叫阿双。看来，你对他确实很了解，他的头顶确实有两个旋。但葛任后来说，母亲给他起那样一个名字，一定是想起了他的妹妹，即那个死去的女婴。但是我想，母亲叫他阿双可能还有别的意思。他的母亲太孤单了，别人都是夫妻恩爱，成双成对，惟有她是孤零零一个人。所以，她给他起名阿双，其实含有思念男人之意，盼着葛任的父亲早点回来，夫妻团圆。

葛任的父亲当时还逃在日本。葛任每次放学回来，都想替母亲干一点家务。可母亲只让他干一件事，就是上街买洋火（火柴）。在吸烟的人家，甚么东西都能缺，惟有洋火缺不得。吸烟的是葛任的祖父。他是个大烟鬼。我小时候见过他的烟枪，烟嘴是翡翠做成的，枪杆子上包着一层镂刻的银花。他躺着抽烟的时候，因为床榻不够深，他的脚底下还垫着一个矮凳。葛任的母亲用签子从瓷钵里挑取烟膏，就着烟灯为他烧烟。那烟灯一闪一闪的，就像地狱里的硫磺之火。俗话说，一家吸烟三家香，每当那股奇异的香味飘过墙头，吸过大烟的人都会把活儿停下来，像狗那样使劲嗅着鼻子。葛任的母亲劝他少吸，他就给她讲一通歪理，说他们的老祖宗葛洪之所以炼丹，就是因为没有烟吸，要有烟吸，还炼丹做甚么？葛任每次买洋火回来，母亲都从中抽出两根，尔后细心地用小刀将洋火头上的红磷刮下来，装到一个空洋火盒里。她很聪明，每一次都绝不多取，免得给祖父发现。她母亲曾对葛任说："阿双啊，这盒子装满了，你父亲就该回来了。"葛任也曾偷偷地往盒子里装过火柴头，他以为那样一来，父亲就会提前回家。可是后来，那个盒子装满了，他的母亲却死了。

她是用虎骨酒将那些红磷送服的。虎骨酒和红磷相互作用，就会毒性倍增。尽管如此，直到第二日的午后，她还没能咽下最后一口气。镇上的郎中来到家里，对葛任的祖父说，看在吸过你几个烟泡的份上，我如实说了吧，即便将她救活，她也是个半拉子废人。救与不救，你点个头。葛任的伯父那时还留在家里，他说救，当然要救。郎中说："好，去茅房里给我舀来几勺粪，听清了，只要稀的，不要稠的。"他对看热闹的人说，这样既能以毒攻毒，又能逼她将尚未消化的红磷吐出。葛任的母亲头脑还清楚，紧咬嘴唇拒绝吞服。当葛任从学校赶回来的时候，郎中已被搞得浑身是粪。他吐了一口血，就晕倒在了母亲身边。唉，如今想起来，那应是他平生吐的第一口血。

葛任吐血的时候，我也在场。后来，也是我和五婶将他抬到我们家里，给他吃的，给他喝的，尔后又慢慢劝开的。那几天，我跟他寸步不离，每天都陪着他，生怕他寻了短见。过了些日子，他的情绪好些了，再谈起此事，他就对我说:"白兄啊,我日后定然报答你们。"他说到做到,不放空炮,日后我果然受了他许多恩惠。

& 葛任家谱

既然白圣韬提到了葛氏的先祖葛洪,我也就顺便做些补充。据葛氏家谱所记,东晋的葛洪,确为葛氏先祖。青埂镇一带的葛氏家族,均来自广东东江北岸的博罗县。博罗境内有罗浮山。史料记载,葛洪少时即好神仙导养之法,后师从郑隐,学习炼丹。后来,带着儿子和侄子到了广东,在东江北岸的罗浮山炼丹,并著有《抱朴子》一书,凡七十卷:内篇二十卷,论神仙吐纳、禳邪却祸之术;外篇五十卷,论人间得失、世事臧否之事。葛洪积年而卒,死后就葬在罗浮山。

再往上、往远处推,据家谱记载,葛洪的曾祖是葛玄,葛玄的先祖就是大禹。《尚书·尧典》里说,是时,"汤汤洪水方割,浩浩怀山襄陵",于是有了大禹治水。葛任在上海时,与鲁迅先生有过交往。前面提到的日本人川田,在他早年所著的《回忆与鲁迅的一次晤面》一文中写道,1932年10月11号,葛任在与鲁迅先生的长谈中,也曾提到过葛洪是他的先祖。葛任说,他正在写作一部自传体小说,叫《行走的影子》,开头便要写他的先祖葛洪,"写葛洪,不犯王法吧?"鲁迅先生说:

可以写得油滑些。昔有共工与颛顼争帝，怒而触不周之山。我正要写不周山，写的就是王法的来历，且要写得油滑，总之要在庄严高尚的假面上拨它一拨。据说大禹是葛洪的先祖，你何不写那大禹呢？我送你一个现成的题目，叫"理水"怎样？

众所周知，最后写出《理水》的是鲁迅，而不是葛任。1935年11月，鲁迅的《理水》完稿。又过了几个月，鲁迅病死于上海。葛任寄去了一份唁电："人生知己，汤汤泪水；斯世同悲，浩浩怀山。"其中的"汤汤泪水，浩浩怀山"，即是对鲁迅《理水》开篇所引的《尚书·尧典》里的一句话的化用。

而往下、往近处数，二十代以内，青埂镇葛氏家族的谱名如下："公义定天经，荣华居永清，福位传高贵，心德存行正。"葛任曾祖的谱名为葛心堂，祖父的谱名为葛德琛，父亲的谱名为葛存道。到葛任这一辈，为"行"字辈。因为在他的童年时期，父亲一直不在身边，祖父又不理家政，所以他没有起过正式的谱名。

白圣韬所说的那个被"脐带勒死"的女婴，当然也是"行"字辈。八月初七那天——这是葛任的生日，当家人发现那个脖缠脐带的女孩不哭不闹，脸色青紫，就把她放进一个草篮里，扔到了济水河边。在这里，我要事先透露一点，那个女孩其实并没有死去，而是奇迹般地活了下来。她就是我的姑祖母。而我的母亲，即葛任的女儿，应该是"正"字辈。

我曾两次到过葛任的出生地青埂镇。青埂镇因背靠青埂山而得名。它还像旧时图中所绘，没有什么变更。冬天，青埂山上点缀着朵朵白雪。春天，雪化了以后，山间小溪汇成一条小河，流经青埂镇和镇上的那个石桥麒麟桥，也就是葛任降生的地方。青埂镇还有葛任的侄子。按辈分，我应该叫他叔叔。他名叫葛正新。和别人一样，他也认为葛任死于1942年的二里岗。他向我讲述了葛任出生时的一些事情，以及我的姑祖母被当成死婴扔掉之事。不用说，这都是他从一些老人们那里听来的。他的说法与白圣韬的自述，基本相似：

听说，我叔叔（指葛任）是在游行时生的。这就是命。那家伙后来走南闯北，一会儿往日本跑，一会儿往苏联跑。对，现在叫独联体了。反正从来没有消停过，最后死也是死到了外地，叫什么二里岗。你不信命不行。

老人们都说，生他的时候是正晌午，地上的日影比手指头还短。生完他，又生了一个，是个女孩。可她命贱，生下来就死了。我们这一带，孩子生下来，不能吃奶，得先尝"五味"。什么五味？醋、黄连、盐、钩藤和糖。吃得五斗醋，方能做宰相嘛。吃完醋，再吃黄连。小孩没牙，黄连是和盐、钩藤一起煮的，煮成一锅汤，捏着鼻孔灌下去。最后才是红糖水，先苦后甜嘛。吃五味时，老人们发现那女孩被脐带勒得青紫，她不吃醋，也不吃糖。普天之下，小孩哪有不爱吃糖的？要么是死人，要么是憨人。曾祖父就把那个女孩放到一个篮子里，上面盖着钩藤叶子，扔到了镇外的河边。

老人们说，我二奶奶（即葛任的母亲）在月子里也不安生，常偷偷往河边跑。她没能见着那死孩子。怎么能见着呢，早就叫狼叼跑了。可她的脑子就是转不过弯。家人找到她的时候，原本知书识礼的二奶奶，高一声低一声，哭得正欢呢。有一段日子，她的脑子似乎出了问题。有时，她会冷不丁地冒一句，说她听到孩子在哭，眼都哭肿了，肿得跟枣一样。她说得活灵活现，有鼻子有眼，很吓人。好在她并不是常犯，家人也就不太在意。据老人们讲，她有时还燃烛焚香，和死去的女孩对话。她后来走绝路（指自尽），保不准就是给这些稀奇古怪的念头害的。当然，我也只是瞎猜。这种事，老家伙们都说不清楚，我哪能说清楚。

事先交代一下，那个女婴，即我的姑祖母，是被一个外国传教士救活的。这一点，我后面还会提到。他就是毕尔（Revd Samuel Beal）牧师，当时在青埂山一带传教。葛任出生的那一天，他拍下了那个游行场面。这张照片后来收录在他和埃利斯牧师合著的《东方的盛典》一书中。姑祖母在世时，曾将这张照片翻拍、放大。虽然我不能从人群中辨认出葛任的母亲，但我依然如获至宝，把它放在我的案头。

@　帽子戏法

有甚说甚，为了来白陂接葛任，一路上可真遭罪了。我不想让老乡跟我遭罪，到察哈尔（注：旧省名，后并入内蒙古、河北、山西）地界时，我曾劝他回去。他不，说是拉下我一个人，路上太恓惶。我说，那我该如何谢你呢？他的脖子又缩了回去，嘿嘿笑了两声，说有酒喝就行。那时，天已擦黑，我们刚好走到一个镇子外头。四周都是土岗，上面长着一些稀稀拉拉的菜蔬。我们正谈着，邃然从岗上跑来一疯女人，披头散发，哇哇乱叫。另有一个穿着短褂的老人，拎着棍子在后面追打。我想与老人谈话，老人却不愿搭理我。我见他面黄肌瘦，就塞给他一个烧饼。他咬了一口烧饼，对着女人的背影喊了一声："好狗不死家。"我后来晓得，那女子是他的女儿，被鬼子奸污了，他觉得她辱没了家门，才要撵她出来。日本人可真孬啊。在上海时，有一个朋友说，日本人好淫，是因为他们是岛民，嗜食鱼虾，而此等水产之中，富含磷质，刺激生理，所以他们最见不得女人和酒。朋友还说，小日本想征服中国，就像蛇吞大象，而蛇就是最下流的东西。我的那位朋友善于讥讽，说他们连本人都要日，遑论他人。好，不说这个了。我说这些没有别的意思，只是想让你知道，来白陂途中有多么险恶，运气不好，还可能遇见日本人。

那个镇子叫德兴镇。进了镇子，我瞧见了路边飘着酒旗。我请赶车的老乡吃了一次肉包子，喝了几盅酒。酒是地瓜干酿成的，烈得很，就像一团火。他喝起来不要命，转眼就晕了。一晕，就说到了他的儿子，夸他的傻儿子有多机灵。他拿着筷子在大腿根比划了一下，说："俺那个娃啊，夹一根木棍就可以骑马马，跟演戏似的。演戏还得跟师父学，可俺那娃不跟师父学，就会骑马马。"他是笑着说的，可听得人心酸。伙房后边便是起火店。当晚，因为喝了点酒，我很快就睡着了。可没过多久，我就被吵醒了。老乡正给起火店里的掌柜吹牛。在老乡嘴里，田汗简直就是个活神仙。按说，他不该乱讲的，因为那会泄露机密。我这才醒悟过来，店里的掌柜其实是老乡的熟人，我们并不是偶然路过此镇，这一切都是老乡事先谋划好了的。

他讲的事情我也有所耳闻。是这样的，田汗的人马作为先头部队的一支刚到延安时，曾召集老乡们到河边开会。在会上，田汗给老乡们玩过一次魔术。他问老乡养不养鸡，老乡们说，养个屁，都让胡宗南逮光了，鸡长甚么样，几只眼，几条腿，都忘鸡巴了。田汗就说，那我就给你弄只鸡养养吧。田汗就把帽子摘下来，亮出帽底，让他们看里面空空如也。他一只手托着帽子，一只手在帽子上方东抓一下，西抓一下。尔后呢，他袖子一捋，顺手打了一个榧子，就从帽子里取出一只鸡雏。田汗又问大家想不想养鸽子。这一下，他们都迷过来了，都说想。田汗就又打了一个榧子，从帽子里取出来一只杂毛鸽子。鸽子扑棱棱飞上蓝天的时候，民众都看傻了。田汗又说，鸽子不好养，跟汉奸似的，喜欢跟着别人的鸽子跑，还是算了吧。说着，一枪就把鸽子毙掉了。鸽子落地以后，田汗又说，这么冷的天，耳朵都冻掉了，老乡们没有帽子戴，我还是给大家发顶帽子吧。于是乎，一顶帽子，两顶帽子，三顶帽子，许多顶帽子，像喜鹊似的从他的帽子里飞了出来。人们都高兴坏了，田汗说，这就叫共产主义。于是乎，吸一袋烟的工夫，民众们就有了信仰。

　　我醒来的时候，老乡正添油加醋，讲着帽子戏法。照他说，最先做出反应的是狗。那些狗把低空飞行的帽子当成了烧饼，都一跃而起。风一吹，帽子就在空中打转。狗呢，也跟着帽子在空中翻来翻去。讲到此处，老乡还学着狗的样子，脖子扭扭，屁股扭扭。他边扭边说，狗发现那东西咬不动嚼不烂，才把帽子叼到主人身边。当有人喊着想要毛驴的时候，田汗就说，只要大家好好干，他保管家家户户都养上鸡，喂上毛驴。最后，这位老乡像田汗那样叉着腰，手指窗外，模仿着田汗的嗓音说："毛驴会有的，婆姨会有的，一切都会有的。"看见那个掌柜听得眼珠子都要掉出来了，我不由得笑出了声。老乡呢，见我醒了过来，不但不住嘴，竟然还指着我说："不信你问他。"为了不扫他们的兴，我就点了点头。我想起他在路上说过，他的儿媳妇是用田汗给他的一只鸡换来的，就开了个玩笑，对掌柜说："掌柜，他的儿媳妇也是田汗从帽子里拿出来的。"

　　"帽子里藏有黄花闺女？"掌柜的眼又直了。我又点了点头。哈哈哈，这么一来，老乡更来劲了。他真的把那只鸡和帽子戏法扯到了一起。胡说甚么开会那天，他就蹲在最前面。他眼明手快，抢到了一只鸡和一顶帽子。那顶帽子，他的儿子现在还戴着，至于那只鸡，他给儿子提亲的时候，当做定情礼物送给了住在葭县葭芦镇的亲家。他特意强调那是一只母鸡，一年四季都下蛋，还说葭芦镇的许多人参观过他的那只母鸡。说到这里，老乡问我晓不晓得李有源。我说晓得啊，不就是唱信天游的那个老乡么？他说，是啊，李有源可是个有头脑的人，唱歌、种地样样在行，李有源到镇里赶集的时候，还专门跑来参观了他那只母鸡，并说它比凤凰还好看。接他的话茬，我顺口胡诌了一句，说李有源还当场吼了两嗓子，东方红，鸡打鸣，凤凰来到了咱葭芦城。我话音未落，老乡就说："咦？你也晓得此事？"他还问我当时是否也在葭芦镇。我想笑，可是没敢笑出来。尔后他就接着我的话头吹嘘，李有源能唱出《东方红》，多亏他的那只母鸡。

　　老乡对掌柜说，到延安尽管找他，他不光能让他见到田汗，还会安排他见到康生。掌柜羡慕得不得了，嘴巴一直张着。老乡吹够了牛，才躺下睡觉。陕北人喜欢光屁股（睡觉），可他的裤衩却舍不得脱。他这才告诉我："俺带着纸蛋蛋哩，一路上接头，凭的都是它。"那个纸蛋蛋，塞在短裤前面一个小兜里。他在那里掏啊掏的，动作很不雅观，甚至有点下流。他把那个纸蛋蛋掏出来，在我面前晃了一下，就又塞了回去。至于纸蛋蛋为何放在那个地方，他的回答是，只有用鸡巴顶着，他心里才踏实。他还说，上面写的甚么他并不晓得，因为斗大的字，他不识半升。他说了谎。我们途经一个叫阎庄的村子时，在村口见到一张布告，他还凑到跟前看了看。他显然看懂了，因为看完以后，他还摇了摇头，咂了咂嘴。这会儿，我问他能不能让我看一下。他咦了一声，说那可是"组织"，不能让个人看的。我真想告诉他，我的裤衩里也有一个纸蛋蛋，也有一个"组织"。

那天晚上，我出去解手时，看见一个人牵着骆驼来到了后院，他似乎是个盐商。我想，莫非他也是来这里接头的？我们的毛驴和他的骆驼似乎很投缘，嘴伸到对方身上闻着，舔着。它们还很有共产主义风度，用嘴拱着草料，推来让去。回到屋里，我从窗缝看出去，看到清冷的月光在驼峰上闪耀。毛驴躺到地上打滚的时候，骆驼就叫了起来，好像在为毛驴喝彩。那时候月亮已经升得很高，眉清目秀的，就像姑娘的脸盘。我盯着它看了许久，上面的蟾宫也仿佛清晰可见。我想像着它照耀着远方的树木、沟渠，也照耀着我即将见到的葛任。葛任是否晓得我来找他呢？他是否像我一样，也在凝望月亮？我对田汗愈加感激起来。设若不是他暗中相助，我关在后沟的窑洞中，定然看不到这样的月亮。你说得对，那时候，打死我也想不到，他们之所以派我去大荒山，是要我干这个的。就像我怎么也想不到，第二天早上，东方红太阳升的时候，我们的早餐竟是骆驼肉。而那个盐商，已被砍杀了，扔到镇上的一眼枯井里了。掌柜对我和赶车的老乡说，这个人很有钱，绫罗绸缎不说，屁股后面还别着一把枪。如今兵荒马乱的，谁能穿得起绫罗绸缎？怎么看都不像好人，反正不是汉奸就是逃兵，干脆砍死去球。

　　掌柜把骆驼肉递过来，说，他求我们带个话，把他杀掉汉奸的事，给组织上说说。他还讨好地对老乡说："好事别独占，见面分一半，你就说是咱们两个合伙干的。"这么说着，他也像变戏法似的，从袖口里摸出两个串在一起的东西。设若我不是医生，我还真看不出那是甚么宝物。耳朵！盐商的耳朵。耳根的刀口，切得很齐整，而且被洗得干干净净。那是他杀死汉奸的凭证。此时，我已惊出了一身冷汗，耳朵也嗡嗡嗡叫了起来。妈哟，倘若没有老乡带路，我指不定也会同那盐商一样，葬身于枯井之中？又因为已经割掉了耳朵，即便下了地狱，我也别想听见一点动静。

&　李有源之子

　　根据白圣韬提到的一些线索，我后来打听到了那位老乡。他姓吴，属狗，小名叫狗蛋，大名叫吴义士。线索之一是缰绳，即当时把白圣韬吊起来，把儿媳妇拴起来的那根缰绳。线索之二是他的憨儿子。憨人有傻福，这个傻瓜后来生了四个娃娃，儿女双全。他的小儿子也叫狗蛋——他要把老子的名字安到儿子身上，别人又有什么办法。好在小狗蛋出生时，老狗蛋已经死了，不至于搞混。将这两条线索综合分析一下，狗蛋其人就水落石出了。他早在1944年就死了。所以关于他，我没有多少话好说。

而关于李有源先生，我不妨多说几句——他创作的《东方红》，与本书第二部分的叙述人阿庆的命运有关。1996年秋天我去陕北采访时，曾在佳县县城住过一夜。旅馆里的侍者告诉我，县城离李有源生前所在的佳芦镇只有一箭之遥。当天晚上，我就赶赴佳芦镇。到了那里才知道，李有源的村子名叫张家庄，离镇子还有一段路。我雇来的旅馆保安人员宁愿把钱退给我，也不愿陪我一起去，另外加钱也不行。理由是夜里走路不安全，他不想因为区区几十块钱赔上一条命。第二天，东方红太阳升的时候，我一个人去了张家庄。在那里，我见到了李有源的儿子，他正坐在窑洞口晒太阳。他已经七十多岁了，头上包着白毛巾。看见有人进来，他突然像孩子似的哭了起来。他说："瞅不见（太）阳了，心里头黑呀，心里头黑呀。"其实，他并没有失明，眼睛好好的。

窑洞里挂着李有源先生中年时的照片。李有源的儿子一边抹泪一边说，父亲是得"肿病"死去的。究竟是什么"肿病"，他说不上来，只是说："肿着肿着，人就给肿坏（死）了。"从门口望出去，可以看到院子里晒着大枣，有几只鸡正在院子里散步，我突然想起了吴义士送给亲家的那只母鸡——如果他所说属实的话——它们跟那只母鸡，是否存在着某种血缘关系？再远处是光秃秃的死寂的土岗（当地人叫土塬）。几十年前，李有源先生就是站在这样的土岗上，面对着红日，面对闪耀的星辰，唱出了"东方红，太阳升，中国出了个毛泽东……呼儿嗨哟，他是人民大救星"

的。村子里上岁数的人都记得，在李有源时代，这里是民歌之乡。他们说："中听不中听，谁都能喊几嗓子。"我问村子里的年轻人，会不会唱民歌。有一个年轻人，扭捏了一会儿，突然一拧脖子，说他会唱《春天的故事》，《龙的传人》，《今儿真高兴》。他说："四十岁往上的，大都会唱，正月时候唱。四十岁往下的，都不会唱。哄你是龟孙。"

我离开的时候，去和李有源先生的儿子告别，老人又说："瞅不见（太）阳了，心里头黑呀。"老人又像婴儿似的哭了起来，鼻涕一把泪一把的。

@　张家口

将军，你是否吃过骆驼肉？不吃也罢，肉质十分毛糙，像拧绳用的粗麻，还有一股败节草的味道。可当时吃着香啊。用马克思的话说，就是使用价值比价值高啊。

店里的掌柜考虑得真周到，让我们带走的骆驼肉，已经连夜压成了茶砖模样。走出店门，我就啃了一下。嘀，比鞋底还硬。你得咬上一会儿，用口水把它弄湿了，才能咬下一小块。到了镇子外面，我对赶车的老乡说，赶骆驼的人死得也太惨了。老乡说，谁让他是有钱人呢。真人不露相啊，如今与他熟稔了，我才发现他肚子里其实一套一套的。他说，革命就是先把有钱的少数人弄死，再把没钱的大多数人弄成有钱的，到了那时候，离共产主义也就不远了。我问他，是否要把掌柜的英雄事迹带回去，他说："狗屁！他要是调走了，换了个生手，下回来还能吃上肉么？"

他生怕我不晓得他的作用，就在我面前卖乖，说若非与他一起，我定然会成为刀下之鬼。他说的是实话。我正要感谢他，他遽然把舌头吐出来很长，扮成鬼的模样。他的舌苔很厚，很黄，就像一个痨病患者。常言道，唇如鸡肝，久病少痊。我想，他其实是个短命鬼。甚么？我也看看你的舌苔？将军，我有甚说甚。好，真好，不光舌好，唇齿舌三者俱佳，活一百岁没有问题。唇为君，齿为臣。唇为口之城郭，舌之门户，一开一阖，荣辱所系也。我有甚说甚，不耍花腔。将军唇色杏红，可谓不求自丰啊。你（注：指范继槐的随从，本文记录者丁奎）也过来看一下。瞧，范将军双唇闭合时，唇线又长又直，说明甚么呢？说明将军思考问题很周详，处理事情有条不紊。还有呢，将军舌厚而长，表明将军仕途顺达，大吉大昌。将军，我可不是奉承你。若有半句假话，你现在就可以将我毙了。

好，我接着说。又走了许久，一天中午，终于到了张家口。窦思忠住在张家口的四马路。他的公开身份是隆裕店的老板，做皮毛和古董生意。这是分店，据说总店在北平（北京）的高义伯胡同。四马路上还有几家妓院，其中一家还与隆裕店共用了一堵院墙，它名叫翠花楼。这一点，你（指丁奎）无需另记，记也没用，狡兔三窟，等你们的人赶到那里，窦思忠早就跑球了。当时，我没能立即见到窦思忠。店里的一个老伙计对客人执礼甚恭。他招待我们吃了两碗面条，又打来热水，让我们洗洗脚先休息一会儿。老乡不洗脚，说洗脚容易着凉。他问，老板去哪里了。老伙计说，去迪化（注：现名乌鲁木齐）了，甚么时候回来，他说不上来。他把我们交给了一个小伙计。我看出来了，小伙计和老乡也是旧相识，因为他们上来就骂对方是"驴日的"。小伙计有二十五六岁，眉清目秀，举止得体，尔后我得知他毕业于南开中学。因为我一直不晓得他的真名实姓，所以我就称他南开。他说"驴日的"时候，腰杆还不是很硬，语气还有些闪烁，似乎是为了表明能和革命群众打成一片，才不得不这么说的。

老乡对这里着实很熟，没等南开领路，他便径自将我领到后院的一间厢房。我刚躺下，南开就进来了。他盘腿坐在炕上，问过辛苦，尔后与我拉起了家常。他说："听说先生的岳丈住在孟庄，离镇子不远，你何不趁此机会到孟庄走走亲戚呢？"他这么一说，我的脑袋立即嗡了一声，好像飞进了一窝马蜂。有甚说甚，我的胆囊也缩紧了。是啊，这事我不想让别人知道，自从我成了毛驴茨基，我就担心丈人受到连累。唉，丑事走得比风还快呀。看来，他们早就摸清了我的底细。我低声对他说，还是算了吧，我不想让儿女私情影响革命工作。将军，我有甚说甚，我真的不想去。我的内人早就死了，儿子生下来没多久就送到了孟庄，后来再没见过。我此时贸然前去，儿子会怎么看我呢？会领我的情么？要是被他扫地出门，那可就丢人现眼了。我越想，越觉得不能去。可南开却执意要我去，不去好像就不给他面子似的。

我说，我没带礼品，临时准备又来不及，空手去吧又说不过去，还是往后放放吧。

南开同志开导我，"甚么事都可以放，就这事不能放，因为尊老爱幼是中华民族特有的传统美德。"我听了想笑，怎么能说特有呢，莫非别的民族就不晓得尊敬老人，心疼孩子？不过，我没有吭声。他又说："这不，礼品我已给先生准备好了，一件呱呱叫的羊皮袄。"我正感到十分为难，老乡偏偏又在一边瞎起哄，"别装熊了，你不是还有一块骆驼肉吗，送给丈人不就行了，舍不得？"我恼火得要命，却不能发作，只好站在门口发愣。转眼之间，南开已经牵来了一匹马。好一匹骏马，鬃毛和尾巴都剪得很短，毛皮深灰，带着白色花斑。南开告诉我，那是窦思忠同志的坐骑，是从鬼子那里俘获的。此时，他拉着马辔头，邀我上马，还说："多好的马，别人想骑还骑不成呢。"听他的口气，我要再不上马，就不识抬举了。将军，有些事我也是后来才想到的。他们执意让我去孟庄，无非是要让我明白，我丈人的性命就攥在他们的手心。我要是不老实，执行任务有半点差池，老丈人就有好瞧的了。

去了，自然是去了，敢不去么？还是南开同志陪我去的。丈人所在的村子孟庄，离张家口有五六里地，传说历史上哭倒了长城的孟姜女，就生在那里。我骑在马背上，走着走着就笑了起来。南开问我笑甚么，我说我想起了老丈人，他能吃苦，很会过日子，要是到延安去，肯定是张思德式的劳动模范。走路时，他总是低着头，见到一根树枝就捡起来,回去当柴烧。倘若是一截铁丝,他更是两眼放光,因为攒多了可以打铁。据内人说,她小的时候,过了仲秋,天稍微一短,他就只让家人吃两顿饭,并且要早早上床睡觉。照他的说法,早睡有两个好处,一来肚子不饥,二来节省灯油。到了夏天,别人嫌天热,老早就收工了,他却不愿回家。他的脊背总是晒得又黑又亮,所以他有一个绰号,叫做黑鱼。农闲时节,他也偶尔出去做做生意。甚么生意,无非是在林子里捕些野百灵,弄到市里去卖。既然说开了,我就顺便给南开讲了讲丈人吃肉的故事。有一年,家里的鸡死了,家人把啃净的骨头啊鸡爪啊,都扔掉了,他却不扔。一到吃饭的时候,他就把鸡爪拿出来泡到碗里,汤里也就一直有油花漂着。我的内弟都快馋死了,整天琢磨如何把那只鸡爪弄走,丢到自己碗里泡一泡。丈人要的就是这种奇效。有一天他把全家叫到一起,挑着那只鸡爪,问:"这是甚么?"我的内弟说:"鸡爪。"丈人说:"睁大你的狗眼眼,看仔细喽。"内弟流着口水说:"是香喷喷的鸡爪。"丈人恼了,甩手就是一耳光。尔后,我丈人才公布他的标准答案。他说:"儿啊,此乃家业也。既要生于富贵,又要死于安乐。谁能挨到最后,谁的家业就最大。"我对南开说,同志啊,呆会儿还是将羊皮袄带回去吧,一块骆驼肉就足以对付他了。我说,想想看,一只鸡爪就可当成家业,见了这么大一块骆驼肉,他还不把它当成万里江山。

我讲着讲着就又笑了起来。南开听得很入迷,可自始至终都不笑。我讲到丈人的标准答案时,他几乎要笑出来了,可还是憋住了。憋的时候，他的咬肌凸出，好像正忍受着便秘之苦。他后来还是笑了，并非因为我的讲述，而是因为一只狗。到村头的时候，一只瘸腿的公狗从村子里跑出来，迎接我这个上门女婿。它径直跑到我们跟前，在我们周围转来转去。我勒住马头，一边看狗，一边寻思该走哪条路。这时，狗邃然把那条瘸腿抬了起来，斜着身子，朝着马腿滋了一泡尿。等我的脑子转过弯来，它已经尿完了。莫非这条老狗饿昏了头，错把马腿当成了一棵树？南开终于憋不住了，哈哈大笑起来。我想明白了，南开为狗发笑，那是因为狗是低级动物，虽说狗当中也有资本家的乏走狗，但那区别并不明显。你笑也好，骂也好，都不会犯错误。而人就不一样了，人是阶级动物，需要拉开距离，你是不能随便表态的，笑也不行。

有甚说甚，在路上，我曾寄希望于丈人不在家。可我摸进家门的时候，他偏偏在家，好像存心跟我过不去似的。这样一个闲不住的人，此刻却躺在床上睡觉，让我想不通。床前的那盆尿，表明他已经好久没有起床了。他是不是病了？快死了？我立即冒出了这样的念头，其中不乏解脱之感。他原来虽瘦，可好歹还有个人样，如今却整个是鸠形鹄面。他的一只脚露在外面，脚后跟闪着灰光。作为一名医生，我立即从那灰光中看到了死亡的阴影。他也没有认出我，竟把我当成了另外一个人。他说："咦，你怎么跑回来了？"当我报上姓名时，他立即光着屁股从床上滚了下来，说："我说呢，大早起来，喜鹊就在树上叫。你不是在延安么？"他这才说道，他把我看成了他的外孙，也就是我的儿子。我问起儿子，他说："咦，你不晓得？他正跟着彭德怀打仗呢。"我这才晓得儿子也在革命阵营。我问他怎么没有下地劳动。他说，不用下地了，因为没地了。我替他燃了火，拉他在火盆前坐下，他低头说道，他被划成了地主，地被分掉了。我心里咯噔了一下。有甚说甚，那一瞬间，久已生疏的亲子之情就像雨后春笋，邃然拱出了地面。我想，待我把葛任接到延安，我定然去见儿子一面，说服他和这个地主分子脱离关系。否则，儿子这辈子可就完了。

我的丈人曾见过冰莹，夸她长得俊，是天女下凡，是孟姜女再世。他不明真相，以为我曾暗恋冰莹，还说我是野地里烤火一面热，搞得我哭笑不得。我曾告诉他，那是葛任的媳妇，而葛任是我兄弟，不敢胡说的。这会儿，我真怕他问起冰莹和葛任。若引起南开的猜疑，以为是我把葛任的消息捅了出去，那窟窿可就戳大了，果真如此，那倒霉的可就不止我一个了。唉，像他这样的地主分子，随便找个借口，就可把他搞死，容易得就像捏死一只蚂蚁。可他对自己的命运毫无感知，偏偏哪壶不开提哪壶，听得我胆战心惊。他说："谁谁谁，媳妇好俊呀，就像从画里走出来的。"因为女儿已死，他在我这个女婿面前也就不讲甚么长者风范了，没大没小的。他还说了点别的，反正很难听。不过，谢天谢地！不晓得是忘了，还是觉得我心有灵犀一点通，没必要说透，反正他没提冰莹和葛任的名字。我赶紧把话题扯到他自己身上。我安慰他，当了地主，凡事要想开点，不要背思想包袱。

不过，总的说来，黑鱼话说得还算有水平。他说，他不但不恼，而且很高兴。把刚施过肥的田地交给了政府，他也算是为革命做了点贡献。我问他有多少地，竟被划成了地主。他说有十亩七分四厘地。此地划成分的界线是十亩地，过了十亩地就是地主。他接下来的一句话，使我差点闭气。他说得感谢我，那年在北京，若非我医好了他的百灵，他就买不成地了。因为卖百灵尝到了甜头，尔后他又多次捕鸟到北京去卖，攒钱买下了河边的一片荒地。他这么一说，我想起来了。多年前，我来孟庄省亲时，还帮他在那片地里砍杀荆棘，盼望来年有个好收成。可世事难料，我又怎能想到，正是有了这片荒地，他才顺理成章地当上了地主。

这会儿好了，我的岳父总结说，地分了，他也可以像别人一样睡懒觉了。人活在世上，有两桩美事，一是娶二房妻，二是睡回笼觉。二房妻是娶不成了，可回笼觉他却天天能睡。饱暖思淫欲，如今他又变成了一个穷光蛋，也就不再想二房妻的事了。组织上救了他，他要是真的娶了二房妻，还真的对不起我死去的丈母娘。听到这里，我方才晓得孩子的外婆已死去多年了。我正手足无措，遽然想起了那块骆驼肉。唉，但愿它能补偿我心中的亏欠。我往外掏肉的时候，他眯着眼说："日你娘，麻利一点，老子早就闻着香味了。"可是，还没等我把肉拿出来，他已经飞快地跑了出去。他的一只手拎着裤子，叉着腿，光着脚，跑起来就像一只笨重的鹅。他关上了院门，搭上了门闩。趁我丈人还没有跑回来，南开对我说："孟庄还有两个地主，这村子不大，定上两个地主就已经完成任务了，所以组织上已经决定了，把你丈人的地主帽摘下来了，只是他还不晓得罢了。"他言辞恳切，不像是假的。我连忙向他表示，组织的恩惠山高海深，本人没齿难忘。

我的丈人黑鱼接过肉，还礼让了一番南开。因为啃不动，那块肉就在他手中转个不停，乍看好像握的是一块烫手山芋。由于不管从甚么地方下嘴，都不易咬动，他就专心地朝着一个地方啃。他啃得太用力了，牙床都硌出了血。我问丈人平时都吃些甚么。趁倒嘴的工夫，他的眼珠子转了一圈，说："屎。"

& 白圣韬的丈人

白圣韬的丈人名叫孟德泉。1920年，他在北京同时认识了白圣韬和冰莹。当时，冰莹从法国回来，到北京寻找葛任。因为葛任正在狱中，所以不久之后，她就回到了法国，随后又去了英国。此事记载在一本叫做《混乱时代的绝色》一书中。它的作者，就是田汗向朱旭东提起的安东尼·斯威特（Anthony Thwaite）。1938年，他曾以记者身份来过中国，并住了两年。战后，他任职于英国赫尔大学的中国问题研究所。冰莹是《绝色》的五位传主之一，另外四位是丁玲、林徽因、孙维世、赵一荻。除丁玲以外，其余几位确为绝色。下文就选自该书，它记叙了冰莹对白圣韬和孟德泉的回忆：

记忆是一把奇妙的梳子，也是一道呼啸的栅栏（whistled bar）。一些在别人那里重大的事件，她都淡忘了，可她与白圣韬一起去天桥买鸟的事情，她却记忆犹新。白圣韬比葛任年长，在葛任的童年时代，曾充当过他的监护人的角色。白来北京投奔葛任，是想寻求就业机会。此前，白圣韬并不知道，葛任因参加去年的五四运动，还被囚禁于步军统领衙门的监狱之中。

白圣韬来到那天，她正要到天桥去。那时，她正迷失于情感之中，为自己是走是留而彷徨不已。她打算到天桥找人看相，预卜未来。天桥在皇帝祭天之所天坛之外，是中国二十世纪初的清明上河图和迪斯尼乐园。白圣韬在青埂镇的时候，曾在教堂里养过鸽子。随冰莹来到天桥之后，他很快就被鸟市吸引住了。在那里，他们遇到了卖百灵鸟的父女二人。冰莹现在还记得，笼子里的百灵鸟双翼下垂，神情倦怠。冰莹说，卖鸟的人急于出手，见到她和白圣韬，便讲明愿意赔本卖出。冰莹原本要找人看相的，此时却被卖鸟人缠得无法脱身。冰莹还记得那人姓孟，白圣韬大概当时就看上了那位孟子后裔的女儿，他对卖鸟人说，这些鸟都已患病多时，很快就会一一毙命。卖鸟人正要发作，他又对卖鸟人说，他愿意为他的鸟治病，卖鸟人送给冰莹小姐几只百灵作为酬谢即可。若治疗不及，他愿按原价买走。冰莹说，她当时正感到百无聊赖，就跟着白圣韬到了卖鸟人的住处。白圣韬还真是个行家，他用醋调荞麦面给鸟服下，鸟果然恢复了生机。白圣韬还购来一点鸦片膏泡水喂鸟，让鸟儿服毒上瘾。冰莹后来说，白圣韬聪明绝顶。玩鸟的人大都有抽烟的恶习，而有了毒瘾的鸟儿一旦闻到人身上的烟味，就会欢唱个不停，如此一来，玩鸟人便会以为遇到了林中最好的百灵。

冰莹说，从那天起，卖鸟人的女儿就跟他们相熟了。受她和白圣韬的影响，她不想再回乡下了，想留在北京读书。父亲只好把卖鸟的钱悉数留下，独自回了张家口……据冰莹回忆，她是在葛任出狱之前离开北京，前往法国的。一则她的女儿此时还呆在法国，她要赶回去与女儿团聚；二则她对自己和葛任的爱情前景尚无从把握。在出国之前，她出资将白圣韬和那个女孩送到北京医专读书，而北京医专正是葛任入狱前呆过的地方。她将自己的联系地址告诉了川田，期待着川田将之转告给葛任。川田是日本人，一个虚无主义分子，他是葛任在日本时结交的朋友，此时正在北京医专任教。他对她说，等葛任出狱后，他一定带着葛任按图索骥到法国找她，还说，他的理想是到法国学习戏剧。

上帝啊，戏剧随后就发生了——因为醉酒，川田将她留下的地址丢失了。在法国，我们的主人公冰莹正望眼欲穿，等待着葛任。时间一天天过去，她的等待变得遥遥无期。许久以后，她才偶然得知，葛任与白圣韬去了苏联,并得知白圣韬在出国前结了婚,他的新娘就是当初那个卖百灵的女孩……

关于孟德泉,我不妨再补充几句。就在白圣韬见过他之后一个月,他就被当成恶霸地主毙掉了。孟德泉的儿子,即那个因为鸡爪挨了父亲一耳光的馋鬼,名叫孟维茂。孟维茂早在白圣韬来到孟庄之前,就病死了。他是不是因为开荒累死的,已经无从查考。白圣韬的儿子随孟德泉姓孟,名叫孟垂玉。同村的一位老人对我说,1951年春天,孟垂玉和他作为光荣的人民志愿军,一同进入朝鲜。1953年,在板门店谈判的最后一天,孟垂玉在撤退途中,踩响了一颗地雷,飞上了天空。因为张家口的百灵鸟全国知名,百灵鸟已经深入张家口人的日常生活,所以,那个老人顺便拿百灵鸟打了一个比方:"垂玉叫炸碎了,变成了百灵鸟大的肉丁。"地主分子孟德泉已经断子绝孙了。请注意我的用词,断子绝孙的是孟德泉,而不是白圣韬。顺便说一下,在本书的第三部分,我将提到一位名叫白凌的小姐。2000年夏天,她受我的委托,陪同范继槐先生去白陂参加一个重要的庆典活动。这位白凌小姐,就是白圣韬和第二任妻子的孙女。

@ 诗朗诵

天黑之前,我就撤离了孟庄。返回张家口时,送我来的老乡正欲返回陕北。他说,三天不打,上房揭瓦。他担心儿媳妇在家里不老实。南开提醒他，要注意工作方法。他一拍胸口，说："俺懂，要加强思想工作。驴日的，俺已经想过了，（她）再胡球折腾，俺非把她的小×挖出来不可。"说完他就走了。唉，两条叫驴在一个圈里，时间长了，还会拴出感情呢，遑论是两个人呢。所以，有甚说甚，老乡走后，我心里还有些空落落的。

我急着见到窦思忠。还好，当天晚上，我就见到了他。那时候天已快亮了，我正梦见儿子呢，吱扭一声，门被推开了。我看见南开站在门口，手里举着一盏马灯。他说："白同志，快瞧瞧谁来了。"我一骨碌爬了起来。有个人影很快来到炕前，按住了我的手。他让我别客气，继续躺着。他的手比女人还柔软，就像剔除了骨头。对，他就是窦思忠。他还真像个做皮毛生意的，身上有一股牲口的膻味。南开将灯芯捻亮，屁股朝后退了出去。我当即想到，窦思忠定然没去迪化（注：现名乌鲁木齐），而是一直呆在隆裕店。我还想，让我去孟庄，应该是他的主意。

我把那封信掏了出来。在裤衩里放久了，它有一股子臊味。我把它放到唇边吹了吹，才交给他。这是我第二次把它放在唇边，第一次是套裤衩的时候，当时我还亲了它一下，就跟亲着自己的亲人似的。窦思忠伸手来接的时候，我发了誓，说我没有看过它，否则天打雷轰。他笑了，点了点头。尔后，他把那封信拆开瞄了一眼，说："别介意，这不过是个规矩。是人总得守规矩嘛。你没看，说明你纪律性很强，是个好同志。你也看看吧，这上面说的都是你的好话。"说着,他抽出来一片纸递给我。我说我就不看了,可他坚持让我看。我看到上面只有一串拉丁字母,我很快将它的意思拼了出来:"白是我和〇号的同乡,可信赖。"落款是"田"。随后,他擦了一根洋火,要把它烧掉了。因为洋火泛潮,擦了几次,都没有擦着。我又闻到了红磷的味道,心里不由得一惊。这时候,一片灰烬,一股轻烟,在我和窦思忠之间飘来飘去。没有比灰烬更轻的东西了,可是当那灰烬飘到我面前时,我还是不由自主地躲了一下。

窦思忠盘腿坐到炕边,问首长都给我交代了甚么。我原封不动,将田汗的话转述给了他。他听后,也没甚么表示,好像此事无关紧要似的。尔后,他把话题转到我丈人身上,说他去迪化以前,已经向组织上建议,摘掉我丈人的地主帽子。他还问到了我的儿子。这一下我的腰杆可以挺起来了,我说:"报告首长,儿子已经当兵了,正在彭德怀将军手下打仗。"他握了握我的手,说:"真是老子英雄儿好汉嘛。"有甚说甚,那虽然是一句客套话,可我还是差点落泪。

片刻之后,我急不可耐地向他打听葛任的近况。他说:"〇号在大荒山白陂镇,你很快就会见到。"还说,和我一样,他对葛任也很关心,并且很尊重,"他到了延安,放弃高官不做,而愿意去搞翻译,为革命提供理论根据,这很了不得呀。"他从口袋里摸出一张葛任的照片,"这不,他的照片我都保存着。"他捏着那张照片,看了一会儿,还让我看了一下。那是葛任的一张侧面像,是在窑洞前照的,设若我没有记错的话,那是一个叫史诺(注:现译为斯诺)的美国记者照的。他还说,葛任有一首诗叫《谁曾经是我》,他在很多年前就拜读过,爱不释手。他问我是否晓得。我说当然晓得。因为担心言多必失,我就没敢多说甚么。接着他就朗诵了起来,他的嗓子哑了,间或有个亮音,就像铁锹在石面上铲过。而且,朗诵的时候,他会邂然做出挥手向前的动作,吓人一跳。我想,倘若葛任在场,也会被他搞迷糊的,定然不会承认那是自己的诗。我记得,说到"小溪"一词时,窦的语气活似日本人挂在嘴上的"哟西"。更多的时候,他将句子切成一小截一小截的,短促有力,就像射击。

& 谁曾经是我

窦思忠提到的那首诗,是葛任最有名的作品。它有三个版本。第一个版本完成于日本,题目叫《蚕豆花》。遗憾的是,它现在已经遗失。第二个版本,是葛任在狱中修改完成的,题目就是窦思忠所说的《谁曾经是我》。最后一个版本,题目又改成了《蚕豆花》——关于它,我在第三部分还要提到,此处暂且不论。

关于《谁曾经是我》,1920年7月,葛任的狱友孔繁泰先生,在接受一个名叫费朗(Jacques Ferrand)的法国记者的采访时,曾经提到过。熟悉五四运动的人,对孔繁泰或许不太陌生。他和葛任都是因为参加六月三号的大游行,而在次日被捕的。他的身份比较特殊：一、他本人是一名记者；二、他是孔圣人的第七十四代孙。所以，他出狱之后，成了中外各大媒体争相采访的目标。他在与费朗谈话时，他不光提到了这首诗，而且透露了他与葛任的狱中生活。采访结束之后，费朗先生就把这首诗和采访记，一起送到了当时名噪一时的《新世纪》杂志。但杂志社以"篇幅有限"为由，没有录用采访记，只录用了这首诗：

> 谁曾经是我，
> 谁是我镜中的一天，
> 是山中潺潺流淌的小溪，
> 还是溪边浓荫下的蚕豆花？
>
> 谁曾经是我，
> 谁是我镜中的春天，
> 是筑巢于树上的蜂儿，
> 还是树下正唱歌的恋人？
>
> 谁曾经是我，
> 谁是我镜中的一生，
> 是微风中的蓝色火苗，
> 还是黑暗中开放的野玫瑰？
>
> 谁于暗中叮嘱我，
> 谁从人群中走向我，

谁让镜子碎成了一片片，

让一个我变成了无数个我？

那篇采访记，后来收到了费朗先生的文集《L'Entretien infini》（《无尽的谈话》）之中（此书中译本已由近岸出版社出版）。下面是与葛任有关的部分：

费：孔先生，据说你被关在马厩里？还挨了揍？

孔：不，步军统领衙门的马厩（条件）太好了，我无缘享受。（笑）我关在紧挨着马厩的房子里，窗户上贴着马粪纸。里面一共三十二个人。翌日，就成了三十个。死掉了两个。半夜，能听到马儿咻咻的鼻息。至于挨不挨揍，那要看他们从哪头揍起了。从马厩这边揍起，皮肉之苦少不了。从军械库那边揍起，轮到我们时，他们已是少气无力。我们的运气不错，马厩这边太臭了，他们轻易不到这边来。

费：你是怎样挨过那段时日的？

孔：读诗，唱歌，静坐，打瞌睡，还有，还有挨揍。（笑）

费：读诗？唱歌？

孔：是呀。有一首好诗，是我的朋友在狱中写的，每个人都可以从中找到自己的影子。你若想看，我可以抄给你。

费：我最崇拜的神就是缪斯。你能否将我引荐给那位诗人？

孔：你会见到他的。正如你已经知道的，他和我一样，他也是因为游行而被捕的。你当然可以见到他。不过，不是在这里，而是在法国。他的未婚妻就在法国。他可能也要到法国去。他想到法国疗伤。是的，他有肺病，在狱中多次吐血。若有可能，届时，我可以写信给他，让他接受你的采访。他乃羞怯之人，一般不接受采访的。你的咖啡太好了。这是我喝到的最好的咖啡。

费：谢谢。你说他很羞怯？

孔：是的，羞怯。

费：哦，羞怯可是一种秘密，是个体存在的秘密之花，是对自我的细心呵护。

孔：不，他并不自私。中国人并不都自私。事实上，我和他都是为了声援别人而被捕的。他是一所医学院（注：即北京医专）的教师，我是一名记者。我们都有自己的工作，不需要靠游行来领取工资。

费：孔先生，我的意思是说，他是懂得维护个人尊严的人。

孔：葛任？你怎么知道他叫葛任？

费：我说的是"个人"。（笑）不过，尊敬的孔先生，你无意中透露了他的名字。我知道你说的是谁了。我还知道，他的未婚妻是冰莹女士，胡安的女儿。

顺便说明一点，正如我们已经知道的，后来葛任并没有到法国去，而是去了苏联。倒是孔繁泰本人在费朗的帮助下去了法国。在那里，这位孔子的后裔成了卢梭的信徒。1943

年春天，他还将回到中国，与冰莹以及本书第三部分的叙述人范继槐先生相遇。

@ 鼻出血

他念诗的时候，天已经大亮了。光线从窗格照进来，照着他的脸。他脸色发白，但耳朵却十分灰暗。好像他说的每一句话，都与耳朵有关。天虽然很冷，可他的鼻尖上却有一层细汗。我发现，他的嘴角时常遽然抖动一下，就像遭受了蚊虫的叮咬。就在此时，一个事件发生了，他左边的鼻孔流血了。

我赶紧扶他躺下。我刚扶住他，南开就进来了。窦思忠似乎还沉浸于他的朗诵之中，不停地抖动。随着那抖动，右边的鼻孔也开始流血。南开说："首长千好万好，就是一点不好，不晓得休息！"我连忙说道，这不过是小事一桩，不要放在心上。逮些蜗牛烧熟，研成粉末吹入鼻孔，血就止住了。南开搔着头皮，说这么冷的天，去哪里逮蜗牛呢？我想了想，告诉他还有一种办法可以一试。他问是甚么办法，我犹豫了一下，还是说了出来。"去找些驴粪。"我说。南开一下子变了脸色。我赶紧说，在延安时，我用驴粪烧成的灰，给人治疗过鼻出血。窦思忠说："白医生说甚么，就是甚么。"我听了很感动。我想，毛驴虽说回了延安，可它总留有粪便吧。

很快,我们就在院子里找到了驴粪。我用炭将它烘干了,尔后用洋火点了。南开跪在一边,小心地看护着驴粪的火苗。烧成灰时,南开四爪着地,趴在那里狠狠吸了一口。他的举动使我想起了田汗的卫士。我曾给田汗看过便秘,我每次开的药方,田汗的卫士都要亲口尝尝,不过,我当时开的不是驴粪,而是牵牛花和桃花。这会儿,南开也捏了一撮灰,放到嘴里品了一会儿。我问他是否有些腥?他点点头。腥中是否有点甜?他点点头。甜中是否有点苦?他又点了点头。"这就对了。"我说。他盯着我看了片刻,才允许我动手。我让窦思忠仰脸躺下,尔后我把驴粪的灰烬吹进了窦思忠的鼻孔。鼻血很快就止住了。还没等窦思忠开口,南开就抢先说道,他代表首长感谢我。我对南开说,要谢就谢那头毛驴吧,那可是革命的毛驴。

有甚说甚,止住了鼻血,窦思忠对我的态度就有了变化,不光是同志,好像还是战友了。他请我吃了一顿丰盛的早餐,火烧,羊头,此外还有羊腰子。半生不熟的羊腰子,最合他的胃口。吃腰子时,他说,他想不通葛任为何要跑到那么一个鬼地方,想听听我的看法。虽说对葛任的任何理解,都可能是曲解,但我还是说出了自己的真实想法。三句话不离本行嘛,我就说,〇号可能是躲在那里养病,因为他有肺病,需要南方的湿润和阳光。"还有呢,说说看。"窦思忠说。我只好继续说下去,说〇号骨子里是个文人,或许是为了安静地写书,才跑到大荒山。出乎我的意料,窦思忠竟然附和了我。他说,他也是这么想的。尔后他就说道,到了大荒山，要把葛任写的东西弄到手，不能让它落到外人手里，一张纸片也不能落下，因为那都是革命的财富。他板起脸，说，这并非他本人的意思，而是首长的命令。

& 粪便学

坦率地说，最初看白医生的自述，我很纳闷：这人动辄提起粪便，是不是有什么毛病，起码算是低级趣味吧？后来，我才知道误解了他。他是位粪便学专家，这么说，其实是出于职业习惯。

如前所述，白圣韬在北京医专读书时，日本人川田是他的老师。而川田本人，就是这方面的专家。现为上海医科大学博士生导师的于成泽先生，当年与白圣韬同班。据他回忆，白圣韬是班上最用功的学生，深受川田的喜爱。于博导为《医学百家》杂志写过专栏文章，在1993年第5期的《名人趣谈》栏目中，我们可以看到如下一段文字：

> 白圣韬比我们都要大上几岁，入校也比我们晚。他入校的时候，川田刚好来给我们低年级学生上课。川田先前在仙台医专读过书，与鲁迅先生同门，都是藤野先生的弟子。但他与鲁迅的性格完全两样，常给人一种我们现在所说的嬉皮士似的感觉。川田经常向我们提起粪便。他从婴儿的粪便讲起，说婴儿的粪便多么好多么好。他站在讲台上，手捧着一泡婴儿的粪便，揉来揉

去,揉成一个团,然后再一分为二。因为婴儿的粪便是米黄色的,所以它们看上去活像两只微型的梨。他边讲边把它们抛起来,再接住,循环往复,就像魔术师在表演节目。有一次,不管是男生还是女生,都被他叫到跟前。他让我们拍拍它,闻闻它。出人意料的是,他竟然还鼓励我们咬上一口,尝尝它的味道和硬度。有些女生吓得捂着脸,连连后退。这时候,川田先生突然自己带头尝了一口。他嚼着那东西,就像嚼口香糖,还把舌尖挑出来,让我们看。我记得,学生当中,第一个去咬粪球的就是白圣韬。他确实是一个可以为真理献身的人。后来,在那届同学中,第一个去苏联的是他,第一个到延安去的也是他。当时,他本来可以不去延安的,因为他当时在上海开了私人诊所。但他后来下落不明,可能是牺牲了(注:原文如此)。

川田向我们解释,他并非故意刁难大家,而是想让大家熟悉人类最隐秘的东西。他说,粪便、尿、脓、痰,还有血、脑脊液、胸膜液,都是人的正常的生理化学反应。通过它们,可以了解人的身心状况;人的一生中要放十万多个屁,拉三十吨的粪。有人被他说笑了。他说,这没什么可笑的。对一名医生来说,有必要了解这些,就像木匠需要了解木头的纹理一样。在随后的日子里,我们从他那里学会了许多关于粪便的知识,也从他那里学到了一些从中国教师那里学不到的与粪便有关的宗教知识。他曾问我们谁信上帝。没有人举手。他点了白圣韬的名,说你不是在教堂里干过吗?我们至此方知白圣韬原来在教堂里当过仆役。川田说,西方的医生认为,上帝把许多灵丹妙药放在粪便里,而且这已被经验所证实,比如马粪可以治疗胸膜炎,猪粪可以止血,人粪可以化淤和愈创,驴粪可调治血性腹泻,牛粪加玫瑰浆可以治疗癫痫和惊厥,尤其是小儿惊厥。受他的影响,我们平日都喜欢用粪便来打比方。比如,当我们说到医生的救助方案应该前后有序的时候,我们就会说,如果你脑子里有屎,那你就该先在脑子里挖个厕所。

现在回想起来,川田对中国医学的发展是很有贡献的。仅医学方面而言,我倾向于把他看成白求恩、柯棣华式的人物。在医学发达的今天,我们可能不再用粪便给人治病了,也很少再通过观察粪便来诊断一个人的病情了,但在解放前,在中国还非常贫穷和落后的时候,在频繁的战争期间,了解粪便,认识粪便,利用粪便,都是医生必不可少的基本功。而在这些方面,川田医生确实有着特殊的贡献。

接着说白圣韬。从上海到了延安以后,白圣韬为革命所做的贡献,也主要表现在治疗便秘方面。延安时期,那些经过长征的人,由于缺乏水果和蔬菜,并且不得不用黍类食物来代替大米,许多人都患有便秘。其中,最有名的便秘患者就是毛。因最先报道二战爆发的新闻,从而享誉全世界的英国记者克莱尔·霍林沃思,在她所著的《毛泽东与他的分歧者》(河南人民出版社,1995年版)一书中,对此有如下记载：

> 在延安的生活中，逐渐形成了一种社会和政治模式……一些很小的事件在这个被隔绝了的团体的各成员中引起了很大的关注，毛泽东的通大便问题成了一段时间内人们谈话的经常议题之一，以致每次通过大便之后，人们都会向他表示祝贺。这件事看起来似乎有点可笑，然而，许多经过长征的人刚到延安时都受过这种折磨，这却是确定无疑的事……

和毛一样，田汗每次通过大便，也会愉快地接受人们的祝贺。在《与田汗拉家常》一文中，朱旭东记录了田汗在病榻上的一段独白。田汗提到的那位医生，指的就是白圣韬：

> 那时能不能顺利屙上一泡，从某种意义上说，已经成了革命的首要问题。小朱同志你想啊，肚子里老是装着一泡屎，可怎么打仗啊？所以说，便秘也是我们的敌人。说起来，我还得感谢医生。他确实有两下子。他让我喝过一种东西，跟黑芝麻糊似的，喝下就通了。当时医生向我表示祝贺。我问他那是什么宝贝，他说是牵牛籽。后来，牵牛籽弄不到了，他就让我吃萝卜籽，炒熟的萝卜籽。有一次，下去搞调查的人，抄了一个地主的家，那家伙就是种萝卜的，萝卜籽多的是。自从弄到了萝卜籽，我们就可以轻松上阵了。当时流行一句话，叫做，屙出人轻松，打仗能冲锋，革命定成功。

田汗派白圣韬去白陂，原因可能有多种，但有一个原因，或者说前提条件，是不可忽略的。即，田汗等人已经不再便秘了。作为粪便学专家的白圣韬，其实已经完成了自己的历史使命。

@ 菩萨心肠

我很想早一点走，可窦思忠却执意留我再住两天。他说来一趟不容易，反正葛任是个痨病鬼，一时半刻死不了，多住两天也无妨。还说，倘若他招待不好，他是无法向首长交差的。有甚说甚，一个毛驴茨基，能享受到如此恩遇，我真的是受宠若惊。

那天黄昏时分，我们出去散步。天空灰暗，朔风劲吹，空气中有积雪的味道，还有火药的味道。他问我，首长和葛任交情如何？我说："好啊，好啊，他们有深厚的革命友谊。"他又问，葛任与首长是否相识于青埂教堂。我不晓得他用意何在，便避实就虚，说："如今首长可是个无神论者。"

他说这并非开会，不要有甚么顾虑，尽可以畅所欲言。我说，他们其实是在教堂开办的育婴堂认识的。他也晓得育婴堂，因为他的老家常熟，也有洋人办的育婴堂。他还晓得青埂镇的育婴堂是毕尔牧师办的，他说："传洋教的人有时也会干点好事，虽然干好事是为了麻痹更多的人。"对毕尔牧师，我一直心怀感激。可眼下的形势容不得我加以辩解，我只能听任他任意臧否。他还问到了葛任母亲的死，葛任的祖父他也问到了。我告诉他，葛老爷子是个败家精，死的时候，整个家业都被他吸光了，葛任就是在祖父死后，被毕尔牧师带进育婴堂的。窦思忠噢了一声，说他曾听田汗同志讲过此事。姓窦的还晓得田三虎，并称他为反洋教运动领袖。说到这里，他自豪地说，田汗曾表扬过他，说他长得就有点像田三虎。将军，田三虎是何许人，你大概还不晓得。他是田汗的远房叔父，当年曾啸聚山林，自比晁盖。不过，兔子不吃窝边草，他并不贻害青埂百姓。有甚说甚，有他坐镇一方，青埂民众确实很少受到流寇骚扰。唉，说起来他干过的最大的蠢事，就是烧掉了青埂教堂。此人的结局不好。北伐的时候，老蒋曾想收编他，可他不干。老蒋龙颜大怒，就把他给收拾了。可当时，一听窦思忠自比田三虎，我还是连忙恭维他，说他真的是田三虎第二。

　　我很纳闷，既然窦思忠对葛任已经知根知底，那为何还要明知故问呢？莫非考验我，是否在他面前耍了花腔？妈哟，我的回答会有甚么不妥么？这么一想，我就忍不住打颤了。为了不让窦思忠看出我的心思，我装做很冷的样子，捂着嘴，往手上哈着气，还擤起了鼻涕。窦思忠以为我真的受凉了，迅速将棉衣脱下来，披到我的肩头。我不穿，可他说那是命令。还说，要是我受了风寒，不能及时成行，那对革命而言，可是个极大的损失。恭敬不如从命，我只好披上了他的衣服。披衣服的时候，我自然想起了田汗为我披上斜条纹棉袄一事,也就顺口讲了出来。"首长真是菩萨心肠啊,爱兵如子。"窦思忠说。如今想来,他是往自己脸上贴金呢,因为与其说他在说田汗,毋宁说他说的是自己。随后,他提到我的毛驴茨基问题,说:"虽然你成了托派,但我们非但没有把你一棍子打死,反而给了你立功的机会。"他终于把我的泪说了出来。我流泪的时候,他遽然话题一转,提到了二里岗战斗。他问我晓不晓得二里岗战斗。我说晓得啊。尔后,他感慨了一声,遽然说到,葛任当时要是死掉的话,那可太好了。

在后沟时,我挨过几耳光。如今听窦思忠这么一说,我还以为耳朵出了毛病,听岔了。可再看看他的神情,我就晓得耳朵并没有骗我。我吓得气都不敢出了。窦思忠说:"我,你,田首长,还有很多同志,都深爱着葛任。唉,他当时若是就义,便是民族英雄。可如今他甚么也不是了。他若是回到延安,定会以叛徒论处。要晓得,大多数人都认为,在疾风暴雨、你死我活的斗争面前,一个人不是英雄,便是狗熊。总会有人认为,倘若他没有通敌,他又怎能生还呢?虽说我和你一样,也不相信他会通敌,但人心如此,徒唤奈何?不杀掉,他也将被打成托派,(被)清理出革命队伍。即便组织上宽大为怀,给他留了条活路,他亦是生不如死。"

我的脑袋一下子炸了,觉得响雷正从脑门上滚过。我竖着耳朵,想听清他的每一句话,可耳朵却很不争气,一直嗡嗡乱叫。过了一会儿,我稳住了神,问窦思忠,那该怎么办才好呢？说这话时，我其实已经预感到他会说甚么了。他搔着头，说，他十分痛苦，整日都在考虑这个问题，饭也吃不下，觉也睡不香。思来想去，总算想出了一个办法，那就是让葛任真的死去，神不知鬼不觉地死去。娘哟，我怕的就是（听到）这个，可你越是怕鬼，鬼越是敲门。接着我又听他说道："白圣韬同志，你固然是最恰当的人选，但你若是感到为难，组织上还会另想办法。"我不敢多嘴，只是问了他一声，是否还有别的办法。他说："办法自然是有的，那就是让他装死，永不出声。"我连忙表示，我可以连夜启程，奔赴大荒山，提醒他不要出声。无奈我言之谆谆，他听之藐藐。他告诉我，如今为时已晚了，据可靠情报，葛任近期还发表过文章，将自己的身份暴露了。将军，有甚说甚，我当时听了也十分生气。我想，葛任如此聪明，又如何干出这等蠢事呢？

窦思忠又说："白同志，我们都是菩萨心肠啊，可为了保护一个革命者的名节，我们只能杀掉他。没错，杀掉他。白同志，请你不要把他看成某一个人，而要把他看成某一类人。这类人一世英明，却在革命的紧要关头犯下了天大的错误。如果我们还像往常那样深爱着他们，那么除了让他们销声匿迹，没有别的好办法。白同志，只有这样去考虑问题，我们才会从痛苦中挣脱出来。"天已经黑了，我在黑暗中捕捉到了窦思忠最后的声音。他说，其实这并非他一个人的主张，而是所有热爱葛任的人的意愿。在虽死犹生和生不如死之间，我们没有理由不选择前者。

他语气干脆，就像向行刑队员下达命令。我闻到了一股兽皮的味道，手枪套上的兽皮的味道。它来自窦思忠的腰间，远比积雪的味道浓烈。积雪终会消融，而兽皮的味道却会穿透时间。我晓得，倘若我敢说半个不字，我就会脑袋开花。将军，我如今算是晓得了，人的畏惧，并非从头部开始的，而是从脚开始的。先是脚踵冰凉，尔后那股凉气顺着腿肚往上爬。到了腿根，胆囊就缩紧了。然后，凉气又顺着脊梁骨往上蹿。最后，才是头皮发麻。当窦思忠问我有何感想时，我赶紧说："首长，你指向哪里，我就打向哪里。"他盯着我看了片刻，似乎要从我的脸上看出甚么破绽。但是，我的表现让他甚为满意。他帮我掩了一下棉袄，又拍了拍我耸起来的肩胛骨，说："白圣韬同志，不需要你动手。组织上考虑到你与他的交情，也考虑到你是个医生，决定不让你为难，无需你亲自动手。"

我听了又是一惊，生怕闪出甚么枝节。他解释说："组织上考虑得很周详，这就像在台上排戏，平日使惯了刀的，这回要他耍棍，怎么行呢？要动手的是赵耀庆。他是个军人，杀人不眨眼。你的任务是把命令送到赵耀庆手上，并将葛任写下的文字，悉数带回，一张纸片也不能落下。"他再次强调，那些纸片都是革命的财富，不属于葛任一个人，还说首长要看看，葛任到底都写了些甚么。

返回隆裕店的途中，我最担心的事，莫过于阿庆来电。我如今总算明白了，窦思忠让我推迟行期，其实是在等阿庆的来电。当时，他若能与阿庆取得联系，他就可以直接向阿庆下达命令。当然那样一来，我也就没有必要活着离开张家口了。唉，一个人的吉凶泰否，真是难以言明。不过，当时我还算鸿运当头，鬼没来敲门。直到我离开张家口，阿庆都没有来电。

& 东方的盛典

作为葛任事件中的一个重要人物，窦思忠的资料少得可怜。我只是在朱旭东所著的《田汗传略》中，见过他和田汗的一张合影。田汗骑在马上，窦站在马脸旁边，手里抓着马辔头。或许是由于马脸的映衬，照片上的窦思忠，脸型显得较短。他头发很长，还留着颊须，有点像猫科动物。这张照片拍于1936年的保安。据朱旭东说，他曾问田汗站在他身边的人是谁，田汗只是说："他姓窦，《窦娥冤》的窦。"此外再无二话。也就是说，到目前为止，我们除了从白圣韬这里知道他是江苏常熟人以外，其本人的经历及家族背景，仍然无可稽考。

窦思忠一定是从田汗那里知道毕尔牧师的。我前面提到，曾在青埂传教的毕尔牧师，后来与埃利斯牧师合著有《东方的盛典》一书。毕尔牧师很博学，从古埃及《亡灵书》所描绘的香甜的饼饵，到《可兰经》所记载的天国里的四条河流，他都有研究。他对医药也有所涉猎。二战时，他与埃利斯牧师都参加了国际红十字会。据我的姑奶奶描述:"他又瘦又高,大脚板。我给他起过一个外号,叫穿天杨。他很温柔,轻声细语,像风从树阴下吹过。"

下面一段文字,就选自《东方的盛典》。它记叙了葛任和田汗幼年时期的一些生活片断。有一点需要说明,文中提到的"葛尚仁",是葛任童年时代用过的名字:

我在1898年,即中国的戊戌年到达青埂山。青埂山并不单指一座山,其幅员相当于欧洲一个小国。就在这一年,清政府颁布了《地方官接待教士章程》。因为这个章程,我被当地人称为洋州县。我来这里之前,主持教堂事务的是埃利斯(Revd W. Ellis)牧师。青埂教堂,始建于明代万历十七年。它给我留下的印象是美好的。我现在还能回忆起那些用砖块铺就的小径,柱子顶端的鎏金花纹,堂内悬挂的耶稣受难图,以及祭台上的圣母像。不幸的是,它们后来都被捣毁了。

在青埂山,我和埃利斯牧师共同创办了一个育婴堂。我们所收的第一个孩子,是一个被弃的女婴。她是我们从济河边捡回来的。许多年后,我才知道葛尚仁就是她的同胞兄弟。葛尚仁后来也来到了育婴堂。那时候,他其实已经是一个少年了。葛尚仁非常聪慧,眼眸有如露珠。其名字本身就显示了对中国宗教的某种态度——"仁"是孔教的一个重要概念,"尚"也是孔子学说中经常出现的一个词。他的母亲是一个聪慧的女人,但她死得很早。母亲死后不久,他的祖父也死去了。关于他祖父的死,有一件事颇值得一叙。他的祖父有一只名叫咪咪的猫。他用它的皮毛来揩拭烟枪，也用它的眼睛来确定时辰。据说猫的眼睛会随着时间的改变而发生相应的变化。比如，当猫的瞳孔变得像鼠毛那样细，并垂直穿过眼睛时，人们便可以知道那已是正午时分了。这位老人对咪咪的爱甚至超过了对孙子的爱——他可以把自己的袖笼当做咪咪的卧室。据说为了不打扰它的睡眠，他甚至割断过自己的袖袍。但是在中国，爱往往会带来灾难！那只名叫咪咪的猫就是爱的殉葬品。他死之前，将咪咪杀死了，并将咪咪熬成了一锅汤喝了下去。他一定认为那是对猫最好的爱。由于那只猫曾经充当时钟的角色，我们便有理由认为，他是把自己的死当成了历史的终结。

葛尚仁在育婴堂里最好的朋友，名叫田聪。收到育婴堂的男孩，都已父母双亡，田聪也不例外。他的叔父名叫田三虎，对他未尽抚养之责。许多年后，无父无母的田聪，成了一名将军，那时他的名字已经改为田汗。由"聪明"的"聪"改为"流汗"的"汗"，虽是一字之差，但说明他已经深入到了中国哲学的内核。中国人反对自作聪明，而提倡吃苦耐劳。我记忆中的田聪，聪明、好动却有点害羞。我现在还记得有关他的一个场景。一次我带着葛尚仁从外地回来，走进院子的时候，孩子们正在玩沙。一个女孩走近了葛任，并将一撮细沙放到了葛任的手心——在薄暮中，细沙是一种耀眼的金黄色。这时，田聪也过来了。他扬起沙尘，从沙顶冲下来，一直冲到葛尚仁面前，由于止不住脚步，他突然摔倒在地，头上磕了一个大包。看到我站在一边，他为自己的摔倒害羞了起来，像个女孩似的，满脸通红。

一想起葛尚仁和田汗，我的记忆就会停留在一个飘雪的冬天。我记得他们常常在门外的积雪中祷告，担心积雪把他们的亲人埋得太深，离他们更远。我曾经和两个孩子一起去过郊外的墓地。他们依照中国习俗在那里烧掉了一些纸钱，据说这样一来那些纸钱就可以成为流通的冥币。田聪找不到他亲人的墓地，但葛尚仁找到了。他双膝跪地，低声哭泣。记忆中另外的一天，风向变了，积雪消融的季节来临了。我又陪着他们来到了墓地。他们再次祷告，祈求亲人可以进入天国。一个小女孩也和我们一起来到了墓地。如前所述，她和葛尚仁是同胞兄妹，只是他们本人并不知情。此时，她和葛尚仁一样悲伤。她咬着嘴唇默默无语，眼神清澈明净如同一条小溪。她这是第一次到墓地来，对那里的景象感到陌生。我现在还能回忆墓地里的情形：那里的潮湿与晦暗，那些被积雪压断的枯树的枝桠，以及落在地上已经发黑的植物果穗。那一切，多么像我给孩子们看的《圣经》插图里的景象，那些经年的老藤，使人想起图中摩西手里那根镌刻着埃及雕饰的权杖。我以此安慰两个孩子：既然这里的一切和《圣经》的插图如此相似，那么他们的亲人一定已经到了天国。

在青埂山的传教，并不像别人想的那么容易。好在我和埃利斯可以从孩子们的成长中得到安慰。我想说的是，许多中国人和真理的关系，和他们的家庭结构相仿，常常是一夫多妻式的。也就是说，皈依我主耶稣，许多时候就像在信仰上再纳一个小妾。对他们当中的许多人来说，天国不是在心中，而是在身边，在身边的那些饼饵、麦酒和牛乳上面。我后来不再传教，只是教孩子们识字，学习语法，也就是因为这个缘故。我想，对那些可爱的孩子们来说，知识就是为他们的身体预备的饼饵，为他们的喉咙预备的凉水，为他们的鼻孔预备的甜蜜的清风。而我知足了，我知道这就是天国的含义。

　　我并不知道，在天国显现的同时，一个难处发生了。一个棋子的偶然滑落，常会导致满盘皆输，灾难的发生往往会和一个小小的细节有关。当育婴堂的一个女孩光脚在细沙中跑过的时候，由细嫩的脚趾带起来的沙粒，竟演变成了一场沙暴，并最终迫使我和埃利斯牧师远走他乡。

毕尔牧师所说的"沙暴"，只是一个比喻。它就是窦思忠提到的"反洋教运动"。田三虎确实是这场运动的领袖。毕尔说他是田汗的叔父，不够准确。他其实只是田汗的远房叔父，已出五服。那场"沙暴"确实与一个女孩子的脚丫子有关，因为她未曾缠脚，长着一双天足。当时，人们把女人的天足戏称为小船。育婴堂里，除了我的姑奶奶，还有四五个女孩子。夏天来临的时候，她们和男孩子一样，常常光脚在院子里走。每当外人看见她们的天足，就会有人喊：丑死了，丑死了，那么大的小船。

育婴堂的孩子，虽是孤儿，但他们的族亲并没有死绝。所以，最初的争端就发生在传教士和那些族亲之间。虽然族亲们当初不愿领养孤儿，但这并不等于他们可以容忍女人的天足。他们要求毕尔和埃利斯为此做出赔偿：长着天足，一辈子都给毁掉了，让你们这些洋州县做点赔偿，已经是额外开恩了。不赔偿也行，要允许他们把人带走，亡羊补牢，慢慢调教。那年我去青埂山，还听到一些关于反洋教运动的传说。当时的族亲们有个打算，就是让女孩回家干几年力气活，然后再把她们嫁出去。考虑到大脚女人不容易出嫁，他们只好提前想出另外一个办法，就是把她们卖给青楼。唉，反正那些嫖客都是些贱坯子，只配睡些大脚女人。

一边是百姓捶着门要人，一边是洋州县关着门不放人，事情就闹大了。关键时刻，还得田三虎拍马赶来，主持正义。最新修订出版的《青埂方志》（1995年）还提到了此事，里面的文章引自《红旗漫卷西风》（1968年出版）一书：

> 在这场伟大的反洋教爱国运动中，田三虎发挥了中流砥柱的作用。在他的英明领导下，教堂的院墙被推倒了，彩绘玻璃镶嵌的门窗被石块击碎了，里面的粮食被抢走了，帝国主义传教士夹着尾巴逃跑了。

书中个别词语值得商榷。因为除了"帝国主义传教士"，"逃跑"的还有后来的将军田汗，民族英雄葛任，以及毛驴茨基白圣韬。我的姑奶奶也离开了青埂。事实上，除两个女孩被抢回民间以外，育婴堂里的人都跑了。

@ 二人行

翌日，终于离开了张家口。出发前，窦思忠又和我谈了话。他也给了我一封信，让我转交给阿庆。我自然晓得，那就是窦思忠的命令。我立即向他表示，我要像列宁同志说的那样，像保护自己的眼睛一样保护它。窦思忠立即表扬了我，说同志们要都像我这样好，国民党早就垮台了，倭寇早就赶走了。至于我的前程，窦思忠也跟我谈了。他让我完成任务之后，星夜赶回，因为人民大众需要我这样的医生。还说，为了路上有个照应，他给我找了一个旅伴。将军，你真是未卜先知，真的是个姑娘。当时，我只晓得她叫小红。窦思忠说，她要到汉口去，刚好与我同路。还说，为了工作方便，路上可以借机行事，既可装扮成父女，也可装扮成夫妻。我当场表示，父女，父女。窦思忠露齿一笑，说："话说得太死，容易陷进主观主义的防空洞。还是工作要紧，怎么方便怎么来。"我说，唉，我上岁数了，还是父女好。

从隆裕店出来时，我是长出了一口气呀。有甚说甚，我甚至担心窦思忠临时变卦，派别的人去。从翠花楼的窗格里射过来了一束光，我神经过敏，还扭头看看是否有人追了出来。甚么也没有看到，我只看到了自己的影子。灯光把我的影子投到一堵墙上，影子越来越大，像一块巨石，从墙上移到地面。尔后，那影子就没有了。片刻之后，又有一束光照了过来，它来自另外一堵高墙，我不晓得那是城堞还是炮楼。天空晴朗，月亮还没有升起。高墙之上，银河一泻千里。我邃然又想起了葛任。此时，他亦在仰望银河么？他晓得我此行的任务么？倘若晓得，他会有何感想呢？我告诫自己，和小红尽量少说话。一直到走出察哈尔地界，我们两个都在睡觉。我是装睡，她是真睡。到了北平，她才醒过来。看来，她时常到北平来，人头熟，路也熟，带着我在北平串来串去，后来直接将我领上了车。那个车厢，乘客只有寥寥几个。它虽是客车，可车厢里装的却是救灾粮。不用我说，你们也知道，那粮食都是运往河南灾区的。自从炸开了黄河的花园口，河南人就没有过过好日子。当然，在许多人看来，这是好事，因为越穷越革命。好，不说这个了。能登上这趟车，全是因为小红。小红和押车的官兵似乎很熟。她想抽烟，一个当兵的就替她点火。她想喝水，杯子就递过来了。她说，那个当兵的手中的打火机，就是她送的，是地道的美国货。那人的名字，我并不晓得，是真不晓得。为方便起见，我就叫他美国货吧。美国货去打牌的时候，到了车厢接头处，又拐了回来。他诡秘地笑了笑，说："你们是小两口，还是……"我还没有开口，小红就摸着美国货的脸，说："兵哥哥吃醋了么？"她等于甚么也没说，只是要让别人看看，她和兵哥哥的关系非同寻常。她这一手很厉害。当美国货给我们端茶递水的时候，别的乘客只能干瞪眼。丢丑的只是我一个，因为一车厢的人，要么以为我教女无方，要么以为我正戴着绿帽子。而小红要的就是这种效果。当她坐到我腿上时，你可以说那是女儿在向父亲撒娇，也可以说那是妻子正在给丈夫败火，嫉妒的火。一箭双雕啊。为了向别人表示我并非逆来顺受之辈，而是个血性男子，我也想到了一招。他娘的，倘若再有人问，你们是不是小两口，我就说是，怎么不是，她是我刚娶的偏房。可是直到新乡，也没有人过来再问一声。

　　平汉路上容易出事，所以车厢里的灯老早就熄灭了。美国货举着一盏灯，过来问我们怎么还不睡觉。小红说，她没有睡意。美国货就说："你是不是睡颠倒了，到夜里就来神。"很平常的一句话，小红却恼了，"呸，你才颠倒呢，你是头朝下走路！"眼看他们要吵将起来，我连忙在一边打圆场。美国货说他不生气。尔后他指桑骂槐，说他有个侄女叫铁梅，也是惹不得，话不投机便抄家伙，就像个母夜叉。糟了，小红定然饶不了他。可出乎我的意料，这次小红并没有恼，只是捂着嘴笑。笑过以后，她对美国货说："瞧你，小脸蜡黄，定然没干甚么好事，都快变成《红楼梦》里的贾瑞了。"美国货说："姑奶奶说对了，都是叫你们这号人给掏的。"

　　美国货话里有话。莫非小红就来自隆裕店旁边的翠花楼？后来说开了，她自己告诉我，她确实当过窑姐，"反正你总要晓得的，给你说说，也没有甚么大不了的。"她说，她原本是汉口人，后来到北平的戏班子里学戏。学成以后，因她演得好，台下就有许多达官贵人想娶她。她呢，都懒得多瞟他们一眼。毕竟还是年幼无知啊，后来竟鬼迷心窍，看上了一个开洋车行的小白脸，成了人家的二房。那小白脸疼你时，说你是他的心尖尖，烦你时，轻则骂你是小娼妇，重则摁住你往墙上撞。"这苦日子何时是个头啊？"她说。没过多久，小白脸的洋车行倒闭了，她想她可以逃出来了，可那千刀万剐的黑心郎，竟然把她卖到了天津的窑子里。红颜薄命啊，她说着眼就潮了。"后来好了，我遇见贵人了，跳出了火海。"她说。她说的贵人就是南开，是南开把她救出了火坑。南开还给她做了很多思想工作，说人生在世，哪有不走弯路的。道路是曲折的，前途是光明的，要向前看。后来，组织上给她治好了病，不然，她可能早就香消玉殒了。再后来，她就到了张家口，在店里打杂。我问她和翠花楼的人是否熟悉。她想了想，说，她很同情那些姐妹，有了空闲就教窑姐们唱戏，艺不压身，日后她们也可有个好前程。

将军，其实我心里跟明镜似的。她的话不可全信。我总是怀疑，她其实另有使命。我旁敲侧击，问她去汉口做甚么。她的话听上去天衣无缝，说这么多年了，她还没回过汉口，这次是回家看看。我问她家里还有谁，她一下子流了泪。说，她的父母早就死了，她这次回去，是要看看昔日的师姐。她就是那师姐带到北平的，师姐于她如再生父母。那师姐不光人长得好，戏也演得好，还会写诗填词。除了命不好，样样都好。她听说做师姐的离了婚，她早就想去看她了，可组织上担心路上不安全，一直不放她走。她就哭。会哭的孩子有奶吃，组织上只好说，一旦有人去南方，和她顺路，就让她走。照此说来，如今我是个护花使者？她接下来说的一段话，我听着很入耳。她说，组织上还交代她，让她在汉口等我回来，尔后再一起回到张家口。再往后呢，她说她想到延安去。她听说江青，也就是蓝苹，以前也是演戏出身，到延安后如鱼得水。说到这里，她又说她打算把师姐接过来，日后一起到延安去。

我曾疑心（她说的）那个师姐就是冰莹，她是去找冰莹了解情况的。如今听了她的讲述，我多少改变了想法。再说了，冰莹乃杭州人，而非汉口人，她们不可能是甚么师姐妹。

一口气说了这么多，她好像累了，在我身上靠了一会儿。她身上的雪花膏可真好闻。我问那雪花膏是甚么牌子，她和我熟了，说话就有些随便。毕竟是戏子出身么。她说："嘀，看着你怪洋气，哪料到你也是个土包子。"她说那不是雪花膏，而是飞生乳酪膏。影星胡蝶脸上搽甚么，她就搽甚么。将军，你不信？我是有甚说甚，她真是这么说的。她还告诉我，那乳酪膏是瑞商华嘉洋行生产的，我要是想讨哪个女人欢心，只要送了那种乳酪膏，她保管我一炮打响。还说，只要涂了这种乳酪膏，不管你去哪里，不管走多远，都会有男人巴结你。"延安行么？"我问她。她愣了一下，说："行，怎么不行，起码晚上行，谁不想让被窝里躺上一个香喷喷的女人。"对此事，我没有发言权。在延安，我的被窝里就从来没有躺过香喷喷的女人。她又说："别说延安了，苏联也行，听说那些大洋马用的也是乳酪膏。"

雪泥鸿爪

    小红，姓鸿，本名鸿雁，艺名叫小红女。现在你知道了，她就是后来的著名京剧表演艺术家小红女。1998年，她出版了一本叫《雪泥鸿爪》的书，收录了多年来她在艺术院校和一些文艺座谈会上的讲话稿。我将这本书翻了个底朝天，终于在一篇名叫《艺术家的勇气》的讲稿中，发现了她对当年汉口之行的讲述。虽然她的讲话云山雾罩，可我们还是能从中听出点门道来：

    ……刚才我已经讲了，有不少同志向我反映，这三天的会开下来，大家收获很大。有收获总比没收获好，祝贺大家。（掌声）作为文艺战线上的一名老兵，回首往事，我是感慨万千啊。许多同志都已经深深懂得，我们既要反左，又要反右，但主要是反左。同志们，左倾路线害死人啊，任何时候都害死人啊。（掌声）解放前，我也差点犯那个什么"左"倾错误。当时有人要我陪着一个同志到南方去，去消灭一个被认为犯了错误的同志。我当时就想，那个同志很好啊，早年为了寻求救国救民的真理，曾到过苏联。对，现在叫前苏联了。后来还参加过长征。这样的人为何要处死呢？一定是王明他们没按（安）好心。我就没去。当然，说话要讲究方式,不能竹桶(筒)倒豆子,直来直去。我就向组织上说:"敬爱的领导啊,不是我不想去,而是担心完不成任务。你要注意发挥女同志的优势,让她们干适合她们干的事。"那个同志呢,虽说受了王明错误路线的影响,但毕竟还是个好同志,还通情达理。后来,他就没让我去,而是让我到武汉执行另外一个任务去了。在武汉也是,又差点犯了错误。幸亏我醒悟得早,否则我将后悔一辈子。究竟怎么回事,大家的时间很宝贵,我就不多讲了。反正啊,经验值得总结,教训需要汲取……

我特意引用这段文理不通、别字连篇的文字,是想说明这样一个事实:对白圣韬去大荒山的目的,小红女其实是心知肚明的。那么,小红女自己去武汉的目的,又是如何呢?

@ 上一次远行

苏联女人都是大洋马?我听了只觉得好笑。至于大洋马是否也用乳酪膏,我不清楚。我在苏联守身如玉,从未招惹过她们。可她一提起苏联,还是让我心里一震。瞧瞧她多会演戏。刚见面时,她还装做不晓得我。这不,说着说着就露馅了。我想,她定然晓得我去过苏联,也定然晓得我的外号毛驴茨基。

她说过之后,睡了一会儿,又去找美国货了。我一个人坐在那里想，历史真会捉弄人，它就像一个婊子，专门捉弄我们这些痴心汉。我的第一次长途远行，是跟着葛任去的。最后这一次，是奔着葛任来的。只不过那次是向北，这次是向南。那次是为了帮他，这次呢，是为了杀他。对，我说的那次旅行，指的就是到苏联去。葛任出狱后，决计到法国去找冰莹。问题是，他不晓得冰莹的地址。唉，冰莹以前倒是留过地址，可她委托的那个人（注：即川田）是个酒鬼，有次喝醉了和人打起架来，被人扒光了衣服，那个纸条也就丢掉了。这可把葛任难住了。为此，他还去了趟杭州，想从冰莹的父亲那里弄到地址。可冰莹的父亲出外游历了，他还是一无所获。甚么，重回北京医专？唉，他倒是想过此事，可是回不去呀。他刚从牢里出来，校方躲还躲不及呢，又怎么敢收留他。

将军定然晓得，俄国爆发革命以后，诸多智（知）识分子心向往之，都学起了俄语。不瞒你说，我也学过俄语。对，我是跟着葛任学的。他在北京医专任教时，课余时间曾到东总布胡同 10 号（注：即现在的 23 号）的俄文专修馆学习俄语。不过，他学俄语不光是因为那里的革命，还因为那里的文学。他看过瞿秋白翻译的托尔斯泰，爱不释手。他也喜欢普希金，说普希金的诗文令他想起了母亲早年的画，山光水色，清纯美妙。不过，此时他尚未动过去俄国的念头。将军，这么给你说吧，倘非那个叫黄济世的人频频造访，他是不会到俄乡去的。将军说得对，就是办《申埠报》的那个黄济世。有一天，黄济世来找葛任，说在《新世纪》

上看到了他的诗,甚是喜爱,想跟他合作。葛任以为他是来约稿的,就说诗是写给自己看的,暂时还不想发表。谈了一会儿,黄济世就起身告辞了,走的时候还有些怏怏不乐。我们都以为他不会来了,可没过几日他竟然又来了。这次他告诉葛任,《申埠报》想派个会写诗作文的青年到俄国去,将布尔塞维克(注:现译布尔什维克)革命后的社会状况写下来,在报纸上刊出。黄济世显然摸清了葛任的底细,他对葛任说:"不入虎穴,焉得虎子。你不是喜爱俄国文学么?到了俄乡,方能晓得俄国文学的美妙。"话说到了这步田地,葛任还是不愿松口。他说:"鸡蛋好吃就行了,至于下蛋的母鸡长甚么模样,大可忽略不计。"但黄济世接下来的一句话,点中了葛任的穴位。黄济世拿出一叠钞票,说:"先生不是想去法国找冰莹么?没有盘缠,又怎么能走过那万水千山。《申埠报》的稿酬甚为可观,等你赚够了钱,你就可以去找冰莹了。"葛任应允了。

有甚说甚,那个时候,我与葛任都不晓得这位黄济世是宗布的朋友,而宗布就是《申埠报》的幕后负责人。派葛任到俄罗斯,正是宗布的主意。宗布是一个神秘的人,神龙见首不见尾。世上没有无缘无故的爱,也没有无缘无故的恨,他为何给我们钱,葫芦里究竟装的甚么药?我一直想不明白。多年以后,当我晓得了他和冰莹的秘事,我不由得有点怀疑:宗布这样做,莫非是为了杜绝葛任到法国去找冰莹,才派黄济世充当说客,将葛任打发到冰天雪地的苏联?

当时,葛任问我想不想和他一起去,因为黄济世给他说了,他可以带一个助手,钱由报社解决。还说,到那里之后,我可以继续上学。我就去和我的未婚妻商量。未婚妻先问我那里能不能吃饱,我说能啊。她就说:"天上掉馅饼了!当然要去。"不过,说完这话她就哭了起来。天高皇帝远,她担心我甩掉她。我说:"你把我看成甚么人了?我就那么没良心么?"为表明自己有良心,出国前我和她结了婚。唉,还是窦思忠说得对,革命者要讲的是信仰,而不是良心,只有资产阶级和日本人才把良心挂在嘴上,动不动就说谁的良心大大的坏了。我的良心没有大大的坏,所以我的老婆才会死得那么早。想当初,我若是昧着良心,一脚把她蹬开的话,她也不会成为短命鬼。她是因为想我想死的。唉,不说这个了。

那次去苏联,我和葛任先坐火车到奉天(注:今沈阳市)。火车驶近山海关时,远远的,我们看见了海岸。那是我第一次看见海岸。海岸是白的,因为它被雪覆盖了。一轮朝日正从海上升起,就像巨大的火球。一艘邮轮在近岸驶过,留下一溜黑烟。葛任用诗人的口气对我说:"闻到了吧,海的气息,盐的气息,自由的气息。"他激动得不得了。进入奉天站是在傍晚,月台上到处都是矮脚虎似的日本人,连个中国脚夫的影子都没有,让人疑心这满洲早就割让给了日本。幸亏葛任会说日语,他找来了一个日本人,我们的行李才得以运出车站。在奉天下车,葛任是想见见川田。他是我在北京医专上学时的老师,这会儿正要回国。甚么,你对川田甚感兴趣?好,那我就多说两句。我们按图索骥找到川田的住址时，他刚从外边回来。扶他的女人穿着男裤，裤的门襟还敞开着，而他自己呢，却穿着女裙。他醉了，腿在裙子里迈不开步子，就像被水淹住了膝盖。一认出我们，他就对葛任说："我很幸福，幸福得就像一头毛驴。"甚么？川田不认得毛驴？那我可能记错了。他可能是说，他幸福得就像一条牲口。咦？将军，川田怎么不认得毛驴呢？日本没有毛驴吗？再说了，他在中国呆了那么久，若连毛驴都不认得，就太不像话了吧。

好，我接着说，有甚说甚。翌日，川田执意要把我们送到长春。每当列车经过弧形转弯，川田都要把头伸向窗外，他说他喜欢听噪音中的金属声。奉天是矮脚虎的地盘，长春却是大洋马的天下。到处都是俄罗斯人，连马夫都是。川田迷上了俄罗斯人手中的希腊式神像，以及马夫戴的那种厚重的皮帽。当雪花落到刚买来的皮帽子上时，他会遽然大笑起来。在北京医专时，他就常常喝醉，是个宿醉者，而他也似乎不愿从宿醉中醒来。他吵着要跟我们一起到莫斯科，葛任只好对他说，一旦我们在那边安稳下来，就电告他，让他到赤都（注：指莫斯科）与我们会师。但他后来却再也没有了音讯。

小红从美国货那里回来时，给我捎了一个馒头，一碗青菜汤。端起那碗汤，我故意说了一句："这汤可真好，跟甜菜汤似的。唉，要是再有一份荞麦糊就好了。"这么说着，我留意她的反应。我果然看到她笑了一下。她的笑进一步证实，她是晓得我的底细的。"荞麦糊"和"甜菜汤"是个典故。刚到延安时，许多人瞧不起智识分子，我便拿我的俄国之行回击他们，让他们明白我在革命的心脏莫斯科呆过。每当有人说甚么饭太稀，我就告诉他们，我在俄国喝的荞麦糊、甜菜汤，比这还稀。天上有个月亮，碗里也有个月亮。我这么一说，就把他们给呛住了。因为葛任是个名人，所以，我还经常拉大旗做虎皮，每次说起荞麦糊和甜菜汤，我都要扯上葛任。我用筷子搅着碗，对他们说："葛任就是喝着荞麦糊和甜菜汤，翻译出《国家与革命》的。你们呢，小米粥喝了，南瓜汤也喝了，也没见干出甚么业绩。"他们气得半死，可拿我一点办法没有。有一日，一个女人来看病，她支支吾吾地不愿多讲。可我还是听清楚了，她是白带过多。她也是个知识分子，早年在法国留过学。因为法国不是革命的心脏，所以她对我的俄国经历又气又恨。她比我早一年到延安，常以老革命自居。这次我故意对她说："你要是呆在俄罗斯就好了，因为可以经常喝到荞麦糊。那东西降气宽肠，除白浊，去白带。"她红着脸说："中国也有荞麦啊。"她说得对，但我懒得搭理她。尔后，随着我成为毛驴茨基，"荞麦糊和甜菜汤"就成了笑料。在后沟的日子里，看守们最喜欢拿这个来挖苦我。有时我正喝着小米粥，他们就像敲狗食盆似的敲着我的碗，问道："姓白的，你喝的甚么呀？喝得那么香。"我要说小米粥，他们反倒不高兴。倘若我说荞麦糊，他们就会笑得前仰后翻，还相互拍着肩膀，"快看呀，毛驴茨基连小米粥都不晓得，真让人笑掉大牙。"不，那时我已经不生气了。以前，葛任曾对我说过，别人的不幸,就是你的不幸。可到了后沟,我就不信这个邪了。我懂得了这样一个真理:你的不幸,就是别人的幸福;一帮人过上了好日子,另一帮人就得倒大霉。

既然小红晓得了这个典故,我就顺便给她解释了一番。我说,在俄国时,我的肚子里确实没少装荞麦糊和甜菜汤。不为别的,一来那东西便宜,二来那东西抵饥。吃不饱,汤灌缝嘛。这么说着,我就想起了葛任夜间写作的情形。那时候,葛任常常通宵写作,或者翻译文章。写到半夜,饿了,他就啃一个黑面包,喝一碗荞麦糊。他写的不是诗,而是各种报道。要不,就搞他的汉字拉丁化研究。他也翻译很多东西。对,那时候葛任的俄语已经很地道了,他还起了个俄文名字忧郁斯基。除了翻译托尔斯泰和普希金的小说,他也翻译了托洛茨基和列宁的许多演讲。当然,我最喜欢看的是他写的文章,主要是游记。之所以喜欢看,是因为他写到的地方我也去过。这么说吧将军,看他的文字,你就像在夜晚的清凉中,欣赏到了自然的温存和恬静。斑鸠梳理羽毛的声音,你都可以听到。他喜欢从小处看问题。他曾说过,别人都是从大处从高处看问题,他呢,却要从小处从低处看问题。别人看到的是灶膛里的火,他却喜欢看从灶膛里溅出来的火星。他喜欢写一些小事,写一些风景。譬如,树叶在朝露中苏醒过来,又在正午酷热中昏迷过去,尔后呢,又在夕阳残照中变得肃穆。不,不,不,这都不是我说的,我没这个本事,这都是葛任的话。莫斯科有个牧首湖,如今改叫少先队员湖了,它很像我们老家青埂山下的一个小湖,我们常到那里去。他有一篇文章就叫《牧首湖》。他写过湖上的波纹，说那波纹太温柔了，好像不是波纹，而是圣母的发丝。因为我们在教堂里呆过，所以我们还喜欢进教堂，进了教堂就像回到了自己的童年。它的结构很精巧，像是花边织成的。走进去，你的出气声都会变细。就在《牧首湖》中，他还写到了在教堂外边飞驰而过的马车。从延安出来时，我坐在毛驴车上，还想起过葛任写到过的情形。那辆马车上面坐着一位袒露双肩的贵妇人。她很阔气，只是坐姿有点不雅，搔首弄姿还不够练达。我记得葛任说过，她很可能是某个布尔塞（什）维克官员的妻子，刚从格鲁吉亚或乌克兰的某个小镇来到莫斯科，假以时日，她会像个真正的贵妇人。当然这也难说，一来那位官员的某个情人可能很快取代她的位置，二来，那位官员很可能被拉出去毙掉，她自己会成为阶下囚。

有甚说甚，自从窦思忠提到葛任可能被打成托派，我就不断想起葛任当初与托洛茨基的交往。我想，如果真的把他打成托派，他可能也无话可说，虽然他对老托也是看不惯的。我记得，作为一名记者，他曾和托洛茨基有过私下交谈。其实，我比任何人都清楚，虽然他后来认为托洛茨基能够顾全大局，是条汉子，可当初他对托洛茨基并无甚么好印象。他曾对我说过，托氏是个神经蛋，脸上的肉讲话时乱动，不讲话时也乱动，好像马蜂在上面做了个窝。托氏唇髭厚实，就像个鞋刷，当脸上的肉莫名其妙抖动的时候，那就更像鞋刷了。在另一篇文章中，他写下了他听列宁演讲的情形。那是在克莱摩宫（注：现译克里姆林宫）的安德烈大厅。列宁牛气得很，用德、法、俄几种语言演讲。他写到，电气灯开着，把列宁的身影投射在墙上，投射在"全世界无产者联合起来"几个大字中间，比延安的宝塔山还要高大（注：葛任那时还没有去过延安，所以这应是白圣韬的比喻）。他后来之所以被看成马列研究方面的专家，就跟他与列宁的接触有关。陕北有句俗话，叫"没吃过猪肉，还能没见过猪跑"。可在边区，除了王明等少数人，大都没去过苏联，更没有见过列宁。这么一来，葛任就显得鹤立鸡群了，因为他不光见过猪跑，还吃过猪肉。

不，我怎么会那么傻。在火车上，除了说荞麦糊和甜菜汤，我并没有提到葛任，更没有提到列宁和托洛茨基。言多必失，我可不想再次因言获罪。小红在一边鼓励我，要我畅所欲言。我想，这小娘儿们是不是要引蛇出洞呢。我想，讲可以讲，问题是甚么该讲，甚么不该讲，要心里有数。戏子无情，婊子无义，哪一天她要是把我屙出来，我可又要遭殃了。想到这里，我不光心中惶恐，还有点忧郁。葛任的那个俄文名字起得太好了，我如今也很忧郁，也成了忧郁斯基。

忧郁斯基

白圣韬说，有关托洛茨基的文章，葛任曾寄回《申埠报》。但至今为止，我尚未找到这些文字。或许，它们与葛任别的文章一样,已被烧毁?因为人的命运,就是文字的命运。

对葛任在苏联生活的情形,除了白圣韬的口述以外,还有孔繁泰的记述。费朗先生的文集《L'Entretien infini》(《无尽的谈话》)中,收录有孔繁泰的一篇文章《俄苏的冬天》。文中,对葛任当时的生活有较为完整的叙述。这篇文章还证实,葛任确实有过一个俄文名字:尤郁斯基,有时也被写做忧郁斯基:

> 到法国没多久,我收到了葛任先生的信。他向我询问冰莹的地址。在同一封信中,葛任先生还邀请我到俄国一聚。受俄国革命的感召,我早就想去了。从法国去俄国须经过柏林。我形单影只,坐火车,又转汽车,到了柏林。从柏林到赤都,有两条路。一条是陆路,经波兰,立陶宛,再到赤都。一条是水路,到斯忒丁上船,在彼德格拉登陆,尔后坐车去赤都。那时正是冬天,柏林的河流还被冰雪覆盖。破冰船驶过时,那些冰块互相推搡,常常一跃而起,白浪滔天,但在它的顶端,有时却会落着一些鸟儿。我从那些鸟身上,看到了我和葛任的影子,我们无枝可栖,只好与巨大的冰块一起漫游。为早点见到葛任先生,我选择了陆路。
>
> ……刚到赤都的时候,我住在劳动者共产主义大学。这里的中国学生告诉我,他们也是很久没有见到葛任了,听说他住在莫斯科高山疗养院。他们说,与葛任一起来的白圣韬也在高山疗养院,边陪护葛任,边学习

他的医学。第二天，我正要到疗养院去，葛任自己来了。他完全是一副俄国人的打扮，穿着一双毡靴，手里拿着一顶圆形礼帽，夹鼻眼镜在鼻梁上跳动着。他显然是匆匆忙忙赶来的，围巾的一头拖在地上。我一时竟没能认出他。为把玩笑开足，他说的是俄语，说他是来找孔林洛夫的。他浑身是雪，就像被一朵祥云笼罩着的善行使者。当他卸掉了礼帽，我才认出他是久别的葛任。孔林洛夫是他送给我的见面礼，一个俄文名字。在俄罗斯的中国人，大都有个俄文名字。陈延年的名字叫苏汉诺夫，他的弟弟陈乔年名叫克拉辛，众人当中，赵世炎的名字最简单，叫辣丁。葛任的朋友白圣韬也有一个俄文名字，叫格罗梅科。葛任的名字是他自己起的，叫尤郁斯基，或忧郁斯基。至于为何起这样一个名字，他自己解释说，因为他每天都很忧郁，也很犹豫。起这样一个名字，是为了告诫自己不再忧郁，也不再犹豫，就像中国人所说的座右铭。至于他送给我的俄文名字，他说，这是由于无论我走到何处，都是孔夫子的后人。

在俄期间，我就叫他尤郁斯基，有时叫他尤郁。他认识的俄国人很多，但朋友很少。他最好的朋友是个瘸子，名叫亚历山大罗维奇，我们都叫他亚历山大。他曾是布尔塞维克，是个研究东方的学者，他会写汉字可说不好。令我惊奇的是，他还会说世界语。他首次见我就问："Cu vi parolas esperanto（你会说世界语吗）？"亚历山大的腿是在战场上被打断的。据他说，他是在中秋节那天和尤郁认识，当时尤郁让他品尝到了只在书里见过的月饼。这个亚历山大，曾极力鼓动我们到西郊麻雀山游玩，说，不去实在可惜，因为拿破仑曾在那里观看莫斯科大火。那天，因为尤郁发烧了，格罗梅科（即白圣韬）反对我们去。几天之后，亚历山大找了一辆马车，说要带我们去托尔斯泰的故居清田村。他已经准备了足够的黑面包和炒熟的荞麦面。令人惊奇的是，他还弄来了几块夹心糖，一瓶伏特加。他把他的妹妹也带来了。姑娘名叫娜佳，总是要纠正葛任的俄语发音。她说，尤郁的俄语发音有点像立陶宛人。她是个鲜嫩迷人的姑娘，喜欢唱歌，也喜欢背诵普希金的诗。据格罗梅科说，夏天的时候，她曾送过来一个西瓜。她说是她的哥哥让送的。他和葛任请她一起吃，她红着脸，说自己刚刚吃过。可是她吃瓜的神态告诉他们，她并没有吃过。她一小口一小口地咬着瓜瓤，就像猫儿吃食似的。我后来才知道，这位姑娘早就爱上了葛任。这次清田村之行，其实就是她安排的，而我就是她的借口之一。她对葛任说："你的朋友来了，你总该带朋友出去走走。"

……天不亮出发，临近中午时候，我们到了都腊（Tula）。娜佳告诉我们，Tula原意为"阻截"。很久以前，鞑靼人进攻莫斯科，俄国人在此堆积木柴，燃火拦阻。她正这样讲着，马儿突然踯躅不前了，刨着蹄，并拉出了一堆热烘烘的粪便。一支马队突然从道旁的花楸树和针叶林里斜杀而出，被雪覆盖的松针被马蹄高高抛起，又如雨丝般纷纷落下。娜佳的哥哥挥鞭想使马车掉头，可马儿却站立不动。他连忙让我们下车，垂手站着。他们一共七八个人，个个衣衫褴褛。当中一个年长的，似乎是个领袖，他骑着马站在一边，指挥部下用马的后胯将我们赶到一起。然后，他端坐在马背上，奇怪地做了一通演讲，令人备感唐突。其演说大意为，革命业已成功，一切智识分子和有产者都要听从民众的将令。葛任正欲辩解，有人突然从马背上跳了下来，将裤的门襟拉开了，像抬炮出城一般，将他的阳物平着端了出来。它已高度充血，硬如警棍，显然，这种拦截让它和它的主人高度兴奋。娜佳藏在哥哥的身后，已经吓得晕了过去。因为我也受到了惊吓，所以我觉得那鸟儿大得很，就像马的阳物。我提到警棍，其实并非故作惊人之语，因为那人果真将阳物当做警棍，在我们的车辕上连击数次。那声音就像东方的和尚敲木鱼似的，梆梆有声，空谷留音。那人演讲和敲木鱼的时候，马队贴着我们，开始了骑术表演。他们骑着马，先是勒马急转，然后又让马的前腿高高跷起，单靠后腿直立。有个人跑到娜佳身边，涎着脸想动手动脚。就在我们惊恐万分的时候，首领吹了一声口哨，那人又把手收了回去。然后，他们就消失在花楸树丛中了。

我们再次上车的时候，娜佳的哥哥对刚才的那一幕并不生气。他好像很能理解那些路霸。他说，那些人一定把我们看成了逃难的智识阶级。他说，革命挑起了民众和智识阶级的对抗。革命伊始,智识阶级就谈起了自由、民主、宪法和面包,把民众的胃口都吊了起来。但时至今日,只听楼梯响,不见人下来,这些好东西连一个影子都没有,连镜中月水中花都不是。他们既惹恼了布尔塞维克,也惹恼了普通民众。就像中国人所说的,吃柿子要拣软的捏,民众只能将怒火烧到智识阶级头上。智识阶级只有一个出路,那就是逃亡。现在,他们看着我们都戴着眼镜,就把我们看成了身带细软、企图逃亡的人。葛任问娜佳的哥哥,你属于哪个阶级。娜佳的哥哥说,他既不属于布尔塞维克,也不属于民众,现在也不属于智识阶级。他说,他是一个找不到阶级的人。

在清田村,因为担心马车被劫,我和娜佳的哥哥并没有进到托氏的宅邸。娜佳陪着尤郁进去了,但他们很快就从那铁栅门里走了出来。事后,我问葛任先生对托氏宅邸的印象,他说,他在那里看到了一本书,那是一本汉英对照的老子的《道德经》。他还特意提到,主人告诉他院中的那条小道,曾被托尔斯泰称为法国小径。葛任在说这话时,神情有些恍惚,我相信,冰莹的形象一定在他的脑子中盘旋。

回来的路上,我们再次经过Tula。这次我们没有遭到拦截。出乎我们的预料,尤郁斯基坚持要在那里停下来。娜佳很紧张,但她故作轻松,有时正说着话,突然拍一下尤郁,随即又满脸通红。尤郁提议我们到附近的村子里过夜，没等我们表示反对，娜佳就鼓起掌来。等我们穿过花楸树林，来到一个村子外边的墓地时，我们果然又碰到了那批拦截者。他们一定以为我们带来了援兵，很快跃上了马背。那个曾经把生殖器晾到外面的人，现在反倒把腰带系了又系。葛任对他们喊道，他只是想和他们谈谈。为了表示诚意，他让我们留在后面，只有他一个人走到前面去。

他们谈了一会儿，葛任和那个首领走了过来，邀请我们到村子里做客。在那里，我们不光喝到了荞麦糊，还喝到了肉汤。汤的颜色是黑的，就像从床垫子里面挤出来的。里面泡着的那个小东西，若是不告诉你那是肉，你会以为那是土鳖。别生气，那些喝着残余肉汤的孩子的馋相告诉你，他们没有骗你，那确实是这家里最好的美食。他们说着，道歉着，突然，那个首领张着嘴哭了起来。由于满脸都是皱纹和胡子，那些泪珠简直流不下来，在脸上形成了一层明晃晃的水幕。我记得从那个村子里出来的时候，尤郁对娜佳的哥哥说，在来俄罗斯前，他和许多人都认为俄罗斯是"共产主义实验室"。在这个实验室里，布尔塞维克都是化学家，他们按照自己的革命理论，把俄罗斯人放在玻璃试管里，颠三倒四地弄两下，再倒出来，就出现了社会主义的化合物。现在看来，事实并非如此。

就在我准备离开俄国的前几天，一天早上，娜佳来找我们。她一进门，就栽倒在地。她的哥哥亚历山大死了。晚上，他没有回来，当娜佳找到他的时候，才发现他躺在阿尔巴特街的一个小巷里，尸体已经冻成了一块冰砖，和大地紧紧冻在一起。从他的太阳穴涌出来的血，凝结成了一个小小的圆球，晶莹透亮，就像个红樱桃。那些血显然有过一次喷涌，因为他的脸上、脖子上都有血珠。那些血珠子也冻结了，一粒粒的，就像一串枸杞子。葛任说，在他的老家青埂，人们就把枸杞叫做死婴的念珠。亚历山大倒下的地方有一家餐厅，餐厅门前煤气灯的磨砂玻璃圆罩，也被子弹击碎了。我记得，第二天，警方便急忙公布了亚历山大的死因：畏罪自杀。但他究竟犯了何罪，警方却秘而不宣。

亚历山大死后，葛任就病倒了。我也不得不推迟了自己的行期。白圣韬说，他常看见葛任默默流泪。他的脸很光滑，所以那泪珠流起来毫无阻隔，流到下巴的时候，就像挂在房檐上的雨点。他常常一言不发。后来，他说他浑身发冷，就像掉进了冰窟。他干咳个不停，说自己的嘴里有股子异味。后来，他就开始吐血。"几天来，我没有吐过一口白痰。"他说。毫无疑问，他的肺病加重了。但他不承认这一点，他说，很可能是他的某一个血管破裂了。他不停地写作，写他对亚历山德罗维奇的回忆，仿佛只有写作能使他忘却自己的病。但我知道，彻夜写作只会加重他的病情，尤其是写梦的破灭。我试图劝阻他，他却说，在写作的时候，他心里感到踏实，也很幸福，就像在吃甜饼。奇怪的是，文章写完以后，他又把它们烧掉了。他说，他不敢也不愿相信自己的眼睛和耳朵，他宁愿相信他看到的一切，仅仅是个噩梦……

在白圣韬接下来的讲述中，我们将会看到，在火车上，白圣韬差点向小红讲了那个"拦截"事件，即那个亮出生殖器的事件。至于生殖器，与孔繁泰先生称它为"马的阳物"和"警棍"不同，白圣韬把它说成了"驴剩"。但他最后还是忍住了，没有讲出来。

@ 易子而食

拗不过小红的撩拨，我打算给她讲讲我在苏联的一个奇遇。当时，我们正要到托尔斯泰的故居去，路上被人截住了，有人还掏出驴剩一样的生殖器，耀武扬威，拿它吓唬人。可我是个君子，这种事怎么也讲不出口。既然打开窗户说亮话了，我就有甚说甚。人的心理很奇怪，面对一个妖里妖气的姑娘，愈是讲不出口的事，就愈是想讲。幸亏美国货走了过来，打断了我们，不然，我还真是憋得难受。美国货用打火机点了一根烟，笑眯眯地看着我，说："先生，你可真是个君子。"我正想着他有何深意，他遽然一拍屁股，说郑州到了。

到了郑州，美国货把我和小红送上车，就随车去开封了。现在，就剩下了我和小红两个。小红已经睡着了，可我却没有一点睡意。我的脑子老是要开小差,往葛任那里跑,拦都拦不住。虽然我晓得美国货是个押车的,可我能够看出来,他定然也是个地下党。我想,倘若他不是押车,也是要去杀人,任务更艰巨更危险,我亦愿意与他对调。有甚说甚,当时我想,倘若小红真是我女儿,为了能和他对调,我亦愿意把小红白白送给他。先前听说人们饿急了会易子而食,我总感到匪夷所思。现如今,我算是理解了。吃自己的孩子,着实难于下口。吃别人的孩子,就轻松多了。要是胃口好,可能还会觉得香呢。

想到易子而食,我脑子里一亮。从张家口出来,我就一直在想:田汗何不直接下令呢,为何要经过窦思忠呢?六个指头搔痒痒,多那一道做甚么。如今想到了易子而食,这个道理我就想明白了。田汗没有直接告诉我,一来说不出口,二来倘若我不愿去,他着实对我下不了手。我毕竟是他的老乡嘛。而到了窦思忠手里,就好办多了。倘若我不服从命令,窦思忠可以随时毙掉我。不要我亲自动手杀掉葛任,而是让阿庆来动手,大概也是这个道理。我想,这些细小的安排,也定然是田汗的主意。看来,我的难处,他也考虑到了呀。唉,照此说来,莫非我还得感谢田汗不成?

后来我的睡意也上来了,可仍然睡不着。我靠着麻袋,想,当个麻袋多美啊,甚么都不用想,天下最美的事就数当麻袋了。我是一只大麻袋,哪里需要往哪抬。可是,当我这样想时,我就不是麻袋了,因为麻袋是不会想问题的。有甚说甚,那时我对甚么都很敏感,脑子越来越乱。问题出来了，火车分明是在平原上行驶，可我却总是觉得它是在山谷之中行进，正顺着山谷向前蠕动，并且已经靠近了大荒山白陂镇。火车在摇晃，把人们都摇进了梦乡。只不过，对别人来说是香甜的梦，对我来说却是一场白日梦。遽然，我看到葛任就站在我面前，活灵活现的，吓了我一跳。

没变，一点都没变，他还是那种文弱书生的模样，还戴着圆边眼镜，脸有点红。不，那和肺病没关系，那并非肺痨的红光，而是性灵之光。有甚说甚，在我所接触的革命者当中，只有葛任见到生人就脸红。不光见生人如此，见到分别多日的朋友，他也会脸红。他的脸红是独一无二的，令人想起女孩子的羞赧。脸红了一会儿，尔后，他的手从裤兜里掏出来，点上了一根烟。一边点一边说："老白，我晓得你不抽烟，我就不让你了。你来大荒山做甚么？你不是在边区干得好好的吗，把那么多人的便秘都治好了，跑到这里做甚么？"这一下，我就说不上来了，说不出口啊！只能把脸转向别处。多么清晰的幻视啊。那时，我怎么也没想到，后来在大荒山，实际情形竟然与此没甚么两样。

倘非受到小红的惊扰，我的白日梦还不定做到甚么时候呢。我记得，我的梦已经愈来愈乱，不成体统。譬如，我分明看到葛任裹着棉衣，却又看到他的腿露在外面。因为营养不良，操劳过度，他的腿比以前更细了，有如鹭鸶。碰巧，窗外此时正有一片水洼，一些飞鸟从水面一跃而过，远远的还有炮声传来，令我更是分不清是在做梦，还是随火车飞驰。有甚说甚，当时我实在担心，还没到他娘的白陂镇，我自己就先疯掉了。

在往汉口的途中，小红也有些神情恍惚。她说，她担心师姐已经晓得她进过青楼。要是那样，师姐定然会将她骂得狗血喷头。尽管我对她一直有些怀疑，可她这么一说，我对她还是有些怜悯。想到她一个人要在汉口呆上好多天，我还真有点不放心。她固然见过世面，但眼下兵荒马乱，甚么事都有可能发生呀。不，将军，我可没有那个意思。我怎么会爱上她呢？不可能的事，按我们的话说，那只是阶级情谊。将军，如果你硬要这么说，我也只好认了。是啊，两条叫驴拴在一起的时间长了，还会拴出感情呢，更何况一对孤男寡女。但是，那确实不是爱情。我连她的手都没有拉过啊！不过，有甚说甚，我对她还真是有点感谢。试想，从张家口到汉口，若非小红做伴，与我东拉西扯，我的神经可能早就绷断了。当然，考虑到她可能也与我一样深陷困厄，神经紧张，那么我的插科打诨，对她也不能说没有益处。将军说得对，这确实有点男女双修的意思。当时，我就满怀深情地对她说："小红啊，祸福无常，此行是凶是吉，我还不晓得，但我若能活着回来，定然到汉口找你。"

将军，再说她也是妇道人家啊，心肠软，眼窝浅，听我这一说，她的眼圈就红了，脸上搽的乳酪膏眼看就保不住了。我连忙安慰她："别伤心，我不会有事的。你师姐呢，也定然通情达理，不会难为你的。"女人最容易接受言语欺骗，我的一句话，竟说得她扑哧一声笑了出来。有甚说甚，她笑起来时，还真是好看，带着一点羞涩，有如一弯新月。

到了汉口,她没有立即去见师姐,说既然到了她的老家,她就得尽一下地主之谊,请我吃顿便饭。她说到做到,果然将我领到了一家餐馆。餐馆的名字我记不住了,好像是在德化街。我只记得开餐馆的人个子很低,高额头,秃瓢,外貌有点像列宁。秃瓢问我们是不是本地人,小红说,她是来做毛皮生意的。那人说话文绉绉的,"有朋自远方来,不亦乐乎,上楼上楼。"那顿饭吃得好,我是第一次吃到新鲜昌鱼,鲜得让人觉得嘴巴不干净。从窗口望出去,可以看到对面的澡堂和一个剃头铺。吃饭时,小红问我要不要先去洗个澡。我说,还要赶路呢,澡就免了。她说:"你不怕脏,不怕累,确实是用特殊材料制成的,但特殊材料也需时常擦洗啊。我请客,送你干干净净上了路,我再去忙自己的事。"我问她还要忙甚么事。她笑了一下,说她总不能空手去见师姐,总得给师姐买点礼物。还说,她晓得师姐身体不好,就想着给师姐买些梅苏膏。"梅苏膏?那是止呕退热的,你师姐患的是甚么病?"我问。她说师姐早年胃就不好,吃梅苏膏上了瘾,隔了这么多年,如今也不晓得轻了还是重了。我想这礼挺合适,因为梅苏膏确实可以开胃。她又催我去洗澡。我想起了藏在裤衩里面的信,就说:"小红,等我回来再洗吧。说定了,不见不散。"

此时,武汉地面正是兵荒马乱,日军与国军打,国军与伪军打。我不便久留,可小红执意要留我住上一天。别笑,我有甚说甚,我不认为她对我有意。我认为她是在替我担忧,毕竟是同一个战壕里的战友嘛。我说:"时局日紧,重任在身,我不敢稍有苟且。"见我执意要走,她也就不再强留。当晚她再次设宴,为我饯行。因为她也是胃不好,我就劝她不要多喝。她要我别担心,还说她从未醉过。可说这话时,她已面色潮红,就像刚掀掉盖头的新娘。她醉眼迷蒙,说想唱支曲子,为我送行。不,将军,她唱的并非《贵妃醉酒》,而是一曲《卜算子》。俗话说得好,真人不露相。真没看出来,她还真像个绝代优伶,唱得还真是好:

寂寞此人间,且喜身无主。眼底云烟尽过时,正我逍遥处。

花落知春残,一任风和雨。信是明年春再来,应有香如故。

我渐渐听出了眉目。嗨,她唱的是瞿秋白填的词,是瞿秋白被杀前写的。我没见过瞿秋白,只是听田汗说过,在苏区时,葛任与瞿秋白经常唱和。还说,两个人不光长得像,连乳名都一样,都叫阿双。我问小红:"此曲悲喜交集,当为上品,你可知此曲为何人所填?"她遽然以袖掩面,嘤嘤哭泣起来。说,她是从师姐那里学来的,不晓得何人所写,她只是想起自己身世飘零,才偶然想起此曲。我连忙告诉她,到了边区,此曲千万不可再唱。好归好,可它与革命乐观主义不符,容易招来祸端。她又感谢了我的一番好意,还说她定然在此等候,等着为我接风,届时再痛饮革命的庆功酒。说着她又端起了酒杯,"不要着急,等天黑透之后,你再出城不迟。"当时,我可没想到,喝着喝着,我竟然醉倒了。

& 梅苏膏(哥)

小红提到的"梅苏膏"三个字，其实隐藏着一个人的名字，这个人就是曾经红极一时的京剧表演艺术家梅苏先生。也就是说，小红所说的梅苏膏，其实是"梅苏哥"的谐音。小红大概是担心白圣韬听出什么破绽，才故意把梅苏先生说成她的师姐的。据《梨园春秋》（北海出版社，1994年版）一书记载，梅苏先生简历如下：

梅苏（1902—1986），原名苏峭，字巍之，生于汉口，祖籍四川。两岁时随父亲苏明闳至杭州。苏明闳乃一茶商，与胡子坤等人并称为杭州四大茶商。苏峭年少时，常随其父到上海的中国大戏院听戏，耳濡目染，迷恋上了梅（兰芳）派艺术，遂改名为梅苏，专攻青衣，成名后演过梅派代表作《凤还巢》、《贵妃醉酒》、《虹霓关》等，并到武汉、长沙等地演出，为京剧艺术的推广，做出过较大贡献。因梅苏的台上舞姿酷似日本的舞俑，故深得日本友人的喜爱。梅苏深具民族气节，抗战期间，曾蓄须明志，拒绝登台为敌伪演出，并隐居江陵。1946年去香港，后曾到新加坡、马来西亚、印度尼西亚等地为华人演出。晚年著有回忆录《天女散花》等。1986年，在香港病逝。

据《绝色》一书介绍，梅苏与冰莹早在杭州时便已相识。1919年，冰莹从法国回来时，曾在北京与梅苏见过面。据冰莹回忆，三十年代末和四十年代初，他们还曾在香港和上海相遇。后来，"还通过几封信，他字迹娟秀，微微倒伏，如贵妃醉酒一般"。我的姑奶奶曾告诉过我，她曾听说梅苏先生之所以终生未娶，就与他暗恋冰莹有关。但与安东尼·斯威特交谈时，冰莹对此只字未提。有意思的是，在《天女散花》中，梅苏先生自己却毫不隐讳提到了这一点：

珍珠港事件后，香港情势吃紧，不久也沦陷了，真可谓"明火蟾光，金风里，鼓角凄凉"。我只好再度回了上海。我没想到，会再次见到胡女士。那时，我正在院中吊嗓，她来了。一见她，早年对她的那分情愫，便又萌生了。她是懂戏的，梅（兰芳）派的像，程（砚秋）派的唱，荀（慧生）派的棒，尚（小云）派的浪，她都能说出一二。故而，每次见到她，我们都要谈谈戏。可这一次，我故意笑她，说："在香港时，曾想你也在，可念及你或与宗（布）先生在一处，未敢前去打扰。"话音没落，她便佯装生气，欲举板子打我。"那，莫非又在思念葛任？"她脸上顿为愁云惨雾，而我，心中早已响如乱槌。她说，葛任在陕北，她去函多次，未见回音。她也曾想远走他乡，可虑及葛任与失散多年的女儿，她便举步维艰。她总是痴想，或有一日，女儿会在某个地方出现。呜呼！时不利兮，雉不逝，又有奈何？那日午后，我鼓起十二分勇气，向她谈到多年来对她的倾慕，但她说，她已身心倦憔，再也无暇虑及此事。那日走后，我就再没有见到她。

嗣后不久，我便回了汉口。约在癸未年初（即1943年），我在汉口偶遇鸿雁师妹。见我尚是孤身一人，她便问我是否还在对胡女士单相思，又问胡女士与葛任是否藕断丝连，仍有书信来往。我未置可否，她也就不便再问。早年间，我与鸿雁师妹在京城学戏时，曾排过一出《黛玉葬花》，剧中有"若说没奇缘偏偏遇他，说有缘这心事又成虚话……想眼中能有多少泪珠，怎经得秋流到冬，春流到夏"之句。月光如洗，与鸿雁师妹再唱起这段唱词，我不由想起自己的幸福，实乃那镜中明月，水中昙花。

这段文字从侧面证实，小红的汉口之行确与葛任有关。她其实是受命调查二里岗战斗以后，葛任与冰莹是否还有信件往来，即葛任在大荒山出现的消息，是否传了出去。至于说到小红为何要和白圣韬一起来汉口，那就不能不提到小红的另一项任务：若窦思忠在这期间已经与阿庆取得联系，那么白圣韬就没有必要再去大荒山了，小红应该在汉口将白圣韬处死——小红所说的"送你（白圣韬）干干净净上路"等等，说的就是这个意思。至于她这样说动机何在，我就无法知道了：莫非在一个将死之人面前讲出这番话，能给她带来某种特殊的快感？

当然，正如我们已经知道的，小红并没有对白圣韬下手。只要稍加推测，我们可以知道，其原因并非小红在

《雪泥鸿爪》所说的,是她自己"醒悟得早",而是因为她已经得知,窦思忠仍然没能和阿庆取得联系,窦思忠的命令还要靠白圣韬去传达。其实,只要稍加留意,我们在《雪泥鸿爪》收录的一篇游记作品《黄鹤楼》当中,已经可以辨析出其中的若干内情:

> 每次到武汉,我都要去游黄鹤楼。一个演员,不了解中国的传统文化可不行。台上一刻钟,台下十年功。要多走,多看,多想。我记得第一次上黄鹤楼,是在解放前,风雨如海(晦)的四十年代。是一个在餐馆里工作的同志(注:是那个外貌像列宁的人吗?)陪我上了蛇山。大姑娘上轿头一遭,这第一次,兴奋难以言表。当时,同时登上黄鹤楼的,还有当地的一位同行(注:应该是指她的师兄梅苏)。我们边切磋艺术,边观赏四周的美景。解放后,因为宣传战线上的工作需要,我又多次去过武汉。我跟同志们开玩笑说,这叫黄鹤已去,鸿雁又来。最近一次去,我还带着孙女和小外孙一起登上了黄鹤楼。大家都知道,我的孙女继承了我(注:这好像是个病句)的艺术。我边看边给她讲解京剧和传统文化的关系,她自己感到受益匪浅。至于我的小外孙,他虽然听不懂那些高深的东西,可他还是很高兴。又蹦又跳。看着外孙天真的脸,我想,既然往事已乘鹤远去了,那就让我们忘掉过去,开创未来,更好地创造美好的明天吧!

一方面强调要继承传统文化，一方面强调要忘记过去。小红女同志要这么说，别人有什么办法。顺便说一下，小红女的孙女，就是大家在春节文艺晚会上见过的京剧演员小女红。因为范继槐先生与她相识，所以在本书的第三部分，我还得提到她。

@　屎白疗伤

将军，余下的就没甚么好讲了。我醒来时，天已经要亮了。小红真是好笑，当初留我的是她，此时催我走的也是她。于是乎，东方红太阳升之际，我走出了餐馆。因为战事吃紧，汉口城内，火车停开了，是餐馆老板蹬着三轮车送我出来的。对，就是那个酷似列宁的秃瓢。三轮车原来是运货的，上面还沾着鱼鳞。太阳一照，鱼鳞就像碎玻璃一般闪闪亮亮。我遽然有一种不祥之感，这一走，莫非就如那砧板之鱼，再也没有了回头之路，再也见不到小红了？

出了城，老板就滚蛋了，只剩下我一人。有那么一会儿，我曾觉得畅美不可言，可转眼间，我就感到了孤单。唉，后面有尾巴，我觉得不自由；没有了尾巴，我又觉得没着落。贱啊，他娘的贱啊。有甚说甚，我未曾想过要逃走。我倒是这样想过：最好的结局就是，等我到了白陂，葛任已经逃走了，我扑了个空！这样，既对组织有所交代，又可不受良心指责，两全其美。想着想着，我就笑了，恨不得走一步退两步。可是再转念一想，倘若我迟到一步，葛任让军统给逮去了，严刑拷打之下投靠了军统，那他的一生可就真的完蛋了，我自己也难脱干系。这样一想，我就不由得三步并做了两步。走到一个叫乌龙泉的地方，我上了火车。我寄希望于速度，速度一快，你便来不及胡思乱想了。有甚说甚，从乌龙泉到大荒山，我的脑子里就跟装了糨糊似的。车窗之外，山岭连着山岭，沟渠连着沟渠，可我都视而不见。人的命，天注定，还是甚么也别想了，等见了阿庆再说吧。将军，我有甚说甚，尔后倘若不是发生了那样一件事，我就直接找阿庆去了，直接将窦思忠的密信交给他了。唉，果真如此，如今我也就没有机会和将军呆在一起了。

事情是这样的。坐了一天火车，天擦黑的时候，车上有一个人栽倒了，转眼间便不省人事了。我是一名医生，理应救死扶伤。我掐了他的人中，又掏出田汗送给我的葫芦，往他的嘴里灌了一口水，可他还是昏迷不醒。他的同伴举着一盏马灯，流着眼泪看着我，央求我再试上一试。我对那同伴说，他若是命大，用绣花针扎一下他的耳垂，他便会醒过来。那人哭了起来，说到何处找绣花针呢。就在此时，有一个好心人递给了我一截铁丝，是从鸟笼子上取下的，上面白乎乎的，应该是鸟粪。人命关天，也只好因陋就简了，我就朝他的耳垂扎了一下。有一滴血冒了出来，马灯一照，就像枸杞似的晶莹透亮。看着那血，我愣了好一会儿。遽然，我听到有人喊，活了，活了。当时围观者甚众，当中有一人，主动和我套近乎，还拿出一块糍粑给我吃。他先夸我救人一命,胜造七级浮屠,又问我是不是郎中。我说是。我也顺便向他打听,去尚庄还有多远。因为窦思忠交代我,到尚庄站下车,就离白陂镇不远了。我问他是干甚么的,他低声说,他是卖香菇的,也卖鸡公和鸡嬷。我不懂甚么叫鸡公。他说,鸡公就是公鸡。后来说多了,我才听出来,他的话都是反着来的,公鸡叫鸡公,热闹叫闹热,灰尘叫尘灰。将军,有甚说甚,他的名字我是后来晓得的,叫大宝。

忙完一阵,天已经黑透了。我浑身无力,在咣当咣当声中,进入了梦乡,可刚入睡就又醒了,还大汗淋漓的,就像从井里爬了出来。如此折腾了几次,熬到天亮时,若不是大宝的糍粑和米酒,我就要昏死了。我记得,吃完糍粑,我正和大宝说话,火车在一个叫织银的地方停滞不前了。大宝说,刚才他问清楚了,前面的铁轨几天前让人给炸掉了,尚未修复,各色人等都得下车。后来,当我见到了阿庆,我才晓得铁轨就是大宝他们炸的。可当时,大宝没漏半点口风。他告诉我,他碰巧要到瑞金进货,途经尚庄,刚好能与我同行。他问我是甚么地方人,到尚庄做甚么。我顺口胡诌,说自己是湖北人,到尚庄是为一个远房亲戚看病的。他便噢了一声,说:"湖北佬呀,天上九头鸟,地上湖北佬。湖北佬最有本事了。"

下了车,我就跟着他进了织银镇。他把我带进了一个米粉店,那里有两三个人在等他,都牵着马。吃完米粉,他们就带我进了山,还把小马驹交给我骑。太阳已经升高了,人的影子,马的影子投在地上,给人的感觉是在做梦。我再次想到，这样慢吞吞地走，等到了白陂镇，葛任或许已经病死了。果真如此，我也就无事一身轻了。那时候，我们正在爬坡，穿越坡上的一片栎树林。我闻到了一股植物的药香，像是野蔷薇。又穿过了一片树林，我看到了一片空地，低矮的树丛全都倒伏在地上，好像毛驴刚在上面打过滚似的。在一条河边，有两三间用原木搭成的小屋。听见马叫，有一个女人从木屋里走了出来。女人端着一个大水瓢，手腕上戴着亮闪闪的银镯子。她自己先喝了两口，尔后朝队伍走过来，将水瓢伸到我的坐骑跟前，让小马驹饮水。

尔后，他们将我请进了一间小木屋。木屋的墙上糊着两张画，一张是莲花座上的菩萨，另一张是红脸关公。一个壮年男子斜躺在一张椅子上，手里拎着一杆翡翠烟袋。此情此景，我再熟悉不过了。是的将军，我顿时想起了葛任的祖父，那个搞得家破人亡的大烟鬼。可眼前的壮年男子虽说脸色发黑，却显然不是吸大烟所致。行家一出手，就知有没有。我只是瞄了他一眼，就看出他其实是受了重伤。他自然是这里的领袖，刚进来的人，无论老少，对他都很恭敬。他们先围着他嘘寒问暖了一通，尔后才面向菩萨叩头作揖。我立即想起，我在后沟过的最后一夜，当时也曾对着墙上的列宁鞠躬作揖。入乡随俗，我也作了作揖。带我来的那人说："司令，人带来了。外乡人，是个九头鸟。"这一下我明白了，他是带我来给司令看病的。事已至此，又有甚么办法呢，既来之，则安之吧。可就在我要凑过去的时候，我的脑门遽然让一个硬家伙顶住了。

甚么叫艺不压身？有甚说甚，倘若我未能医好他的病，我就别想活着出来。那当司令的自然不相信我，他撇了撇嘴，他的手下便将我的衣服扒光了。田汗送给我的那个酒葫芦先掉了出来，有一个人飞快地把酒葫芦踢了出去。他定然以为，那里面装着甚么凶器。如今我身上只剩下了裤衩。谢天谢地！因为屋里有自己的女人，他们没有将我扒光。前面说了，我的裤衩里装着一个宝贝呢。对，就是窦思忠的那封密信。他们不晓得这个秘密，以为是因为阳物硕大，那里才鼓鼓囊囊的，于是哄然而笑。笑过以后，大宝就和颜悦色了，还要帮我穿衣服。我边穿衣服，边对头领说："若好汉不弃，我愿为好汉疗伤。"

他伤在左肋，靠近胸口。伤口四周已经灰中带黑，就像地窖里霉烂的地瓜。我对他说："这是金疮，乃金属利器所伤。"此话一出，他的部下便啧啧称奇。至于是何种利器所伤，我一时说不上来。后来我才晓得，他是在炸桥时被桥上飞来的物件刺伤的。当时，我问他是不是有点痒。他说："是啊是啊，又疼又痒。"我告诉他疼是轻，痒是重，不疼不痒要了命。在莫斯科高山疗养院时，从一名俄罗斯军医那里，我学到了一个治疗金疮的偏方。只是那偏方过于偏了，都有点邪乎了。将军真是心明眼亮，太对了，自然少不了粪便。不，这次不是驴粪。是鹰屎，苍鹰拉的屎，鹰屎味寒有小毒，对生肌敛疮有奇效。我说明之后，那头领像窦思忠一样，先是狐疑，尔后才点头。大宝领着几个人，拎着枪就冲了出去，跃到了马背上。我又叫住了他们，对他们说，要的是山岩之上业已发白的鹰屎,再要一只雄鹰,活的。

别说,他们还真他娘的孝顺,天黑之前,他们就捧着鹰屎回来了,我捏了一点尝了尝,没错,真是鹰屎,医学上称之为屎白。大宝手里还拎着一只老鹰,活的,翅膀上还滴着血。我说:"司令有救了。"我把鹰血和屎白调和,调成荞麦糊状。将它糊上头领的金疮之前,我还故意装神弄鬼,对着菩萨连磕了三个响头,意思是乞求菩萨保佑。头领问我为何要用鹰屎,我只好跟他耍花腔,"天上一朵云,地上一个人,好汉是地上的雄鹰,故而要用天上的雄鹰来疗伤。"为了保全自己的性命,能够安然脱身,我还对头领说:"金疮连心,旬日之内,万万不可再起杀生之念,否则便会金疮崩裂。"不,我没说"歹念",恭维还怕来不及呢,又如何敢说"歹念"二字。自然,我还把他比做画上的关公,对他说:"关公刮骨疗伤以后,遵华佗之命,也有多日未曾用刀。"说完,我又给菩萨和关公磕了头,作了揖。

南方的春天来得早。当晚约摸子时,天边滚过一阵响雷,尔后又下起了雨。我与大宝住的那间木屋有些漏水,所以我几乎一夜没睡。翌日一大早,大宝带我去见头领,头领的女人眉开眼笑,说司令(的伤)轻了,胳膊可以动弹了,手也可以摸摸这摸摸那了。说这话时,那女人还红了脸。我把日后要注意的事项,给头领的女人说了一下,尔后又在她面前哭诉道,我有个亲戚得了急病,我要是晚到一步,就见不着了。女人心软,说她去给司令讲讲情。那头领虽说吐了口,可还是要我晚一天再走。后来他似乎良心发现了,说晚上就送我走。他还让大宝转告我,他定然言必信,行必果。我心中暗想,还不是我那几句话把他唬住了,不然,他们怎会轻易放我走掉。

& 大宝

大宝,全名郭宝圈,客家人。白圣韬所提到的大宝把"公鸡"说成"鸡公",把"灰尘"说成"尘灰",把"热闹"说成"闹热",正是客家人的语言习惯。

大宝的孙子,后来的白陂市政府秘书长郭平先生,曾让我看过一本《客家名人录》(飞龙出版社,1998年版)。郭宝圈的名字和下列人物的名字放在一起:古代的郭子仪、张九龄、朱熹、欧阳修、文天祥等,近现代的石达开、洪秀全、孙中山、廖仲恺等,当代的李光耀、李登辉等。关于郭宝圈的小传,是这样写的:

> 郭宝圈,男,祖籍福建连成,生于1912年。1939年加入了农民领袖朱玉庭(注:即白圣韬上文提到的那位头领)的队伍,打土围子,炸铁路桥,后又加入剿匪行动,为大荒山一带的长治久安,做出过一定的贡献。在多年的革命生涯中,他实现了客家人的奋斗宗旨:"深具勤俭奋斗之精神,而达其日后之辉煌。"1958年10月11日,郭宝圈同志在修筑炼钢炉的时候,因劳累过度,不幸逝世,年仅46岁。

书中人物，除了搞"台独"的李登辉，每人的小传后面，都附有一篇文章，重点介绍此人的某一英雄事迹。对大宝，文章写的正是他炸铁路桥一事。原文较长，这里只取其中一段：

在那个夜晚，天上布满星，地上亮晶晶。郭宝圈率领同志们来到白云桥旁边。在爆炸之前，他最后一次查（察）看了地形。铁路桥静静卧在山谷之间、白云河上。它是那么愚蠢，一点也不知道它眼看就要报销了。有个叫小虎的同志说："动手吧，同志们已经等得不耐烦了。"郭宝圈同志竖起食指，示意他不要说话。明亮的月光照着郭宝圈同志的那双剑眉，使他显得格外英俊。当小虎的哥哥大虎也来请示的时候，见大家斗志昂扬，杀敌心切，郭宝圈同志看在眼里，喜在心头。他语重心长地对大家说："同志们的心情我都知道了。但是，做事要讲究效率。什么叫事半功倍，你们懂吗？连桥带车一起炸，就叫事半功倍。车灯就是命令，大家听我口令，车灯一亮，就一起行动。"说时迟，那时快，就在这时候，他们听见火车开过来了，车灯划破了夜空。同志们都很激动，一个个摩拳擦掌，一个个喉咙乱响。郭宝圈同志拧起剑眉，一撩衣襟，下达了战斗命令："同志们，立功的时候到了，点火！"于是，就在火车即将上桥的当儿，但听轰隆一声震天响，铁路桥就掉到了水中央。那趟火车来不及刹车，就像一匹脱缰的野马，一头栽进了山谷，掀起了冲天巨浪。随后，他们听见有人在哭爹喊娘，就像青蛙在叫。听着那声音，同志们别提有多高兴了，一个个都乐开了花……

奇怪的是，当时的头领朱玉庭的名字并没有出现。我曾就此问过郭平，秘书长大人说："文章是别人写的，人家不写，我总不能按住人家的手腕硬往上写。"但不久以后，我就从本书的责任编辑那里得知，这篇文章正是郭平的大作。那个编辑还告诉我："姓郭的起草文件还行，写这种文章却不行，干巴巴的。我不得不替他修改，润色。"这位编辑还向我透露，大宝下命令时"拧起剑眉，一撩衣襟"的动作，是他参考电影《平原游击队》中李向阳的动作，特意加上去的。

@ 活口不留

土匪讲话如同放屁，是不能相信的。挨到翌日清晨，他们才放我走掉。大宝说，司令是怕我太过劳累，有意让我在此休整一天。不，我并不怨恨他们。能全身而退，已经算是烧了高香了。临走，他们还拿出一叠银票，望我笑纳。我对那头领说："司令义薄云天，真乃关公再世，为司令疗治小疾，乃分内之事，若收受银两，当无地自容。"大宝硬往我身上塞，说为了这个，几个弟兄晚上都没有睡觉。响马取财，自有其道，原来他们连夜冒雨下山，又洗劫了一些人家。我仍是坚拒不收，说医圣华佗当年在关公面前的义举，我辈自当效仿。别说，这通胡言乱语，他们还真信了。

是大宝送我离开的。他用一块红布蒙了我的眼，就像陕北老乡给拉磨的毛驴戴上了眼罩。不，将军，还是那句话，我对此并无怨恨。没杀我，已经是皇恩浩荡了。一两个时辰以后，雨愈下愈紧了。走到一个陡坡前的时候，他扯下我的眼罩，问是否找个地方避避雨。我赶紧说："不敢再给好汉添乱了，好汉回去吧，我慢慢走。"大宝翻着眼想了片刻，马鞭在树上敲了敲，说："好合好散，先生好走。"他还告诉我，顺河往下走，有个山谷叫凤凰谷。顺着凤凰谷往下走，就到了白陂镇。我后来晓得，那条河就是流经白陂镇的白云河。大宝不晓得我要去的就是白陂镇，又说："到了白陂，往东北走，就是你要去的尚庄。"他要把自己的斗笠送给我，可因为他把"斗笠"说成了"笠嬷"（注："斗笠"的客家说法），我还以为他要我立马消失，双腿一软，差点倒下。

后来我常想，若非遇到大宝，若非老天爷下雨，我到死都不会晓得密信上都说了甚么。当时，听见马蹄声渐远，我连忙躲到一棵树下避雨。四周很静，一只喜鹊就在我身边唱着，像是在为我高兴。见我看它，它抖了抖羽毛，嗖的一声飞走了。我想，它定然是给葛任报信去了。我心中惘然，在那棵树下站了许久，一度都忘记了时间。天边滚过一阵响雷的时候，我才发现不晓得是在何时，自己已经走进了一片荆棘丛中，并像狗咬尾巴似的，在无边的雨幕中团团乱转。又一阵响雷把我炸醒了，我遽然想起了窦思忠的那封密信。于是，我的脚带着我狂奔起来，寻求着避风挡雨之处。但是迟了，太迟了，它已被雨水浇透了。当我躲到一块巨石之下，手忙脚乱地把它掏出来的时候，上面盖的印戳已经洇开了。驴日的，它有如一片云霞，把我的眼睛都晃晕了。过了一会儿，我失声笑了起来，因为我遽然看见，自己的阳物也被染红了，就像外国电影中小丑的红鼻头。这样笑了一会儿，我发现信的封口也泡开了。唉，也不晓得那阵冲动从何而来，反正我是被它拴住了。是的，我一边哆嗦，一边将手指伸向了封口。我在心里对自己说："我可不是故意的，真不是故意的。"有甚说甚，手指一边往里面伸，我还哀求组织原谅。就在我一遍遍哀求之时，一串拉丁字母已经映入了我的眼帘。我将它拼出来之后，不由得大吃一惊：

〇号速死，文字尽毁。详情后解，活口不留。

〇号自然是指葛任。是的，田汗和窦思忠都曾说过，取这个代号，图的是圆圆满满。可是，甚么叫"活口不留"呢？唉，即便我是个蠢驴，我也晓得其意，更何况我并非蠢驴。潇潇烟雨之中，我仿佛看到了阿庆腰带上左轮手枪的皮套，闻到了它那兽皮的味道。

甚么，逃走？不，将军，有甚说甚，虽说我曾这么想过，却并不愿意这么做。先前我曾听同志们说过，一个人呀，倘若没有坚定的信仰，早晨清醒了，并不能保证夜里不糊涂。而我呢，正是因为有了坚定的信仰，觉得这样做是为了保全葛任的名节，才跋山涉水来到大荒山的。如今白陂已经伸手可及，我为何要逃走呢？为山九仞，功亏一篑，岂不可惜？捧着那封密信，倚着那块巨石，我终于理出了个头绪。嘻！经还是那个经，就看你这做和尚的怎么念了。倘若换换脑筋，将"活口不留"理解成组织上要我干掉阿庆，那又有何不可呢？倘若阿庆还没有与窦思忠取得联系，那我就可以大大方方地把信塞给他，对他说："你自己瞧着办吧。"阿庆看了，说不定还要对我感恩戴德呢。倘若阿庆良心发现，要放葛任走，甚或带着葛任一起走，那可不关我的事。一俟他们走掉，我就可以向组织上说，我在大荒山扑了个空，赵耀庆同志已经带着葛任转移了。甚么，阿庆对我下手怎么办？这我也想到了，倘若阿庆参透了其中的门道，晓得窦思忠是要置我于死地，那我就只好听天由命了。我不反抗，绝不反抗。倘若能用我的死换来葛任的名节，换来我丈人和儿子的平安，那我白某人的死不也是重于泰山么？

当天下午，我就到了白陂镇。将军说得对，算下来，我比你们早到了三天。好，我接着讲。陕北民谚说得好，春雨隔犁沟，说的是犁沟这边雨水涟涟，犁沟那边却滴雨未见。顺着白云河往下走，穿过凤凰谷，又登上了一条山冈，我蓦然看到了一轮红日。我的影子被拉得很长，比我走过的革命道路还要长。在我的面前，不时出现一些枸杞树，它们的枝条紧缠在葛藤或荆棘上面。因是初春，开花结果的时节尚未到来，所以它们还只是一些黑黑的枝条。尽管如此，我还是在落日余晖的虚幻中，看到了枸杞子。它们真亮啊，有如小小的灯笼。没错，那一刻，我仿佛回到了青埂。在我和葛任的家乡，河边就长着许多枸杞，青埂教堂四周的枸杞更是密如繁星。这会儿，透过枸杞的枝条，我看见了一片镇子，炊烟正从那里升起。白陂镇，那就是白陂镇啊。我猛跑了一阵，尔后一屁股坐到了地上。他娘的，当我大口大口喘气的时候，连我都小看了自己，觉得那副样子活像是一条狗。

将军，后来的事情，不讲你们也晓得了。对，我没有按窦思忠的吩咐，直接去找阿庆。我想先搞清楚，葛任是否还在白陂。通过镇上的一个老人，我直接摸到了关押葛任的地方。对，就是那个白陂小学。往镇子里来的时候，我其实已经路过一次了，并看到了两个人在门口踱步。他们虽然穿的是便衣，可那整洁的服饰一看就不是本地人。我很快想到，窦思忠与阿庆定然没有取得联系，阿庆还在眼巴巴地等着我的到来。将军说的没错，向白陂小学走去时，我已经觉察到身后有人盯梢。对，他们正是阿庆的手下。后来，阿庆对我说，他的手下盯上我，是因为我神色不对头。唉，这也难怪。当时我固然想得头头是道，可一想到真的要面见葛任，我还是禁不住心慌意乱，腿脚都有点不听使唤。不，当天我并没能够见到葛任。我还没有靠近那个校门，脊梁骨就被枪管顶住了。尔后，他们吹着口哨，将我押回了白陂镇。他娘的，我的如意算盘全给搅乱了。这还不算，在见到阿庆之前，我还差点被他们弄死。他们把我吊到房梁上，又是鞭抽，又是水泼。反正是又受了一遍罪。

阿庆露面时，我还吊在半空晃悠呢。阿庆可真会演戏啊，他先是立眉竖眼骂了（手下人）一通，尔后亲自动手将我放了下来。脚尖刚着地,他便抱住了我,并咬着耳朵叫了我一声白圣韬。我又是一惊,以为他已接到了窦思忠的命令。有甚说甚,在他给我松绑的时候,瞧着他那笑眯眯的样子,我就绝望了,以为面前就是天堂……

& 白圣韬的结局

白圣韬的自述,到此戛然而止。我在葛任研究会的档案室,看到过这份材料的原件,它的最后一个词确实就是"天堂"——丁奎先生早年一定临过不少汉碑简牍,由他记录并整理的材料,看上去就像是一幅完整的汉隶长卷;至于白圣韬如何向阿庆传达命令,读者看过了阿庆的自述就明白了。

这里顺便说一下白医生的结局。他后来住在香港,并和一个从广东来的姑娘何连慧结了婚。婚后的第三年,他便死去了。他的儿子名叫白燕谷。白燕谷先生育有二子一女,他的小女儿就是我曾提到的白凌。白凌对祖父当年的大荒山之行,虽有耳闻却不知其详。据她说,她曾听祖母讲过,祖父就像一个"闷葫芦",几乎不与任何人搭腔。看过这份材料的影印件以后,她对祖父的印象有所改变,她觉得祖父其实是个能言善辩的人。对祖父当年的经历,她羡慕不已:"好刺激哎!直追电影007!"

2000年夏天,在我的央求和诱惑之下,白凌小姐曾陪同范继槐到过一次大荒山,在路上,范继槐回忆了自己当年的大荒山之行。历史在此画了一个圆:当年是白圣韬向范继槐讲述,现在轮到范继槐向白圣韬的孙女讲述了。但令人遗憾的是,我们无论如何也无法知道,天堂里的白圣韬对此会有什么样的感想。

第二部　向毛主席保证

时　　间：1970年5月3号
地　　点：信阳莘庄劳改茶场
讲述者：劳改犯肇庆耀（赵耀庆）
听　　众：调查组
记录者：余风高同志

@　喜鹊唱枝头

俺就知道又来人了。大早起来,一听见喜雀(鹊)唱枝头,俺就想,人又来了。向毛主席保证,没人给俺通风报信。同志们,俺有个长处,就是不耍花腔。俺真的是从喜雀(鹊)嘴里知道的。

上次来的那帮人,临走送俺一本老三篇。喏,就是这个。它给俺智慧给俺胆,每次学习,都能从中汲取无穷的力量。这次,你们给俺带了啥?问俺最需要啥?老鼠药!不,不是俺吃,是给老鼠吃。毛主席说了,老鼠是四害(之一)。这里老鼠猖獗,俺虽然犯了错误,可还是不想死。一想到无数革命先烈,为了人民的利益,在我们前面英勇牺牲了,俺就不想死了。

俺还需要安眠药。忆往昔,峥嵘岁月稠。一想起那些峥嵘岁月,俺就吃不好,睡不香。那些革命先烈,老是在俺眼前晃悠,还跟俺打招呼呢。这个给俺端杯水,那个给俺递根烟,这个摸摸俺的头,那个拍拍俺的肩,亲切得很。不,俺可不是向你们要烟。好吧,既然你们非要让俺抽,俺就抽一支吧。这是啥牌子的？凤凰？日他娘，俺已经好久没有烟抽了，更不用说凤凰了。在所有烟里头，俺对凤凰最有感情了。俺在大荒山凤凰谷呆过，睹物思情啊。

很对不起，俺这里没水泡茶。水利是农业的命脉，你多喝一口水，庄稼就少浇一口水，所以俺通常不喝水。俺都快变成王八了。王八不喝水也能活。同志们见过山里的王八吗？嗐，只要呼吸一点空气，它就能活下来。不瞒你们说，俺见过一只王八，就压在一块石碑下头。不知道压了多少年，它还活得好好的，龟头一会儿伸出来，一会儿缩进去。榜样的力量是无穷的，俺就从那王八身上，学会了节约用水。

好，俺不啰唆了。说吧，要俺讲啥。还是讲葛任？俺果然没猜错。上次来的那两个人，也是来打听葛任的，也带着笔记本。俺说一句，他记一句。俺咳嗽一声，他都要写上咳嗽。俺是怎么知道的？咳！因为搞记录的革命小将，忘了"咳嗽"怎么写。俺看他急得翻白眼，就对他说，不会写你就用拼音吧。他感到很奇怪，问俺还懂得拼音？笑话！俺怎么不懂。俺的拼音还是跟着葛任学的。不光会拼音，俺还会外语呢。当然，学习外语，是为了更好地批判资本主义，更好地看清资本主义的丑恶嘴脸。如果你们大方一点，说俺赵某人是又红又专，俺是不会反驳的。

还是从头讲起？嗐！那还用说，向毛主席保证，俺的每句话都是实话。葛任早就说过，阿庆同志是个老实人。啥时候说的，俺已经忘了，反正说过不止一次。有时候，葛任同志正和俺说着话，突然拍一下俺的肩膀，说，阿庆是个好同志，阿庆是个老实人。谦虚使人进步，骄傲使人落后。所以，这话俺很少对别人讲。

啥，你们还是要喝水？好，俺这就去打水。派人和俺一起去？不用了吧，一壶水俺还是拎得动的。

& 劳改队

1969年，阿庆因故被押解到河南信阳地区的莘庄劳改茶场，接受劳动改造。这场谈话，就是在茶场进行的。1997年4月5号，我在郑州见到了当时的调查组组长余风高同志。据余同志透露，阿庆在茶场时用的名字是肇庆耀：

> 我是奉旨去劳改农（茶）场的。走前，一个领导同志找我谈话，让我去审一个叫肇庆耀的家伙。广东肇庆的肇庆。他说，农（茶）场的队长向上面报告，姓肇的历史很复杂，不像是一般的劳改犯。现在终于调查清楚了，肇庆耀原名赵耀庆，是浙江人，原来是个地下党，后来叛变了革命，多年来去向不明。可是天网恢恢，疏而不漏。隐姓埋名这么多年，最后他还是露出了马脚。现在弄清楚了，1943年春天，他逃到了驻马店，先冒充要饭的，后来倒插门做了上门女婿。狗改不了吃屎啊，这种人总是要和人民唱对台戏的。他是因为反对知青上山下乡被告发的。操，他竟然说下乡知青除了偷

偷人家的鸡，玩玩人家的闺女，没干什么正经事。后来，他就被知青们告发了，就被扭送到农（茶）场劳改了。当时，领导对我说，要不是队长警惕性高，这个隐藏了多年的阶级敌人，可能劳改两年，就蒙混过关了。

我立即表示，小事一桩，不用领导费心，我跑一趟把他提溜来就是了。领导同志笑了，说目前的主要任务是通过阿庆调查葛任。姓葛的当年并没有死到二里岗。他欺骗人民欺骗党，制造了死的假象，随后逃到了大荒山。领导同志还高瞻远瞩，特意指示，不要让赵耀庆知道姓葛的已经被定为叛徒，让他放开说，想放什么屁，就让他放个够。如果他问了起来，你就说姓葛的还是民族英雄。我说不敢。他说，没啥，是我让你说的，没人敢追究你。到了莘庄，一见到赵耀庆，我就来气。臭气熏天啊，我从未见过那么脏的人，有一百年没洗澡了。一百年太少，起码有一万年了。说话颠三倒四，东拉西扯。你问他一句，他有八句等着你，净瞎鸡巴吹。还装疯卖傻呢。有时正听他说着，他会冷不丁地攥一下鼻子，鼻涕胡涂乱抹。有一回，他装做拍我的肩膀，差点把鼻涕抹到我的领口。他烟抽得很凶，三口两口就是一根。那是啥日子？一包烟比几斤豆腐都贵。他这样胡来，不是故意浪费国家财产吗？我们效率挺高。从早上忙到次日凌晨，记了一大摞。他是浙江人，河南话是后来学的，怪腔怪调的，好在我还能听懂。听说我们走后，他很快就死球了。有人说是得肝病死的，有人说是跳井死的，反正是死了。我一听就来气。你想他有多恶毒，得了肝病也不向我们老实交代。已经快死球了，还让我们用他的茶缸喝水，甚至！让我怎么说才好呢，甚至！还端着我们的茶缸咕嘟咕嘟乱喝一气。不是故意要传染（我们）又是什么？听说他也是学过几天医的。既然学过医，怎么会不懂得这样一个道理呢？你倒是说说，那姓赵的安的啥心？整个一个狼心狗肺……

余风高同志真生气了，说狗肺的"肺"字时，因为用力过度，假牙都跑了出来。到吃饭的时候，他热情地请我到街对面的饭馆里面接着谈。当然是他点菜我买单。后来，我又请了他几次。不过，每一次，我都是坐在一边看着他吃。有意思的是，和当年的阿庆一样，他也患着乙肝。这是他的儿子告诉我的，他本人没有吐露过。他只是说自己缺钙，需要多吃一些"壳类动物"，也就是海鲜。我想，如果我告诉他，我知道他患着乙肝，他一定会说那是阿庆传染给他的，虽然其间横亘着将近三十年的时光。

@ 歌乐山

好吧，你们指向哪里，俺就打向哪里。事情还得从冰莹说起，那是在 1943 年 2 月。有一天晚上，俺带着几个弟兄去舞厅里玩耍，在那里见到了冰莹，胡冰莹。胡冰莹是俺这辈子见过的最漂亮的女人。哦，说错了，不是漂亮，是俊俏。漂亮叫人腐化堕落，俊俏却叫人勇往直前。她长得有点像样板戏《杜鹃山》里的柯湘，真的，哄你是狗。同志们千万别想歪了，对俺这样的地下工作者来说，玩耍就是革命。那是重庆歌乐山的舞厅，排场得很，一般人进不去的。我进去的时候，舞会已经开始了，人们都在跳伦巴。伦巴知道吧？不是车轮滚滚的"轮"，是封建伦理道德的"伦"。

伦巴是两个人搂着跳。啥？不跳忠字舞就不叫跳舞，这是不是最新指示？队长怎么没有组织我们学习？好，俺继续说。那种舞跳起来是这样的。把那个茶缸递给俺，俺给你们比划一下。哦，不行，茶缸太粗了，得用筷子。哦，筷子也不行，太硬了。谁来和俺配合一下。没人愿跳？其实俺也不愿跳。和你们一样。俺最爱跳忠字舞。好吧，那就打个比方吧，跳伦巴就像两条长虫竖起来打架，你往左边扭俺往右边扭。然后，腾的一下，猛然调个头。俺就是在她调头的时候看见她的。那还用说，她也看见了俺。可她并没有停下来，还是又蹦又跳。歪戴帽子斜插花，她歪戴着一顶软帽，俊俏得很，说她是舞会上最俊俏的女人，也不过分。当时俺就想，真鸡巴怪了，她到重庆来干啥？

一曲终了，俺端着酒杯上前和她打招呼，她坐在那里，跷着二郎腿，盯了俺一会儿，说，长官，俺累了，不想跳了。俺说，长官是给别人叫的，可不是给你叫的。她说，长官一准喝多了，咱们好像并不认识。当着那帮弟兄的面，她闪了俺一个大红脸，让俺下不来台。怎么说呢？她要不是冰莹，俺一准想办法收拾她，出出这口恶气。可她是冰莹啊。看着死去的葛任的面子，俺也不能把她咋样。更何况，俺小时候在她家里住过很长时间。对，说到这里，俺得顺便强调一下，俺也是出身于劳动人民家庭。龙生龙，凤生凤，老鼠生来会打洞。俺既然出身于劳动人民家庭，那俺生下来就是革命群众。

好，俺接着说。她闪了俺一个大红脸，俺想，不能再在这里丢人了，还是赶紧开溜吧。可那几个弟兄却赖着不想走，他们都已经找到了舞伴，想跳个痛快。俺一个人喝了一会儿闷酒，然后去解手，解小手，也就是撒尿。啥？你们知道解小手就是撒尿？俺也没说你们不知道啊。撒完尿出来，刚叼上一根烟，就有人要替俺点火。还能是谁？冰莹啊。俺刚凑上去，噗，她把火吹灭了。她说，还生气呢？说着，她用报纸在俺头上扫了一下。也不知道咋搞的，她这么一说，俺的气就全消了。俺正要问她为啥来重庆，她借着给俺点烟的工夫，悄悄地对俺说，她找俺有事，要俺到她的住处去一趟。

她就住在歌乐山下，和那个舞场只有百步之遥。为啥叫歌乐山，跟歌舞升平、醉生梦死有啥关系？嗐，其实俺也是一知半解。听说古代治水的大禹，就是在这里结的婚。因为大禹大摆筵席，跟弟兄们歌乐于此，后来就叫歌乐山了。不，冰莹没在房间里设宴款待俺，而是带俺来到了嘉陵江边。江风劲吹，背后是悬崖峭壁，冷飕飕的。不过，俺并不觉得冷。歌中唱得好，红岩上红梅开，千里冰霜脚下踩，三

129

九严寒何所惧,一片丹心向阳开。她冷不冷,俺不清楚。她不吭声,只是抱着胳膊来回走,好像心事重重。江风把她身上的香气,吹进了俺的鼻孔。一闻到那香气,俺就像又回到了杭州。冰莹在杭州的家中,栽有很多花,不过不是红梅,而是能把人熏醉的栀子花。后来,我们就是从花谈起的。啥花?蚕豆花。冰莹问俺近来有没有看到一首诗,叫《蚕豆花》。俺说没有。她就说那是葛任写的,写得好,不是小好,而是大好,应该找来看看。随后,她又问俺,关于葛任,俺都听说了些啥。俺立即哭出了声,说他死得太惨了,这国恨家仇不是不报,而是时候未到。她说,好了好了,别哭鼻子了。随后她就小声告诉俺,阿庆啊阿庆,要有葛任的消息,不管啥消息,都要告诉她。嗐,葛任死都死了,还会有啥消息呢?俺想,她一准说的是葛任遗体安葬的事。据说葛任在二里岗就义后,因为遗体无法分辨,只好和普通士兵一起草草掩埋了。俺想,她大概是念及旧情,想另外安葬葛任。俺就对她说,你尽管放心吧,葛任的英雄事迹惊天地泣鬼神,他的事俺会时刻放在心上,一旦有啥消息,俺就马上通知你。

哪料到,她和俺想的根本不是一回事。她说,她最近老是梦见葛任没死,还活着。她话一出口,俺就觉得葛任(的死)对她的打击实在太大了,方寸都乱了,不然不会这样胡言乱语。我正同情她呢,她突然说,葛任死没死都逃不过军统的眼睛,如果葛任真的没死,军统肯定要对葛任下手。她希望我能主动请缨,前去捉拿葛任。一听这话,俺就委屈得泪如雨下。别说葛任已经死了,就是没死,俺能去干这事吗?这不是扇俺的脸吗?俺说,冰莹,你听着,俺可也是吃人奶长大的,不是那种狼心狗肺的人。她笑了,说,俺只是希望你能帮助一下葛任,想办法将葛任转移到安全地方。尽管她的话叫俺丈二和尚摸不着头脑,可俺还是顺着她的话茬说,俺经常梦见过葛任还活着,正为解放全人类而奋斗。

同志们,这么说的时候,俺其实已经起疑心了。冰莹好像话里有话啊,不像是胡说八道啊。难道葛任之死只是个谣传?那他到哪里去了呢?莫非被日本人俘虏了,正关在哪个秘密的地方?要真是那样,俺可救不了他。因为俺当时的身份是国军少将,一切行动都得听指挥。你们都知道,贪生怕死的国军是不会和鬼子对着干的。鸡巴毛,那就只有一个办法了,就是把这个消息告诉窦思忠,让他派人去救葛任。但是,在消息没有证实之前,光凭她做的一个梦,就冒着暴露身份的危险给窦思忠同志发电报,那是会犯"左"倾盲动主义错误的。

& 蚕豆花

正如我在本书第一部分提到的,《蚕豆花》和《谁曾经是我》,其实是同一首诗。两者相比,只是个别字句的差异。

冰莹是看到《蚕豆花》以后来到重庆的。此前，她呆在上海从事戏剧演出。史料记载，她参演的最后一部话剧，是剧作家于伶编剧的《长夜行》，反映的是上海公共租界内的三户人家在日军进驻租界后的悲惨境遇。这部戏被迫停演以后，她和当时的许多演员一样，夜夜笙歌，借酒浇愁。在《绝色》一书中，安东尼·斯威特写道：

在上海，冰莹虽然夜夜笙歌，但内心却举目无乡。先前，她曾数次设想到延安与葛任团聚。但葛任战死的消息，使她再次迷失了方向。她在日记中写道："日子一天天过去，窗棂上结满了冰霜，我看不到一丁点的希望。"就在这时，宗布又出现了。战争期间，他将《申埠报》搬到了香港。这一次，他就是从香港回来的。对于他此行的目的，她一无所知。他胡子灰白，神情颓唐，明显地老了。他进来的时候，睫毛上挂着雪花，她还以为他的睫毛也变白了呢。他解释说自己是偶然路过此地，她当然不愿相信他的说辞。

他带来了一份报纸，那是香港出版的《逸经》。当她吩咐佣人为他准备饮食的时候，他拿着报纸看了起来，仿佛那是他刚刚从街上买来的一样。喝汤的时候，他好像自言自语地说了一句："有意思。"她问他什么有意思？他装做愣了一下，然后又埋头喝汤。她本来想把报纸丢到一边的，可是，仿佛是出于命运的安排，她的手指不由自主地伸向了那份报纸。众所周知，在希腊语中，"命运"一词的意思并非"沉重，必然，价值"，而是"偶然,幸福,不幸"。当她"偶然"地拿起那份报纸的时候,短暂的幸福和持久的不幸,就再一次栖落到了她的肩头。

她看到了一首诗,以她的女儿蚕豆命名的一首诗,叫《蚕豆花》,诗的作者署名尤郁。现在她知道了,就是为了让她看到这首诗,宗布才从香港来到上海的。在她的追问之下,宗布才告诉她,许多年前,他曾在《新世纪》杂志上看到过这首诗,当时题为《谁曾经是我》,作者署名葛任。"葛任的俄文名字叫尤郁斯基,如果不出意外,这应是献给你和女儿的。"宗布说。他还告诉冰莹,自己本想在《申埠报》上转载这首诗,可是想来想去,他还是把它撤了下来。"从诗的内容看,这首诗好像是刚改动过的,莫非是他就义之前写的?倘若不是,那可能是别人的伪作。当然,还有最后一种可能,那就是葛任还活于人世。"宗布对冰莹说,"倘若他真的还活着,那你们很快就会相聚的。"冰莹回忆说,宗布的神色表明,他真的在为她与葛任可能的相聚而感到欣慰。在那一刻,她对宗布的怨恨就像窗棂上的霜花一样,慢慢融化了……

安东尼·斯威特接下来又写道:

冰莹对我说,从那时起,她就怀疑葛任还活在世上的某一个角落。她决定立即飞赴重庆,见一下赵耀庆。她早就知道,赵耀庆隶属于军统,他很可能已经得知葛任的准确消息。宗布想和她一起去,但遭到了她的婉言拒绝。到重庆的第三天,她终于在一个酒吧里(注:这与阿庆的自述略有出入)见到了他。出乎她的意料,赵耀庆以人格担保,声称自己对此毫不知情。他显然说了谎。因为她后来得知,就在他们谈话之后不久,赵耀庆就去了大荒山白陂镇。她说,在随后的几天里,在歌乐山腰,在嘉陵江边,在夫子庙前,她反复念诵着《蚕豆花》,默默流泪……

看了阿庆的自述,我们便发现,冰莹其实误解了阿庆——他们见面的时候,阿庆确实"毫不知情"。关于修改后的《蚕豆花》一诗,我在后面还要提到,这里暂且不述。

@ 命令

出邪了,俺万万没有想到,没过几天,俺就得知葛任果真还活着。娘那个×,组织上果然要派俺去大荒山。那是不是戴笠的意思,俺不知道,到现在还不知道。

你想歪了。戴笠是啥货色,狗屁不上粪叉,俺为啥要替他隐瞒。认真点?俺很认真呀!世界上的事怕就怕认真二字,可共产党人却最讲认真。当时俺都叫他戴老板。戴老板不光是阎王爷转世,杀人不眨眼,而且是个铜葫芦,密不透风。临行前一天,俺还见到了戴笠,是在白公馆。但他没有和俺说起这事。那时候,狗日的正在骂人。你们知道他的口头禅吗？他的口头禅是 Damned fool！意思是"该死的笨蛋"。你不会英文？来，俺替你写上。你说得太对了！凡是敌人反对的，我们就要拥护。凡是敌人拥护的，我们就要反对。可是，如果挨骂的真是个笨蛋，并且还是条恶棍，那又该怎么说呢？所以，俺不认为戴笠骂谁，谁就是俺的朋友。他们是狗咬狗，一嘴毛。是啊，戴笠认识俺。之所以认识俺，是因为他和俺是老乡，俺的老家在浙江，俺和他都是（浙江省）江山（县）保安（乡）人。保安有座山，名叫仙霞岭。他家住在仙霞岭上的龙井关，俺家住在仙霞岭下的凤凰村。对了，还有没有烟了？俺再抽一根。抽凤凰，忆故乡嘛。有一句话说得好，尽管他乡的山更美，水更清，他乡的姑娘更多情，人总是要怀念故乡的。好，咱们言归正传。俺能在军统站稳脚跟，就是钻了这个空子。可这个戴老板怎么也想不到，俺其实是一只披着狼皮的羊。表面上，俺对他毕恭毕敬；心里面呢，却时刻想着埋葬蒋家王朝。卑贱者最聪明，高贵者最愚蠢。别看戴笠牛×哄哄的，他骨子里愚蠢得要命，用他自己的话，就是 Damned fool。要不，他怎么看不出俺的真面目。当然，这与俺对敌斗争的策略也是分不开的。策略是革命的生命线，为了人民的利益，俺时刻都保持着高度的革命警惕性。

这样说行吗？

找俺谈话的不是戴笠。你们刚才不是说，你们对葛任同志的革命生涯很了解吗，那就应该知道范继槐。对，早年间范继槐曾与葛任一起去日本留学，葛任学的是医，他学的是法律。同志们都知道，法律就是王法，体现的是统治阶级的意志，是阶级专政的工具。俺这么一说，你们就明白了，范继槐不是啥好鸟。范应该是按戴笠的旨意来和俺谈论此事的。他对俺说，他得到了一个重要情报，葛任现在藏在大荒山白陂镇。俺听了直摇头，说不可能不可能，一准是搞错了。他问为啥不可能。俺说，人死如灯灭，他死这么久了，可能已经沤臭了，怎么可能又拱出来呢？他说，这就对了，你去了之后，首要任务是要搞清楚，那人究竟是不是葛任。不是，那就把他放了；是，那就搞清楚他在那里有何贵干。他还特意交代俺，千万不要轻举妄动，打草惊蛇，在得到最新指示以前，不要伤他一根汗毛。

蠢货啊蠢货！这还用你交代，俺当然不会伤他一根汗毛。可是，心里可以这么想，嘴上却不能这么说，一说不就露馅了吗？俺故意问他，为啥呀？他说，这是因为葛任乃知名人士，处理不当，会给党国脸上抹黑的。范继槐还有一句话，俺记得很牢靠，《红灯记》里鸠山也说过同样的话。他说，这叫放长线钓大鱼。狡猾吧？真是狡猾透了。俺后来想，娘那个×，他们派俺去，还真是找对了人。一来，俺在以前去过大荒山，地形比较熟；二来，俺了解葛任。当然，也可以说那是他们最大的失算。他们哪里知道，俺其实身在曹营心在汉，一颗红心时刻向着宝塔山。

刚才，谁在门口闪了一下？是不是和你们一起来的？让他进来呀。嗬，原来是俺的队长。队长最喜欢听俺讲故事，这会儿他一准想进来听听。他的歌唱得好，最拿手的是

《祝福毛主席万寿无疆》，男女声二重唱。连《东方红》，他也要来个男女声二重唱。男的唱一句"东方红"，女的唱一句"太阳升"。他说这叫男女搭配，干活不累。他的女搭档去年死球了，一大包老鼠药吃下去，不死才怪呢，一头水牛也能放翻。她为啥服毒？你应该去问队长。现在队长只好自己唱了，唱一嗓男声，再唱一嗓女声。他经常来找俺，说俺给你唱一段，你给俺讲一段。俺喜欢听他捏着嗓子唱女声。唱得好啊，好像把人领去了陕北高原。俺这个人说到做到，不放空炮。他唱一段，俺就讲一段。不，俺从来没有和他提起过葛任。在几十年的革命生涯中，俺没向任何人提起过葛任。队长感兴趣的是女妖精。对胡蝶和戴笠的花花事，他更是百听不厌。每听完一段，他都要吐一口痰，呸，小妖精，真他娘的不要脸啊。这会儿，他一准以为俺又在讲戴笠和胡蝶呢。

俺讲到哪了？对，身在曹营心在汉。那时候俺是组织安插在军统的表演，表演就是特务。几天前山下放电影，队长带俺们去了，因为去晚了，只好坐在背面看。有一位年轻人看得很入迷，边看边咕哝，当特务可真美啊，有肉吃，有酒喝，还有女人暖被窝，美死那狗日的了。要不是怕影响大家看电影，俺一准给他上堂政治课。特务也不是好当的呀。一来你得脸皮厚，机关枪都打不透；二来你得心肠硬，该出手时就出手。做不到这两点，想当好特务，简直是白日做梦。那个年轻人看问题没有一分为二，光看到人家吃香的喝辣的，没看到人家背后受了多少苦。起初，组织上找俺谈话，让俺打入军统的时候,俺就有这种思想顾虑。可是后来,经过灵魂深处爆发革命,狠批私字一闪念,俺终于想通了,反正革命工作不分高低贵贱,表演就表演吧。俺还想,虽然俺当了婊子,可是组织上会给俺立牌坊的。善有善报,恶有恶报,不是不报,时辰未到。怎么样,让俺说着了吧?你们来看俺,又给俺烟抽,又给俺茶喝,不就是在给俺立牌坊吗?

& 东方红

在这次谈话结束以后,阿庆终于打听出来,他之所以暴露身份,被组织上调查,就跟他们的队长有关。所以,他死前做的最后一件事,就是把队长拉下了马。济州大学退休教授张永胜,当时也在莘庄茶场劳改——他戏称是阿庆的劳改同事。接受我的采访时,张教授说:

阿庆没说谎,队长爱唱。他嗓子好,外号就叫知了。茶场有一株老槐树,上面拴着一只大喇叭。它就像个巨大的鸟窝,上面落满了鸟粪。你大概不知道,当时,全国的大喇叭,开始曲都是《东方红》,终了曲都是《国际歌》。大喇叭就是队长安的。

阿庆死前,上面已经开始调查他了。上面还鼓动我们当中的积极分子提供揭发材料,然后交到队长手里。什么,我是不是积极分子?你看我像吗?咱不谈这个,还谈阿庆和队长。有几天,为了整理揭发材料,队长白天睡觉，夜里工作。问题是，多年来，我们都习惯了，一起床就要跟着大喇叭唱《东方红》。不唱《东方红》，就像没有洗过脸。习惯成自然，喇叭里放《国际歌》的时候，刚刚起床的队长却不由自主地唱起了《东方红》。喇叭里放《东方红》的时候，正准备睡觉的队长却不由自主地要唱《国际歌》。不唱《国际歌》，他就像没洗脚，躺下也睡不着。日怪吧？听上去日怪，其实不日怪。有一天早上，他被阿庆逮住了。当时我们正跟着大喇叭唱《东方红》，唱到"呼尔嗨哟，他是人民大救星"的时候，队长却刚好唱到"从来就没有什么救世主，也没有神仙皇帝"。这次，阿庆终于抓住了队长的把柄。他说："为什么我们歌颂大救星，你却偏偏要说没神仙皇帝。大救星是什么，不就是神仙吗？说说看，你为什么要唱对台戏，安的是什么心，不是打着红旗反红旗又是什么？"阿庆这么一咋唬，队长脸都吓绿了。

认真一琢磨，他妈的，阿庆的逻辑还真的无懈可击。可当时，我们却没人敢声援他。那时候阿庆大概已经知道自己活不长了，他是死猪不怕开水烫，非要把队长拉下马。可是阿庆命不好，没过多久就死了。他死后，队长本人也受到了调查。问题还没有弄清楚，他也死掉了。跟阿庆一样，也是自尽。到现在，我一听见《东方红》，就会想起阿庆啊、队长啊、喇叭啊什么的。对，还有鸟粪。唉，说起来阿庆还算个有福之人啊。

瞧，临死还拉了个垫背的，不是有福之人又是什么？

@ 奔丧

啥，俺和葛任是怎么混熟的？说来话长啊。俺是先认识他父亲，后认识他的。他父亲叫葛存道，在杭州经营一个茶厂。他是不是康有为的孝子贤孙，俺没有调查，没有发言权。茶厂的老板叫胡子坤，早年在日本呆过，和葛存道是朋友。胡子坤瘫痪在床，不能理事，儿子胡安又不在身边，就把革命重担交给了葛存道。对，胡安就是冰莹的父亲，胡子坤就是冰莹的祖父。不是胡传魁的魁，是扭转乾坤的坤。那会儿，俺父亲就在茶厂做工。四五岁的时候，俺娘死了，俺父亲就把俺从老家带到了杭州。屋漏偏逢连阴雨，没多久，俺父亲也死了。胡子坤和葛存道都没有撵我，俺就在胡家呆了下来。那会儿，俺每天都能见到葛存道。他肩上的担子重，心中的责任强，每天都抓革命促生产，领导大家两眼一睁，忙到吹灯，不断从胜利走向胜利。他很喜欢俺，夸俺聪明、懂事，人小志气大，还说跟他儿子就像从一模子里倒出来的。他写字的时候，常让俺在一边研墨。跟后来的葛任一样，他也是文弱书生的模样，爱干净，待人和气，喜欢刷牙。第一次看他刷牙，看见他吐出来的白沫沫，俺还以为他是革命的老黄牛变的。

那会儿，有个女人常从上海来看他，那女人很俊俏，留着剪发头，围着围巾，有点像电影里的江姐。她每回来都带好多糖，给工人们的孩子发糖。啥，糖衣炮弹？你要说那是糖衣炮弹，那工人阶级的后代们最爱吃的就是糖衣炮弹了。好，不说这个，还说葛存道。葛存道也经常往上海跑，每次回来也给俺带糖吃。俺最喜欢问他，你啥时候去上海？上海的阿姨啥时候来？每次问他，他都要摸摸俺的头。他说，俺跟他儿子一样，头上也有两个旋，还说他儿子名叫阿双。对，阿双是葛任的奶名。俺问，啥时候能见到阿双哥哥呢？阿双哥哥会给俺带糖吃吗？他说阿双在青埂，离杭州很远。还说啥时候去青埂，他一定带上俺。那会儿俺还不知道，他并没有见到过儿子。有一回，他又从上海回来了，又给俺发糖。这回俺没有接糖。俺对他说，快去看看吧，老爷不行了。葛存道赶到胡子坤身边时，胡子坤已经咽气了。

俺就这样讲，行吗？好，那俺就接着讲。

葛存道写信给胡安，让胡安赶紧回来。还是他写信，俺研墨。过了几个月，胡安才从法国赶回来。那还用问，胡子坤早就埋了。胡安回来的时候，俺已经把胡子坤那档子事给忘了，看见人们叫他少爷，俺才知道他是回来奔丧的。他带回来一个女孩，比俺大七八岁，穿着花裙子，洋气得很。对，她就是冰莹。杂种？不，她可不是杂种。她母亲也是中国留学生。她母亲没有回来，所以俺没有见到，真没有见到，哄你是狗。不，冰莹没给俺带糖。她带回来的是一只狗娃。狗娃还有名字呢，叫巴士底。俺还从没听说过，狗也能有名字。俺很快就跟巴士底混熟了。啥狗都改不了吃屎，俺每回拉屎，都要想着巴士底。有一回俺告诉冰莹，巴士底最最最喜欢俺拉的屎，冰莹立即不准俺和狗玩了。俺曾听她说，狗是从巴士底监狱外面的街上捡回来的。你说啥，丧家的资本家的乏走狗？不瞒你说，俺也想过这个问题。可胡安说了，法国的工人阶级也都喂狗。巴士底肯定是工人阶级喂的狗，喂不起了，才丢到街上的。

胡安在法国学的是戏剧，对管理茶厂一窍不通。他也学他父亲，把茶厂交给了葛存道，自己当甩手掌柜，每天领着冰莹东游西逛。跟葛存道一样，他也喜欢往上海跑，有时候他们一起去。有几次，俺也跟去了，跟他们一起住在江姐家里。江姐是谁？俺不是说了吗，就是常来找葛存道的那个女人，她长得很像江姐。她姓啥？姓林，跟永远健康的林副统帅一个姓。俺后来才知道，当时他们想在上海办一个图书馆，地址都选好了，离江姐家很近。胡安从法国带回来的书，都运到了上海，暂时放在江姐家里。俺记得很清楚，胡安喜欢高声朗诵，有时候一边朗诵一边哭，有时候一边朗诵一边笑。他说，这就是戏剧，莎士比亚的戏剧。莎士比亚是谁？是个外国人，写戏的，写的是外国的样板戏。俺不喜欢他念戏，可每回他问俺念得好不好，俺都说好。你说好，他就带你到外边吃饭，啥好吃让你吃啥。你说不好，他就不出去吃饭了，派俺上街买回来几个烧卖就行了。啥叫烧卖？烧卖就是包子啊，馅跟肉粽子差不离。不，俺只是有啥说啥，绝非拐弯抹角向组织上提要求。呆会儿吃饭，你们尽管吃肉，俺喝碗汤就行了。有时候没有烧卖，他又让俺跑很远给他买面包。那会儿啥叫面包俺都不知道，是冰莹带着俺去的。冰莹说，在法国时她每天都要吃面包。你说啥，胡安过的是腐朽的资产阶级生活？请记住，胡安去的可是法国。法国是什么地方？巴黎公社所在地。你要知道，巴黎公社可比新乡七里营人民公社还要早，牛×得很。他在法国呆那么久，一准到巴黎公社插过队，下过乡，当过基干民兵，扛过半自动步枪。面包也算资产阶级（注：此句不通，原文如此）？鸡巴毛，话可不能这么说。列宁同志也吃过面包，还教导人们说，面包会有的，一切都会有的。

　　有一回，葛存道在上海呆了很长时间。回来以后，一看见厂里那么脏，苍蝇到处飞，老鼠到处窜，他就生气了。他就领导俺们除四害，灭鼠灭蝇，反正又是两眼一睁，忙到吹灯。可就在那年春天，葛存道永远地吹灯了。啥意思？吹灯拔蜡，死了。

　　怎么死的？吃枪子死的。那是在杭州的葛岭。葛岭上有很多菩提树，刽子手就藏在菩提树上面，砰，一枪就把他撂倒了。说来也巧，葛岭好像真的与他们葛家有缘分似的。日他娘的，有些东西真是说不清道不明。同志们都知道，刘备的军师凤雏，就是在落凤坡被箭射死的。俺可不是迷信，俺最最最反对迷信。俺只是说，有些事，还真他娘的说不清楚。后来查明，射杀葛存道的，是一把左轮手枪。你们见没见过左轮？枪杆子里面出政权，政权离不开左轮手枪。在长期的革命生涯中，俺也多次带着左轮南征北战。那东西装在口袋里，大小跟一包凤凰烟差不离。好，俺再抽一根

（烟）。左轮很短，鸡巴硬了都比它长；枪口又细又光溜，就像婴儿的鼻孔。

他命硬，吃了枪子，还没有死。抬回来的时候，虽说脸色煞白，但还能说话。俺记得他还提到了他老婆。不，不是江姐，而是葛任的母亲。他说，这一下他可以和她见面了。到了第二天，他又改口了，说他不想和葛任的母亲见面了，想埋到杭州。胡安对他说，葛先生，你啥也别说了，省口气吧，想回青埂你就闭闭眼，要想留杭州你就睁睁眼。他的眼睛一会儿睁一会儿闭，搞得人莫名其妙。有一天早上，医生给他换过药，他突然对胡安说，杭州他也不想留，青埂他也不想去，他想埋到上海，埋在那个准备建图书馆的地方。交代完这个，他又说想见儿子一面。胡安把他埋怨了一通，埋怨他为啥不早说。可埋怨归埋怨，他还是赶紧派人到青埂去接来了葛任。

俺记得清清楚楚，为见上儿子一面，葛存道撑啊撑，又撑了好多天。用现在的话讲，叫垂死挣扎。可临了，他还是没有见上儿子。葛任到杭州的时候，他已经被装进了棺材。棺材就放在胡家大院，刷着黑漆，刺得人鼻孔发痒。葛任是晚上到的，那会儿，月亮把棺材照得亮闪闪的，看上去就像一只搁浅了的小舢舨。当胡安把他牵到棺材跟前的时候，他并没有哭，只是一遍遍地摸着棺材，还把鼻子拱到上面闻了闻。他一定以为是在做梦呢。那确实像个梦。你想好了，本来应该是父子团圆的。谁料到计划撑不上变化，眼睛一眨，老母鸡变鸭，他大老远跑来了，当爹的却闭眼了。

& 父亲之死

1900年,英国工程师摩西斯·布朗宁,钻在书房里发明了左轮手枪。有照片显示,他的窗口外面,就长着一棵菩提树。14年之后,左轮的枪口从杭州葛岭的菩提树的花枝中伸出头来,射杀了葛存道。与葛存道之死几乎同时,法国《费加罗报》的编辑让·诺黑,在巴黎的一家咖啡馆被左轮射杀。同年6月28日,奥匈帝国王储法兰西斯·斐迪南在波斯尼亚被左轮射杀。众所周知,斐迪南的死,就是第一次世界大战的导火索。又过了很多年,到了1943年春天,左轮枪口又瞄准了葛任的胸脯。布朗宁在发明左轮的时候,是否意识到自己当初的灵机一动,会给世界带来如此多的变故?葛存道死前的经历,我有必要交代几句。现有的资料表明,早年的葛存道,确实是康有为的信徒。戊戌事变后,他逃到了日本。逃亡期间,他在日本京都的"福临图书馆"认识了上海小姐林心仪女士,即阿庆所说的长得很像江姐的那位。同时认识的还有一位名叫邹容的少年,林心仪和邹容的祖籍都是四川巴县,所以在日本来往较多,邹容也借此认识了葛存道。得知葛存道与谭嗣同有过交往,邹容对他崇拜极了。1903年,他们一起乘船从日本回到上海。也就在这一年夏天,邹容在上海出版了《革命军》一书,号召推翻满清政府。政府恼羞成怒下令抓人,邹容只好逃到英国领事馆避难,而受到牵连的葛存道则带着林心仪逃到了杭州——两年前,胡子坤到日本推销茶叶,认识了葛存道和邹容。葛存道到达杭州之后的情况,散见于《茶人》(刘钦荣著,奔流学社1927年版)一书。在"杭州茶会"一节中,刘钦荣先生写道:

> 邹容事发后,存道君偕红颜知己至杭。当是时也,余因常至老友子坤先生家中,而得与存道相识。一日,与胡、葛坐于后花园中,是时月白风清,茶汤正浓,言及邹容事,存道君曰:"蔚丹(注:邹容,字蔚丹)已为英人所保,性命无忧矣。"余谓洋人向来见利忘义,恐有变故,宜未雨绸缪。存道君却大不以为然,曰:"英法美皆言保佑蔚丹无事,英吉利人若食其言,尚有法美。蔚丹信卢骚(注:今译卢梭)主义,尊花盛登(注:今译华盛顿)道德,法美盖不会袖手旁观。"子坤兄亦从旁言道,俟风头一过,他便亲自赴申(上海),迎邹容君来杭。存道君又言:"蔚丹者,童男也,尔等尽可为蔚丹说媒,俟蔚丹来杭,即可成亲。"后邹容君殁于狱中,余方知书生放言,实出于无知,正如朝菌之不知蟪蛄也……

有资料表明,"邹容君逃至英领事馆之时,英吉利人确曾态度强硬,以护佑人权及言论自由之名,拒绝交人"(《群生报》1903年10月15日),但是,随着满清政府的步步加压,以及"士人阶层从旁鼓噪,(认定)此乃英吉利人对大清内政的粗暴干涉"(《君言》杂志1905年第13期),英国人也就下了软蛋,把邹容从领事馆的门缝塞了出来。于是,邹容很快被捕入狱。史料记载,在他刚入狱的时候,知识界也曾酝酿发起营救运动。但不久以后,人们也就把这档子事给忘了,报纸上再也见不到他的名字。人们再次想起这个毛头小伙子,是在两年之后的1905年。当时19岁的邹容瘦如骷髅,病死于狱中。

死后的邹容却意外地成了一块唐僧肉,谁都想咬上一口——当时的《群生报》对此有一个诗意的描述,"蝴蝶标本,远比蝴蝶耐看"——多派政治力量都借炒作邹容之死来宣传自己,《革命军》也被争相再版(盗版?)。被称为孙大炮的孙中山,干脆将《革命军》的书名改成《为生存而战》,并在新加坡、旧金山、日本广为印发,为他后来当上临时大总统做足了舆论准备。

据《茶人》一书记载,邹容死后,葛存道开始收集《革命军》的各种版本。对《革命军》一书的风靡,他不光自己高兴,还认为邹容也会高兴,说"设若蔚丹泉下有知,亦会备感欣慰"(《茶人》第49页)。有人就此认为,葛存道创办图书馆的念头,就是在收集《革命军》的各种版本的过程中萌生的。如前所述,葛存道和邹容就是在图书馆里认识的,他或许是要借此纪念邹容。胡子坤对他的计划是否支持,我不得而知。但胡安对此事的态度,却有文字记载。后来协助宗布创办《申埠报》的黄济世先生,当时是《民报》的编辑,他在自己的回忆录《半生缘》(香港飞马出版社，1956年版）中写道：

> 存道先生办图书馆，得到一归国茶商资助。自古无商不奸，此人却为另类。他虽自称亦是 Vieux·chinois（法文，中国佬），然言谈举止，与西人无异。他说："建图书馆是公共事物，建藏书楼是私人事物。"存道先生亦在一旁言道："图书馆与藏书楼虽说皆以藏书为本，却有桔枳之分。前者为公业，后者为私业。我的朋友视私业如草芥，故有此非凡之举。"

葛存道计划把图书馆建在淞沪路。在筹建期间，上海的一个私人藏书楼主范公明，就以同行的身份前来表示祝贺了，来的时候，还带着自己的墨宝，"藏书千古事，得失寸心知"。范公明也曾在日本留过学，自称是宁波"天一阁"藏书楼楼主范钦的六世孙——直到最近，才有人考证出他与范钦没有任何关系，只是范钦的众多崇拜者之一。就在他向葛存道表示祝贺的同时，那个除掉葛存道的计划，就已经在他的"寸心"之中盘旋了。

当然，尾随葛存道从上海来到杭州的，并非范公明本人，而是一个名叫窦念诚的职业杀手。近年有人望文生义，试图通过考证，得出窦念诚和窦思忠是族亲的结论。因为到目前为止他们所提供的材料仍然经不起推敲，这里也就忽略不提。顺便说一下，窦念诚刺杀葛存道一事后来之所以败露，是因为他与另一个案件有关。1913年3月20号，窦念诚在上海车站参与了对宋教仁的刺杀。随后，随着宋教仁一案调查的深入，窦念诚终于被国民政府逮捕归案。扯住一个线头，就会拽出整个线球。在受审期间，他把当年刺杀葛存道的事也招了出来。不过，这已经是1920年的事了。下文即是窦念诚当时的供录——奇怪的是，此人竟然是邹容的崇拜者！

  鄙人亦是个老革命了，在日本留学时就走上了革命道路。其时，鄙人最尊崇的便是培罗弗卡亚（注：即索菲娅·佩罗夫斯卡娅，俄国无政府主义者，因行刺沙皇而被绞杀，时年27岁）。如今鄙人崇拜的人是邹容。他虽是个舞文弄墨的，可却是个硬骨头，放个屁皆是林中之响箭。

  在日本时，鄙人已加入了暗杀队，思量以后能有机会行刺慈禧。仿培罗弗卡亚，暗杀队人人皆有一副白手套。脱手套须顺着指头次第下拽，神气得很。当时有一位化学家，从广州来，教众人制造炸弹。回国后，鄙人又认识了一个叫吴樾的人。他会下围棋。他说，你看这棋，打，虎，夹，劫，冲，断，紧，点，压，扳，扑，长，退，封，拐，卡，间，挤，粘，挖，枷，爬，吃！招招见血。日后他用炸弹去炸满清大臣。大臣一个没死，他却给炸死了。事先他留有遗言，说他并非针对某个人，而是要借此惹怒朝廷，致使朝廷变本加厉，滥杀无辜。如此这般，民众便会造反。皮球愈拍跳的（得）愈高么……

  受吴樾激励，鄙人开始单挑……杀戒一开，便如还俗和尚，不吃荤腥，肚皮便不乐意了。不瞒你说，鄙人曾到安庆找过徐锡麟。此人有两项至爱，一是枪，二是太太的三寸金莲。为接近他，鄙人带去的贡礼便是只三寸绣花鞋。鄙人思量，事成之后，定要摸摸那个三寸金莲。那还用问，找徐锡麟并非投靠他。有人送鄙人一些碎银，要鄙人取他的性命。银子由谁所出，鄙人概不知情。鄙人是从中间人手里接的。是年六月（注：当指1907年的6月）到安庆，因逛了一次窑子，错失了良机。再想接近他，他已出事了，心都给挖出来炒吃了。事没办成，银子却花了。中间人前来讨债，鄙人说，尚未动手他就死了，不正合了你的意么？娘稀屁，他说徐氏之死，非你之功，银子定要如数退还。鄙人无奈，索性将他杀了。

然也，葛存道亦是鄙人干掉的。这回是主家亲自找上了门。他姓范，模范的范。鄙人问他为何要干掉葛存道。他说，家有家规，行有行规，姓葛的坏了规矩。他要鄙人到外地干掉葛存道。嗨，要在上海干的话就顺手多了，可他不允，非要鄙人到外地下手。为读书人做事，就这点不好，啰唆！先生说我啰唆，他比鄙人还啰唆。葛存道常去杭州葛岭，那里有他的生意。他返回杭州前，鄙人先他一步到了杭州。娘稀屁，干这一行的，不能太好奇，可鄙人当时年轻，偏偏有这怪毛病。在杭州一家茶社里，鄙人正欲下手，忽听他与友人提及《革命军》一书，英文的，说他次日即可收到。《革命军》乃邹容所著，鄙人甚是喜爱，已有多种版本，惟独缺了英文的。鄙人心中顿生一念，何不多等一日，待他收到书以后，再连人带书一并拿下？尔后，又听他与友人谈起魏源的《海国图志》，法文的。《海国图志》在日本甚是风行，鄙人曾披阅多遍。书中有一名言，叫"师夷之长技"。此话甚妙，妙就妙在它说的是鄙人。鄙人便是"师夷之长技"，才玩起左轮手枪的。

不料多等了一日，竟然再难见到他了。然而，既收了人家的银子，就要守信。鄙人只好在杭州潜伏下来。有志者事竟成，几日之后，鄙人又在葛岭见到了他。葛岭有一片菩提树，正开着花，鄙人爬上一棵藏了起来。虽说树叶扎脸，可鄙人还是甚为高兴。鄙人将食指如春蚕一般紧贴于扳机，等他从茶社出来。约过了一个时辰，他走出来了。这回，鄙人没让机会溜走，左轮在树枝上跳了一下，葛存道便仰面躺了下去。甘蔗哪有两头甜，事情虽然干得漂亮，可鄙人亦挂了彩。从树上溜下来时，额头给树枝蹭了一块皮。瞧，至今尚有疤痕，如同胎记一般……

胡安遵葛存道遗嘱，将他埋到了淞沪路边的一片林子里，那里离他所筹办的图书馆只有一步之遥。他死后，林心仪女士继续筹办那个图书馆。一年以后，林心仪悒郁而死，于是，那个计划中的图书馆，就像被风吹散的空中花园，从人们的记忆中消失了。

@　革命友谊

　　刚来信阳时，信阳还给俺开过一个欢迎会，交代俺要认真改造。城里开完欢迎会，一颗心就飞到了劳改队。俺听说有个熟人去年就来了茶场，很想早点见到。可到了这里，却听说他死了。俺晕头转向，半天醒不过来神。将心比心，葛任大老远跑来，看到的却是一个死爹，那是啥滋味？可葛任呢，不愧是特殊材料制成的，他化悲痛为力量，很快就投入到了火热的生活。

　　是的，埋掉了父亲，葛任没有再回青埂。他每天就呆在胡家大院里，翻翻书，画画画。对，俺说的火热的生活，就是指学习生活。那会儿，冰莹有个老师，叫徐玉升，他对葛任的画很欣赏，边看边啧啧称赞。姓徐的以前也是葛存道的朋友，葛存道要开图书馆，他还捐献了一笔钱。葛任整天和徐玉升呆在一块，并且常常结伴出游。那会儿，冰莹常跟着他们玩。跟屁虫？你说得对，俺也是个跟屁虫，也常跟着他们跑来跑去。

　　都看到了吧，俺不是吹的吧？俺和葛任的革命友谊，在那个时候就建立起来了。除了让俺跟着他玩，他还教俺读书、识字。同志们，现在封建主义被打倒了，帝国主义也夹着尾巴逃跑了，连美帝的后院拉丁美洲也着火了，同志们才会说读书无用论。可那会儿呢，帝国主义、封建主义，都还骑在人民头上拉屎拉尿，不读书不行啊。俺是从自己的名字学起的。俺当时还不是很懂事，说啥也不愿学。俺说，不会写俺叫阿庆，会写俺还叫阿庆，六个指头挠痒痒，多那一道干啥？可葛任说，你要是不学，晚上你就别吃饭了。俺说为啥？葛任说，你还要拉出来的，干脆省掉算了。俺说不吃会饿死的。葛任说，你现在死是死，将来死还是死，何不现在就死呢？看，他是多么深入浅出，一点也不党八股。你看，俺再不念书，就说不过去了。为了鼓励俺好好学习，天天向上，他还说俺是早上八九点钟的太阳，希望寄托在俺的身上。他真是这么说的，哄你是狗。除了教俺写字，他还教俺学英语。至于为啥教俺学英语，俺想那道理其实很简单：为了像毛主席说的那样，十五年赶超英美。同志们，这可是件大事，不能马虎的。要是撵不上的话，咱们就会被开除球籍的。你说得对，咱们早就撵上了。鸡巴毛，三十年河东，四十年河西，现在轮到他们给开除球籍了。这样说行吗？好，那俺就接着说。这样学了多天，连胡安都说俺有出息了。俺对他说，这可不是俺的功劳，火车跑得快，全凭车头带，这得归功于葛任。再后来，连外国人都伸出大拇指，夸俺的英语说得好。他们是两个牧师，个子高的叫毕尔，个子低的叫埃利斯，两个人都留着山羊胡子，看上去就像老三篇里提到的白求恩。

和牧师一起来的还有个姑娘。那还用说，她一来就与冰莹成了朋友。她长得很白净，穿着素色的裙子，留着齐耳的短发。她比冰莹大几岁，常带着冰莹在后花园捉迷藏。私塾

153

先生徐玉升给她们拍了好多相片。俺记得很清楚，有一张照片上，两个女孩都围着围巾，绕着一丛花跳舞。按说，女孩玩的把戏，俺不应该掺和，可为了团结女同志，俺还是掺和了。后花园栽着栀子花、扶桑和芦荟，有一回，冰莹让芦荟划破了脚，还化了脓。医生来给冰莹换药的时候，那个姑娘跪在门廊下，双手合十，嘴里念念有词。她在祈求洋菩萨保佑，洋菩萨就是上帝。对，马克思说过，宗教是精神鸦片。可她们年龄还小，还不懂得这个道理。俺后来经常想起这个女人。俺记得，她想和那两个牧师在杭州办个育婴堂，可是后来没能办成。俺就是从她那里知道，外国的菩萨不叫菩萨，而叫上帝的，并且还是个男的。同志们，他其实跟咱们一样，都长着家伙。

& 初恋

葛任在杭州一共呆了两年。关于这段生活，我们先来看葛任的一段自述。1929年，葛任在上海与鲁迅交谈时，曾这样说道：

> 先前所见的杭州，是在一把折扇上。一位叫徐玉升的先生到青埂来，欲带我去杭州见父亲。那人有一把折扇，上面画的便是西湖。他说，西湖乃人间天堂，他便是要将我带到那天堂去。折扇上的西湖，像用烙铁烙出来的，呈环肥燕瘦之态，又若美女舞于瓦砾。

> 到了杭州,办完父亲的丧事,我留了下来,徐玉升先生常带我与冰莹到西湖边散心。可在西湖边呆得愈久,愈觉得它的亲近不得。西湖是迷人的,可有了诱惑,你便想逃离;西湖是悦目的,可它却不赏心。它便像那盛装的女人,可携手出入于盛宴,却断然不是可以一诉衷肠的情侣。怪哉,怪哉,我倒被它搞迷惑了。它还是夏天的飞雪,冬天的花卉,秋天的煦风,春天的落叶。它是一阕词,合辙却不押韵。船桨摇起,滴落的水珠如柔指在拨弄筝弦,然而听上去,那声音却是哀哀的。
>
> 冰莹枉为杭州人,对杭州生疏得很,还比不得我这青埂人。我与她常结伴游西湖,爬葛岭。她是那样娇小,令人顿生怜爱之心。有一回,她送我一只柳叶笛,徐玉升先生见了,脱口念了一首《静女》诗,"自牧而归荑,洵美且异。匪女之为美,美人之贻。"冰莹不解其意,还以为徐先生自吟自唱,而我想必早已面红耳赤……

有论者认为,这段文字充分表明了他"思想的苦闷",并认定这是他后来东渡日本的原因(见《葛任研究会刊》第二辑)。但我却倾向于认为,在杭州的两年,其实是葛任一生中难得的一段幸福时光:还有什么比初恋更迷人呢?

将葛任带到杭州来的那位徐玉升,是浙江溪口人。他也是葛存道流亡日本时结识的朋友——正因为此,他才会亲赴青埂,将葛任接到杭州,要让他们父子见上最后一面。后来他写过一篇文章叫《湖心亭之雪》。其中提到了葛任、冰莹和阿庆。徐先生的文章半文半白，亦中亦洋，带有鲜明的时代印记。比如，他称葛任为阿R，阿庆为阿Q，冰莹为阿Y：

雪霁之夜，圆月犹皎，与阿R、阿Q、阿Y同游西湖。三人皆为重来，然一同泛舟湖上，乃为初次。阿R未及弱冠，才智不凡。阿Q乃垂髫小儿，是Y家底（的）伙计。

更定之时，引一小舟，同往湖心亭看雪。小舟又名七板子，清隽可人。舱内窗格精雕细镂，且饰有花纹玻璃。舱前设有栏杆，支着弧形之顶，顶下悬有灯彩，如三秋雅丽之果实，又如披云挂雾之荷苞。立于舱前，可顾盼两岸景色。当是时也，天山相交，云水相接，长堤一痕，短亭一霾。阿R与阿Y立于舱前观景，阿Q在舱后嬉水。而吾独卧舱内，饮酒自乐。桨声悠然，如缓步之行云；醉意朦胧，如水面之微漪。

进堤桥圆洞，忽有歌声袅娜而来。桥砖如黑石，示人时世之长久；歌声若暖玉，诱我酬谢之情怀。有一画舫于桥洞之外，疏影横斜，暗香浮动。是时，歌声忽戛然而止。船家告曰：此乃苏小小（注：六朝时著名歌妓）之转世。阿R遂脱口吟道：呜呼，苏家小女旧知名，杨柳风前别有情；苏家弱柳犹含媚，岳墓乔松亦抱忠。踏上画舫甲板，果有一女子双目含黛。把酒当歌，人生几何；明月高悬，心定神闲。吾邀阿R上画舫与女子同饮，阿R对曰：苏小小不为庸人之姬妾，而呈美色于街市，乃吾心中一圣符，吾闻其声便可念其形也。遂与阿Y携手返回舱内。

遂与阿R、阿Q、阿Y留于七板子。至湖心亭，拥毳衣炉火，命阿Q烧酒，酒醉而归。溪口玉升记于甲寅年（注：1914年）冬。

关于徐玉升先生，本书后面还要多次提到。他后来到了香港，编辑出版了一份名叫《逸经》的报纸——如前所述，1943年初，冰莹就是在这份报纸上看到了葛任的《蚕豆花》一诗，才从上海前往重庆的。徐玉升后来著有《钱塘梦录》一书。这篇《湖心亭之雪》就选自《钱塘梦录》。书前附有冰莹、葛任和阿庆的一张合影。我在上面还看到了我的姑祖母，即阿庆所说的随同毕尔、埃利斯牧师一起来到杭州的那个姑娘。照片上，阿庆蹲在前排，戴着一只瓜皮帽，面对镜头似乎有点羞涩。冰莹穿着一件灰白色雨衣，高统皮靴，花格子领巾的一角露在雨衣外面，显出她特有的妖娆气质。葛任挨着冰莹站着，他并没有看镜头，他似乎被别的东西吸引住了。顺着他的视线，我看到了一堆瓦砾。而我的姑祖母，就站在那堆瓦砾上面。她怀中抱着一个女婴——姑祖母告诉我，那是她在杭州街头捡来的一个弃婴，后来不幸夭折了。在她的身后，有一群白鹅正从疏朗的林子里出来。正如阿庆提到的，姑祖母当时穿着素色的裙子，留着齐耳的短发。

姑祖母是在看到葛存道被刺的有关报道以后，特意赶来杭州的。她来晚了，连葛存道的棺材都没能见到。她后来告诉我，她是在与两位牧师闲谈时，偶然得知葛任就是她的同胞兄弟的。在杭州，她呆了半年时间。那个时候，她已经感觉到，葛任和冰莹已经相爱了。她说，她能从葛任和冰莹彼此的眼神中，看到那少年的初恋。

关于他们的初恋，我们最好还是听听冰莹本人的说法。据安东尼·斯威特在《绝色》一书中所记，冰莹曾对他说，她能够感觉到自己爱上了葛任，是在葛任去日本前夕：

> 连冰莹也搞不清，葛任是什么时候爱上她的，她又是什么时候爱上葛任的。她说："他要离开杭州到日本去了，我才知道自己已经离不开他，竟然忘记了少女的羞涩，紧抱住他不放。而在此之前，我们好像只是玩伴。"冰莹女士所述，使人想到这样一个惯常的说法：蓓蕾并不知道自己是怎样开放成花朵的。我曾对冰莹说，少年的恋爱就像枝条上的露珠。它由空气中最湿润的部分凝集而成，并依着时间的光线变幻出不同的色彩。我提到"露珠"一词的时候，冰莹自己也笑了。她显然认同这一说法。但是，我无法描述出他们的初恋，就像我无法描绘出露珠的神韵。对于它的神韵，技艺再高超的摄影师，所捕捉的有多少，所遗漏的也就有多少。

冰莹的说法，在阿庆接下来的谈话中，得到了印证。

@　葛任赴日

那会儿，俺还以为和葛任从此永不分离了，可没想到他很快就走了，去日本了。按说，俺该拦住他，叫他继续教俺学文化，可俺发扬毫不利己专门利人的精神，没有阻拦。他为啥去日本？那还用问，当然是为了寻求救国救民的真理。你说啥，他是要学医？这不矛盾呀，学医不就是为了救国救民吗，是不是？

去日本的盘缠是胡安拿的。俺和胡安、冰莹，到上海送他。冰莹本来也要去的，可胡安不答应。冰莹就闹。冰莹说，毛主席说了，时代不同了，男女都一样，妇女能顶半边天，为啥不让俺去？闹到最后，胡安终于投降了，说，去可以去，但要到一年以后。他说，等葛任在日本开辟了根据地，站稳了脚跟，就放她去。到了上海，冰莹又闹了起来，抱着葛任不撒手，还说她是鱼儿离不开水，瓜儿离不开秧。葛任同志脸皮薄啊，受不了这个，脸红得就跟关公似的。

&　大贞丸号

我的姑祖母曾说过，她与两位牧师离开杭州不久，就听说葛任差一点死于非命。后来，我在黄炎的《百年梦回》

一书中,看到了有关记载。正如我在本书第一部分提到的,最早报道二里岗战斗的黄炎,曾与葛任以及范继槐共赴日本。当时,他们乘坐的是一艘名叫"大贞丸号"的邮轮。《百年梦回》第三章的标题,就叫"大贞丸号"。文中除了记录葛任赴日途中的一些生活片断,其中,他还引用葛任的话说明,葛任当初之所以去日本留学,部分原因是为了避难:

> 一雨成秋,日轮"大贞丸号"驶离南京时,天虽已放晴,但江风仍然不住地送来凉意。到上海时,大贞丸号只是稍作逗留,就匆匆离开了。此时的中国大地,正是军阀混战。去国的忧愤是有的,更多的却是疲倦。枕着涛声,我很快睡着了。在睡梦中,我又梦见了父亲的死。我登船赴日时,恰是父亲周年的第三天。父亲是在混战中于去年9月1日战死的,地点就在南京。一个梦接着一个梦,梦中全是死人,杀头像是砍瓜切菜。后来,我便在梦中呻吟了起来。我醒来时,看见一个洁净的少年站在我面前,很文弱的样子,还带着些许的娟秀和羞怯。我后来知道他名叫葛任,同我一样,也是去日本留学的。"你是否身体不适?"他伏下身来,悄悄问道。于我,那自然是一种难得的慰藉,虽然我的痛苦是任何人也安慰不了的。现在想来,我当时有点出言不逊。我告诉他,我做了个梦,梦见这船沉入了海底,全船的人都死光了。他站在我身边,不停地搓着手,脸色通红。

那是我青年时代最远的一次航行。我似乎早就希望有这样的航行，借空间的阻隔来忘却不幸。但是，三等舱甲板上的点点水花映照出的晨曦和夕阳，仍然使我不住地想起父亲殷红的血。我告诉葛任，甚至甲板上的一块糖纸和瓶塞，都能使我想起与砍头有关的事来。一朝被蛇咬，十年怕井绳。可蛇不会将人咬死，井绳却能将人吊死。我就见过被吊在南京城垛上的人头，伤口是陈旧的，可眼睛还睁着，眼皮有点上翻，似乎要看那绳子是用什么兽皮做成的，能拴得那么牢靠。一天中午，葛任把那些糖纸和瓶塞全扔进了大海。他来到我身边，从怀里掏出了一瓶名叫女儿红的黄酒。那个时候，我才发现，在他的羞怯中，其实有一种忧郁。但他是豪爽的，这从他拔掉瓶塞的动作上，从他喝酒的姿势上皆可看出，尽管其中不乏那个年龄的人惯有的夸张。他告诉我，他是在上海上的船。"你是从南京上来的吧，我上船时，就看见你在船边站着，念念有词，像是从教堂的唱诗班逃出来的。"他的说法让我感到纳闷。多年之后，我才知道他曾在育婴堂里呆过。到了晚上，我们的铺位就挪到了一起。我们身边还有两个人，一个很矮，另一个很高。那个矮个子名叫范继槐，众所周知，他现在是中国的法学权威。当时，他丝毫不引人注目。引人注目的是那个瘦高个。不知是何缘故，有时他会自己发笑，让人心里直发毛。他的膝盖上有一个伤口，上船时就已经化脓。晚上，那口子结了薄薄的一层软痂，像是果冻的皮。可到了早上，他必定用指甲将之挑开。看到脓冒出来，他会很舒服地吸气。葛任和他说话，他只说自己是安庆人，便再无下言。葛任就接着和我谈东论西。他向我谈起了一位姓胡的小姐，说本应该一起坐船来的，可事到临头，做父亲的却舍不得她走了。从他说话的样子看，那位姓胡的小姐自然是他的情人了。多年以后，我才知道，他所说的那位姓胡的小姐，就是中国最早的话剧演员冰莹女士。

现在想来，年轻人的爱情多半就像从舱口看出去的夜色：水天之间，那夜色是半透明的，如浸过油的纸；机器的吵声或大或小，船速也或快或慢，那半透明的夜色也就被扰得没有一丝宁静。我也想到了我的"情人"，如果那也能算是情人的话。她是我的表姐，我们算是两小无猜吧。就是她，在那年的春节嫁了出去。随着她的出嫁，她的男人，一个我只见过一面的都督帐下的副官，就频频光顾我的梦，并得到他应有的结局：让人掐死，让绳吊死，脚踝在马镫里扭伤疼死，让最钝的刀砍死，让最锋利的刀刺死，在丑陋的床笫之欢中窒息而死，擦枪走火将自己崩死，穿衣不当给肩上的绶带勒死。我只见过他一面，甚至记不清他的面容，但在我的梦中，他扭曲的脸却逼真得如我养过的一条狗。我离开南京时，她来看我，但又不敢正眼看。她送给我的礼物是一摞用勾针织出来的袜子。不知她从何处听说，日本是没有袜子的，因为日本人全是光脚走路。太妙了，接下来一双臭袜子又套到了那男人的脸上,并且是双层的,他于是就给活活闷死了。

葛任的梦倒是一派诗情画意。他乃性情中人,并且终生如此。他告诉我,他和那位姓胡的小姐在花园里徜徉。栀子花、扶桑和睡莲围绕着花园里的亭子。他说,她身上也有一种睡莲的香气,而到了傍晚,则成了薄荷的清香,清香中略带茶的苦味。他说话时显得有些羞涩,近乎喃喃自语。我问他,红袖添香夜读书,是人生之胜景,为何要到日本去呢?他先说是朋友的好意,难以拂逆,尔后又说来东瀛也是迫不得已。在杭州的一家茶社,他曾受过一次袭击,亲朋好友都认定那是对着他来的,倘若不是他命大,他早就与他的父亲一样命丧黄泉了。我当时还不知道他的父亲是谁,后来才知道,曾在上海筹建中国第一家公共图书馆的葛存道先生,就是他的父亲。

我记得从上海到东瀛,走了十天。而当时,我感觉它就像我所经历的这个世纪一样漫长。也是在这十天之内,我和葛任成了无话不谈的朋友。他喜欢清新的空气,深邃的星辰,间或栖落到大贞丸上的鸟以及它的红喙,像畜群耸动着脊背似的海浪。他告诉我,在他未来众多的梦中,有一个梦就是要叫出所有的美妙的事物的名字,倾听其天籁,观看其神韵,抚摸其露珠似的湿润和温柔,以解开它们非凡的美妙之谜。如果他叫不出来,他要用全部的爱,去哺育孩子,让孩子有能力将它们一一叫出。

有一天，夕阳正要收尽其苍凉残照之际，一件事发生了。与我们的铺位紧挨着的那个安庆人，掉到了海里去，就像一只被风吹落的被单。大贞丸继续往前疾驶，浪把他裹了下去。都以为他是失足，于是人们就唏嘘起来。临到上岸时，有人在他的行囊里找到了遗书。原来，他名叫尹吉甫，是陈独秀的朋友。陈独秀那时正在东京雅典娜法语学校读书。后来，我们见到陈独秀时，他告诉我们尹吉甫是上海亚东图书馆的工作人员，到日本来是为了和他商讨《甲寅》杂志的编辑事宜。从他那里，我们还得知尹吉甫是个诗人。我记得，邮轮靠岸的时候，我觉得我们已经在海上走了一个世纪。我们上了岸，都跺着脚，像是要以此确定已到了瀛岛。异国的悲凉之雾袭来了，我的肩胛骨耸了起来。此时，莫名的，我和葛任，以及同船的许多学生，眼中都蓄满了泪水。

在安东尼·斯威特的《绝色》一书中，我得知葛任被击中时所在的那家茶馆名叫怡香园。当时，整个中国大地暗杀成风，冰莹也不知道那究竟是一颗流弹，还是有人故意为之。不过，鉴于葛存道的被刺，胡安不能不有所警觉，于是有了送葛任赴日之举。

葛任到日本以后，稍事安顿，便给冰莹写来了一封信，盼着早日与她在日本相聚。《绝色》一书，收录了信中的一段文字：

华亭（注：指上海）一别，已逾二旬。暂居日本友人川田家中，一切便当。所居之室，以木为板，离地尺许。窗牖开阖，如蝶翼般灵巧。君若在此，亦当满意。只因思君心切，常有涸辙之鲋之感。若能与君早日相逢于东瀛，则幸甚矣。

那时候，他哪能料到，等他再次见到冰莹的时候，冰莹竟然已经是一个孩子的母亲了。

@ 黄鼠狼给鸡拜年

葛任一走，俺就成了孤家寡人，没人玩了。冰莹不和俺玩，她总嫌俺流鼻涕。俺向毛主席保证，以后再不流了，可还是不行。那时候，她喜欢看戏，认识了一个叫苏嵋的人（注：即梅苏），她总和苏嵋在一起玩，还一起到上海去看戏。有一天他们又去看戏，因为下雨，第二天才回来，是宗布用汽车把他们送回来的。俺后来才知道，宗布是胡安的朋友，当晚他们就住在宗布家里。对，宗布后来办过报纸，好像叫《申埠报》。啥叫申埠？申埠就是上海滩。瞧，他不说上海滩，偏偏说申埠，这不是存心让人民群众看不懂吗？不是存心和人民群众作对吗？鸡巴毛，谁跟人民群众作对，谁就没有好下场。他就没有好下场。呸！

俺记得很清楚，姓宗的当天就住在杭州。胡安好心好意请他吃饭，他却鼓动人家做股票，说股票比茶叶来钱快。啥叫做股票？给你背个顺口溜吧。手里揣着俩臭钱，交易所里把身钻，低进高走来赚钱，赚钱之后笑开颜。后来，人民政府把股票给取缔了。取缔得好，不是小好，而是大好。因为股票和革命群众屁关系没有，只是养肥了一小撮资产阶级。当时，胡安立场坚定，没上他的贼船。

好，俺接着说。那会儿，宗布有一个显微镜，吹嘘它比玉皇大帝的照妖镜还厉害，一下子就把冰莹哄住了。你们有没有见过显微镜？别看你的脸那么干净，可用显微镜一照，鸡巴毛上面净是蛆。宗布说，这就叫无中生有。他问冰莹好玩不好玩？冰莹说好玩。他就把它送给了冰莹。年幼无知啊，还不懂啥叫吃人家嘴软，拿人家手短。没过多久，他就坐着汽车来了，来杭州取他的显微镜了。可是，冰莹已经把显微镜打碎了，没法还他了。冰莹很有志气，说一定赔他。他说，赔，拿啥赔？后来俺才知道，他早就瞄上了冰莹，歪主意打的不是一天两天了。让冰莹玩显微镜，其实黄鼠狼给鸡拜年，没安好心。唉，要是葛任不走就好了，那样宗布就钻不了空子了。你说啥，苍蝇不叮无缝的蛋？这俺不跟你抬杠。可那会儿冰莹还小，还没有多少对敌斗争的经验啊。

后来，他就把冰莹的肚子搞大了。眼看她一天天胖起来，俺还追着冰莹，问她吃了啥好东西，胖得那么快。冰莹不但不说，还差点把俺的耳朵揪掉。嗐，怎么说呢，那会儿俺太小了，斗争意识还不强。不然，俺当时就把他干掉了，起码不能让他阴谋得逞。俺发誓以后再不见他了，可没想到，好多年以后，俺竟然又在大荒山见到了此人。

显微镜

　　宗布的显微镜来自康有为。光绪十年（1884年），一位传教士送给康有为一只显微镜。据《康南海自编年谱》（中华书局，1992年版）记载，康有为从那只显微镜上面，悟出了一个"齐同"思想，"因显微镜之万数千倍者，视虱如轮，见蚁如象，而悟大小齐同之理；因电机光线一秒数十万里，而悟久速齐同之理。"康有为还曾把这个显微镜借给谭嗣同赏玩。据《谭嗣同全集》（中华书局，1988年版）记载，谭嗣同看后有些不以为然，他认为，洋人以仪器获得的知识，如"行星皆为地球，某星以若干日为一岁，及微尘世界及一滴水有微虫万计等，佛书皆已言之"。他把这个显微镜又还给了康有为。

　　戊戌政变失败以后，谭嗣同死了，康有为跑了。正如我们所知道的，当时追随康有为逃跑的，还有葛存道——由此可见，宗布与葛存道也是相识的，但有关他们的交往，至今却无多少文字记载——在逃亡日本之前，康有为送给追随者宗布的纪念品，就是显微镜。为什么要送这么一个玩意儿？对此宗布自有他的理解。在《半生缘》一书中，黄济世写到了宗布说过的一段话：

　　　　宗先生说，起初他亦不以为然，想它与眼镜无甚两样，一则皆是玻璃，二则单是看得清楚一些罢了。可南海（注：康有为的字）先生开导他，戴眼镜看到的是原本就有的；显微镜却是无中生有，本来看不到的，如今看到了。宗先生说，他渐渐悟到，南海先生是借显微镜说理，以尽督责之职：值此新旧蜕嬗之际，纷纭错综之时，要见微知著，看到终有富贵荣显、身泰名遂之日。

既然意义如此重大，宗布自然会奉若神明，走哪带哪。康有为逃走之后不久，宗布也跑了，经香港逃往法国。我们可以想像，在他的行囊中，那只显微镜是少不了的。身在异乡，他又给那只显微镜附加了新的含义。黄济世先生接着写道：

> 宗先生说，流亡途中，他时时带着显微镜。它虽为洋货，然此刻却维系着他与故国，寄寓着他对故国之赤子深情。

有意思的是，宗布逃亡法国的时候，与胡安刚好乘坐了同一艘邮轮。在香港上船时，他们还互不认识。后来，因为一个偶然事件，他们相识了。安东尼·斯威特在《绝色》一书中，引用了宗布写给黄济世的一封信，信中提到了他与胡安相识的经过。我没能看到这封信的原件，下面这段文字是我从《绝色》一书中转移过来的：

> 邮轮驶进南中国海时，台风大作，船几乎翻掉。有几个人说，一旦翻了船，他们就开枪自杀，因为不愿意活活地给鲨鱼吃掉。台风过去了，果然有一个人死掉

了,是一个老人,不过并非自杀而死,而是被船给颠死的。依海上的习惯,人死之后只能喂鱼。在参加那名乘客的葬礼时,我和一个来自中国的年轻人站在一起。他姓胡,来自杭州。他说,他眼睁睁地看见那个人脸色变白,抽搐而死。当尸体旋转着飘向海面的时候,我的心揪紧了,因为我想到了自己有一天也会死去。姓胡的却说,他死的时候,就愿意这样融入波涛。姓胡的什么都好奇,新加坡的凄凉他喜欢,锡兰(注:现译斯里兰卡)的大象、眼镜蛇和魔术师他喜欢,他还喜欢上了一个僧伽罗女人养的猴子。看了我的显微镜,他更是爱不释手。在印度的时候,我看上了一个玩蛇的印度女人。他说,他愿意把那个印度女人和她的蛇买下来送给我,换取我的显微镜。我没有同意,因为我担心一年以后,在印度的某片椰树林里,会有一个靠玩蛇过活的小宗布。

这封信,似乎说明了这样一个事实:1915 年,宗布拿出那个显微镜,大概是要借此重温他和胡安的友谊,而不可能像阿庆所说的那样,是为了勾引冰莹。但有一点,阿庆并没有说错——几天之后,宗布便来到了杭州。他此次来杭,一是要和胡安叙旧,二是要取回他的宝物显微镜。照阿庆的说法,那个显微镜是被冰莹打碎的。但据冰莹说,它是被阿庆打碎的。在《绝色》一书中,安东尼·斯威特写下了冰莹对此事的回忆:

他（宗布）来杭州时，他送给我玩的那个显微镜已经成了碎片。有一天早晨，我和阿庆正拿它照蚂蚁，邮差送来了一封信，是葛任的信。我躲到后花园里读信时，突然听到阿庆哭了起来。我跑过去才知道，阿庆跟着蚂蚁上了树，一头栽了下来。他（宗布）来杭州时，我吓得要命，先是躲着他，后来就陪着他在杭州游玩。他会讲一些法语，这引起了我对童年生活的回忆，依稀有一种他乡遇故知的感受。不，他那时很规矩，还没有对我动手动脚。当他问到那面显微镜时，我说了谎，说不知道把它放到了何处。我没有把阿庆供出来，因为阿庆已经惊慌失措，像一只丧家之犬。我请他（宗布）放心，总有一天，它会像钥匙一样自己跑出来的。他当时说，一定是我父亲把它藏了起来，自己玩去了，等我的父亲玩够了，他会再来取的。多天之后，他果然又来了。我的父亲说，一定再买一个显微镜送给他，可他似乎并不高兴。他说，再好的显微镜，都比不上他原来的那个破玩意儿。你看，他这不是强人所难吗？

我再次见他，是在张勋复辟之前。他就住在我家里。后来因为张勋复辟未遂，他开始东躲西藏。那时候，为掩人耳目，每次出去他都让我扮做他的女儿。起初，我只是觉得好玩，但后来一切都变了样⋯⋯

宗布再次来杭，有任务在身：受康有为之命，与当地军人接触，共谋支持张勋，以实现溥仪复位，谋取君主立宪制。在杭州期间，他除了为国家大事操心，还爱上了扮做自己女儿的冰莹。这期间，宗布给冰莹写了很多情书，称冰莹为"梦珂"。珂者，或为似玉的美石，或为马勒上的饰品。如果取第二义，那么"珂"就是马的代称了。有人就此认为，宗布其实是把冰莹当成了自己的同志。但安东尼·斯威特指出，梦珂其实是 mon coeur（法语：我的心）的音译。

1917年7月，张勋的闹剧结束了，宗布遭到了当地军人的通缉。他带着冰莹逃到了上海，藏在他的朋友黄济世家中。黄济世在《半生缘》中写到过此事：

> 辫帅（张勋）失败，逃至荷兰公馆。南海先生（注：即康有为）则是逃至美国使馆，静静翻阅儒家的经典《春秋》。宗布先生则回到了上海……他带回来一个少女，是胡安的千金，如月份牌广告走下来的，美艳迷人，言语间侧着头，佯嗔薄怒。他们无疑是同居了。那时上海的富户豪家，向以童女侍奉为荣，视之为饮食中的芽茶乳猪。恰如《西游记》中的魔王，吃人须为童男童女。宗先生却属另类，于胡女言听计从。胡女薄怒时，他便如临大敌，百般讨乖，令人匪夷所思。依吾之愚见，他并非爱她，他爱的是他往昔的痛苦、失去的青春，而她便是映照他痛苦与青春的铜镜。

冰莹的回忆与黄济世的描述相差无几。据她回忆，黄济世的家在一幢小楼的二层，厅很大，但楼道很窄，上面的扶栏已经破损。经常有人来这里谈天说地，其中很多人是留过洋的，他们颂皇上、骂政府也骂辫子军，或者骂皇上、颂政府也颁辫子军。吹牛、拍马、诵诗、哀叹、流泪、大笑、发誓、赌咒。房间里摆放着纸烟、鸦片、香槟、花雕、麻将、扑克。有人还拿来了赌具,在这里搞起了俄国式的轮盘赌。而这个时候,冰莹却躲在楼梯尽头的房间,面对着梳妆台上的一面圆镜——不是黄济世提到的铜镜,而是一面玻璃镜子——默默哭泣:

冰莹说,那面玻璃圆镜有一道缝,那是她自己打破的。她说:"我常把脸伏在手背上,不敢看自己。我感到自己是个堕落的女人,许多书中写过的那种坏女人。他(宗布)进来的时候,我就无端地发脾气。整天昏昏欲睡,就像一朵浮在污水中的睡莲。在梦中,我常看见葛任。醒来之后,我常想,是我梦见了葛任,还是葛任梦见了我?莫非葛任此刻正梦见我和一个比父亲还要大的男人同床共枕?一想到这里,我就从镜子里看到了自己的羞耻。镜面的裂缝把我的脸分成两半,我因此看到了双倍的羞耻。"

冰莹随后的一段独白,无意间透露出一个少女对情欲的痴迷,以及复杂的内心生活。她说:"最让我害怕的是,我有时竟会忘记这羞耻。有一天,我随宗布到他的一个朋友家去跳舞。那里有许多女孩子。看见有些女孩子在男人面前害羞和手足无措的样子,我竟然想,瞧啊,这些女孩,她们竟然什么都不懂,既不懂得风骚,也不懂得男人,她们还都是些毛孩子。我被自己的想法吓坏了,但回到寓所,我却从他的嘴唇上品尝到了恶的快乐。"

在那个柚木做的床上,她的心离葛任越近,她的身体离葛任越远……

这样的生活并没有持续多久,有一天早晨,当宗布起来的时候,他发现冰莹离开了他。在那个"柚木做的床上"放着冰莹留给他的一张纸条,上面要他不要找她。冰莹并没有回杭州,而是去了天津。如前所述,当时我的姑祖母正和毕尔牧师在天津筹建育婴堂。出于少女的羞耻心,她没有向我的姑祖母讲述她和宗布之间的事。随后,她由我的姑祖母陪同回到了杭州。不久以后,她就被父亲送到了法国,冰莹的母亲那时还在巴黎。此时的冰莹已有身孕,肚子里的那个孩子,就是我的母亲蚕豆。

冰莹走后,宗布失魂落魄。我喜欢这样的"失魂落魄",因为它说明了宗布对冰莹的爱。坦率地说,我乐于承认宗布和冰莹之间曾经存在着爱情。这对我来说非常重要。如前所述,我本人就是宗布和冰莹的直系后代。我曾经极力地想找到一些正面的描述他们情感生活的文字,美好的文字。似乎只有这样,才能说明母亲与我存在于世的合理性。所以,当我在《绝色》一书中看到宗布这封信的时候,我便如获至宝:

梦珂,从你父亲那里,知道你去了法国。我时刻都在等你,如同沙漠中的骡子期盼着水罐。我如同一个大老粗,毕恭毕敬吻着你的香粉盒,因为它还保留着你的香气。吻着你打碎的镜子,因为破镜重圆是世上最美好的字眼。我羡慕你的鞋子,因它能天天见到你。

给我写信吧,梦珂,哪怕只写一行字也好。请指出我的错处。请不要这么快把我忘到脑后,至少要装做还记得我。请骗我一下吧,说谎也比沉默要好。我整个爱着你,直至我变成一堆白骨。

她在法国收到了这封信。她是否被信感动了,我不得而知。她对安东尼说,她那时收到的信中,有一封是我的姑祖母写给她的。我的姑祖母告诉她,葛任就要从日本回国了。姑祖母还告诉她,葛任从日本寄回来了一面显微镜,是阿庆写信要的。

@ 蚕豆乖,乖蚕豆

俺这样说行吗?好,那俺就接着讲。那会儿,俺曾想给葛任写封信,把宗布勾引冰莹的事告诉他。可转念一想,不行,不能写。林副统帅说过,小不忍则乱大谋。葛任正为革命努力学习,俺不能用这些小事去打扰他。俺想,要是说了,他可能还会生气呢,说俺只关心小事,不关心大事。

嘻,你们都看到了,俺是忆往昔,峥嵘岁月稠啊。虽说好多事情俺都忘个球了,但是!凡是和葛任有关的,俺都还记得清清楚楚。为啥呢,因为俺知道,俺这把老骨头还有用。早晚有那么一天,组织上会派人来,向俺打听葛任的英雄事迹。这不，一听见喜雀（鹊）叫枝头，俺就知道组织上派人来了。再来一根（烟）。

下面该说啥了？还是那句话，你们指向哪里，俺就打向哪里。弹指一挥间，有好多年，俺都没有见到他。从日本回来以后，他去了北京。听说他在北京，俺非常想去看看他，顺便看一下天安门城楼，看看红太阳升起的地方。再看看人民英雄纪念碑，缅怀一下革命先烈。啥，那会儿还没有纪念碑？嗐，反正俺想去北京见见他。可很快俺就听说，他又去苏联了。不，那会儿苏联还不叫苏修。弹指一挥间，又是好多年没能见着他。后来，俺听说他从苏联回来了，在上海大学教书，成了一名教授，俺一拍屁股，赶紧跑去了。

同志们，话可不能这么说。在大学教书的，可不都是臭老九。毛主席也在上海大学讲过课，还有郭沫若，李大钊。葛任与李大钊经常串门。真的，哄你是狗。学校在啥地方？让俺想想，好像是凌云路。久有凌云志，重上井冈山的"凌云"（注：阿庆记错了，应是青云路，在上海的闸北区）。教授教授，越教越瘦，他比以前更瘦了，不过精神很好，斗志昂扬。他那会儿教的是苏联文学，俺就是从他那里知道，托尔斯泰是俄国革命的镜子的。哈哈，别急着反对，这话不是他说的，是列宁说的。列宁说，托尔斯泰是镜子，那他就是镜子。

到了上海，葛任先领着俺吃了一顿，美美地吃了一顿，吃得俺直打嗝。吃不完兜着走，俺拎着一笼包子，摇摇晃晃往学校走。路上碰到几个瘪三，试图把包子抢走。俺飞起一脚，把那个瘪三打得屁滚尿流。继续往前走，又遇到一个人，病恹恹的，已经饿得走不动了，俺就把包子全都给了他。葛任同志看在眼里，喜在心头。他先问俺有啥打算。啥打算？跟着你继续读书呗。他想了想说，阿庆啊，你这个人心眼好，而且胆大心细，最适合当医生了，俺介绍你去学医吧，以后也好在社会上立足。对俺来说，他的每句话都是圣旨。俺二话没说，就说行，明天就去上学。就这样，葛任掏钱，送俺到上海医专旁听了好长时间。不是吹的，要是学完的话，俺一准成为一个好医生。但后来俺不想学了，因为学费太贵了，俺不想给葛任增加负担。

有一天俺放学回来，到上海大学找他。他夹着课本，正要出门。见俺来了，他就说他要带俺去见个人。俺们坐着黄包车就出去了。到了慕尔鸣路（注：现名茂名北路），进了一个小院子，咚咚咚咚一敲门，走出来了一个人。你猜是谁？猜不着吧？对，是个女人。原来是冰莹啊，屁股后面还跟着一个女孩，长得像个洋娃娃，活脱脱一个小冰莹。她哇哇哇说着，可俺一句听不懂。原来，她说的是外语。

你说啥，那是谁的闺女？当然是冰莹的呀。好，既然同志们都知道了，那俺就招了吧。没错，那是冰莹和宗布合伙生的。问题是，这闺女从小就能分清敌友，搞清楚啥叫敌我矛盾。她根本不理宗布那一壶，把葛任当成自己的亲爸爸。所以说，她是不是葛任亲生的，并不要紧。同志们都看过《红灯记》，都知道李铁梅不是李玉和生的，李玉和也不是李奶奶生的，可他们还是比亲人还亲。所以，是不是亲生的并不要紧。你说啥，龙生龙，凤生凤，老鼠生来会打洞？毛主席是这样教导我们的吗？啥，这话是俺说的？那你就当俺放了个屁算了。

好，俺接着讲。李玉和能做到的事，葛任当然也能做到。连她的名字蚕豆，都是葛任给起的。对蚕豆，葛任真是捧在手里怕飞了，含在嘴里怕化了，都不知道怎么心疼才好。当时，蚕豆刚回来的时候，小脸黄黄的，活像一只梨。葛任就亲自动手，啥好吃给她做啥。蚕豆跟葛任也是亲得很，不管去哪，都要葛任带着她。连回杭州看她外公，也要葛任陪她一起去。葛任还给她写过一首儿歌。蚕豆花，蚕豆花，你是爸爸的心疙瘩；晚上睡觉哭又闹，早上起来笑哈哈。你说啥，俺唱得不对？那你说说，怎么唱才叫对。好吧，既然同志们说不对，那俺就再想想。嗐，想起来了，应该这样唱。乖蚕豆，蚕豆乖，八九点的太阳升起来；大海航行靠舵手，未来靠俺的乖蚕豆。反正他一唱儿歌，蚕豆就不闹人了。然后，葛任就开始看书了。冰莹呢，就开始做女红，纳鞋底。

对，纳鞋底，哄你是狗。俺本来已经忘了，可是前两天搞忆苦思甜的时候，俺突然又想起来了。当时队长命令大家吃糠咽菜。有人说刚吃过，能不能过几天再吃。队长就给大家做思想工作。他先问，毛主席平素都吃啥，你们知道吗？没人吭声。他就让一个叫张永胜的人出列回答问题。老张，你是学毛选积极分子，你说说看。老张这人胆子小，放个屁都害怕砸住脚后跟。他红着脸，不敢说，像是被嚼环勒住了嘴巴。问急了，他就说，队长，你上回不是说，毛主席的枕头边放了俩罐儿，一个罐儿放冰糖，一个罐儿放芝麻糖，想吃冰糖吃冰糖，想吃芝麻糖就吃芝麻糖。队长说，是啊，这话俺说过，可毛主席也带头忆苦思甜，吃窝窝头啊。他又问，你们知道江青同志平素干啥吗？这回他问的是俺。俺就说，那还用问，肯定是学习老三篇。他又问，学完老三篇干啥？俺说不知道。不光俺不知道，别人也不知道。队长说，鸡巴毛，这你们都不知道，江青同志平素学完老三篇，就坐在毛主席身边纳鞋底，可到了忆苦思甜的时候，她就不纳鞋底了，改打草鞋了。对，那会儿听队长一说，俺顿时就想起了冰莹纳鞋底的事。葛任看书时，冰莹就在旁边纳鞋底，打草鞋。至于葛任，他除了看书就是写书。他已经写了厚厚一摞，题目叫《行走的影子》。啥意思？这你还能不明白，说的是你走到哪，影子就跟到哪，身正不怕影子斜。俺老问他，喂，影子走到头没有啊？他说还早着呢。他一遍遍地写，一遍遍地改。俺催他睡觉，他也不睡。他说，你去睡吧，别管俺。冰莹叫他也不行。有时，冰莹就让蚕豆去叫他。他只好停下来，给蚕豆唱儿歌。怎么唱的？俺前面不是说过了吗？你说啥，刚才没有记上？是不是因为俺唱得太好了，同志们光顾着听了，忘掉记了？好吧，既然同志们喜欢，俺就再唱一遍。乖蚕豆，蚕豆乖，睡到太阳爬出来；太阳出来红彤彤，起床跟俺干革命。蚕豆一瞌睡，他就又写开了。

嘻，再后来，他就没工夫写了。为啥？因为更重要的工作正等着他呢。他听从党的召唤，去了大荒山。那会儿，大荒山是个苏区。对，大荒山他去过两次，这是第一次。他走到哪里，俺就跟到哪里。对，俺就是他的影子。他去苏区，俺当然也要跟到苏区。同志们都看到了，俺是一步一个脚印，跟着他走上革命道路的。再后来为了革命事业，俺当上了表演，不得不和他分开了。可是，鱼儿离不开水，瓜儿离不开秧，不管走到哪里，俺的心都时刻和他连在一起。

& 行走的影子

我在第一部分曾经提到，五四运动以后，冰莹曾经从法国来到北京。可当时葛任还在狱中，他们没能见面。返回法国以后，因为迟迟得不到葛任的消息，她就随母亲去了英国，住在英国的沙士顿。沙士顿离著名的剑桥只有六英里，是个环境优美的小村子。为了写作《绝色》一书，安东尼·斯威特曾经到过沙士顿。据他所说，沙士顿只有一家小杂货店，店主的女儿至今还记得，有一个"美貌顾顾"的中国女子，常带着孩子来店里买香烟，"她披着镂空的披肩，面色忧郁"。冰莹的回忆，与此基本相符：

冰莹说，有一次她到杂货店买烟时，看到一封信。那是林徽因——后来国徽的设计者——写给徐志摩的信，已经在那里存放很久了。她这才知道徐志摩以前也曾住在沙士顿，而沙士顿的信件都是通过杂货店转发的。她立即往巴黎写了一封信，让那里的友人把她的信转寄到沙士顿。就在那年的深秋，她收到了从巴黎转来的信件。信是国内寄来的。一个从事教会工作的女友（注：即我的姑祖母），不知道从哪里打听到了那个地址，写信告诉她，葛任从俄国回来了，先在天津的育婴堂里帮助毕尔牧师处理一些事务，然后受于右任（注：时任上大校长）和共产党人邓中夏（时任上大教务长）的邀请，到上海大学教书去了。她告诉冰莹，葛任现在仍是孤单一人，他依然爱着她，就像鹿切慕溪水。

记忆是呼啸的栅栏，栅栏一旦打开，往事便涌上心头。记忆还是痛苦的嘴巴，她不停地向母亲诉说着这些年来她对葛任的担忧。她想立即回国与葛任团聚，她的整个胸房都被这种激情充满了。她辞别了母亲，带着女儿，来到了南安普顿（Southampton）港。她后来在日记中写道："英格兰的深秋，天黑得早。上船时，天已经黑了，面前是英吉利海峡的万顷波涛。因为归心似箭，我总觉得邮轮好像一直在原地逡巡。后来，一切都沉寂了下来，远远望去，临着海峡的怀特岛（Wight Is.）上，已是灯火阑珊。"

经过长途旅行，当她终于到达上海时，竟因为大风退潮而无法进港。在港外，她又呆了两天。盈盈一水，咫只千里，那才叫度日如年。许多年前，她就是从这里送走葛任的。看着女儿那张幼稚的脸，忆及许多年前与葛任的分别，泪珠就从她的脸上流了下来。

这是1923年秋天的事。当时葛任正在上海大学教书，教的是俄语，与他同教一门课的是瞿秋白。他们在慕尔鸣路（现茂名北路）的寓所，也与瞿秋白和夫人王剑虹的寓所相邻。后来的著名作家丁玲，当时就是上海大学的学生，也住在慕尔鸣路。阿庆来到上海以后，也住在葛任和冰莹家里。葛任在上海大学呆到1927年，然后他辞去了教职，专事著译。除了翻译普希金、契诃夫、托尔斯泰等人的小说，他还从俄文转译了莎士比亚的剧本《麦克白》。许多年前，他就一直想从事文学创作。这个时候，他突然想以家史和自己的经历，写一部自传体的长篇小说，并命名为《行走的影子》。而这个题目，就出自《麦克白》的第五幕第五场：

人生恰如行走的影子，映在帷幕上的笨拙的伶人。登场片刻，就在无声无臭中退下。它又如同痴人说梦，充满了喧哗与骚动。

当时，毕尔牧师曾到上海看望过葛任和冰莹。在《东方的盛典》一书中，毕尔牧师记录了葛任对这部作品的设想。他还声称自己曾看到过葛任的部分手稿：

一叠土黄色的纸上，写着他父亲的故事。在他眼里，葛存道先生便是一个拙劣的伶人，登场片刻，便像个影子似的悄然退下。写完父亲以后，他想写他自己，尔后写他的女儿蚕豆。他要用一生的时间，来写这部《行走的影子》。侧耳听比喻，用琴解谜语，我告诉他，这个书名很是妥帖，因为《诗篇》中说："世人行动，实系幻影。"

现有资料表明,这部书葛任至死都没有完成。1932年,日军进攻上海闸北。战争结束以后,葛任就去了大荒山苏区,随后又参加了长征。冰莹说,葛任到大荒山时,还特意带上了正在写作的书稿,"他带走了书稿,也带走了我和蚕豆。他说,我们可以在那里开始新的、自由的生活。"

@ 杨凤良

俺这么一讲,同志们就心中有数了。只要设身处地一想,你们就明白了,多年以后,听到范继槐要俺去大荒山见葛任,俺心中有多么高兴。鸡巴毛,一颗红心都快跳出嗓子眼了。对,俺前面说过,那会儿,范继槐对俺说,你去了之后,首要任务是要搞清楚,那人究竟是不是葛任。还说,不是,那就把他放了;是,那就搞清楚他在那里有何贵干。他这么说的时候,俺就想,最好是,这样俺就能和葛任见上一面。当他交代俺,不要轻举妄动,更不要伤他一根汗毛的时候,俺心里格格格笑个不停。蠢货,真他娘的蠢货!还用你说,俺当然不会伤他一根汗毛。

俺想拔脚就走,可范继槐拉住了俺。他说,已经有人去了大荒山,那人叫杨凤良。他要俺到了以后,先与杨凤良接上头,然后再做打算。鸡巴毛,杨凤良也去了?俺吃了一惊,想法一下子就变了。想,那人最好不是葛任,不然,俺可不敢做主把葛任放了。为啥呢，要是经俺手放走了葛任，俺在军统就呆不住了，地下组织就要遭到破坏了。俺对范继槐说，将军，你是否能派别人去。范继槐说，为啥？俺顺口胡诌，说俺和杨凤良闹过矛盾，无法精诚合作。范继槐这个人，真他娘的有毛病，一下子来了兴致。他说，啥矛盾呀，说说看。俺眉头一皱，计上心头，继续胡诌。说杨凤良吃着碗里的，看着锅里的，俺好不容易弄了个女人，还没弄几天，就被杨凤良弄走了，搞得俺一穷二白，啥也没有了。哈哈哈，同志们俺这么一说，姓范的就上当了。他不光信以为真，还倒过来安慰俺。他说，一穷二白，看起来是坏事，其实是好事。穷则思变，要干，要革命。一张白纸，没有负担，好写最新最美的文字，好画最新最美的图画。向毛主席保证，他真是这么说的，哄你是狗。他还说，女人多的是，杨凤良在大荒山有个相好，长得是沉鱼落雁，闭月羞花。来而不往非君子也，你可以和他展开劳动竞赛，大干快上，把她也弄到手嘛。

俺这样说行吗？好，那俺就接着讲。

那会儿，俺连忙说岂敢岂敢。他说，鸡巴毛，你平时不是很厉害嘛，怎么关键时刻就下了软蛋？俺说，将军，俺可不是要下软蛋，俺的条件不如他，他比俺排场，天生讨女人喜欢，俺争不过他呀。范继槐就给俺打气，说谦虚使人进步，骄傲使人落后，你这样说，俺很高兴。然后他就告诉俺，有条件要上，没有条件创造条件也要上。他这么一说，俺就想，狗日的杨凤良也确实不是啥好东西，俺要真把那女人弄到手，也算是把她从水深火热中救了出来。

同志们千万不要认为，俺是因为和杨凤良争风吃醋，才说他不是好鸟的。他本来就不是好鸟。葛任在大荒山一带出现的情报，就是他递给范继槐的。那一年他爹死了，他回福建长汀奔丧。路过大荒山时，这狗日的想起了自己的老相好，就中途下了车，来到了白陂镇。他的老相好是个开茶馆的，给他生了一个小反革命分子。杨凤良在白陂镇住了三天，第四天早上，那个相好和儿子送他去车站。那个站叫尚庄车站，离白陂很近，骑马也就是吃碗面条的工夫。就在去尚庄的路上，他的儿子看到了葛任。那时候，葛任也正从尚庄回来。那个小狗日的一看见葛任，就跑了过去，向葛任鞠了一躬。那会儿，杨凤良并没有把葛任认出来，只是觉得葛任有点面熟。待葛任离去之后，杨凤良就问他的相好，那人是谁啊，小杂种见了他变得那么乖。那个臭婆娘说，这人姓尤，叫尤郁，是个教书匠。对，尤郁是葛任的一个化名。事情本来就这样过去了，但凑巧的是，那一天，在尚庄以北几十里远的地方，有人把铁路给炸掉了，要过几天才能修通，杨凤良只好在白陂镇又住了下来。后来他就搞清楚了，尤郁就是葛任。他说，他当时高兴坏了，因为他想起蒋介石曾悬赏一万赏银索取葛任的首级。他没有立即将葛任打死，是因为他多长了个心眼：谁的首级越是值钱，就越是不能随便砍掉，因为那人肯定是党国争取的对象。他想，要是擅自行动，他不但得不到赏银，还可能丢掉小命。他赶紧向重庆方面报告了这一消息，并做好了在这里长期住下去的准备。这里俺要提前说一下，狗日的杨凤良，聪明一世，糊涂一时，他还不知道，他认出葛任的时候，刀子其实就架到了他的脖子上。

到了大荒山，俺和杨凤良照了个头，顾不上吃饭，就去见了葛任。那会儿是正晌午，是杨凤良陪俺去的。你们猜一下，狗日的杨凤良把咱们的葛任关到了啥地方？娘那个×，亏他想得出来，他竟然把葛任关在枋口小学，这不是故意往葛任的伤口上撒盐吗？为啥这么说呢，因为小学还是人家的老丈人胡安出钱建的。那是在1934年，建的时候俺也忙乎过一阵，又是搬石头，又是抬木桩，又是打地基，又是垒院墙。这么说吧，直到现在，一看见那些小呀么小儿郎呀，背着书包上学堂，俺就会想起建学堂的情形。学堂建在白云河边，离小学不远处，还有一个小湖。因为河上有一个水闸，所以葛任给那个小学起名叫枋口小学。是东方红的"方"带"木"字边，意思是水闸。葛任这次来，又把房子修了一下。他本来打算在那里好好地培养一批革命接班人，可狗日的杨凤良却把它变成了葛任的囚室。

去学堂的路上，俺对杨凤良说，杨凤良，上面派俺来，是因为俺是葛任的老朋友，在他面前能说上话，可以劝降他，好让他为党国效劳。杨凤良听了，连连点头哈腰，是啊是啊。还说，正是考虑到这一点，他对葛任很照顾，没有让葛任难堪。俺说，这就好，俺会向上面反映的，让他们知道你办事得体。俺这么一说，他又是上烟，又是点火。不，俺可不是向你们要烟抽。俺说的是杨凤良给俺点烟。好吧，那

185

俺就再接一根。俺这样说行吗？好，那俺就接着说。

来到校门口，俺看见有几个当兵的，穿着便衣在门口站着。虽然不知道老子的底细，但看到杨凤良在老子面前摇头摆尾，他们就知道老子是有来头的，都慌着向俺行礼。俺扬了扬手，说，同志们辛苦了。他们连忙喊，首长辛苦了。俺接着对他们说，你们已经光荣地完成了自己的神圣使命，日后组织上定会嘉奖你们，现在，你们就放心地护送杨将军回老家吧，老子提前恭喜你们升官发财。那帮狗日的听了，一个个都高兴得屁颠颠的，又是行礼，又是鼓掌，就差给俺磕头下跪了。俺还当场拍了拍杨凤良的马屁，给他灌了点迷魂汤。俺说，强将手下无弱兵啊，一看你的部下，就知道杨将军治军有方。杨凤良的脸一下子笑成了一朵花。啥花，狗尾巴花。俺趁热打铁，宣布晚上设宴，为他们饯行。就在这个时候，共产主义的崇高信念像一团火似的，在俺胸中熊熊燃烧了起来。俺心里想，不能考虑那么多了，为了英特耐雄纳尔能早日实现，俺得尽快把这帮狗日的全收拾了。只是因为想到了林副统帅的教导，小不忍则乱大谋，俺才没有立即动手。俺想，眼下，首先得把戏演好，演足。

马上就要见到葛任了，俺很激动，一颗红心怦怦直跳。为了不让杨凤良看出破绽，俺并没有立即进去，而是像检查工作似的，背着手，先在院墙外面转了一圈。再回到校门口的时候，俺对杨凤良说，杨将军，智者千虑，必有一失啊。他一听，一下子哆嗦起来。俺说，看问题应该一分为二，要看到成绩，还要看到不足。俺这么一说，他连忙请俺赐教。

俺像赶苍蝇似的，先把那几个小狗日的撵到了一边，才对杨凤良说，是这样的，你不该把小儿郎们赶回家，应该让他们继续上课，这样才能迷惑住人。鸡巴毛，你现在这么一搞，外人很可能会猜到咱们搞的是啥鬼名堂，这对开展工作不利呀。俺这么一说，他就又开始筛糠了。俺一边笑，一边安慰他，说，请你放心，俺不会往上面反映的。他连忙点头哈腰，说他也考虑到了这一点，所以并没有让学生缺课，他另请了一位先生，学生们眼下正在镇上的一个庙里上课呢。杨凤良还对俺说，他对外宣称尤郁先生病了，暂时不能上课。俺说，好吧，亡羊补牢，犹未晚矣，但愿不要闹出啥事端。

　　杨凤良要陪俺进去，俺摆了摆手，让他在外面呆着。请同志们猜一猜，为啥不让他跟俺进去？猜不出来吧？嘻，从重庆出发时，俺就已经想好了，见到葛任的时候，要是葛任装做不认识俺，那戏就好演了，因为俺倒过来就可以对杨凤良说，杨将军啊杨将军，你这鸡巴人是怎么搞的，逮错了呀，这怎么会是葛任呢？世上没有两片相同的树叶，虽说此人与葛任长得有几分相似，可毕竟是两个人呀。想到他可能会反驳，所以俺连对策都想好了。俺会这样对他说，别说了，对葛任，剥了皮俺也认得骨头。为了演好这个双簧，不出啥差池，俺有必要先给葛任打个招呼。俺就对杨凤良说，杨将军，你先在外面休息一会儿，别为俺担心，不就是个文弱书生吗，手无缚鸡之力，老子不会有危险的。怎么样，俺够机智的吧？俺这么一说，他果然信了，脚跟一碰，叭，给俺敬了一个礼，说，首长多保重。俺说，谢谢你的好意，革命尚未成功,同志仍须努力,俺会看好自己的。俺点了一根烟,就进去了。

那会儿,葛任关在最里面的一间屋。屋子倒是挺大,有一丈见方。俺进去的时候,葛任正在睡觉。屋里很潮,墙根都长出了蘑菇。他躺在一个门板上,手中还握着一卷书。向毛主席保证,俺没敢打扰他。在睡梦中,他可能也在考虑培养革命接班人的问题呢。俺在他身边站了一会儿,心潮逐浪高啊。俺心里说,看啊,为了革命事业,葛任都累成啥样子了。葛任同志本来就瘦,这会儿更瘦了。身体是革命的本钱啊,看见他躺在那里活像个纸人,俺就不由得鼻子发酸(注:原记录者在此注明,"赵哭鼻抹泪,如丧考妣")。俺从里面出来时,杨凤良赶紧凑过来,问俺怎么样。俺只好说,你看你急的!尤郁正在睡懒觉,啥也没说。他要走开的时候,俺拉住了他,说,你也辛苦了,呆会儿,老子多敬你几杯。

不,同志们,向毛主席保证,俺可没有别的意思。真的不是向你们讨酒喝,哄你们是狗。好吧,既然你们想喝,俺就舍命陪君子。

& 关于杨凤良

阿庆提到的杨凤良,其实也是葛任的旧友。至于他为何来到大荒山,范继槐先生后面还要提到。在此,我们先听听一位当事人的回忆，以便对杨凤良先有个大致的了解。这位当事人就是现在驰名西方哲学界的著名现象学家Bodde Sun先生。他原名孙国璋，早年是杨凤良的随从。2000年冬天，应福州私立海峡大学校长王季陵先生的邀请——王季陵先生当年也是杨凤良的随从——孙先生回国讲学。我得知这个消息后，曾赶到福州拜见了孙先生。下面是当时的采访录音：

我与杨（凤良）先生同乡，皆为福建长汀人。长汀可是个好地方，河田鸡、斗笠、皮枕、茶叶，都天下知名。因有同乡之谊，杨先生对我甚是信任。尽管如此，在随他去大荒山之前，我对他的真实动机，仍不甚明了，以为他是借回家奔丧，到白陂镇与情人相会的。在路上，他自嘲这是一种sweet bitterness（甜蜜的痛苦）。到了白陂以后，他才告诉我，他的真实目的，是要带着情人远走高飞。是的，他早已厌恶政治，厌恶权力场上的尔虞我诈。他私下有句名言，我不知当讲不当讲。他说，这世上两样东西最脏，一曰政治，二曰女人的性器，可这两样东西，偏偏乃男人至爱。他比一般的男人要好，对女人他还是爱的，但对政治这种非人性的东西，他已深恶痛绝。他一直在寻找逃离重庆的良机，但苦于得不到此种机会。恰在此时，范继槐中将召他谈话，说有一重要情报，葛任又在大荒山现身了。范将军要他设法查证，在大荒山活动的人是不是葛任。因葛任之死妇孺皆知，杨先生自然认定此乃有人谎报军情，不足为信。他寻思，大荒山可谓天高皇帝远，此行实乃千载难逢之良机，正好借此逃离政治漩涡。

　　他提到葛任，使我吃惊不小。先前，我也曾风闻葛先生已战死于二里岗。在白陂几日，我等也未曾听说葛任在此。我遂向杨先生表示，将军，事不宜迟，应立即向重庆方面复命，告之葛任在大荒山现身一事，不过是捕风捉影。杨先生一边命我起草回电，一边准备启程。他的如花美眷已在此生活多年，不愿离开此地。经我等好生相劝，才答应离开。但就在那一晚，发生了这样一桩事。那一晚，我等刚刚睡下，便听见一声闷响，有如天边滚过一阵响雷。第二日，便听说附近铁路已为歹人所毁，死伤惨重，列车之南来北往已被阻断。我等便只好暂时滞留于此。多年后，我忆及此事，仍觉得此乃Foucault（福科）所说的真理意志的体现。在随后几日，我们果真在白陂见到了葛任。原来，乔装为白陂小学教书先生的，即是葛任。他隐居此地，已有多日，除了教书，便是从事著述。大陆实施改革开放以来，尊奉邓（小平）先生之实事求是精神。在此，我也实事求是对你讲，因往日的交情，又因葛先生本人德馨才高，杨先生对葛先生甚为尊重，未曾丝毫为难于他……

　　顺便插一句，孙先生所说的炸毁铁路的"歹人"，就是我前面提到的大宝（郭宝圈）一伙。虽然历史来不得假设，但孙先生还是认为，如果不是铁路的被毁，"葛任日后或可善终"。

铁路之被毁，扰乱了杨先生之部署。设若此事未曾发生，葛任先生日后或可善终。当时，杨先生曾与我商讨该如何向重庆方面回电。他说，他与葛任交情非同寻常，应寻找良策。哦，谱系学，情感的谱系学。此番回国，我曾对国内学人提到，Foucault（福科）认为要将Dialectice（辩证法）、Genealogy（谱系学）、Strategy（谋略）结合在一起研究，因为此三者在不同境况下决定人之typesofpractice（实践形式）。在讲台之上论及此事，许多年前与杨先生的那次对谈，便又浮现于心头。我记得，我曾反复向杨先生说明，范继槐既派将军来此，那便足以表明他亦不甚相信那些情报，无法断定那人即是葛任先生，将军正好利用此便，讲明那人并非葛任，尔后我等逃之夭夭即可。

他犹疑了，说，一切待与葛先生晤谈之后，再作定夺不迟。他们晤谈之时，杨先生问及二里岗之战，葛任笑而不答，似有难言之隐。杨先生遂劝葛任与他一起离开此地，葛任对曰："我已病入膏肓，难以再经受奔波之苦。"说此话时，葛任身体并无大碍，尚可远足。设若当时动身，至福州等地得以及时疗治，葛任当可安然无恙。但在等待铁路修复之时，事情已变得复杂起来。世上没有不透风的墙，先是一个叫宗布的人来到了大荒山。他一来，我便从他的言谈中发现，他并非如他自己所言，只是一名教书先生，而是因为葛任来的。在我走之前的那一晚，宗布果然露出了真面目……尔后，范继槐委派的人也来了,那是一位姓赵的将军,据他自己所言,他也是葛任的旧友。

赵将军到后几日,我离开了白陂镇。因铁路不畅,我是步行离开白陂的。此时我已有不祥之感。与杨先生辞别之时,我曾言道:"我先代你回去办理丧事,你亦当尽早离开。在此耽搁日久,恐生变故。"怎知一语成谶,我这一走,果真与他永诀了。在长汀,我再没有等到他。我当时便疑心杨先生已遭遇不测,甚至疑心有人尾随我到长汀来,杀人灭口。我便逃离了长汀。在如今的深圳附近,乘一条小舢舨,漂到了香港,之后又到了国外。我发现自己乃无用之人,遂将一生献给了哲学,因哲学便是世上最没用的学问。

按阿庆的说法,杨凤良曾向范继槐回电,报告了葛任在大荒山的消息。在本书的第三部分,范继槐也持相同的看法。他说,杨凤良发给他的电文是:"〇号在白陂,妙手著华章。"事实是否真的如此呢,在我小心翼翼的询问下,孙先生说:"我没必要说谎,杨先生不可能回电。出于对葛任的尊重,他断然不会将葛任送给政府。要知道,他没与我一起走,为的便是寻找机会,与自称为葛任友人的赵将军商议,如何将葛任带离大荒山。"他接着说道,"当初起草的电文,最后还压在我手里,未曾发出。"而当我将阿庆和范继槐的说法转述给他的时候,他什么也没说,只是用鼻孔哼了一声,以显示自己的不屑。我想,读者朋友看完本书以后,或许可以做出自己的判断。我现在想说的是,如果孙国璋先生所述完全属实，那么杨凤良先生后来死于阿庆之手，就不能不说是天大的误会。

@ 密电

俺已经喝迷糊了。刚才喝酒时，俺觉得已经到了共产主义了。队长有一回说，到了共产主义，吃香的、喝辣的，都由你自己挑。还说，到了那会儿，不管是谁，大肠头都往外冒油，放个屁都飘着油花。俺对此是日也思来夜也想。你说得对，通往共产主义的道路是不平坦的。只有紧紧依靠组织，才能从胜利走向胜利，最后实现共产主义。

俺心中就时刻装着组织。见到葛任的当晚，俺就给组织发了份密电。当时，俺受窦思忠同志的秘密领导。你们知不知道窦思忠？不知道？那俺就不说了，俺对他也不了解，最初是田汗同志让俺和他联系的。俺在密电里说，俺见到葛任了，他被囚在大荒山。窦思忠给俺回了一个密电，说，以后就称葛任为〇号。俺大吃一惊，因为从重庆出来时，范继槐曾给俺说过，他给葛任定了一个秘密代号，〇号。日怪了，都是〇号，说明啥问题？俺想啊想，后来终于想明白了，组织上一准从另外的渠道得到了消息，这是将计就计。可是后来，等俺见到了白圣韬，他却说，〇号是组织上给起的，意思是圆圆满满。那会儿，俺请组织上立马派人过来，想办法营救葛任。俺还向他保证，俺一定坚持到最后一分钟，等待同志们的到来。下保证的时候，要说俺心中没有顾虑，那是瞎扯淡。事情明摆着，这事如果办不好，不光救不了葛任，俺自己也得搭上一条命。所以俺向窦思忠同志建议，最好能派个娘们儿过来。对，不是娘们儿，是女同志。女同志容易麻痹敌人。谁知道，最后来的却是个臭爷们儿。当然，俺也理解这是组织上对俺的爱护，生怕俺犯鸡巴作风错误。

第二天，天刚麻麻亮，喜雀（鹊）还没有叫枝头，俺就爬起来去见葛任了。杨凤良像个跟屁虫似的，想跟去。但俺没有批准。俺进去的时候，葛任正趴在用门板搭成的床上写东西。奇怪的是，见俺进来，他一点也不感到吃惊。他笑着对俺说，赵将军辛苦了。听了他的话，俺差点流下泪来。他和俺紧紧握手。他的手很热，就像革命的炭火。他问俺是不是已经来过一趟了。俺问他是怎么知道的。他突然说了一句诗，郑板桥的诗，梦中做梦最怡情，蝴蝶引人入胜。他说这是郑板桥《西江月·警世》中的一句。他告诉俺，他在梦中见到了俺。俺笑了，千言万语一时不知道从何说起。他说，赵将军啊，俺可不是开玩笑，几天前，俺就猜到你要来大荒山，俺已经等你很久了。听他这么一说，俺就想，莫非是杨凤良把俺要来的消息告诉了他？俺就问他，是不是听杨凤良说的。俺想，鸡巴毛，要是杨凤良透露了这个消息，那就太好了。那样俺就算抓住了他的把柄，金猴奋起千钧棒，以泄密罪将他一棒打死。但葛任却说，他和杨凤良从来没有说过这事。

你说啥，是俺给葛任通风报信了？嗐，怎么会呢？隔着千山万水,俺想通报也通报不成呀。向毛主席保证,俺说的都是真的。葛任的革命预见性很强,是他自己估算出来的。不信,俺可以再讲一个例子。跟俺谈话的时候,他甚至猜到白圣韬要来大荒山,还说白圣韬是奉田汗的旨意来的。那会儿,俺还不知道谁是白圣韬。他说,白圣韬是他的一个朋友。俺问,你怎么知道白圣韬要来。他说,因为白圣韬不光是他的朋友,还是田汗的朋友,同时还是个医生,是最最最合适的人选。神了,真神了,日后跑来的,果然是那个姓白的。

俺和他说话时,屋里冷飕飕的。俺出去了一下,命令那帮杂种们赶紧生火。回到屋里,他坐在床板上,上下打量着俺,还问俺抽不抽烟。他抽的是飞马牌香烟,上面画着一匹骏马,马背上长着翅膀,正阔步奔向共产主义。俺抽了一口,那烟已经发霉了。俺就把俺的雪茄烟给了他。他抽了一口,连连咳嗽,脸都咳红了。不过他很快就适应了。俺看见那床板上还有两个窟窿,是门锁留下的。怎么能让葛任睡这样的床板呢?俺就又跑了出去,命令杂种们搞上一个带围杆和顶篷的木床。

忙了一阵,俺才静下心来和葛任说话。俺有多少话儿要对他讲呀,可真的见了面,却不知道该从何说起。俺对葛任说,你在这里受苦了,有啥要求都可以提出来。出乎俺的预料,葛任说他并没有受苦,还说他在这里过得挺好,很幸福。同志们,坦率地说,俺当时没有听懂他的话。俺愣了一会儿,才想起来问他都需要啥东西,说俺可以让人送来。他说，他需要一些纸张，写一些文章。这时候，他才向俺解释，他一直想坐下来写文章，可总是没有机会，现在总算逮住了机会，身体却不行了。我问他要写的是不是《行走的影子》，他没说是，也没说不是。俺对他说，时间有的是，你不要着急，身体是革命的本钱，留得青山在，不怕没柴烧。他立即把俺批评了一通，说，阿庆啊，可不能这样想，毛主席不是教导我们说，一万年太久，只争朝夕。他确实是这么说的，哄你们是狗。他不光是这么说的，也是这么做的。俺又问他写的是不是原来的那个《行走的影子》。他笑了，说，你问得真细，是不是审俺啊？俺连忙说，哪里哪里，俺只是随便问问。

到了这会儿，俺才想到，他其实是拐弯抹角提醒俺，要遵守组织纪律，不该问的就不要问。你们知道，咱们的优良传统就是批评与自我批评。所以，他这么一说，俺就赶紧做了一通自我批评，说俺错了，不该胡问，一定改正。看到俺进步神速，这么快就认识了错误，他别提有多高兴了。同志们，进步神速可不是俺自封的，而是葛任同志说的。听到他的表扬，俺都有点不好意思了。

他刚表扬完，杂种们就丁丁咣丁丁咣把床抬进来了。他们还算有眼色，还搬来了桌子、椅子、脸盆架。还是那句话，一万年太久，只争朝夕。葛任立马坐了下来，趴到了桌子上，又开始了工作。俺呢，一来不想打扰他，二来正急等窦思忠的密电，就回到茶馆了。对，那时候俺就住在茶馆。杨凤良和小姨子原来就住在这里。俺来后，杨凤良不得不腾了出来,搬到了白云河对面的菩提寺。

　　回到茶馆没多久,俺就收到了密电。密电上说,一个叫白圣韬的家伙即将来到大荒山,协助俺工作,还要将一份密令转交给俺。同志们,你们可以想一下,捧着那封密电,俺对葛任是多么佩服。说五体投地,那是一点也不过分。他真是料事如神啊。还是那句话,俺并没有跟他通风报信,是他自己估算出来的。俺想,这其实一点也不奇怪,这是他用毛泽东思想武装头脑的结果。看密电的时候,帮俺翻译密电的女人对俺说,长官,你怎么谢俺呢?说着,女妖精就娇滴滴地靠了过来。俺立即想到,女妖精很有可能把密电透露给杨凤良。怎么办呢?策略是革命的生命线,任何时候都得讲究策略。俺没有硬来,当她趴到俺身上时,俺给她来了个将计就计,也抱住了她。接着,俺就掐住了她的脖子,慢慢用力。开始,她还像怕痒似的,格叽叽格叽叽乱笑。鸡巴毛,她可真不要脸呀,硬把奶头往俺嘴里塞,嘴角都快给俺撑破了,一边塞还一边笑,格叽叽格叽叽。笑,让你笑。俺这么想着,就卡着她那野天鹅一样的脖子,以迅雷不及掩耳、秋风扫落叶之势,猛一使劲。亲爱的同志们,但听咔嚓一声巨响,女妖精就去见了阎王。利索得很!为了不让敌人发觉,俺不光砸掉了发报机,还扒掉了她的裤子。扒裤子时,她的皮带扣怎么也解不开,急得人嗓子眼冒火。俺对自己说,阿庆啊,心急吃不了热豆腐,要沉着,要冷静。关键时刻,还是党给俺智慧给俺胆,俺拿着刀朝她的裤腿豁了一下,白亮亮的大腿就露出来了。然后,俺照着她的大腿根就是一脚。

不是吹的，那一脚踢得漂亮极了，屎都给她踢出来了。这一下，俺心满意足了。俺相信，不管谁看了，都会以为那是坏人干的。别说，事后还真的没人怀疑到俺头上。当然，冤有头，债有主，血债要用血来偿，为了给部下一个交代，俺还装模作样查了好久。再后来，俺干脆把发报员的死，赖到了杨凤良头上。

& 一个谜案的揭晓

读白圣韬自述的时候，我一直纳闷，窦思忠为什么再也没能与阿庆取得联系呢？现在我明白了，原来是阿庆把发报机砸了，把报务员杀了。

@ 盼星星，盼月亮

干掉那个女妖精，俺来到了街上。站在白云河边，俺是心潮逐浪高啊。俺想，既然白圣韬是代表田汗同志来的，又是葛任的朋友，那他一来，就啥都好办了。俺是盼星星，盼月亮，盼白圣韬快点来。

俺这样讲行吗？

嗜，那还用说，俺当然知道田汗（现在）是吴稽地委书记。去年夏天，队长把人叫到一起开会，让俺替他读报。

报上说，首都毛泽东文艺思想宣传队到吴稽演出，田书记给他们送去了锦旗，还和宣传队合影留念。读到田书记的名字，俺很激动，都哭出来了。队长踢了俺一脚，说，哭个屁，好好念。俺就接着念。上面说，在田书记的陪同下，宣传队的小红女同志，也就是《朝阳坡》里的那个妇女队长，来到田间地头，给贫下中农同志们演唱《朝阳坡》。念到这里，队长说，停一停，日你妈叫你停一停。俺只好停下来。他说，都竖起耳朵，好好听着，俺给你们唱一段《朝阳坡》。同志们知道朝阳坡吗？对，就在二里岗旁边。虽说它没有大寨有名，但起码跟小靳庄差不多。报纸上说了，小红女经常在朝阳坡深入生活。深入生活是啥意思，俺不懂。生活就生活吧，怎么叫深入生活呢？后来听说小红女经常和朝阳坡的老乡们吃在一起，睡在一起，俺就知道了，深入生活就是先吃睡再唱戏。不，这话不是队长说的。他懂个屁。当然，虽说他不懂这个，可他会唱。对，他唱的就是这一段。这一段俺也会唱。要不，俺给你们唱唱？嗐，急啥呢，唱完再讲也不迟呀。平时唱惯了，一天不唱，嗓子发痒，两天不唱，心中发慌。

朝阳坡，朝阳坡从未有风平浪静
和平中不和平，两耳细听枪炮声
土改后狗地主反攻倒算
整日里想变天切齿有声
到今日文化革命凯歌高奏
帝修反想复辟狗急跳墙，急得发疯

世界风云幻，举国红心同

　　知识青年们，扎根闹革命啊

　　岂容得阶级敌人破坏这伟大运动

　　同志们，擦亮眼，不能让他们阴谋得逞

　　要知道，春暖时，还须留意寒流与霜冻

　　胜利后更要反复辟坚持斗争

　　党啊，亲爱的党，您像那苍松翠柏

　　根深叶茂，万古长青

　　您的话我们时刻记在心间

　　我们要在这朝阳坡巍然屹立，永不凋零

　　怎么样？不行？看来，俺还得继续努力呀。同志们一准比俺唱得好。马瘦毛长耷拉鬃，穷人说话不中听，说实话，队长不行，（唱得）比哭丧还难听，真的还不如俺。不过，他唱的时候，俺还得乖乖竖起耳朵，装做听得很入迷。其实，他唱的时候，俺正瞟着田汗的照片。照片上的田书记正坐在田间地头，和革命群众促膝谈心。他神采奕奕，满面红光，就像我现在这样，盘着腿，一只手端着大茶缸，一只手拿着红宝书。看到田汗同志身体健康，俺真是打心眼里高兴。

　　好，俺接着说。俺可不是吹牛，硬往脸上贴金。说起（俺）和田书记的革命友谊，那也是比天高，比海深。向毛主席保证，俺没耍花腔，说的都是大实话，哄你是狗。他和葛任是老乡，都是青埂人。俺当然见过他。他会魔术。眼睛一眨，老母鸡变鸭，是他的绝活。俺刚见他的那会儿，他比现在瘦，身上还有虱子，呸呸呸随地吐痰，就像个要饭的。不过，他养的那些鸽子却一个个肥头大耳。他来杭州找葛任，可那会儿，葛任刚从日本回来，还在北京医专教书。他扑了个空。你说啥，胡说八道，谁胡说八道了？哦，俺想起来了，鸽子没有耳朵。咦？瞧你说的，鸽子怎么能不长耳朵呢？要是不长耳朵，那它们怎么能听见田书记调遣呢？说来说去，耳朵还是不能少。那些鸽子都很听田书记的话，田书记说，去去去，去树上捉只害虫。鸽子就乖乖地飞上树，消灭几只害虫。田书记说，来来来，来背背老三篇。鸽子就咕咕咕，咕咕咕，背一遍老三篇。田书记对鸽子说，累了不是？那就养精蓄锐以利再战。鸽子就把脑袋别到翅膀下面，乖乖地打起了呼噜。

后来，田书记也去北京了，去北京参加五四运动了。临走，田书记还留给俺几只鸽子。同志们，田书记把鸽子留给俺，是很有意义的。大家都知道，鸽子是和平的象征，它可以时刻激励着俺，消灭帝修反，解放全人类。他这一走，俺就有好多年没有见到他，再见到时，他已经是红军将领了。前面说了，那一年，俺随着葛任来到大荒山。有一次，俺发现有一个人很面熟，可是叫不上来名字。俺问葛任，咦，那人是谁。葛任说，你问谁？俺说，就是那个比杨子荣还要英俊还要威武的同志。葛任圈起食指，刮了一下俺的鼻子，说，嗐，你怎么连他都不认得了，他就是田汗同志呀。田书记的记性比俺强多了，上来就认出了俺，还亲切地称俺小鬼。俺心里暖洋洋的，可泪花却像那断了线的珍珠，扑嗒扑嗒往下掉。

同志们想想，知道白圣韬要从田书记身边来，俺会多激动。俺想，见到了白圣韬，也就算见到了田书记，就像去了延安。俺还想，等完成了任务，俺就给组织上说说，让俺挥手从兹去，告别这种人不人鬼不鬼的生活。别了，军统。别了，司徒雷登。鸡巴毛，一拍屁股去延安拉倒。

& 山花烂漫

我在《无稽方志》（1990年编选）的第215页，找到了阿庆所提到的小红女在无稽活动的有关报道：

> 风雨送春归，飞雪迎春到。近日，首都毛泽东文艺思想宣传队，乘着革命的东风，来到无稽地区。天刚露出鱼肚白，宣传队就在田汗同志的陪同下，来到了郊区无稽崖下的梯田里，为革命群众演出《朝阳坡》。剧中妇女队长的扮演者小红女同志，站在一块高高的石头上，迎着喷薄而出的红太阳，为同志们演唱了最有名的唱段："朝阳坡从未有风平浪静。"当她唱到"知识青年们，扎根闹革命"的时候，工地里的知青同志们，都振臂高呼："毛主席万岁！万岁！万万岁！"一曲唱完，看到知青们的手都被石头和榔头磨破了，小红女同志热泪盈眶，当场赋诗一首："困难是石头，决心是榔头。榔头砸石头，困难便低头。"田汗同志也当场讲

话:"自从盘古开天地,三皇五帝到如今,无稽崖下的这片山冈,就只长树木,不长庄稼。什么山花烂漫,什么鸟语花香,那都是资产阶级的货色。现在,我们要发扬可上九天揽月,可下五洋捉鳖的精神,把这些树木统统砍掉,把杂草统统烧掉,让它变成我们的米粮川。小红女同志再来无稽的时候,我们一定要让宣传队的同志,吃上梯田里长出来的大米。同志们有没有这个信心?"同志们都高喊有这个决心,喊声直上重霄九。在小红女同志的鼓动下,在田汗同志的指挥下,同志们斗志昂扬,干劲倍增,好多人轻伤不下火线。还没到正晌午,大树已经砍光了,杂草已经烧光了。看着那光秃秃的山冈,和山冈上迎风招展的红旗,同志们脸上都露出了胜利的微笑。

正如阿庆说的,"眼睛一眨,老母鸡变鸭"。就在审查组找阿庆谈话之后不久,田汗就被打倒了。田汗被打倒的原因,就与上面这段文字有关。《无稽方志》的第223页,收录了这样一篇文字:

近日,无稽地区的红卫兵,发扬"舍得一身剐,敢把皇帝拉下马"的精神,揪住了暗藏在革命队伍内部的特务田×。田×的反革命言论,可以说是车拉斗量,三天三夜也说不完。就拿最近的例子来说吧,他竟然敢在光天化日之下,公开和我们心中最红最红的红太阳唱反调。胡说什么"山花烂漫是资产阶级货色"。难道他不知道伟大领袖毛主席曾经教导我们，"风雨送春归，飞雪迎春到。待到山花烂漫时，她在丛中笑"？白纸黑字，铁板上钉钉，他的罪恶是想赖也赖不掉的，他的屁股是擦不净的，因为他的黑暗用心已经大白于天下，并将继续大白于天下。我们将随时向广大革命群众，揭露田×的反革命罪行。在这你死我活的历史时刻，我们要继续发扬"舍得一身剐，敢把皇帝拉下马"的精神，将田×批倒批臭，再踏上一只脚，让他永世不得翻身。

我注意到，由朱旭东捉刀完成的《田汗自传》一书，也用到了这段文字，意在说明田汗在"文革"期间曾受到过不公正待遇。而《方志》里之所以用"田×"代替"田汗"，是因为《方志》出版的时候，田汗同志早已平反了，再指名道姓就有些大逆不道了。

@ 利用一切可以利用的力量

盼星星盼月亮，可是一天天过去了，白圣韬却迟迟不到。俺都快急疯了。为消磨时间，俺整天泡在茶馆里。有一天，太阳从东方冉冉升起的时候，俺正在茶馆喝茶，突然看到杨凤良和一个穿灰色长袍的人往镇上的祠堂走去。俺对那人的身影非常熟悉。虽说隔得很远，没能看清他的脸。可俺知道，俺一准认识他。不用说，在那一刻，俺甚至想到，莫非他就是白圣韬？莫非白圣韬是个化名？

　　小不忍则乱大谋。俺忍了忍，没有追过去。那会儿，俺还拉住茶馆里的一个女人，拉她在俺身边坐下。为了吸引那家伙的目光，俺还把那女人的发簪抽出来，朝她的屁股扎了一下。哎哟，那臭娘们叫了一声。叫归叫，她还是乖乖坐到了俺的腿上。她的屁股肥又大呀，坐得俺鸡巴酸又麻。那家伙和杨凤良果然都扭了一下头。真他娘的下流啊，这些人永远脱离不了低级趣味，整天就等着看这个。因为隔得远，俺还是没看清那家伙是谁。俺恼了，照着女人的屁股又是一下。

　　一整天，俺都心急火燎的。到了晚上，俺刚刚睡下，俺的手下突然来敲门了。他说，有个人想见俺。俺马上想到，是白圣韬来了。俺顾不上穿衣，光着屁股就跑了出来。还是白天看到的那个人。他还穿着那身灰色长袍。他径直走到桌子跟前，挑亮了灯捻。惊天地，泣鬼神，这一下，俺看清他是谁了。俺差点叫出声来。他竟然是宗布。即便俺是个傻×，俺也知道他是为葛任的事情来的，更何况俺受党教育多年，早就不是傻×了。但他是受谁的指派，和姓杨的是啥关系，俺就说不上来了。

　　他说，他现在是个商人，经常来大荒山区收购茶叶、香菇、莲子，也收购蚕豆。狗屁！大荒山哪有啥蚕豆，说得也太离谱了吧？俺心里这样想，嘴上却没有这样说，只是瞪着眼，看他还要耍啥花腔。他红口白牙，说，现在呢，茶叶尚未上市，他只好在这里当私塾先生。俺心里想，编吧，吃柳条屙筐，就肚编吧，等你编完了，俺再揭掉你的画皮。他说，杨凤良找到他，让他给学生代课，他就答应了，反正教一个是教，教两个也是教。俺说，你和杨凤良关系不赖呀，是故交吧？他立即表示，他们以前并不认识。

当天晚上，俺没有和他啰唆那么多。当中隔了一天还是两天，他又来找俺来了。他想和俺一起出去散步。俺说，你不老老实实给学生们上课，跑来这里干啥？他说，今天的课已经上完了。俺问他给学生们上啥课，他说《论语》。学而时习之，不亦说乎？有朋自远方来，不亦说乎？人不知而不愠，不亦君子乎？俺问他，这些乌七八糟的东西，祖国的花朵们能听懂吗？他说，还讲了些别的，念上去朗朗上口的，关关雎鸠，在河之洲，窈窕淑女，君子好逑。同志们都听听，这都是啥破玩意儿。俺心里那根弦一下绷紧了。呸！老不正经，讲这些腐朽下流东西，不是故意要把祖国的花朵们往斜路上领吗？

好，俺接着讲。为了利用一切可以利用的力量，俺和他出去了一趟。同志们，大荒山的景色好得很啊，山河壮丽，引无数英雄竞折腰。美中不足的是，革命的春天还没有完全到来，毛竹还没有披上革命的盛装。俺走到了一个高高的山岗上，下面就是凤凰谷。当地人说，很久以前，那里有许多凤凰。对，俺再抽根烟。前面不是说了吗，俺喜欢抽凤凰烟，就是因为俺去过凤凰谷。那会儿，俺站在山岗上，叉着腰，往下一望，心潮逐浪高，革命的豪情油然而生。从那里还可以看到关押葛任的枋口小学，看到黑墙和房顶的青瓦。

俺单刀直入，对宗布说，你给俺说实话，你到这里来，是不是与葛任有关？他还是没说实话，说他到了以后，才知道葛任关在这里。鸡巴毛，谁会相信他的鬼话呢？俺就又问他有啥打算，是不是想看在冰莹的面子上，把葛任救出去。这一下，他哑巴了。

过了好一会儿，他把皮球踢给了俺，问俺打算怎么做。他娘的，当然不能告诉他俺正等着白圣韬。俺就说，俺现在是眼观六路，耳听八方，等着形势朝有利的方向发展。他皮笑肉不笑地说，好，好，好。谁鸡巴知道他的好是啥意思。说完，他就开始往山下走。俺不知道他安的啥心，也只好寸步不离地跟着他。走到一个巨石旁边，他从石缝里揪出一枝杜鹃花。杜鹃花刚发芽，他把它放在鼻尖下边闻着，还眯蒙着眼。闻了一会儿，他又把杜鹃花放到石头上。他这种资产阶级情调，惹得俺一肚子气。不过，俺没有发作，因为俺还等着他的回答呢。俺想，花你闻过了，谱你也摆够了，你总该老老实实回答俺了吧？可是，他还是没有回答，又往山下走去了，一直走到一条小溪旁边才停住。他捧着水，看了半天，还是没有说话。水边走过几个穷和尚，他们都来自菩提寺，穷得连挂念珠都没有。宗布看着他们，眼睛眯成一条缝。眯了一会儿，他终于开口了。小人之心，度君子之腹，同志们都来听听他是怎样放屁的吧。他说，这里天高皇帝远，葛任来这里，就是为了能葬身于此。他的话比屁都臭，可他不但不觉得臭，反而还津津有味。他说，他一来到大荒山，就产生了和葛任一样的念头，也想葬身于此。还说，他希望俺能给军统打个报告，讲清楚葛任已经无意于政治，毫无利用价值，不如让他自生自灭，归于尘土。

俺现在还记得，那会儿，俺插在屁兜里的手动了一下。是啊，俺差点扣动扳机，将他当场毙掉。之所以没扣，还是因为那句话，小不忍则乱大谋。是啊，在白圣韬之前，尽量别把局势搞乱。这么一想，俺就咽下了那口恶气。

在回去的路上，宗布突然问俺，杨凤良啥时候走？还说，一定要提防杨凤良，在这节骨眼上，杨凤良啥事都干得出来。俺说，好了，用不着你提醒，俺知道那狗日的没安好心。他一根挨一根抽烟，不吭声了。他还问俺抽不抽烟。同志们，当他这样说的时候，俺一下子提高了警惕。拿人家手软，吃人家嘴短。俺的手本来已经伸出去了，这么一想，就又收了回来。可是，俺又转念一想，对自己人来说，贪污浪费是极大的犯罪，对敌人来说，你浪费他的钱财越多，你对革命的贡献也就越大。于是，俺接过他的烟就抽了起来。他抽的是啥烟？白金龙，南阳（洋）烟草公司的白金龙。你说得太对了，一听这牌子，你就能闻到一股纸醉金迷的味道。

俺正浪费着他的钱财，他突然问俺，能不能想点办法，把杨凤良支走？俺一听就笑了，说，宗先生啊，那姓杨的要是俺肚里的屁，俺就自作主张把他放了，可他不是啊。出乎俺的预料，他突然表示，他可以去做杨凤良的工作，让杨凤良早点滚回福建。俺说，你说得倒轻巧，要是你真能把他哄走，俺一定会重谢你。他牛皮哄哄地说，你就等着瞧吧，俺保管他三天之后，乖乖地离开大荒山，滚回福建长汀。看啊，稀罕事都让俺给碰上了。一个私塾先生竟然可以支配一个国民党将军。此事若能办成，那就只能说明一个事实，就是国军已经毫无指望了。从来只有党指挥枪，哪有私塾先生指挥枪的。鸡巴毛，那不是乱套了吗？

俺这样讲行吗？好，那俺就接着讲。你说啥，宗布和杨凤良交涉的结果？嗐，说出来能让你笑掉大牙，水运庄（注：信阳劳改茶场附近的一个回民村）的牛都被他吹死了。第二天，他来找俺，说他和杨凤良谈了，但杨凤良不理他那一套。俺问他和杨凤良都谈了啥。他说，他对杨凤良说，他掐算了一下他的八字，算出他家里出了事。杨凤良问啥事。他说，具体啥事，他也搞不清楚，但必定和阴宅有关。其实，是俺告诉他杨凤良家里死了人的，他只是照葫芦画瓢，又重复了一遍而已。他劝姓杨的忙完公务，赶紧回家看看。杨凤良说，他早就知道他家的阴宅有问题，影响他传宗接代，所以他才要找那么多相好，打一枪换一个地方，遍地撒种，通过量变寻求质变。还说，矬子里拔将军，他不相信那么多儿子当中，不出一个有用之材。宗布一听，傻眼了。他捻着胡子想了半天，又对杨凤良说，要是你不回去看看，你本人的性命也会出些问题。杨凤良问宗布，此话当真？宗布说，哄你是狗，要有半句假话，俺现在就可以辞掉教职。宗布还送给了杨凤良一笔钱，说那算是送给他的路费。对，他在贿赂杨凤良。俺也问过宗布，你的糖衣炮弹打中了那狗日的没有？宗布说，打中了，一炮就打响了。他说，他对杨凤良说了，他知道将军日后一准升官发财，到那会儿，他有用得着杨将军的地方，望杨将军能念及今日的缘分。他说，他这么一说，那狗日的就鬼迷心窍，把钱收下了。但是，同志们，杨凤良贪心不足蛇吞象，弄了第一笔钱，还想弄第二笔钱。对，他还等着老蒋给他发赏钱呢。所以，他还是没走。你说啥，（宗布）有没有给俺塞钱？塞了，俺也收了。前面不是说了，浪费敌人的钱越多，对革命的贡献就越大。

没能把杨凤良劝走，宗布一准感到丢了人，所以他第二天就走了。别了，司徒雷登。从此，俺就再没有见过他，反正他早就被扔进历史的垃圾堆，咱们就不要说他了。俺真是没有见过他。向毛主席保证，俺说的都是实话，哄你是狗。不用你提醒，俺也知道要对历史负责。历史是人民写的，而俺就是人民中的一员嘛。谁要骗你们，那就美帝是娘，苏修是舅，姓肇（赵）名叫不是人揍（做？）。这一下，你们总该信了吧？

& 宗布的大荒山之行

冰莹一口否认，宗布到大荒山是受她的委托。事实上，后来得知宗布去了大荒山，冰莹还极为恼火。在冰莹看来，宗布不但没有起到救助的作用，反而加速了葛任的死亡。她的理由是："宗布的出现，会让葛任想起自己失败的一生，让葛任更加绝望。"不用太费力，我们就可以发现，这句话里其实包含着这样一个意思：冰莹一直在为自己和宗布有过的婚姻事实感到羞耻，并以己度人，认为葛任会把这个事实看成自己一生中最大的失败。

在1943年年初的那个雪天，宗布和冰莹在上海分手后，冰莹去了重庆，而宗布则去了香港。到香港的第二天，他便前往发表过《蚕豆花》一诗的《逸经》报社。他想从总编徐玉升那里，打听到葛任的确切消息。但因为徐先生当时并不在香港——我从徐先生的《钱塘梦录》一书中得知，他当时回杭州为父母扫墓去了——因此宗布此行其实一无所获。也就是说，当他从香港启程前往大荒山的时候，对葛任是否还活着一事，他也并不能肯定。他只是推测葛任应该还活着，并且很可能就在大荒山。那么，他是如何推测的呢？黄济世先生在《半生缘》一书中，有这样一段记载：

> 有几日，宗先生手捧《逸经》，神情恍惚，有时竟至涕泗横流。余曾借来一阅，未见有何异常。有一文章，云蒋中正与宋美龄飞赴埃及开罗，途经驼峰（注：即喜马拉雅山）时，座机机长突发心脏病，险些机毁人亡。宗先生向与蒋氏政权不合，自当不会为此伤神。更何况此乃旧闻，蒋氏夫妇早于11月21日已抵达开罗，并于当日拜会了英伦首相裘吉尔（现译丘吉尔）。又有一日，虽是午后，然天光微暗，酷似傍晚，他又恍惚了起来。在余催问之下，他方告知，《逸经》中有一诗名为《蚕豆花》，虽署名尤郁，但他疑为葛任新作，

葛任应该还活于人世。又云，设若不出意外，葛任应藏身于大荒山，与女儿蚕豆相伴，共享天伦。据他所说，蚕豆乃甲戌年（注：1934年）于大荒山失踪的。他以此推断，二里岗之战，或为葛任金蝉脱壳之计。逃生之后，葛任径自到大荒山寻找女儿去了。宗布此时已年近七旬，自忖来日无多，故思女心切，欲亲赴大荒山。宗布所言实乃牵强，然而，他执意要去，外人又岂可阻拦。

顺便说一下，近来，海外有些学者正是凭借这段文字，认定葛任之所以到大荒山，就是要寻找自己的养女的。这种说法是否属实，我不敢轻下结论。因为正如白圣韬所说，"对葛任的任何理解，都可能是曲解"。不过，有一点可以证实，即宗布去大荒山，其初衷并非要救葛任，而是想看到自己的亲生女儿蚕豆。遗憾的是，他没能见到蚕豆——早在1934年，即红军从大荒山撤退后不久，我的姑祖母就在埃利斯牧师的陪同下来到大荒山，将蚕豆接走了。这一点，我在后面还要提到，这里暂且不论。

黄济世先生接下来还写道，宗布去大荒山的时候，"囊中深藏巨额款项"。那笔钱是为他的女儿蚕豆准备的，"设若蚕豆已嫁做他人妇，那便续作陪嫁，以补为人父之歉意"。他没有见到女儿，但那笔钱还是花光了，"回到香港时，他已是囊中空空，如叫花子一般"。他把钱都花到哪儿去了呢？看了阿庆的自述，我才知他的钱都用来贿赂杨凤良和阿庆了。

2000年春天，孙国璋先生在接受我的采访时，也曾提到宗布和杨凤良曾有过一次交谈。因为没能见到蚕豆，而葛任又身陷囹圄，所以宗布一改初衷，想重金收买杨凤良，以使葛任获救：

> 在我走前的那一晚，宗布果然露出了真面目。在哲学上，这叫 alecheia（去蔽）。他坦言，他是来救葛任先生的，请杨先生开个价。我记得他曾说起，他与葛任的父亲早年皆为康氏同党，后又与葛任先生有过交往。但在那交往中，他曾有负于葛任。杨先生说，他愿听其详。宗先生遂言道，当年他曾出资送葛任去苏联。对，现在叫前苏联了。正是这一经历，使葛任日后得以在党内身居高位，以致有今日高额悬赏及被囚之事。杨先生又问道，冰莹莫非你也认识？我至此方知，以前所闻葛任之妻曾被一位康氏追随者霸占一事，即为眼前之人所为。闻听此言，宗布汗颜不已，说，这段经历使他多年来深以为愧。他愿出巨资买得葛任的性命，以求内心平安。杨先生遂提到，一俟铁路畅通，他便将葛任一起带走，葛任性命无忧，勿需挂念。宗先生对此似乎还不大相信，说已有多人在观望此事，杨先生切勿 oscillation（犹豫徘徊），倘生变故，致使葛任命丧白陂，杨先生便是历史罪人。杨先生抚膝大笑，讲宗先生尽可放心。据我所知，当晚杨先生便要将那笔钱转交给葛任。至于葛任是否收下，我就不得而知了。

《绝色》一书写到，宗布回到香港后，曾给冰莹写来了一封信，他天真地告诉她，葛任定然获救，让她安心等待葛任的好消息，"他说，他赎回了自己的罪。仿佛葛任的被俘，是历史赏给他的机遇。他也提到了丢失的蚕豆，称这是他一生的痛苦。"

说到这里，我想顺便提一下，正如读者朋友已经看到的，在阿庆的自述中，宗布就像个小丑。但阿庆的后人对我说，当时，阿庆只是出于形势需要，才"痛打落水狗"的。当时参与此次调查的余风高先生，也曾对我提到过阿庆的"阳奉阴违"，"当面一套，背后一套"，"很不老实"，"把他当特务的那套本事都用上了"。那么，阿庆对宗布真实的态度又是如何呢？据阿庆的后人说，阿庆平时喜欢"写写画画"，留下过一些文字材料。后来，这些材料都落入余风高之手了。但我再来找余风高的时候，余风高已经钻进了骨灰盒。余风高的小儿子余立人说，那些材料都掌握在他的手心。接着他就把话题扯到了他的传销公司"华伟消费联盟"上面，夸它如何好如何好。"好"自然是指能挣大钱。他们的传销产品，就是阿拉斯加海豹油。我在本书第一部分提到，某电视台在关于二里岗的一个娱乐性节目中，为特约嘉宾颁发的奖品，就是阿拉斯加海豹油。为了看到那部分材料，不得已我只好加入他的传销公司。随后，余立人打开骨灰盒下面的一个小匣子，从里面翻出一个红色塑料皮笔记本，从笔记本里拿出一张皱巴巴的信纸。信纸题头印着毛主席语录："自己错了，也已经懂了，又不想改正，自己对自

己采取自由主义,这是第十一种人。——《反对自由主义》"接下来,才是阿庆的笔迹:

今天,审查组的同志们来找我(注:有意思的是,阿庆说话时用的是"俺",这里却用的是"我"),了解葛任同志最后的英雄事迹。他们明天还要来。我不得不提到了宗(布)。反正宗(布)早就灰飞烟灭,死无对证了,俺就发扬痛打落水狗的精神,将他臭骂了一通。宗布,若你地下有知,一定要体谅我。我对不住你,我给你瞌(磕)头了。不说那么多了,因为咱们马上就要见面了,我会当面(向你)赔罪的,我会割耳朵(为你)下酒的。我会让你知道,这都是为了葛(任)好。不说那么多了。到那边再说吧。到了那边,我就啥也不怕了。吃饭吃稠,怕它算球。吃饭吃稀,怕它算×。你想要什么,就给我托个梦,我一定给你捎去。可事先得说好,你要是想要蚕豆的像(相片),我可没有。真没有,哄你是狗。

半个月之后,赵耀庆跳井自杀。

@ 白圣韬又被吊了起来

宗布把牛皮吹破了,俺更着急了,比热锅上的蚂蚁还急。俺想,白圣韬到来之前,俺别的事做不了,想办法帮葛任把身体养好，还是可以做到的。俺就去找他，问他想吃点啥。他说，他想吃点豆腐。这倒让俺为难了，白陂不产黄豆呀。俺问他为啥非吃豆腐不可呢，他说，因为中国的豆腐世界第一。瞧啊，都到啥时候，他还那么爱国，爱着咱们的豆腐。同志们，顺便问一句，晚上，你们能不能让俺吃一份炒豆腐？俺已经好多天没有吃过这世界第一了。

那会儿，俺给他定的伙食标准很高。每顿都有酒有肉，但就是缺豆腐。不过，他提出来了，俺就要想办法。俺派人到瑞金，用香菇、黄花菜换豆腐。看到他吃豆腐的样子，俺别提有多开心了。他说，赵将军，你也尝尝。他叫俺赵将军，真叫俺无地自容。在俺的强烈要求下，他终于改口叫俺阿庆了。他说，阿庆，俺需要一名可以做人体解剖的医生。俺不知道他啥意思，就让他说得详细一点。他说他已经病入膏肓，死了之后，希望医生们能把他的肺摘下来，交给医院解剖，说这样对于肺结核的诊断有好处。

同志们，自从盘古开天地，三皇五帝到如今，又有谁情愿把内脏掏出来送到医院呢？没有，从来没有。这是什么精神，这是彻底的唯物主义精神。你说啥？瞿秋白也这样说过？好吧，那就算俺胡说吧。当时，一听这话，俺连忙对葛任说，你看你，都想哪去了，这些话不吉利，你千万不要再说了，你不会有事的，俺保证你不会有事的，哄你是狗。见俺急了，葛任笑着说，好，俺就把这话收回。

当时俺和葛任是在房前的天井里谈话。天井里面有一口井，井架木头还是新的。用来汲水的辘轳也是新的，用原木做的。桶放下去，辘轳就会吱吱扭扭。葛任说，他曾经想过，到了夏天，他就用水桶把西瓜吊下去冰，孩子们一定喜欢吃冰过的西瓜。俺说，俺也喜欢吃。他笑了笑，说，可惜你吃不到俺冰的西瓜了。那天晚上，葛任兴致很高。俺让人多加了几个菜，然后陪着葛任在天井里喝酒赏月。后来，葛任一直催俺回去。他说，说不定有要事正等着你处理呢。俺说，还能有啥要事，把你照顾好，就是俺最重要的使命。但他还是催俺回去。月亮移到天井外面时，他说累了，脑仁有点疼，想回屋睡觉了。俺说，身体是革命的本钱，俺走了之后，你一定要去睡觉，不要再工作了，万里长征刚走完了第一步，以后的路还长着呢。

俺踏着月色回来，刚睡下，俺的手下就来报告了。说，逮住了一个家伙，是外地人，神色有点不对头，已经揍了一顿，正要再给他一点厉害瞧瞧。俺打了个激灵，想，这回来的人可能就是白圣韬。俺顿时又想到了葛任刚才说过的话。他催俺回来，莫非已经推算出田汗和窦思忠派的人要到了吗？英明啊，英明。俺的手下见俺面带微笑，以为要奖赏他们，便在俺面前炫耀他们是怎样收拾他的。这些狗杂种啊，除了给俺添乱，屁本事没有。为了不让他们看出破绽，俺还真给他们发了点赏银。同志们别瞪眼，俺是这么想的，早晚有一天，这些赏银还会回到人民的怀抱。他们吃进去了多少，到时候就得屙出来多少。

俺见到白圣韬的时候，那帮人刚把他从梁上放下来。俺恩威并重，先瞪他两眼，然后弯腰扶他。狗屎不上粪叉，他不识抬举，不想起来。俺还记得当时的形势。他跪在那里，闭着眼，鼻尖上都是泥，还筛糠似的打摆子。俺在他耳边轻轻地叫了两声，白圣韬，白圣韬。娘那个×，他没有搭理俺。他的头发快掉光了，额头显得很大，上面还有一层虚汗，亮晶晶的，就像刚从水里爬出来的螳螂。对了，他后来跟俺说过，他的头发是在来大荒山的路上掉光的。当时，俺心里直犯嘀咕，这不是熊包吗，怎么可能是从延安来的呢？再说了，怎么会只有他一个人，别的人马呢？鸡巴毛，不管他是啥地方来的，先把他稳住再说。他要不是白圣韬，只是个做生意的，那也好办，让他出点血，破点财，就可以让他滚蛋了。为啥要让他出血、破财？嗐，那还用问！一来算是劫富济贫，为革命做贡献；二来在杂种们面前有个交代，让他们看看老子为党国办差，从不打马虎眼。同志们，白圣韬后来叛变了革命，跟着范继槐跑了。可那会儿，他的真面目还没有暴露，还像个硬骨头，有点一不怕苦、二不怕死的劲头。因为俺还没有弄清楚他是不是白圣韬，所以看着他们又把他吊上了房梁，俺并没有上前阻拦。这家伙欠揍，刚才还蔫不拉叽的，可一吊起来，反倒变欢了。把他往上吊时，他说，再高一点呗。还说，要是每吊一下都能吃上一碗鸡蛋面条，那就多吊几下。他在空中晃过来，晃过去，鸡巴毛，就像一只大蜘蛛。嘴也不停，啥都说。说的是啥？你们最好躲远一点，免得绳断了，砸住你们。反正都是这种屁话，一听就让人来气。还说，最好用拴驴的绳子吊，最好是拴叫驴的，那种绳子最最最结实。娘那个×，他是硬往枪口上撞啊。屁股夹斧头,破屎(死)上了。像他这样的人,当时多得很。白圣韬没来的时候,俺就遇到过一个。那家伙出门做生意蚀了本,只好回来了,可到家以后又发现家产都被穷鬼们抢鸡巴了,家里的人也都死鸡巴了。那人只想早点死,你越是揍他,他越是喊过瘾。遇到这种死不悔改的走资派,除了将他们一棍子打死,还真是没啥好办法。这会儿,只是由于担心他就是白圣韬,所以吊了一会儿,俺就示意手下人把他放了下来。他刚落地,俺手下的一个人就给了他一鞭子。他的脖子一下伸长了,嘴巴咕噜噜咕噜噜,好像是要呕吐,可啥也没有吐出来。

你说得对,得讲究策略。为此,俺可没少费脑子。当晚,俺叫人给他做了点好吃的,又从茶馆给他拽来了两个婊子。饭他吃了,还说死也不当饿死鬼。婊子他没要,他说他日不动了,过两天再说吧。第二天,俺单独和他谈了一次。先向他表示歉意,说,打是亲骂是爱,绳子勒在你身上,痛苦留在俺心中。为了让他明白这个道理,俺还向他提起了周瑜打黄盖的故事。说,为了一个共同目标,俺和你是一个愿打,一个愿挨。俺明白无误地告诉他,俺就是阿庆,然后问他是不是为葛任的事情来的。他这才承认了自己的身份。但是,他把窦思忠同志写给俺的密信弄丢了!他说,路过武汉时,他被人抢了一次,不光丢掉了那份密令,还差点送命。他让俺别担心,说那帮拦路抢劫者只是一帮泼皮,只关心钱财。他拿脑袋担保,密令不会落到当局手里。他说,他已经通过地下组织,把丢信一事向窦思忠同志作了汇报。窦思忠说了，那只是一封普通的介绍信，介绍他跟俺接头用的，没有别的用场。他说，窦思忠还说了，你办事，俺放心，一切按既定方针办。俺等的就是这个，连忙问他既定方针是啥方针。他说，组织上让他把〇号带出大荒山。至于带到啥地方，他得严守组织机密。他还说，为了严防泄密，窦思忠还特意交代他，带葛任离开大荒山前，不要再与组织联系。

这样讲行吗？那俺就接着讲。

要说俺对他没有怀疑，那是假的。为了弄清他是不是哄人，俺故意向他打听田汗同志的情况。他说的和俺知道的完全一样，他说，他曾给田汗同志看过病，帮田汗同志解决了一个很大问题。啥问题？大便问题。经过了万里长征，田汗同志和许多领导人都拉不下来。到了延安，田汗同志仍然保持着艰苦朴素的生活作风，整天吃黑豆，部下送来苹果，他舍不得吃，送来梨，他也舍不得吃。所以，田汗的便秘不但没减轻，反倒加重了。俺当时身在重庆，听说了这事，有劲使不上，急得抓耳挠腮。后来，听说田汗同志的便秘问题解决了，俺高兴得整夜睡不着觉。那会儿，俺就听说是个姓白的医生给他治的，但俺不知道那人就是白圣韬。你说啥，在哪听说的？当然是在军统里面。那会儿，蒋介石患上了慢性腹泻，屙的比尿的还稀，怎么也治不好，蒋光头就让戴笠帮他打听一下，谁可以治拉稀。没多久，就有人打听到，上海有一个姓白的医生可以治这个病，但跑到延安去了，并且治好了田汗的便秘。能治便秘，就一定能治拉稀。他们后来在上海找到了白医生的一个弟子，好像姓余，把他弄到了重庆,老蒋的拉稀就给治好了。这会儿,他既然连田汗的便秘都知道,俺想,他一准是自己人了。当然俺还是有些不明白,怎么就他一个人来?他花言巧语,说窦思忠担心人多嘴杂,走漏风声,所以只派了他一个人。

& 慢性腹泻

关于白圣韬如何向阿庆传达指示,由于没有旁证,所以阿庆的一面之词我们也就只好姑妄听之。这里,我想顺便说一下,阿庆提到的那个给老蒋看病的医生,不姓余,而姓于。他就是我在《粪便学》一节中提到的于成泽先生。如前所述,于先生不是白圣韬的弟子,而是白圣韬的师弟。在《医学百家》1993 年第 7 期的《名人趣谈》中,于成泽先生有如下一段回忆:

1942 年春天,我被几个便衣盯上了。起初,我还以为他们是日本奸细,后来才知道他们是戴笠的手下。他们让我跟他们"走一趟"。走一趟就走一趟,那时候我正活得不耐烦,有点天不怕地不怕的劲头。他们先向我打听白圣韬。我说:"我已经多时没见过他了。"其实,我知道白圣韬去了延安。便衣们先把我带到了西安,然后从西安直飞重庆。他们对我很礼貌,照顾很得体。那时候,我已经预感到,此行可能与某一要人的身体有关。但我怎么也料不到,那个要人竟会是蒋介石。

蒋患的是慢性腹泻（chronic diarrhea）。到重庆之后，我调看了有关蒋的病情资料。当然，那些资料上没有蒋的名字。给我分派的助手告诉我，患者是一个卫理公会（Methodist Church）教徒，50岁出头——蒋时年55岁。从那些资料上我发现，这位教徒每天排便8—10次，而且带有黏液、脓和稍（少）许血丝。发现症状当然容易，重要的是查出病因。我们都知道，粪便的前进依赖于结肠的总蠕动。通常情况下，它的蠕动次数为每天2—4次。因为我无法直接面对病人，所以我只好吩咐有关专家进一步观察患者结肠和小肠的运动规律，并提供粪便的镜检及化验结果。

两天以后，综合了各种数据及观察结果，我就基本上得出了一个结论。这位卫理公会的信徒，主要是因为运动功能紊乱而导致腹泻的。食糜在其肠管内停留时间过短，没有足够时间吸收。另外，其植物神经功能失调，引起结肠痉挛，也是导致腹泻的重要原因。而植物神经功能的紊乱，自然有精神因素的背景。我对派给我的助手说，这位拉稀患者一定经常失眠，精神涣散。卫理公会鼓吹"内心平安即是幸福"，看来一泡屎就把卫理公会打败了，因为那些带有脓液的稀屎表明，患者其实并不幸福。

我是用开玩笑的口吻说这番话的，没料到我的助手竟然吓得浑身发抖，脸都变成了土灰色。多天之后，当我知道患者是蒋的时候，我才理解那个助手为什么会那样胆战心惊。

历史就是这样滑稽。我跟着日本人川田学会了医术，而在某种程度上，蒋介石正是因为日本人侵入中国，精神过于紧张，导致了慢性腹泻，从而让我前去为他治疗的。顺便说一句，"文革"时有人说我曾见过蒋介石。我当时死不承认。是的，我说的是实情，我所见到的只是蒋介石的粪便。

对一名医生来说，见到蒋介石的粪便其实比见到粪便的主人还要重要。于成泽先生成为全国最著名的粪便学专家，与他曾见到蒋介石的粪便有很大关系。这篇谈论蒋介石粪便的文章发表之后，他的名声更大了，被誉为中国粪便学的泰斗。在他生命的最后几年，除了带博士，他还被一家私人医院聘为顾问。我在那家私人医院的走廊里，看到许多患者小心翼翼地提腹吸肛，排队挂号。不过给那些患者看病的，并不是于成泽先生本人，而是他的弟子们。他的一个弟子开玩笑说，蒋介石的粪便就是他们医院最好的广告。看着那些病人，我忍不住地想到，如果当时跟着便衣们"走一趟"的不是于成泽，而是白圣韬，那么，葛任的故事会不会是另外一种结局呢？

@　白圣韬见到了葛任

白圣韬急着见到葛任，说要给葛任检查检查身体。俺就领他去了枋口小学。因为他是从延安来的,所以葛任很高兴,一见面就说,有朋自远方来,不亦说乎。俺看见葛任的衣服泡在脸盆里,就让看守端出去洗。看守说,找不来洋碱(肥皂),也找不来皂荚,洗不成。俺训了他一通,娘那个×,真是个笨蛋,到镇上抢一块不就行了。他又问谁家有洋碱。俺说,听说镇上有个叫周扒皮的,养鸭、养鸡、养鸽子,海陆空齐全。为了让长工起早干活,三更半夜常钻进鸡窝里学鸡叫。学完鸡叫总得洗头吧,家里一准有洋碱。同志们,千万不要认为俺在鼓动他抢劫百姓。那会儿,大荒山很穷,点灯没有油,耕地没有牛,小娘子想快活也快活不起来,为啥?因为男人都快死光了,没有球啊。好,俺接着说。家里有洋碱的,都是有钱人家,不能划分到贫下中农之列,也就是说,他们迟早要给镇压。当然,俺让他去弄洋碱,首要目的是要把他支走。

  白圣韬问了问葛任的身体。问的都是啥?体重啊,饮食啊,睡觉啊。俺一听,心里就窝了一团火。鸡巴毛,这不是抓俺的脸吗?葛任在俺手上还能吃不好,睡不香?白圣韬又问他是否咯血,午睡起来是否发烧。俺就插了一句,葛任时间抓得紧,争分夺秒为组织工作,从来不午睡。他又问葛任是否咳嗽。葛任说不咳嗽。但是葛任这么说的时候,突然咳嗽了起来,咳出来了一块痰。那块痰就像长了眼睛,一下子飞上了白圣韬的耳尖。真的,哄你是狗。俺认为,葛任是故意那么做的,表明了他对白圣韬的不耐烦。但是,那姓白的脸皮厚啊,厚得机关枪都打不透啊。他还是外甥打灯笼,照旧（找舅）啊。俺看见他圈着食指，在葛任胸膛上左敲敲右敲敲。俺问他，喂，你要干啥？他说他在叩诊。叩诊完了，他才擦掉耳尖上的那口痰。他对葛任说，以后睡觉，要侧身睡，不要仰脸睡。葛任让他吃了钉子，说，不用你说，俺从来都是侧身睡的。葛任又问白圣韬，俺的身体怎么样。白圣韬说没有问题，只要好好静养，按时服药，身体会好起来的。葛任突然对白圣韬说，你来这里，不光是来给俺看病的吧？白圣韬脸红了，鸡巴毛，连耳朵都红了。他哼唧了半天，说他是奉上级指示，要带葛任离开这里。

俺这样说行吗？

白圣韬就说，要是你能离开白陂，你的病会好得快一些，这里缺医少药，对身体不利。葛任说，去哪里？白圣韬说，他也不知道，他的分工是把葛任带出大荒山，外面有人接应。葛任接下来一句话，给俺印象很深。他说，俺就不麻烦同志们了，同志们不必为俺做出无谓的牺牲了。他还对白圣韬表示感谢，感谢他不远千里跑来这里看他。说了这话，葛任还问了问田汗同志的情况。白圣韬说，田汗身体很好，他正是受田汗同志委托来的。俺在旁边插了一句，说，田汗同志的便秘问题已经胜利解决了。听了这话，葛任很高兴，握着白圣韬的手说，辛苦了，你辛苦了，俺代表党和人民感谢你。葛任又问，你的岳父大人现在还好吧？白圣韬说，好，好得很，他参加了土改，是土改积极分子。你的儿子呢？白圣韬说，他已经参军了，正为解放全人类而斗争。吹完他那龟儿子，白圣韬又说，他已经为葛任准备了最好的医生，最好的药品。葛任挥了挥手，说，还是把那些药物留给同志们吧，俺不需要了。俺看着葛任那苍白的脸，泪花又像断了线的珍珠往下直流。不，同志们，这可不是小资情调。一来，俺是在为田汗和葛任崇高的革命友谊感动；二来，俺是为葛任高尚的革命情操感动。瞧啊，都到啥时候了，他首先想到的还是别人，而不是他自己。他是毫不利己，专门利人啊。这是啥精神？这是共产主义精神。人的一生做一件好事并不难，难的是一辈子只做好事不做坏事。在生命的最后关头，他心里装的还是同志们。俺相信，如果你们在场的话，也会和俺一样泪花直流的。当然，白圣韬是个例外。从头到尾，他竟然没流一滴泪。他的马尿就那么珍贵？呸！

俺记得俺曾私下问过白圣韬，〇号的身体到底怎么样。同志们猜一猜，那狼心狗肺的家伙是怎么说的？说他的话比狗屁都臭，那是一点不冤枉他。他说，〇号的身体已经快要完蛋了，今天晚上脱了鞋，明天早上可能就穿不上了，要不马上行动，可能就来不及了。他这是啥意思？后来俺终于想通了，鸡巴毛，这不是灭自己人的威风，长敌人的志气吗？

那一天，俺也初步谈了一下俺的打算。俺说，到时候，俺会派人护送你们离开大荒山的。葛任问，那些人可靠吗？俺说可靠，他们都是俺一手提拔起来的，俺指向哪里，那些杂种们就打向哪里。俺让他们上刀山，他们就乖乖地上刀山，俺让他们下火海，他们就乖乖地下火海，连屁都不敢放一个。那你不害怕他们事后告密吗？葛任问俺。看啊，到了这个时候，葛任考虑的还是俺的安全问题。俺只好对他说，这你就不要费心了，车到山前必有路，船到桥头自然直，到时候俺自有办法。但葛任还是不放心。俺只好对他说，没有事后那一说了，等完成了任务，俺会将他们全都宰掉，嚓嚓嚓。这么说着，俺顺势做了一个漂亮的杀头手势。葛任当即表扬了俺一通。他说，看来，这些年阿庆有不少长进啊。谦虚使人进步，骄傲使人落后呀。俺连忙表示，这都是俺应该做的，离组织的要求还差得很远。

可葛任说，他不想再骑马了，也骑不动了。俺立即表示，可以用担架抬着他走。

& 透明，轻盈，绯红

葛任的病情，虽然已有人多次提到，但我的印象仍很模糊。这里，我有必要引用埃利斯牧师的话。迄今为止，这是我看到的有关葛任病情的最详尽的文字。埃利斯牧师是在大荒山巡诊时，偶然得知葛任到了大荒山的。有关这方面的情况，请读者参阅本书第三部分的有关叙述——自从十年前陪同我的姑祖母来大荒山寻找蚕豆，埃利斯牧师就再也没有离开过此地，因为他后来从事的是红十字会的救助工作，所以大荒山的许多村镇都留下了他的身影。

正如他在《东方的盛典》一书中写到的那样，即便他能够"先知先觉"，他也不会想到，他竟然在大荒山白陂镇再次见到葛任和阿庆。而阿庆对此只字不提，不知道是因为忘了,还是担心言多必失?

下面就是他对葛任病情的记述:

　　在白云河边意外地看到被软禁的(注:原文如此)尚仁(注:即葛任)的时候,我几乎没能认出他来。他头发很长,病容满面,乍看上去就像没出满月的产妇。而他,出于对我的护佑,也装做不认识我。当他走远了,我才从一个砍柴的人那里知道,当地人都叫他尤郁先生。这一下,我可以确认他就是尚仁了。我连忙赶回了驻地。在处理完一些必要的事务以后,我又来到白陂。"白陂"这个镇名,在汉语中的含义十分丰富。"白"除了指颜色,还有纯洁、苍白之意,有时也指无谓的消耗。"陂"的含义也同样复杂,仅发音就有几种:bei, pi, po。它既指水边、池塘、河岸、山坡,也指险途!

　　因为我知道尚仁早年就是个肺病患者,所以来的时候特意带了一些盘尼西林(Penicillin,即青霉素)。红十字会里的一位同事,曾与盘尼西林的发明者弗来明医生(Alexander Fleming,1928年发明青霉素,1945年获诺贝尔医学奖)熟稔,是他向我提供了这种药物,并说它是最神奇的药。我祈祷它能救治尚仁的病。现在我可以说了,当时我已做了最坏的打算。他离开我们的主太久了,如果他已身患不治之症,我便只能为他祷告了。

　　通过我在杭州时的一位旧相识(注:显然指阿

庆），我终于接近了尚仁，并为他做了身体检查。他最主要的疾病果然还是肺痨。对中国的肺痨患者而言，生存的希望总是微乎其微，然而尚仁的身体却比我预料的要好。众所周知，在英语中，肺结核的同义词是"耗损"：血量减少，紧接着是耗损和销蚀。但尚仁虽然身患疾病，又身处绝境，却并没有被疾病压垮。相反，他显得更加体面优雅，更庄严，也更有灵性。虽然耗损使他的身体像书籍一样单薄，像穿花蛱蝶一样轻盈，但他却依然很有生机，使人想到盛开在泉边的花朵的叶脉：透明，轻盈，绯红。我相信，只要细心调养，他会有所恢复的。

我记得，在我来到白陂镇不久，白医生也来了。他以前曾在青埂教堂洒扫庭除。后来，他曾在北京及俄罗斯学习医学。他认同了我对尚仁病情的判断。他以为，尚仁在服用西药的同时，辅之以中药，就会很快见效。我现在还记得，他当时曾开过一个方子，上面写的都是中药的名称：天冬，麦冬，白芍，百合，生地黄，沙参，糯稻根，杏仁，地骨皮。有几十味之多，我记不全了。但其中有一种药我还记得，那是狐狸的粪便，并且得是雄狐狸的，要烧成灰，空腹用酒送服……

这段文字，似乎可以说明这样一个事实，即，至少在范继槐到达之前，葛任的病体虽然虚弱，但骑马转移应该没有问题。

@ 杨凤良之死

别急,吸根烟提提神,俺就接着讲。那会儿,俺带着白圣韬出了枋口小学,找洋碱的家伙刚好回来。一瞧他那副熊样俺就来气,脸上血拉拉的,大金牙也掉鸡巴了。(他)说话跑风,嘟哝了半天,俺才明白是怎么回事。原来,杨凤良的手下也去周扒皮家里抢东西了,那些人不光抢洋碱,还抢鸡。他们刚好撞到了一起,随后就开打了。俺问,他们有没有问你拿洋碱干啥?他说,该说的话都说了,可那些人就是不松手。俺立即提高了革命警惕,问他到底都说了啥。他说,他给他们说了,洋碱是给肇将军取的。他们就问他,肇将军要这洋碱干啥?他说,是给教书匠尤郁先生用的。他们又问,尤郁先生用洋碱干啥?他就老老实实告诉人家,说尤郁先生好像要出远门,想穿得干净一点。格登,俺心里格登了一下,想,这个蠢货的死期到了。

俺对他说,欺人太甚了,打狗还要看主人呢,你跟老子走一趟,指明是谁打了你,老子替你出这口恶气。他立马给俺磕了个头。俺让他在前面带路,他跑得比兔子都快。因为走得急,俺被啥东西绊了一下,原来是一根顶门棍,不粗不细正合手。快到他挨打的地方时,俺对他说,唉,你还得再受点委屈呀,只丢一颗大金牙,有点说不过去,你再少流点血吧,这样老子就可以把那家伙揪出来,以军法处置。他以为老子是想再敲他一个门牙,就乖乖地闭着眼,张着嘴。好样的!俺说了一声好样的,瞄准他的脑壳,举起木棍就砸了过去。毛主席教导我们说,镇压反革命,要打得稳,打得准。俺就是这样做的。活干得漂亮极了,他一声没吭,就见了阎王。

哈,真是英雄所见略同。对,干完这个,俺就去找了杨凤良。俺要让他知道,他的手下杀了人。白圣韬不愿和俺一起去。俺狠狠瞪了他一眼,啥?不想去?不想去也得去,(干)革命工作哪有挑三拣四的。他理屈词穷,只好跟俺一起去了。前面说了,杨凤良和那个小婊子住在菩提寺。俺在路上杀人放火的时候,他正和小婊子在菩提寺里关关雎鸠呢。俺把他叫了下来,给他说,大事不妙了,出事了。他说,出啥事了,是不是重庆又来人了?俺说,那倒不是,是你的人把俺的人打了,俺的人现在正准备闹事,俺刚把他们哄下,赶紧跑来和你商量下一步怎么办。他吸溜了一口冷气,问谁干的?吃了豹子胆了,敢跟肇将军过不去?他看见白圣韬站在旁边,就问俺,这人是……俺没说那么多,只说是个郎中,是俺请来给那个挨揍的倒霉蛋治伤的。俺对杨凤良说,有一句话,咱弟兄们事先得说清楚,这事既然已经出来了,那就尽量把它处理好,不要闹大。不然,传到上面去,大家的面子都不好看。还说,你知道,吃军统这碗饭的,多多少少都跟上头有些关系,据俺知道,死去的那个弟兄姓胡,是胡蝶的老乡,而戴老板和胡蝶又有一腿。胡弟兄是来基层锻炼的,早晚会爬上去的,现在倒好了,革命尚未成功，他却不明不白死了。这事要是查下来，你和俺都得吃不完兜着走。

狗日的吓坏了。那会儿，他正系着皮带呢，手一松，裤子都褪到了脚后跟。他问俺该怎么办。俺眉头一皱，计上心头，对狗日的说，顾不上跟你商量，俺初步想了一下，有这么三种办法。一种呢，是把这事安到葛任头上，就说是葛任干的，葛任想逃跑，俺的弟兄在旁边阻拦，葛任冷不防给了他一棒，把他打死了。这样给戴老板好交代，说不定戴老板还会给他弄个烈士当当，光宗耀祖。杨凤良一听，连说妙妙妙。俺说，妙倒是妙，可谁都知道葛任是读书人出身，还病恹恹的，手无缚鸡之力，下手不会那么重。再说了，上面要是知道葛任差点跑出去，大家的面子都好看不到哪里去。他说，是啊是啊。俺说，第二个办法，就说那家伙去民众家里抢东西，被民众发现了，民众把他打死了。这样做的好处是，只要把那个老乡拉过来毙掉，就可万事大吉了。不好的呢，要杀就得再费点功夫，拔草除根，满门抄斩，不然后患无穷。他说，这一条可以考虑。然后他就问俺第三种办法。俺就说，这第三种嘛，就是把闯祸的弟兄弄出来，由俺处置。他低头想了半天，问怎么处置。俺说，将军尽管放心，俺只是把他看管起来，给弟兄们有个交代，然后再故意卖个破绽，让他逃掉就是了。俺最后强调，此事天知地知，你知俺知，千万不要让别人知道。他被俺的精打细算搞糊涂了，当场就上当了，提上裤子就去找那个家伙了。还说，不要俺费神，他去把他捆来就是了。

也就是吸根烟的工夫吧，杨凤良就把那个倒霉蛋捆来了。那家伙高额头，深眼窝，完全是一副娃娃脸。他牛×得很，过来就喊，锤子！谁找老子哩，净耽误老子睡觉。俺听出他是四川人，就对他说，龟儿子，老子找你。俺拉住了他的手，说，找你问问情况，一会儿就送你回去睡觉。你贵姓啊？他说姓邱。俺没听清，还以为他姓球。你到底姓啥？这一下他改了口，说他姓范。鸡巴毛，一会儿姓邱，一会儿姓范，搞得俺一头火。到底姓啥？这么一呵斥，他就说他姓邱，是邱少云（注：抗美援朝时期的志愿军英雄，阿庆原话如此）的邱。他真是这么说的，哄你是狗，他说他叫邱爱华。俺和他边走边谈，左拐右拐，俺就把他拐到了出事地点。在手电筒的照射下，那人好像还没有死透，屁股还动着呢。俺问邱爱华，是不是你把这人打了。邱爱华还很牛×，仰着脸，脖子一拧，说，锤子！是又怎样，不是又怎样？那会儿，杨凤良也在旁边，他对邱爱华说，看好了，是就是，不是就不是，不要胡说。我命令邱爱华好好看看。邱爱华蹲下来，只看了一眼，就瘫到了地上。鸡巴毛，原来胆小鬼一个，那些花红柳绿的脑浆，一下子就把他吓晕了。

俺让白圣韬架着他往河边走，那里很偏僻，有很多树。杨凤良不知道俺要干啥，也跟着往河边走。走到河边，俺让白圣韬把那四川兵放了下来。白圣韬蹲在地上看了一会儿，说，将军，这家伙真的昏过去了，要不要抢救。杨凤良一边骂那家伙经不住事，一边弯下身子，想看个究竟。娘那个×，有啥好瞧的。俺在心里骂了一声，就动手了。本来，俺不想开枪了，想着悄悄弄死算了，可为了早点结束战斗，俺还是给了他一枪。别担心，同志们，只要不响第二枪，就是有人听到，也会以为是擦枪走火。俺先喂他吃了颗子弹，又朝他的心窝捅了一刀。接着又朝他的脑袋闷了一棍。扑通一声，他来了个倒栽葱。俺给了他一脚，不偏不倚，正好踩住了他的蛋。同志们，你们听到过人蛋给踩碎的声音没有？响得很，叭叽，就像踩碎了一个气球。随后，俺紧跟着又来了一脚，一下子把他踢飞了，飞进了白云河。总的说来，活儿干得漂亮极了。至于那个四川兵，俺当然也不能放过。干掉了杨凤良，俺发现他还躺在地上，便顺势戳了他一刀。他咕哝了一句四川话，妈哟，你啷个杀俺嚯。头一歪，就死鸡巴了。

好，俺接着讲。干掉了那两个狗日的，俺就雄赳赳气昂昂跨过了鸭绿江。对，不是鸭绿江，而是白云河。在桥上，白圣韬问俺要到哪里去。俺说，去菩提寺。他说，别烧香了，还是赶紧去救葛任吧。烧香？烧啥香？整个一个封建迷信嘛。俺批驳了他一通，又教育了他一通，说，欲将剩勇追穷寇，不可沽名学霸王，你是不是想跟霸王一样，犯右倾机会主义错误。他哑口无言，只好乖乖跟俺走。同志们，那天晚上，当俺把杨凤良的那个相好从菩提寺骗出来，一刀捅死之后，白圣韬都吓呆了。

敬爱的同志们，俺当然没有放过那个小杂种，也就是臭婊子给杨凤良生的那个小杂种。留他干啥？让他日后反攻倒算，挖社会主义墙角吗？革命群众一万个不答应！还是那句话，欲将剩勇追穷寇，不可沽名学霸王。要斩草除根啊。那个小反革命细皮嫩肉的，既像豆腐，又像凉粉。往地上一摔，再踏上一只脚，他就成了一摊烂泥。留下破绽？你也太小看俺了，怎么会留下破绽呢。告诉你们吧，俺把他们全扔到河里喂鱼了。

你们问白圣韬在干啥？嗐，快别提了。他甚至比不上一条鱼，鱼还知道吃敌人的肉，啃敌人的筋哩。可他呢，竟然敌友不分，拉着俺的手，问俺知不知道自己在干啥？屁话！脑袋长在俺肩上，肩膀长在俺身上，俺怎么会不知道？阶级斗争，一些阶级胜利了，一些阶级消灭了，这就是历史，这就是几千年的文明史。当俺把那一家三口扔到河里喂鱼的时候，俺其实就是在创造历史。你提醒得对，历史是人民创造的。俺当然承认这一点。可不管怎么说，俺也是人民中的一员吧？俺这人有两个优点，一是不耍花腔，二是从不躺在功劳簿上睡大觉。当然啦，同志们要是想给俺戴高帽，说俺没有功劳也有苦劳，俺也不会有意见。俺可不是故意谦虚，一个革命者还能不做事？

随后，俺把杨凤良的手下召集到一块，在菩提寺开了一个小会。俗话说得好，国民党税多，共产党会多。收税是从别人口袋里掏东西，向别人要支票，开会是往别人脑子里装东西，给人们开支票。所以说，要多开会，不收税。在那个会上，俺就向他们开了一张空头支票。俺先对他们说，杨将军执行特殊任务去了，暂时回不来了，临走时让肇某照看一下弟兄们。以后，弟兄们有啥需要肇某帮忙的，肇某一定效劳，绝不亏待诸位。他的一个手下好像不大相信俺，问，杨将军是和谁一起去的。俺早料到了这一手，就坐下来，跷起了二郎腿，点上一根烟，慢悠悠地说，这属于党国机密，本来不该说的，可弟兄们都不是外人，俺就简单说说吧，杨将军是和邱爱华一起去的。他们先是迷迷瞪瞪地看着俺，然后，同志们请看，他们就这样突然脚后跟一碰，来了一个立正，举手向俺敬礼。鸡巴毛，反正吹牛不用交税，俺就把空头支票全都开给了他们，说，弟兄们在大荒山辛苦了，等回到了陪都，俺一准给诸位请功，人人有份。得到了这空头支票，他们别提有多高兴了，又是敬礼，又是作揖，忙得不亦乐乎。

& 邱爱华

据孙国璋先生透露，他和海峡大学校长王季陵先生闲谈时，王季陵先生曾提到过邱爱华之死，说邱爱华死得很冤枉，因为与阿庆的部下发生争执的，并不是邱爱华，而是王季陵自己。在摆放着明清时期的红木家具的客厅里，王季陵先生最终还是接受了我的采访。作为一名海外客商，他的谨小慎微，和那些年代久远的家具一样，给我留下了非常深刻的印象。他曾与我有个约定：在他死前，我不得在公开出版物上谈及此事，"死后随便"。否则，他将公开"辟谣"，宣布从来没有接受过采访。由于他已于2000年秋天因为脑溢

血去世,所以我在此公布当时的采访笔录,并不算违约:

先声明一点,本人对所谓的葛任案件一无所知。本人的做事理念是,永远尊重历史,永不造次行事。葛任殁于二里岗,此乃历史常识。惟有服从常识,方能赢取必要的活动空间。因于枋口学堂之人为何路神仙,本人不甚明了。噢?孙(国璋)先生讲是葛任?言论自由嘛,那是他的自由,与本人无干。眼见为实,本人没有见到,便不能信口开河。

乌飞兔走,光阴似箭。诸多事情,本人已忘诸脑后。邱爱华,本人倒可约略讲讲。他着实是替本人死的。起初因一块香皂(肥皂)与赵氏将军部下发生冲突之人,正是鄙人,而非邱君。我尚能记得,有香皂(肥皂)的人家姓周。不,不叫周扒皮,而叫周庆书。他也是个读书人,读书人又怎会有如此粗鄙之名。本人去周庆书先生家借取香皂(肥皂),偶遇赵氏的随从,言语不和,双方遂扭打了起来,互有胜负。当晚,杨(凤良)先生询问何人在赵氏部下面前颐颃傲世?本人并未诿过于人,承认乃本人所为。杨先生露齿一笑,说此事无伤大体,切勿惊慌。或因本人年龄尚小,或因与他有同乡之谊,杨先生放了本人一马,指名让邱爱华前去应对。邱君器宇轩昂,擅长外交,像个 baron(男爵),确为恰当人选。然而,他这一去便杳无音讯了。他无疑是死了。当天晚些时候,赵将军来到杨先生扎营的菩提寺,声称杨先生和邱爱华去外地执行军务了。

当时，气氛肃然，大有黑云压城之势。本人当即想到，邱、杨二人或已命丧黄泉？本人一宿没睡，天亮前，赶至瑞金，尔后又潜至广州……其余诸事本人概不知情，也便请你免开尊口。

王季陵和阿庆，谁讲述的邱爱华更接近他本人呢？对此，我当然不得而知。撇开邱爱华的外貌不谈，我感兴趣的是，杨凤良为什么要来上一个鸟枪换炮，把邱爱华交给阿庆？是因为王季陵所说的是"邱君器宇轩昂，擅长外交"，还是出于更深的考虑？而对阿庆来说，他为什么平白无故地杀掉邱爱华呢？对此，只有看了范继槐的讲述，我们才会明白其中的奥妙。

@ 葛任却没有走

白圣韬都看傻了。从菩提寺出来，他迈着小碎步，跟在俺屁股后面，走一路问一路，问俺害不害怕。俺说，鸡巴毛，怕啥怕，伟大领袖毛主席教导我们，彻底的唯物主义者是无所畏惧的。他又问接下来该干啥了。俺对他说，听好了，前进道路上的障碍已经扫清了，万里长征已经走完了第一步，现在可以去救葛任同志了。

俺就领着他往枋口小学走。走进那个天井中的时候，葛任房间的灯突然吹灭了。不不不，他可不是要睡觉。你要这样想，那可就上当了。装的！他是装睡。为啥装？那还用说，一来，他害怕俺为他的身体担忧；二来，他想让俺早点回去休息，别累坏了身体。他这个人就是这样，对待同志就像春天一般温暖。当时俺就想到了这一点，脸上又挂满了泪花。俺太清楚了，俺一走，他就会重新点灯熬油，一直工作到喜雀（鹊）唱枝头。可白圣韬那个蠢货呢，竟然错误地理解了葛任。他说，葛任这样做，是不希望别人打扰他，咱们还是回去睡觉吧。

睡觉？亏他说得出来。在革命的紧要关头，怎么能回去睡觉呢？俺对白圣韬说，月明星稀，乌雀（鹊）南飞，今晚就是转移的最好时机，过了这个村可就没有这个店了。俺还对他说，待会儿进去，你一定要说服他和你一起走。

不出俺所料，过了一会儿，葛任果然又把灯点着了。俺走了进去，把杨凤良的事情给他讲了。当俺讲到（把杨凤良丢到河里）喂鱼的时候，他笑了，说，俺以后不吃鱼了。同志们看啊，都到这时候了，他还开玩笑呢。这说明啥问题？说明不管到了啥时候，他身上都洋溢着强烈的革命乐观主义精神。俺对葛任说，拦路虎已经消灭了，你和白圣韬可以走了，俺派人护送你们离开大荒山。他再次担心这会给俺带来不幸。俺只好又重复了一遍，别担心，那帮人回来之后，俺就将他们斩草除根的。还说，上面要是问起，俺把这个账赖到杨凤良身上就行了，反正是死无对证。葛任盯着白圣韬看着，问，你要把俺带到哪里去啊？白圣韬说，只要出了大荒山，就啥事情都好办了，外面有人接应。葛任笑了笑，说，俺哪里也不去，这里就挺好。接下来，他说了一句让俺很吃惊的话。他笑着说，你们若是非要俺走，那也好办，先把俺打死，然后抬走就行了。他又对白圣韬说，你一个人走好了，走得越远越好。葛任话音刚落，白圣韬就扑通一声跪了下来，鼻涕一把泪一把的，表示他要和葛任共存亡。

前面说了，那会儿俺还没有认清白圣韬的真面目，还真的被他糊弄住了。后来，等他的画皮揭穿了以后，俺才知道被他蒙蔽了。不过，要说俺对他没有丝毫怀疑，那就隔着门缝把俺看扁了。那会儿俺心里就想，瞧你那副熊样，也配跟葛任一块死？葛任同志是生的伟大，死的光荣，而你呢，你的死比鸡巴毛还轻。白圣韬哭了一阵，俺对他说，别在这里哭丧了，还是让葛任同志先休息吧。俺强拉硬拽，把白圣韬弄了出来。

那会儿，夜已经很深了。俺想和他研究一下，下一步该怎么办。三折腾两折腾，夜已经很深了，转眼间，东方就要露出鱼肚白了。俺感到时机正一点点溜走。葛任为啥不想走呢？怕累？怎么会呢？革命者连死都不怕，还怕累吗？白圣韬也问过俺，葛任为啥不愿走。经过一番深思熟虑，俺掰着指头给他说了一下。首先，葛任是在替俺考虑，要是俺放走了他，俺在军统就混不下去了，这对组织是个很大的损失。其次，葛任是在抓紧时间总结自己一生的革命经验。对俺的说法，白圣韬心服口服。俺对白圣韬说，眼下时间越来越紧了，已经管不了那么多了，你赶紧带着葛任走吧，走得越远越好，剩下的事由俺来办。嗐，你们猜猜姓白的是怎么说的？他竟然说这都得和葛任商量，要是葛任不走，他也没有办法。

气死俺了，肺都要气炸了。俺问他，田汗同志派你来这里是为了啥，不就是为了救葛任出去吗？关键时候，你却下了软蛋，还要把责任往葛任身上推，你究竟是何居心？他被俺批得体无完肤，哑口无言。直到他后来投降了范继槐，俺才知道这狗日的怀的是狼子野心，是在故意拖延时间。

    &   真诚的痛恨

我总是怀疑，阿庆是故意把白圣韬描述成一个小丑形象的，就像他曾对宗布做过的那样。那么，他对白圣韬的真实态度又是如何呢？要搞清楚这一点，还得从余风高的儿子余立人那里下手。当然，代价也必须付出：每看一点材料，我就必须介绍一个人加入华伟消费联盟，即购买一套（四盒）价格为1600元的阿拉斯加海豹油，并交纳100元的资料登记费，然后领取一张会员卡。会员卡印制精美，比党员证书、博士学位证书、银行存折都要精美。你介绍谁加入，你就是谁的上线，行话叫做"上线卡友"。消费联盟采用"双向制"，通过电脑排网给加入者累计积分。具体做法是，上线卡友推荐两人为自己的左右下线，这两个人各买一套阿拉斯加海豹油，然后你本人即获得1000个积分。左右下线卡友再各推荐两人，形成金字塔形状。下线越多，积分越多。

当积分达到10000分时，你可获取2000元红利，达到50000分时，你便可获得11000元红利。我的朋友对此都不感兴趣。没办法，我只好自己垫钱，一次次以自己亲人的名义加入余立人的传销公司。这么说吧，到后来，冰莹、宗布、胡安，都加入了进去。每一次，余立人都是看到了新会员卡以后，才让我看一段阿庆的文字。但看过了有关白圣韬的文字以后，我才发现事实与我想像的，大不一样。

阿庆下面的一段文字，照例是写在一张信纸上——信纸题头照例印着一段毛主席语录："练兵方法应开展兵教官，官教兵，兵教兵的群众练兵运动。"

  调查组好像都不大留意白（圣韬）。都是我主动给他们讲。世上我最恨的除了刘少奇，就是白了。刘少奇的资产阶级司令部已经被毛主席炮打了。打得好，打得准。反正我最恨的，就剩下白了。毛主席说，大雨落幽雁（燕），白浪滔天，秦皇岛外打鱼船，一片汪洋都不见，知向谁边？是啊，我曾把希望寄托在白的身上，让他带葛任走，可他却比娘儿们还娘儿们，拖拖拉拉的。当然，我承认我也是个软蛋。我那会儿要是给范（继槐）发封电报，不承认那人就是葛任，范继槐就不会来了，葛任也就不会死无葬身之地了。但我还是冤啊。我是听从窦（思忠）的教导，原地待命的。我又没长火眼金睛，怎么能看出白会投降呢。白圣韬呀白圣韬，我日你祖宗十八代，你可把老子害苦了。

看到了吧，对白圣韬，阿庆的痛恨可以说无法再真诚了。顺便说一下，白凌小姐也看到过这段文字，不过她并不生气。她的理由很简单，阿庆要"日"的是白圣韬的"祖宗十八代"，而她是白圣韬的后代，所以不管阿庆"日"还是不"日"，都与她没有关系。

@　马缰绳

俺好说歹说，嘴皮都磨薄了，白圣韬才同意带葛任一起走。那时候，天已经亮了，葛任工作了一夜，又去睡觉了。白圣韬说，让他睡吧，天黑再走。嗐，反正他是能往后推就尽量往后推。过了晌午，我去看葛任，他已经起来了。我把转移的事又给他说了说。葛任听完以后，说他想到凤凰谷散散步。俺想，他一准是想利用这个机会，和这里的山川告别。俺连忙对一个心腹说，你陪〇号去散步。这个心腹对俺很忠心，比狗还忠心。你说公鸡会下蛋，他就说亲眼见。你说沙锅能捣蒜，他就说捣不烂。俺又对白圣韬说，你也别闲着，赶紧把葛任的东西收拾一下，天一黑就走。

俺这样讲行吗？

安排停当，俺骑着马去了凤凰谷。春天眼看就要来了，杜鹃花开得到处都是，山谷里最多。葛任坐在一块石头上抽烟。见俺来了，葛任的兴致一下子高涨起来了，还吟诵了毛主席诗词《水调歌头·重上井冈山》。真的，哄你是狗。过了一会儿，白圣韬也来了。他假惺惺地对葛任说，你就别抽烟了，抽烟对身体不好。葛任光和俺说话，就是不理那姓白的。他说他有一个要求，啥都可以缺，就是不能缺烟缺酒。俺拍着胸脯向他表示，请放心，向毛主席保证，烟酒绝对有保障。

天快黑的时候，俺把葛任劝回了枋口小学。桌上，酒呀菜呀已经摆好了，那都是俺事先安排的。你说得对，当然少不了豆腐。葛任只喝酒，不吃菜，也不吃饭。俺劝他吃饭，他说，酒是粮食做成的，是粮食精，喝酒就是吃饭。他还请俺和他一起喝两盅，拉拉家常。很多年前，他去日本的时候，俺和他在上海喝过一回，当时喝的是女儿红。那会儿俺还不会喝，这会儿会喝了，却不能陪他多喝，因为他还要赶路啊。在天井里，俺把俺的坐骑交给了葛任，那是俺派人到附近西官庄邮局里抢来的，听话得很。然后，俺低声对白圣韬说，延安见！白圣韬说啥？你想他还能说啥，他也只能说延安见。

俺催着他们快点走。俺的心腹，已经把葛任的行李挑到了肩上。我把马缰绳塞给葛任。葛任拿着马缰绳瞧了瞧，说他不愿骑马，骑不动了。他把缰绳又还给了白圣韬。葛任那样做，其实是发扬共产主义风格，吃苦在前，享受在后，马给别人骑，自己步行的。可话从白圣韬嘴里说出来，鸡巴毛就全变味了。白圣韬对俺说，〇号确实骑不动了，能不能给〇号弄顶轿子。娘那个×，你怎么不早说，你是个医生，早就该想到这个问题，这会儿屎都到屁眼了，你才想起来挖茅坑，还来得及吗？俺的鼻子都要气歪了。白圣韬又说，天有不测风云，要是下起雨来，让O号受了风寒，他可无法向田汗同志交差。有啥办法呢？俺只好又把葛任送回了院子。

那天晚上，俺一夜没合眼。干啥？催着人做轿子啊。俺派人找了两个木匠，连夜赶制轿子。没有现成的木头，只能去扒房；可扒房又容易打草惊蛇。俺都快急死了。后来，俺突然想起茶馆的后院有几株树，俺就立即派人去锯树。那个心腹问俺，那里有桐树，有槐树，还有菩提树，到底锯哪一棵。俺心里急，就说，日你妈，你想锯哪一棵就锯哪一棵吧。他说，要锯就锯菩提树。俺问为啥，他说因为它是神树，可以图个吉利，让神灵保佑O号一路平安。啥，这叫唯心主义？唯心不唯心，跟俺屁关系没有，因为这话不是俺说的。好，俺接着说。天快亮的时候，轿子终于做好了。因为担心走漏风声，俺吩咐心腹将两个木匠悄悄砍杀了，扔进了后院的深井。俺的两个手下抬着轿子往枋口小学走。快走到小学门口的时候，突然看见那里三步一岗，五步一哨。惊天地，泣鬼神，俺的脑袋一下子大了一圈。俺立马想到，晚了，范继槐已经来了，葛任已经走不掉了。

俺急中生智，连忙让部下往回走。在路上，俺把那两个人全都干掉了，丢到河里喂鱼了。向毛主席保证，那会儿，俺一点也不手软。把狗杂种扔进白云河以后，俺再次来到了枋口小学。那时候，跟现在一样，天已经大亮了。在学校门口，俺看见白圣韬正在范继槐面前点头哈腰。那会儿俺已经杀红了眼，正要顺势击毙白圣韬，可是葛任走出来制止了俺。俺理解他的意思：他已经做好了牺牲的准备。他宁可牺牲他个人的生命，也不愿俺暴露身份，使地下组织遭到破坏。

同志们，俺要讲的就这些。剩下的事，俺不想讲了，也没啥好讲了。为了革命事业，葛任在大荒山光荣牺牲了。许多年来，一想起这事，俺就心如刀绞（注：余风高同志在此特意注明"阿庆哭，如丧考妣"）。不过，有些事情俺不能不说。这就是，在葛任牺牲之前，俺并没有暴露自己的身份。俺记得很清楚，范继槐来了以后，曾找俺和杨凤良去汇报工作。要知道，在狡猾的敌人面前耍花腔，稍有不慎就可能给组织带来灾难。当时俺临危不惧，面不改色心不跳，几句话下来，就把范继槐哄得心服口服。俺对他说，将军，杨凤良在这里一手遮天，胡作非为，十恶不赦，打死了俺的报务员，打死了俺的亲信，还打死了他自己的部下邱爱华，俺忍无可忍，只好替党国除掉这个害人虫。嗐，除了相信俺的话，范继槐还真是没有别的办法。同志们别笑，俺说的都是真的。俺最后要说的是，一个人的能力有大小，虽说俺没能救出葛任，可俺尽力了，已经死而无憾了……

& 阿庆之死

这便是我看到的阿庆自述的全文。据余风高同志说，1970年5月4号的早晨，当茶场的队长来叫他们去吃饭的时候，阿庆还想跟着他们到茶场的小食堂，"再混上一顿饭，可是没有人再搭理他"。余同志还说，当中隔了两天，他奉旨再次来到莘庄劳改茶场，向队长交代了两项任务：一是严密掌握阿庆的动向；二是动员一些表现比较好的劳改犯，写揭发材料。可是，材料还没有收齐，阿庆就死了。又据阿庆当时的劳改同事，现在的退休教授张永胜先生讲，在阿庆跳井自杀前，阿庆仍不停地念叨"自己对不起葛任，也对不起田汗的殷切期望"：

有一天，我去看他，他没头没脑的，突然给我讲起了葛任、田汗，我吃惊不小。听他的口气，他好像与他们并肩战斗过。这时候，我才知道这家伙历史很复杂。当时他已经病得很厉害了，肚子胀得很大，可我们都咬定他是装的。人们都写揭发材料，说阿庆不光偷吃别人的东西，还偷吃劳改队的猪食。其实，偷吃猪食的是队里的饲养员。那个饲养员如今已经是博士生导师了，有头有脸的，我就不说他的名字了。

死前，他（阿庆）的肚子更大了，跟怀了双胞胎似的。听人说，那叫肝腹水。按说那病是很痛苦的，可他不。他好像很快乐。用中央台白岩松的话来说，就是"痛并且快乐着"。他死前一天，我在厕所里遇到他。他还对我说，自己对不起葛任，也对不起田汗的殷切期望。他还提起了一个叫范继槐的人。说他什么，我现在都忘了。我现在还能记起这名字，是因为我后来经常在报纸上看到它。第二天，他就死了，跳井死的。把他捞

247

上来时，他的肚子更大了。天热，还没有顾上埋，他的肚子就爆了，就跟洋车内胎爆了一样，咚的一声响。不说了，再说这饭就吃不下去了。当时在莘庄的劳改队，我的毛笔字算是好的，标语什么的都归我写。他死后，树上贴满了标语，主要意思是说肇庆耀畏罪自杀，死有余辜。什么？你说他的原名叫赵耀庆？不是"肇庆"的"肇"？他妈的，那可就太滑稽了。他失去了自己的姓氏，自己的名字，又因为爆炸，连具囫囵尸首也没有留下。

死去前一天，关于范继槐，阿庆都给张永胜说了些什么，我自然无法知道。不过有一点可以肯定，那就是阿庆一直到死，都没能理解范继槐的真正用心。

第三部 OK,彼此彼此

时　　间:2000 年 6 月 28 号—29 号
地　　点:从京城到白陂市途中
讲述者:范继槐先生
听　　众:白凌小姐
录　　音:白凌小姐

@　我是来还愿的

　　小姐，是我提出不坐飞机的。我对白陂市的领导同志讲了，还是把钱省下来，留给希望小学吧。坐火车累是累，但一想到祖国的花朵们可以多买一支铅笔，我就高兴。小姐，让你跟着我受委屈了吧？回到京城，我会补偿你的。OK，你都想要什么？我退居了二线，可并没有退出历史舞台。在京城，我讲句话还是管用的。

　　包厢（车票）比机票还贵？鬼机灵，什么也瞒不住你。对，我害怕坐飞机。给你出道思考题：馅饼和飞机哪个值钱？我们是辩证唯物主义者，要讲辩证法。天上掉馅饼是好事，掉飞机就不是好事了。据权威部门统计，在全球化的今天，每36个小时就有一架飞机栽下来。但是，心里这么想，话却不能这么讲，只能讲是为了省钱。

　　当然啦，坐火车也是图个讲话方便。你不是说要给我写传吗？别以为我看不出来，你最想知道的，拐弯抹角想打听的，就是我和葛任（在白陂）的那段历史。还有白圣韬？OK，我会讲到他的。我也经常想起他，每当我大便干结，我就会想起他。他后来去了香港，据说死得很惨。年轻人知道点历史没有坏处。马克思在《资本论》里说，学了历史，能缩短和减轻分娩的痛苦。你要是生过孩子就好了，那样你就知道马克思的话是真理，是指导我们事业的理论基础。

以前有人来采访我，国内国外都有，男女老少都有。都被我轰走了。有一个人对我说，范老，你不说我们也知道，是你杀了葛任。还有一个人，自称是葛任研究会的，在我的四合院门前磨蹭了一个半月，狗咬尾巴似的团团转，最后我还是没见她。她狗急跳墙，给我来了个最后通牒，说什么纸是包不住火的，你最好还是讲出来。哼，人是吃奶长大的，不是吓唬大的。我让秘书告诉她，我当然会讲的，但不是给你讲。没错，我承认纸包不住火，这是颠扑不破的真理。但是！我敢说别人知道的都是一鳞半爪。白圣韬死了，赵耀庆死了，冰莹死了，田汗也死了，有关的人都死了，就留下了我老范。我若咬紧牙关不吭声，这段历史就随我进八宝山了。

但我现在想讲了。你都看到了，虽说我的身子骨还算硬朗，可指不定哪一天，马克思的请帖就从门缝塞进来了。出发前，我对你说过，我（此行）的工作是参加庆典，还要为希望小学（落成）剪彩。其实，我是奔着葛任去的。我是来还愿的。许多年前，我对着葛任的坟墓说过，再见了朋友，我以后会来凤凰谷看你的，一定会的。现在，我终于可以还愿了。这次，我要到凤凰谷看一看，走一走，烧烧香，磕磕头。唉，白驹过隙啊，转眼间半个多世纪就过去了。你运气好，错过了这个时机，想听我也没心情讲了。鸟之将亡，其鸣也哀；人之将死，其言也善。我说的都是实话，大实话。出于对历史负责的精神，我想把这段历史留给后人。

不过，我还是要提醒你一句。我现在给你讲的，最好不要让外人知道。OK？胡适你知道吧，他有一句至理名言：我们若不爱惜自己的羽毛，今天还有我们说话的余地吗？所以，你（写）的传记，一定要等我死后再出版，OK？我死后，你怎么糟蹋我，我都管不着了。天塌下来，也不关我的事喽。这是不是很矛盾？这没什么，因为任何事物都是对立统一。

& 一点说明

多年来，为了让范老接受我的采访，我真是费尽了心机，但最后我还是未能如愿。他的秘书说，作为中国法学界的泰斗式人物，他的活动已经安排到了二十一世纪初了，你就等着吧。我曾多次上门，每次都被赶了出来。现在你知道了，范老所说的那个在四合院门前"像狗咬尾巴似的团团转"的人，就是我。

2000年5月初，我在白陂采访时，意外得知范老近期要到白陂。这些年白陂的规格升得很快，1983年它由镇改县，1997年又由县改成了市。现在，当地政府准备邀请范继槐先生前来参加建市三周年的庆典活动，并为一所希望小学剪彩。因为他有怕坐飞机的毛病，所以我断定，他不来则已，要来一定是坐火车。于是，我连夜赶到京城，约见了白凌小姐。后来，正是她陪着范老去了白陂，并录下了范老的声音。我曾经提到过，白凌就是白圣韬的孙女，当时她正在京城进修。在此之前，我曾让她看过白圣韬的自述，对祖父当年的活动，她很有兴趣。她通过范的孙女范晔，结识了范老，并和范老成了"忘年交"——至于白凌那少女的美色是否起了作用，我就不得而知了。白凌所说的要给范老写传的事，也是我们事先商量好的。谢天谢地，范老总算是信了。

　　白凌从大荒山回来，就给我打电话："哇噻！货到手了，我们一手交钱，一手交货。"我曾答应她，只要她完成"采访"，我就替她支付一年学费，书出版以后，再付给她一笔稿酬。因为整理录音常会遇到一些意想不到的困难，所以我只好拉着白凌和我一起整理。整理完以后，还差一个标题，白凌灵机一动，说："就用'OK，彼此彼此'好了，那是他的口头禅。"所以，我要特意说明，从标题到文字，这部分内容都包含着白凌的功劳。我真的非常感谢她，若不是她的帮忙，这段历史可能真的会如范老所说，跟着他走进八宝山。

@ 忘掉过去，就意味着背叛

我是奔葛任去的。要剪彩的希望小学，跟葛任有关嘛。现在的小学，是日本人建的，他叫川井。他是日美龟式会社的老板，在日本，龟式会社仅次于株式会社，是跟美国人合作的大财团。这次，他也要去。日本人死脑筋，当初非要强调建的是"葛任小学"。我提醒他，不要带"葛任"二字，不然我就不去剪彩了。他打破沙锅问到底，非要问为什么。给老外讲中国国情，等于对牛弹琴。OK，那就只好跟他玩虚的了。我就给他说，葛任给我托了梦，在梦中告诉我的。我这么一说，鬼子只好败退了。

川井的心事我懂，无非是想纪念葛任嘛。许多年前，我和葛任在日本留学时，在他家里住过。那会儿我们刚到东京，在东亚高等预备学校补习日语，由于学校床铺不够，就在他们家里借宿。当时，同住的还有一位中国留学生，名叫黄炎。这个人后来在延安办过报纸，现在以探亲的名义去了美国。也真有他的，革命了一辈子，老了老了，却投入了资本主义怀抱。他跟我相反。我是在资本主义国家呆了半辈子，老了老了，又回到了社会主义怀抱。嗨，我们永远是两股道上跑的车。

OK，那个没出息的家伙，咱就不说他了，还来说川井。小日本小日本，川井一家人的个子却不低。川井的哥哥叫川田，比我和葛任大五六岁。川井呢，又比我和葛任小五六岁。他们家有幢小阁楼，前面是个小院子，我们住在二楼，拉开窗子就可以看到院子里的蚕豆花。川田、川井的母亲，年轻时是个美人，老了老了还很有风韵。她穿着木屐在院子里走，就像敲木鱼。她喜欢支那文化，让儿女跟我们学汉字。川井的妹妹叫代子，那年只有六七岁，白白净净的，就像个小瓷人。当时我们和平共处，结下了深厚的友谊，为中日友好写下了一笔。好多中国人都来过那个院子，最有名的就是陈独秀。他曾经问过川田，在院子里种蚕豆，收成可好？川田说，种蚕豆不是为了吃，是为了治病，蚕豆花泡水可治高血压。他母亲就有高血压，喝了蚕豆花水，很灵验。来日本前，我只知道蚕豆利胃、和脏腑，不知道它的花还能治病。处处留心皆学问啊。

　　真要说起来，我后来改学法律，还是受了川井的哥哥川田的影响。刚去的时候，我也是学医。到日本去的人，十有八九想学医。我的祖父和父亲都是中医，按说我学医是顺理成章。可川田对我说，当医生最没劲了，每天见的人都残缺不全。若是牙科医生，那就每天都有人对你龇牙咧嘴。若是骨科医生，那你每天见到的都是缺胳膊断腿。若是妇科医生，那你这辈子就算完了，整天在女人的大腿根忙来忙去。小姐别笑，实事求是，他真是这么说的。他问我，你说说这种职业还有什么干头？当头一瓢凉水，泼得我分不清东西南北。我就去征求葛任的意见，可葛任的意见与川田基本相同。他说，门里出身，自会三分，你已经掌握了不少医学知识，何不再学一门新知识呢，中国需要法律人才，你干吗不学法律呢。我想，OK！要以法治国嘛，以后搞改革开放，也需要法律人才嘛。就这样，我改学了法律。葛任呢，还是搞他的医学，业余时间写东西。什么东西？诗歌。他喜欢写诗。当时，他写了一首诗，叫《蚕豆花》，写的就是院子里的那些花。"五四"的时候，葛任又重写了这首诗，还换了个名字，叫什么《谁曾经是我》。你就是你嘛，偏要说什么谁曾经是你。可正因为它有点别扭，我才记得这么牢靠。

川田曾是藤野先生的弟子，他工作的医院在京都，但这个人屁股尖，坐不稳，常常跑回来跟我们一起玩。他是个美食家，经常带我们下馆子。我们常去的那家餐馆叫喜之郎，在东京鞠町区的平河町。陈独秀也常去。川井就更不用说了，小孩子都是人来疯，你去哪他就跟去哪。那里的豆腐做得不错，葛任最喜欢吃那里的豆腐。有一次，我、葛任、陈独秀、川田兄弟，还在那里留了个影。再后来，一传十，十传百，好多留学生都到那里吃过饭。

& 南陈北李

借范老的话头，顺便对葛任在日本的生活做些补充。据《东亚预备学校校史》（1957版）记载：当时的中国留学生有4000人之多，仅东亚学校就有360人。因此，中国留学生在校外借宿的现象非常普遍。黄炎先生所著的《百年梦回》一书，对他们当时的借宿生活也有描述。对范老提到的照相一事，书中也有涉及：

> 对川田一家，印象最深的是他的妹妹和弟弟。他的妹妹当时还小，喜欢赤脚在屋里走来走去，一副浑然不觉的样子。我们都看惯了缠脚的女人，即便是放了脚的，也很少看到赤脚行走。葛任说，女孩的天足让他想起了糯米年糕，细，嫩，散发着香甜。我记得葛任当时还给我们念了一首《江南好》："衫布裙绸腰帕翠，环银钗玉鬓花偏。一溜走如烟。"走如烟的还有川田的母亲。当她穿着木屐在院内的石径上走过，那嗒嗒嗒的声音就像是钟表的指针在匀速跳动。听着那声音，我有时竟会感到自己回到了中国遥远的过去。从缠绕着蚕豆花的栅栏的缝隙看出去，在某幢建筑物的一翼上出现的汉字，更加深了这种印象。我还记得她常穿一件浅蓝色的和服，上面的图案据说是神户的景致。
>
> 有一段时间，我们都迷上了照相。川田的一个病人的家属，有一个照相机。那人是个瘸子，他对川田极为恭敬，川田正是从他那里学会摄影的。我记得好多照片上都有陈独秀。他喜欢照相。我们是在东京郊外的高田村认识陈独秀的，一起认识的还有李大钊。可惜的是，那些照片都被我悄悄烧掉了。在延安的时候，每当有人问我在日本时是否与陈独秀有过接触，我都一概摇头否认，不敢接腔。

黄炎提到的高田村,是东京郊外的一个小村庄。葛任曾从父亲的朋友徐玉升先生那里知道,父亲逃亡日本时,曾到过这个村子。所以到了日本以后,葛任抽空来了一次,算是对父亲的一种怀念。后来他曾向我的姑祖母讲过他所看到的高田村:村里的民房非常简陋,村边有一小山,小山后边有一座颓败的古刹,但从古刹朽坏的飞檐上,仍不时传来鸣禽的啼啭。那些鸟是从池塘边的柳树和刺槐上飞过来的,池塘就在古刹坍塌的院墙后面。柳树已经泛绿,而刺槐的枝桠却还是黑的,就像当年跟着母亲作画时用过的炭条。一个当地人告诉他,以前曾有一个支那人和一个女人住在这里。他便想像那个"支那人"就是自己的父亲,而那个女人就是林心仪。他在村外走来走去,想像着父亲的逃亡生活,寻找着父亲当年的影子。就在这一天,他在位于小山旁边一间低矮破败的民房门楣上,看到了几个中国字:月印精舍。他很快想到,这莫非是父亲留下的?但随后,他就看到了一个留着仁丹胡的男人。此人就是李大钊,而在房间里与李大钊高谈阔论的人,就是后来对中国历史产生重要影响的陈独秀。葛任,这个寻找父亲旧踪的人,在同一时间见到了后来新文化运动中的"南陈北李"。

随后,同游的黄炎、川田和范继槐等人也来到了月印精舍。黄炎在书中写到了此事,并提到了他们随后同游京都鸭川的一些片断:

> 李大钊留着小平头,额头很大,时常紧抿着嘴。而陈独秀却像个诗人,嗓门很亮,手势很多。当他的手在

空中舞动时，你会觉得他手中正舞动着一把隐形的倭刀。那一天，当陈独秀向我们打听尹吉甫的时候，我们立即想到了在大贞丸号邮轮上落水而死的那个人。葛任说，他还保留着尹吉甫死前留下的一片糖纸，上面有几句诗。他的记性很好，当场把那几句诗背给了陈仲甫（独秀）听。陈当时就哭了起来。正如我前面提到的，我们正是从陈独秀那里知道，尹吉甫是上海东亚图书馆的一名编辑，是来日本商量办杂志一事的。我又想起了尹吉甫化脓的伤口，以及他抚痂而歌的样子，不由得一阵心酸。

我记得葛任当时谈到了他的父亲。南陈北李都是两岁时死了父亲的，李在三岁时还死了母亲。葛任与此相仿，他幼时没见过父亲，后来又死了母亲。他们都是无父无母之人，所以有很多共同的话题。我记得在第二个周末，陈独秀按照葛任留下的地址，找到了川田家中。葛任拿出他的《蚕豆花》一诗，恭请陈独秀雅正。时代久远，我已经难以回忆起陈独秀对那首诗的评价。但我知道，陈独秀从此将葛任当成了一个文友，常在一起谈诗论文。

因葛任与他们交好，多天以后，葛任、川田与我，曾随南陈北李同游京都的鸭川，在贺茂川和高野川（注：鸭川在城北分为贺、高二川）的分岔处，倒是性情温柔的葛任先下了水。葛任以前曾将日本比做另一个时代与风土的希腊，认为两者皆不避裸体，是个性灵的国度，值得效仿。我想，他也只是说说而已，没想到他真的会在众人面前赤身裸体，就像一只白鲟鱼。当白鲟鱼从水中直立起来时，我甚至看见了他生殖器上悬挂的水滴。葛任招呼川田下水，可川田却懒得下去。他在采摘岸边的石蒜花，说要带回医院，献给一名护士。陈独秀冷不丁的将川田推下了水，但他却很快又爬了上来。陈仲甫自己扑向水面时，宛如一只鹰。这或许掺入了我后来的印象，而历史就是由各种印象叠加而成的。是的，由于日后的诸多变故，我不单将他看成一只鹰，也将他看成被鹰啄食的普罗米修斯……

顺便说一下，葛任与陈独秀后来的交往，主要是书信交往。由于他们都关心中国文字的拉丁化问题，所以1929年陈独秀在写完《中国拼音文字草案》一书的初稿以后，曾给葛任寄过一份，并请葛任校核其中的部分发音。1942年5月27日陈独秀病逝之时，葛任正在赴宋庄（注：即今天的朝阳坡）途中，他自然无法得此消息。因此，对陈独秀的一生，葛任有着怎样的评价，我们也就不得而知了。至于他与李大钊的关系，正如阿庆曾提到过的，他们曾在上海大学做过同事，来往密切。1927年4月28日，李大钊被张作霖绞死以后，在给我的姑祖母的一封信中，葛任曾这样写道："守常（注：李大钊的字）竟已作古，令人备感伤悲。他是中国的耶稣，因他也是吊到木头架上死去的。手掌与脚踝没揳钉子，倒称得上国人的仁慈。当年，我是在高田村寻找父亲旧踪时，见到守常的，自此每以父兄待之。据说他死时舌头伸出很长,他要说甚么,看客们不关心,看客们要看的是上面落的灰。"葛任对李大钊感情之深,由此可见。

@ 忘掉过去,就意味着背叛(续)

因为先学医,又学法律,所以我在日本的时间最长。回来以后,我呆在上海替人打官司。没多久,我听说川田也来中国了,在北京医专任教,还听说葛任也在那里。"五四"的时候,我去北京找他们,当然也是为了参加爱国运动。可我没见到葛任,他给抓进去了,关在步军统领衙门。川田倒是见到了。他喜欢吃北京的卤煮火烧,还迷上了中国的臭豆腐。我说,你都快变成苍蝇了,什么臭喜欢什么。我请他去咪西过几次,每咪西一次,他都抹着嘴巴,哟西哟西个不停。我当时还问起川井。他说川井正在东京商业学校上学,学校设有支那语课,川井的中国话说得呱呱叫,也是黏黏糊糊的,跟北京人没什么两样。

不久,我就听说川田辞职了。屁股尖,坐不住嘛。有好多年时间,我没有听到过他的消息。抗战的时候,我突然得知他又来了,又来中国了。小姐,你不是说你知道一些我的历史吗?那你一定知道我当时的身份。对了小姐,我当时在情报部门工作。搞情报的,都是千里眼,顺风耳。我们获悉,这次他除了搞大东亚文化共荣研究,还兼任少佐翻译官。再后来,就听说他在朝阳坡(宋庄)被八路军击毙了。

两年前，我看到一篇文章，是一个姓朱的人（朱旭东）写的，借田汗的嘴，说川田是自己吞药死的。不管怎么说吧，反正当时就死了。喂，小姐，田汗你知道吗？他和葛任是同乡，都是青埂人。我在国外的时候，听说田汗在"文革"后期倒了霉。后来，好不容易熬到了平反，却又在床上躺了多年。OK，命运对每个人都是公平的，谁也不能保证一辈子都风光。川田也是这样，他早年过得逍遥自在，可临了，还是死到了异国他乡。

川田是死了，可他弟弟川井还活着呀。川井后来也参了军，来到了中国。他来中国的真正目的，是找他哥哥的。因为两国交战，我并没有去见他。到了1943年，一项特殊的使命摆在了我面前，但我苦于无法下手。这个时候，鬼使神差一般，我突然遇见了川井，于是，我就让他跟着我去了一趟大荒山白陂镇。对，那时候葛任就在大荒山白陂镇。他就是奔着葛任去的，想从葛任那里打听到他哥哥的下落。这一下你知道了，他就是在那个时候，知道我们中国有白陂这么个地方的。可后来，我就没有他的音讯了。

嗐，一晃就是几十年。几年前，我率领一个法学代表团去日本访问。虽然日程紧，任务重，但我还是抽空去了一趟喜之郎。那个餐馆的小老板听说来的是中国代表团，跑前跑后热情极了，还翻出几张老照片让我们过目。看了那些照片，往事就涌上了心头。其中有一张，就是我、葛任、陈独秀，还有川田、川井，跟当年老板的合影。导游告诉我们，只要有中国人来，小老板就要把它拿出来炫耀炫耀，让人知道喜之郎历史悠久，在中日友好交往史上留过一笔。就是通过那个小老板，我得知川井还没有死呢，并且还来这里吃过饭。可那一天，我没能和他联系上。回国以后，川井电话就打来了，说要在有生之年来一趟中国。我想，他大概也只是说说罢了，没有必要放在心上。哪料到这个老鬼子说来就来了，并且还要在大荒山白陂镇（市）投资呢。一到中国，他就赶紧和我联系。当时我正在广州疗养，他要去广州看我，我没同意，投了反对票。这回，他终于可以见到我了。小姐，这么给你说吧，我已经准备好了，如果他代表日本人向我表示忏悔，我就对他说：川井啊川井，一定要记住历史，因为忘掉过去，就意味着背叛。请小姐不要拦我，这话我非说不可。我想，川井如果明智的话，一定不会认为这有损于他的人格。说实在的，这和国格有关，与人格无关。人格马虎一点不要紧，国格却万万马虎不得。

& 希望小学

1997年7月，趁香港回归，日美龟式会社老板川井先生前往香港寻找商机，随后又来到了深圳。一星期之后，他以旅游者和商人的身份，来到了阔别多年的白陂，并得知白陂正计划在白云河上游建一座30万千瓦的水电站。这一趟他没有白来，因为这是一个巨大的商机。

川井其实并非范老所说的不懂"中国的国情"。他瞄准了一位副市长,设宴和他交朋友。随后,要员就派自己的秘书,即当年炸毁铁路的客家英雄郭宝圈的儿子郭平,到宾馆拜访了他。郭秘书坦言相告,按照惯例,此项目的承包商需要竞标选出。后来,郭秘书若无其事地和他聊起了一件小事:枋口小学因为年久失修,在一个雨天掉下来几根檩,有两个女学生给砸死了。"死得早,不如死得巧"(这话很耳熟,我突然想起来田汗在讲述二里岗战斗时,也说过这话),当时希望工程正要在老区建上一批希望小学,本来枋口小学是不在候选名单上的,可这样一来,枋口小学就榜上有名了。希望工程办事效率挺高,钱很快就划到了白陂。但就在此时,白陂由县改市的竞争进入了白热化阶段,"该花的(钱)不花,错过了良机,老百姓当不成市民,会指着鼻子骂娘的"。于是,那笔钱就临时充当了公关费用。说到这里,郭秘书话锋一转,说:"本想改市以后,就把那个窟窿补上的,可由于随后有一些必不可少的庆祝活动,市里银根吃紧,那个窟窿也就一直没能补上。"

川井一点也不傻,立即表示愿为中国教育事业的发展做出贡献,不花市府一分钱,承建这所小学。郭秘书说:"要真能这样,那就太好了,我们可以对市民说,小学没能按时建成,是因为要建的是最好的学校。在原有基础上,市府又引进了外资。工程大了,工期自然就长了。"郭秘书代表副市长对川井说,小学建成之后,可以在学校门前竖起一块石碑,纪念川井先生的功德。但川井先生对勒石留念不感兴趣。他说,许多年前,因为一个老朋友,他曾来过这里。为了纪念自己的老朋友，不妨叫它葛任希望小学。出乎他的意料，郭秘书竟然不知道葛任是谁。尽管如此，郭秘书还是表示，一定把他的意见转达给领导。郭秘书的原话是："一切以经济建设为中心，只要对经济建设有利，领导一定会开绿灯的。"但川井没有想到，范老会率先反对使用那个名称。

顺便说一下，现在的希望小学，全名就叫"枋口希望小学"，那几个字就是范老的手笔，是范老写好后，从京城寄来的。

@ 晕船

OK，实话给你说，不算这一次，我去过两次白陂，两次都跟葛任有关。有好多年，只要一闭眼，我就看到了大荒山白陂镇。对，现在叫白陂市了。那里的一树一石我都很熟悉。这些年来，我经常对家人进行革命传统教育，实践证明效果很好。这么说吧，连小保姆都知道了大荒山白陂镇。条筒万，中发白，有客人到家来打麻将，小保姆只要一说大荒山，我就知道她揭住了白皮。她是在给我传递暗号呢。多懂事的丫头啊。上次去日本访问，我还特意带上了她。不管是代表团成员还是日本友人，谁见了不说她乖巧。可是天有不测风云啊，前不久，夫人用鸡毛掸把人家赶走了，还说人家是个妖精。气死我了！

好了，我们还说正事。第一次去大荒山白陂镇，是癸酉年，也就是1934年。前面说了，我在日本学的是法律，学成归来，就想着怎样才能报效祖国。回国后，我在上海替洋人打官司。那时候中国人不打官司。衙门口朝南开，没权没势别进来。洋人有权有势，我自然要替洋人打官司，物质基础决定上层建筑嘛。当然，这跟我的初衷不一样，但又有什么办法呢？我心中苦闷，常往青云路跑，找葛任聊天。那时候葛任在上海大学教书。他还常请我去慕尔鸣路的家里喝酒。有一天我去找他，见他正在收拾东西，准备出远门。他不说我也知道，他要去的是大荒山苏区，因为他已经念叨多时了。他那时候已经染上了肺病，按说需要静心调养，可他是个闲不住的人啊。当时鲁迅也劝过他，劝他安心养病，可他听不进去。鲁迅你总该知道吧？和女学生谈恋爱的作家？对，那个女学生名叫许广平。张曼玉？OK，她和张曼玉还真是有点像，都是单眼皮，肿眼泡。

为葛任饯行的时候，他就想拉我下水。他说，苏区正处于用人之际，到那里正好可以大干一场。晚上，我请他去看电影，电影好像叫《动物世界》。不，不是赵忠祥的《动物世界》，而是一部好莱坞影片。在电影院，我们刚好碰见了鲁迅。他也是个电影迷（注：查《鲁迅日记》可知，那天是1934年1月7日，是个星期天，白天多风，"夜雨雪……往上海大戏院观电影《Ubangi》（兽国奇观）"）。当时同去的还有冰莹，冰莹一见鲁迅，就问许广平为何没来，两口子是不是吵架了。OK，我又想起来了，你长得很像冰莹，眼睛像，眉毛像，鼻子像，笑的时候最像。冰莹是个大美人啊。贾宝玉把女人分为姑娘和婆子两种，在我看来，冰莹永远是个姑娘。从电影院出来，他回请了我，请我去喝咖啡。他说，上海就是动物世界，我们还是到新世界去闯一闯吧。笑话！在上海，我是红袖添香夜读书，有钱赚，有电影看，还有咖啡喝，可以说是精神文明、物质文明双丰收，去那穷山恶水干什么？

OK，事情本来就这样过去了，可随后发生的一件事，使我的想法改变了。我的命运，也从此发生了历史性转折。那年夏天，我和成千上万的上海人一起，迷上了电影明星阮玲玉。她和胡蝶不一样，胡蝶是雍容华贵，她是清高忧郁。当时，她是上海联华公司的当家花旦，万人迷啊。小姐这是在恭维我，当时我没权没势，她怎么能看上我呢？算是单相思吧。我曾去现场看她拍戏，拍的是《新女性》，可是每次下场，她连看都不看我一眼。不看我不要紧，因为她不搭理的人多了。没过多久，我遇到了一个女人，把阮玲玉像完了，都是尖下巴、丹凤眼、柳叶眉，都是鬈发，都穿碎花旗袍，用的都是英国的力士香皂，皮肤嫩得一掐就流水。没错，就像是克隆出来的。她被后爹欺负了，来找我打官司。一来二去，她就把我勾引上了。别笑，我是实事求是，一点不耍花腔，真的是她先勾引我。当然，就算是我勾引了她，那又有什么错呢？胡适说得好，哪个先生不说话，哪个猫儿不叫春？不巧的是，我的夫人很快就知道了。姥姥！狗鼻子就是尖。接下来，家里就鸡飞狗跳墙了。经验告诉我，关键是稳定，稳定压倒一切。但办法都想尽了，也稳定不下来。

Fuck！惹不起，我还躲不起吗？我就想出去躲躲，等她的邪火灭了再回来。

要不怎么说无巧不成书呢，就在这时候，有一个叫胡安的人到上海来找我了。胡安是个资本家，靠茶叶发了财，后来在杭州、上海搞房地产，富得流油啊。来的时候，他怀抱着一只狗。他说，那是一条狮子狗，是他从法国带回来的。如果我没有记错，他的狗还有一个洋名，叫巴士底。他说，那是一条法国狗的后代。这个人就是冰莹的父亲，葛任的岳父。哈哈哈，这一下你满意了，刚才说你长得像冰莹，你还一肚子不高兴，现在明白了吧，我是说你和她一样，都是大家闺秀。夸你呢。胡安是从苏区回来的。葛任走后，冰莹因为思念葛任，也要去苏区，他就把女儿和外孙女都送去了。胡安一去就迷上了那个地方，还要再去。我问他，老胡，那里到底有什么好，值得你一趟趟跑。他说，那里有斗争，天天有斗争，不像上海、杭州，跟一潭死水似的，没意思，没意思。他告诉我，他这次回来，就是要卖掉上海和杭州的房产，然后再去大荒山。他问我要不要一起去，还说我要不去，他就只好和狗一起去了。我动了心，问来回一趟要多长时间。他说也就是个把月吧，旅费他全包了。对，他就是想拉我做个伴！他说，你跟夫人打个招呼，不要说去大荒山，就说到南京打个官司。OK，他要是不提我老婆还好，一提，反而坚定了我的决心，去去去，我去！因为知道葛任有肺病，临走我还特意捎了点药品。我想，别的先不说，就算是为了见见朋友吧。

当时去大荒山白陂镇，有一条秘密交通线。先从上海坐船，出吴淞口向南，一直到香港。我从不晕船，可那次却晕船了，吐得到处都是。到了香港，中共的地下交通员领着我们换船到汕头。然后，改乘火车到潮安，再乘船沿着白云河往白陂镇走。Fuck！路上的艰辛真是一言难尽。常常是夜里赶路，白天藏在山顶上睡大觉。在一个叫大埔的地方，交通员看见胡安抱着一只狗，就把我们当成了坏人，差点把我们干掉。幸亏那人没开枪。为了节省子弹，他只是用左轮手枪的枪把，敲了一下我的后脑勺。胡安？幸亏他挺住了。他要是也昏过去的话，我们就会被剁成肉丁。这种人不人鬼不鬼的日子，对我来说是苦不堪言；对胡安来说，却是难得的快乐。他说，他最喜欢过这种日子了，愿意天天在这条线上跑。范晔说，你跟她一样，都喜欢蹦极，说那叫高峰体验。哈哈哈，胡安其实就是在追求高峰体验。当时，我特别后悔，但开弓没有回头箭，只能硬着头皮跟他走。就这样，一直走了近一个月，我们才到达白陂镇。当时，我脸都肿了，鞋底也磨掉了，脚上都是泡，就像个赤脚大仙。

& 交通线

华伟消费联盟的创始人宛权树的父亲宛关熙，当时只是个地下交通员，他的代号叫"掌勺"，意思是做饭的。宛关熙就在范继槐提到的大埔交通站工作。它是整条交通线上最重要的一个交通站。周恩来、叶剑英、刘少奇、项英、任弼时、博古、张闻天、李德，等等，都是经由这个交通站出入苏区的。1949年以后，宛关熙同志回到老家福建当了一名县长，"文革"期间调到了江西，成为省委的主要负责人之一。宛关熙死于1970年，当时宛权树只有16岁，正在离大埔几十公里的黄塘公社插队。宛权树后来承认，他的传销公司所采用的网络销售模式，就是对当年的地下交通员的组织形式的模仿：以单线联系为主，除了上下卡友，别的人彼此并不认识。传销公司有经理30人，当年大埔的地下交通员刚好也是30人。当然，两者也有不同：宛关熙们是为了建立红色政权并且建立起来了；宛权树们却是为了发上一笔横财，然后逃到国外做个寓公，但寓公还没做成就被收审了。

宛关熙是否向儿子宛权树提到过葛任和范继槐，我不得而知。但有一点是可以肯定的，作为交通线上的最重要一站，葛任、胡安、冰莹、蚕豆、范继槐，都是经由大埔才得以进入苏区的。为了这部书，我本人也曾沿着他们当年的路线，从大埔走到了白陂，其具体路线是：大埔——青溪——永定——饶平——汀州——古城——瑞金——阳林——小塘——尚庄——白陂。半个多世纪过去了，但这条路依然坑坑洼洼，泥泞不堪，非常难走。不过，这并不让我吃惊。我吃惊的是，虽然华伟消费联盟已经被勒令取消，但是每到一地，仍然有人鼓动我参加消费联盟，购买阿拉斯加海豹油。

@ 第一夜

好不容易到了大荒山，我却没能立即见到葛任。他去瑞金开会了。胡安领我去见了另外一个人，他就是田汗。田汗当时负责外来人员登记。他听说我是葛任的朋友，对我很热情。但热情归热情，他还是将我盘查了一通。（问我）哪里人，从哪里来，来这里做什么。我实事求是，全部坦白了。随后我问田汗，冰莹呢？田汗问，你跟冰莹也很熟吗？我说熟啊，老朋友了。田汗说，OK，冰莹在高尔基戏剧学校教书，随着心贴心艺术团下乡演出去了。

小姐，说到了心贴心艺术团，我就得顺便补充一点。去年，我遇见了小红女和她的孙女小女红。你知不知道小红女？什么？她长得像邓丽君？哦，听你这么一说，我发现她们还真是有点像。小红女组织的艺术团也叫心贴心。她说这是她的首创。怎么会是她的首创呢？睁着眼睛说瞎话嘛。冰莹当年参加的艺术团，就叫心贴心嘛。她可真敢抢。不过，我这个人历来与人为善，并没有当场揭穿她。相比较而言，我更喜欢她的孙女小女红。对，她走过一段弯路，给一个走私犯当过二奶。走私犯被逮捕之后，她来找我说情，还让我替她疏通关系。当时我板起脸，把她骂了一通。打是亲骂是爱嘛。后来她终于勇敢地和那个走私犯划清了界线。小姐，什么时候你想听她清唱，我打个电话就把她叫来了。她敢不来，我就打她的小屁股。

OK，不说这个了，还来说冰莹。我问田汗，这里也有舞台吗？田汗说当然，哪里地势高，哪里就是舞台。嗐，原来是露天剧场呀。田汗告诉我们，冰莹演的那出戏名叫《想方设法要胜利》，演的是里面的一个姐姐，两只眼睛都瞎了。我说，这不好，冰莹的眼睛那么大那么亮，演瞎子不是浪费了吗？田汗说，瞎子怎么了，瞎子也是人民大众的一员嘛。一句话就把我呛了回去。不过，瞎子不瞎子，胡安才不讲究呢。一听说女儿在演戏，他就来劲了，扔下我就要去看戏。但是田汗不把演出地点告诉他，他也干着急没办法。田汗指着胡安怀中的狗，说，这种狗能有几两肉，带来干什么。胡安说，这是带给外孙女玩的。他问田汗，外孙女在什么地方。田汗说，她整天喊着要吃肉，葛任开会的时候就把她带去了。

不，我没和胡安一块住。当晚胡安住在葛任那里，我则被田汗领到了另外一个地方。那个地方叫尚庄，临近铁路。田汗把我带到村中的一个小院子里，对我说，先生，你就先委屈一夜吧，葛任一回来，我就把你还给他。院子里有个小教堂，据说是外国人建的，不过里面的神像已经被砸成了砖头那么大的碎块。田汗给我派来了两个人，交代他们好好服侍我，然后就走了。当中有一个叫赵耀庆的，我在上海时见过一面，我还记得葛任叫他阿庆。他给我的印象是，不管葛任走到哪里，他都要跟去，就像葛任的尾巴。我想，田汗叫他来，无非是要让他辨认一下，我究竟是不是葛任的朋友。

Fuck，从这件事上可以看出来，田汗对我的领路人胡安并不完全信任。阿庆给我端来一个脸盆，说是让我洗脚用的。我看见脸盆里面还有一点面渣，就问他是不是端错了。阿庆说没错，这是多功能盆，洗脸、洗脚、和面、盛酒、煮饭，样样都行。听说还要用它来煮饭，我的脚赶紧缩了回去。阿庆嘻嘻一笑说，你要不用我可用了。话虽这么说，他并没有用。OK！他是个明白人，做得对。既然洗脚水是给我端的，那就宁可泼掉，（他）也不能用。

那盆清水就一直放在床前。那天的月亮特别圆，映在水中就像一个梦。后来我睡着了，可是没睡多久，我就醒过来了。我想解手。不，我说的不是现在。我是说，当时我被尿憋醒了。我一醒过来，就听见有人在唱歌，由远而近。原来，战士们从前线回来了。他们唱《红军纪律歌》，唱《打碎敌人的乌龟壳》。多好的歌曲啊，健康向上，振奋人心，至少我以前还从来没有听过。可当时，我正尿急呢，哪有心思听那个。我就去开门，可拉一下没拉开，又拉一下还是没拉开。小姐说得对，阿庆上锁了。阿庆就站在门外，我叫他开门，他却说，你就尿盆里算了。我急得跺脚，说我真的尿不出来。接着我就听见阿庆"咚咚咚"跑走了。你猜猜，他干什么去了？猜不到吧，他是请示去了。当他请示完跑回来的时候，我的尿泡已经快胀破了。幸亏我当时年轻，前列腺没有毛病，否则我肯定尿裤子了。

OK，请跟我走，阿庆说。他把我领到一堵墙边，指着一棵树，说，先生，你可以尽情释放了。就在这个时候，我听见墙那边正在动刑。有人呻吟，还有人哭爹喊娘。阿庆告诉我，那些人原来就是白匪，被俘以后加入了红军，可还没打两天仗，就又想逃跑。小姐，你大概还不知道，人哭的时候乡音就带出来了。我很快就听出其中一个人与我家乡的口音很相似。这一点很要命，我不由得哆嗦了半天，好像那挨揍的人是我。多天以后阿庆向我承认，他之所以把我领到那个墙根，就是要敲山震虎，让我受受教育。其实，那天我并没有听到多少哭喊，因为打了胜仗的红军又唱了起来，把那哭声压了下去。将士们在离我不远的地方燃起了火堆，围着它又唱又跳。所谓那边人头落地，这边凯歌高奏。他们的脸被火光映得通红，像烙铁，像天边的落日。我就在那凯歌声中往教堂走。我的影子走在前面，影子随着火苗抖个不停。那影子越拉越长，似乎永远也走不出去。好不容易到了教堂跟前，一个黑影突然冒了出来，把我吓了一跳。那人手中端着脸盆，往火堆的方向跑去了。那股酒香告诉我，脸盆里盛的是酒，革命的庆功酒。

& 剧团

范老记混了，冰莹参加的剧团名并不叫"心贴心艺术团"，而叫"中央苏维埃剧团"。他冤枉了人家小红女。当然，"中华苏维埃剧团"与小红女后来创办的"心贴心艺术团"确实有很多相似之处。比如，都是巡回演出，都是宣传政策，都是为了密切干群关系。冰莹当年参演的剧目也不叫《想方设法要胜利》，而叫《无论如何要胜利》。关于此剧，安东尼·斯威特在《绝色》中写道：

> 在对苏区生活的回忆中，冰莹的目光穿过时光的重重雾霭，落到了一个尘土飞扬的苞谷场上。那是她最早的戏剧舞台。她回忆说，她演出的剧目叫《无论如何要胜利》。"无论如何"的意思就是为了达到目的，可以不择手段，这是革命伦理的中心法则。剧情讲的是一个不满十岁的儿童团员和他那双目失明的姐姐的故事。在被称为"白军"或"白匪"的政府军的严刑拷打之下，他们严守革命机密，至死没有泄露红军的行踪。冰莹扮演的就是其中的姐姐，她回忆说："白军扮演者的皮鞭虽然没有落到我们身上，但我还是从小演员的眼中看到了恐惧，那是真正的恐惧。我看见他把裤子都尿湿了。"当时，白军的扮演者在现实生活中，就是一个刽子手，准确地说是红军行刑队的队员。由于他的表演非常生活化，所以他本人也激起了观众的义愤。很多次，他都是在观众们"打死白匪"的喊声中悄悄溜走的。他一走出演出区域，就被人迅速地保护了起来。因为稍有迟疑，他就可能会被愤怒的观众当成真正的白匪杀掉。
>
> 据冰莹回忆，与白匪扮演者的狼狈逃窜不同，那个小演员每次演完戏，都会被热情的观众团团围住。人们拿出仅有的食品，或者是一块地瓜，或者是一只菱角，

送到他的面前，小演员的父母很快就成了富人。但是悲剧很快就发生了，有一天他的父母被杀了，家里被抢劫一空。历史总是比所有的戏剧都要精彩。谁都难以料到，许多年之后，当年的孤儿经过了多次整容手术——这是"无论如何要胜利"的现代版本——竟成了最有名的特型演员，专职出演毛泽东。他并且声称自己就是毛泽东在长征途中丢失的"婴儿"。不过随即就有人指出，他的年龄与毛泽东丢失的婴儿并不相符……

按照安东尼·斯威特文后的注释，我在 1992 年 12 月 26 日的《黄河晚报》娱乐版上，找到了与那个特型演员有关的一篇报道。事实上，这个人倒是在走穴、拍戏之余，经常参加由小红女组织的心贴心艺术团的演出活动。当然，无论是走穴，还是参加"心贴心"活动，其演出形式都是完全一样的。《黄河晚报》上的这篇文章描述了他在 1992 年底到二里岗和朝阳坡之间的葫芦镇走穴演出时的情形：

当他背手从幕后走出来时，背景音乐是《东方红》。按照他与穴头签订的合同，他必须在台上呆够五分钟。因此，他走得很慢，从露面到走到舞台中央，用时一分钟，接着他给观众一分钟的鼓掌时间。在欢呼声中，他挥着手，模仿韶山冲口音向人民问好。记者发现，无论是以往参加心贴心艺术团的演出，还是眼下的走穴，他的讲话都是一成不变的："印（人）民好哇，鹅（我）也很想念印（人）民哇。印（人）民是真正的英雄，印（人）民，只有印（人）民，才是历死（史）的创造者。好久不见喽，看见乡亲们都过上好日子，鹅（我）这个心里哟，高兴哇。不讲那么多了，鹅（我）出来太久喽，马克思要点名了哟，点名不到，是要爱（挨）板子的哟。"这番话用时两分半钟。然后，他用一分钟时间缓缓退场，留给观众一个巨大的背影。退场以后，他用半个小时清点自己的巨额报酬，然后和穴头讨论下次的活动安排。

当天演出之后，由于部分演员逃税，税务部门不得不将演员们留了下来。记者在获悉此事以后，直奔演员们下榻的黄河恋宾馆。在走廊里，记者见到了一同参加演出的当红明星小女红。正如大家已经知道的，小女红本次演唱的经过改编的《朝阳坡》选段，获得了观众们的热烈掌声。税务人员表示，小女红的税款是最早付清的。她的人品和艺品，都使税务人员称赞不已。正是通过她，记者才得以找到那位特型演员下榻的房间。当时，他正为房间供热装置发出的嗡嗡声向服务小姐发火。在小女红同志的介绍下，这位特型演员愉快地接受了记者的采访。在采访的后半段，记者试着问到一个传说甚嚣的敏感问题，即他是否真的是毛泽东在长征途中丢失的那个婴儿。他像电影中的毛泽东那样跷着二郎腿，抽着烟，说："这是肯定的嘛，我有足够的证据嘛。"当记者拿出一篇报道，说明毛泽东的那个儿子是在长征途中出生的，而他早在长征前就参加过《无论如何要胜利》的演出,并且曾与冰莹以及冰莹的父亲胡安先生同台演出过的时候,他突然说道:"少数服从多数。要是很多人认为我是,那我就是。我不能违背民主集中制原则。"

因为急着表白,他来不及模仿毛的口音了。记者很想问一下,他所说的"多数"是否包括那些在台下鼓掌欢呼的人,但还没来得及问,他就把记者推了出来。砰的一声,门就关上了。走出宾馆的时候,小女红同志特意替这位特型演员的不礼貌行为,向记者表示歉意,并表示她会把他的行为反映给她的祖母小红女,让老人加强对演员的思想教育工作。记者不由得感慨,演员们要是都能像小女红同志这样德艺双馨,那我们的文艺百花园该是一种怎样喜人的景象啊。

顺便补充一下,文章中提到的小女红演唱的《朝阳坡》选段,确实是改自小红女当年的著名唱段《朝阳坡从未有风平浪静》:

朝阳坡,朝阳坡从未有风平浪静
稳定中不稳定,两耳细听风雨声
改革前旧势力根深蒂固
整日里背朝天面朝黄土
到今日市场经济凯歌高奏
工农商齐携手奔小康,走向繁荣
世界风云幻,举国红心同

农民兄弟们，科技培训好哇
　　岂容得风言风语扰乱这致富行动
　　同志们，擦亮眼，不能让旧习惯再次风行
　　要知道，春暖时，还须留意那寒流与霜冻
　　胜利后还要勇向前坚持斗争
　　党啊，亲爱的党，你像那苍松翠柏
　　根深叶茂，万古长青
　　你的话我们时刻记在心间
　　我们在这朝阳坡巍然屹立，永不凋零。

　　至于报道中所说的胡安曾与这位特型演员同台演出一事，范老接下来就要提到。

@　葛任劝我走

　　我是第二天见到葛任的。他骑着一匹马，来到了尚庄。那是一匹灰色的马，他给它起名叫灰烬。当时我吃了一惊，哟嘿，没搞错吧，这个白面书生竟会骑马？可不是他又是谁呢。他一点都不像个肺病患者。革命就有这点好处，能让人忘掉病情，忘掉自己，忘掉一切。不过，看上去他的身体也确实好多了。我的药也算是白捎了。

　　完全出乎意料，一见面，葛任就劝我走，马上走！怪了怪了，当初是你劝我来的，我现在来了，你又要劝我走。我的脑子转不过弯来，还以为他在考验我呢。可他很快又说，范老（兄），这不是你呆的地方，还是尽快走吧。我让他看了看脚底的水泡，说，我总得喘口气吧？他说，那也好，给你两天时间休息，然后你就走人。

当天晚上，葛任在他家里为我接风洗尘。他再次鼓动我离开苏区。我问为什么？他说，战事越来越紧了，留在这里，他无法保证我的安全。冰莹也在，她刚从一个叫小塘的地方赶回来。我和葛任说话的时候，她一直在逗女儿玩。当中，她也插了一句，劝我最好早点离开。她的嗓子有点哑，演戏演的。当时在场的，还有一个衣着讲究的年轻人，文文静静的，看上去是个读书人。他没有发表意见，一直在旁边吞云吐雾，就像一根烟囱。我注意到葛任也向他要了一根烟。看来，他们关系不错。听了葛任的介绍，我才知道他曾经是蔡廷锴将军的部下，名叫杨凤良，刚加入红军。后来，我和杨凤良混熟了，他才告诉我，他留在这里，是大气候和小气候决定的。大气候是革命，小气候是爱情。他和这里的一个小媳妇搞上了。那个小媳妇很不简单呀，会茶艺，会唱戏，会拉琴，人也很性感。姥姥！她穿着红肚兜，两只乳房翘翘的，就像orange（英文：甜橙）一般。我曾偷偷地去听她唱戏。她最拿手的是《鲜花调》。你不知道《鲜花调》？它就是后来的《茉莉花》呀。好一朵茉莉花，好一朵茉莉花，满园花草香也香不过它。OK？我的嗓子还可以吧？

是的，如果不是"鲜花调"，杨凤良是不会留下来的。文艺作品作为一种特殊的意识形态和上层建筑，其作用之大，由此可见一斑。唉，那小媳妇唱得真是好，唱得人心里痒痒的，骨头麻麻的。后来我到了陪都重庆，发现那里的妓女们都会唱《鲜花调》。杨凤良曾对我吹牛，说那是他带到重庆的，星星之火，可以燎原嘛。连街上卖抄手的都会唱。军统里面，唱得最好的是戴笠。戴笠的嗓门很大，高八度。有一年的圣诞节，为了密切干群关系，戴笠给我们表演了一次。他捏着嗓子，模仿女声，唱到"玫瑰花儿开碗呀碗口大，奴有心采一朵戴，又怕刺儿把手扎"，他还跷起了兰花指。别笑，他的兰花指跷得比我还漂亮，不知道是不是跟胡蝶小姐学来的。前面说了，胡蝶是个雍容华贵的女人，万人迷。她是我们戴老板的情妇。和我的梦中情人阮玲玉一样，她也是上海月份牌广告上的常客。

刚才讲到哪了？对，讲到杨凤良了。当时葛任把杨凤良介绍给我以后，说，他可以安排我和杨凤良一起离开，路上也好有个照应。我就追问他为什么一定要撵我走，是不是担心我连累他，可他就是不说。住了几天之后我才知道，葛任撵我走，其实是出于对我的爱护。当时政府方面正加紧围剿苏区，而红军方面正在搞肃反运动，像我这种外来人，完全是两面不讨好。也就是说，他其实是看在朋友的面子上，才说出那番话的。但问题是，外面围得跟铁桶阵似的，我怎么走得脱呢？说不定还没有走出大荒山，我就去见马克思了。事已至此，还是摸着石头过河，走一步说一步吧。OK，就这样，我暂时留了下来。

& 好一朵茉莉花

整理这份自述稿期间,我的耳边经常响起《鲜花调》那熟悉的旋律。我常常忍不住想,如果杨凤良没有遇到那个"小媳妇",如果那个"小媳妇"唱的不是《鲜花调》,而是别的什么曲子,这本书可能就得另写一遍了。

在谈论这首歌之前,先介绍一下葛任与杨凤良的一些交往。据冰莹回忆,葛任最早知道杨凤良其人,是在1932年初。众所周知,那一年的1月28号,蔡廷锴的十九路军在上海闸北与日军交火,史称"一·二八"抗战。在一个多月的时间内,双方边打边谈。杨凤良当时是中方谈判代表之一。为了一些日语的翻译问题,杨凤良曾派人到慕尔鸣路拜访过葛任。但当时,他们并没有见过面。战争结束以后,杨凤良跟随蔡廷锴回到了福建。

1933年,蔡廷锴在福建反蒋抗日,宣布建立"中华共和国",定福州为首都,废除青天白日旗,另立上红下蓝、镶嵌有黄色五角星的新国旗,改年号为"中华共和元年"。中国地盘上再次出现了三国鼎立的局面:中华民国,中华共和国,中华苏维埃共和国(即苏区)。如同当年孙刘结盟抗曹一样,后两者也结成了战略同盟,共同抗击民国政府。双方建交之后,根据《中华苏维埃共和国及工农红军与福建人民革命政府及人民革命军的反日反蒋的初步协定》第六条之规定，互派了大使：瑞金派驻福州的大使名叫潘汉年，福州派驻瑞金的大使名叫尹时中。杨凤良先生，当时就是尹时中的助手，大致相当于现在的使馆参赞。

杨参赞就是在瑞金认识那个"会茶艺，会唱戏"的"小媳妇"的。孙国璋先生在接受采访时，曾向我提到过此事：

> 我们闽人就喜欢抿那一口。杨先生早年当外交官时，也喜欢到茶馆去。杨先生曾与我说起过，当时，瑞金人常去的一家茶馆，是一家姓陶的人家开的，卖的是我们福建人爱喝的乌龙茶。葛任到瑞金开会时，他也曾约他到茶馆小聚。他与陶氏夫妇甚是熟稔。但事隔不久，它便被 Soviet（苏维埃政府）缴了公，陶氏夫妇也回了大荒山白陂镇。得便，杨先生便追到了白陂镇。姓陶的已经跑了，也可能是死了，反正家里只剩下了女人。那女人本是江浙一带的人，伶牙俐齿，唱得一口好戏。杨先生着迷了，以为找到了自己的幸福，并在多年后借奔丧之名，再度来到了白陂。

据《民歌简史》（莽原出版社，1979年版）介绍，《鲜花调》最初流行于六合、仪征、扬州等苏北地区，及安徽天长南部一带。联系到孙国璋先生提到那个女人的"江浙口音"，我们几乎可以认为，是她将这首歌带到大荒山的。也就是说，她对这首歌后来的广泛传播，起到了历史性的作用。下面就是《民歌简史》所收录的《鲜花调》

的歌词。从字面上看，它确实像是在打情骂俏，适合在妓院里传唱。难怪范老当年会听得"心里痒痒的，骨头麻麻的"：

　　好一朵茉莉花，好一朵茉莉花，满园花草香也香不过它。奴有心采一朵戴，又怕来年不发芽。

　　好一朵金银花，好一朵金银花，金银花开好比勾儿芽。奴有心采一朵戴，看花的人儿要将奴骂。

　　好一朵玫瑰花，好一朵玫瑰花，玫瑰花开碗呀碗口大。奴有心采一朵戴，又怕刺儿把手扎。

　　后来的《茉莉花》就脱胎于《鲜花调》。改动的地方主要有两个：一是将原来的"金银花"和"玫瑰花"都改成了"茉莉花"；二是将原来的"奴"改成了"我"。1957年，经过修改后的《茉莉花》，由中央人民广播电台录音，在中国唱片公司出版了第一张唱片。1965年，这首歌首次走出国门，与中国政府代表团一起出席了万隆会议。随后，这首歌的旋律又多次在莫斯科、布达佩斯、地拉那、华沙、平壤、哈瓦那、河内、巴格达响起。我本人也曾多次在电视上看到过根据它改编的器乐作品和由它配乐的舞蹈。

　　1997年6月30号午夜，我在电视机前收看中英香港政权交接仪式的时候，又听到了中国军乐团在现场演奏的《茉莉花》。那是我最后一次听它。当时，我对它的历史还一无所知。

@　胡安之死

呆是呆下来了，可英雄无用武之地呀。我就对葛任讲，你得让我重新上岗啊，这样人才浪费，未免太可惜了吧。葛任说，OK，白陂刚好缺一名《国语》课教师，你就先顶替两天吧。我从来没想过当娃娃头。可一想，这跟科教兴国战略有关，我也就不再推辞了。我说，好吧，只要能上岗就行。就这样，在葛任的关怀下，我这个学法律的半路出家，拿起了教鞭。对，就在现在的希望小学。它原来是个土地庙，胡安第一次来的时候，捐了一笔钱，把它扩建了一下，变成了一所学校。当时的学生真是五花八门，有的已经当爷了，有的还穿着开裆裤。谁不好好学习，我就以革命的名义随便训他们。因为我的课讲得好，人又爱干净，还有一个女学生爱上了我。和你一样，她头上也有个银质发夹。那是我送给她的，我在路过大埔时买的，本来是想回去以后送给夫人的，现在看来用不着了。小姐，你不要笑。革命和爱情是一对双胞胎，自古以来，英雄难过美人关，美人也难过英雄关，彼此彼此。有革命的地方，就有爱情。葛任看我乐不思蜀，就问我是不是爱上了这个地方。我就说，是啊是啊，这里比上海还舒服。在上海，每天得看老婆脸色，在这里，别人得看我的脸色。Fuck！我本来以为就这样舒服下去了，可没想到，战争说来就来了。

那年夏天，蒋介石命令汤恩伯进攻苏区。老蒋可真够幽默的。他是个光头，可制定的战术却叫梳头发。梳毛泽东的头发？小姐，我还没想到这一点。没错，毛泽东当时确实长发披肩。不过，在当时的苏区，大权还不在毛泽东的手心。当时苏区执行的是左倾路线，军权在李德手里，老毛是受排挤的。我当然见过毛。有时他会和瞿秋白同志一起到白陂来，找葛任聊天。因为他受了排挤，所以郁郁不得志。瞿秋白跟葛任很能聊得来，可以说无话不谈。有一天，葛任对我说，你知道我和秋白同志为何谈得来吗？我说不知道。他说，秋白的经历与他很相似，别的不说，连乳名都一样，都叫阿双。我记得很清楚，有一次葛任正和秋白谈着中国文字拉丁化问题，老毛又来了。葛任和秋白向老毛宣传他们的主张，说，中国的方块字太难学了，国民素质太低，就跟方块字难学有关。还说，新的文化人都应该学用拼音文字，给民众带个头。人们自觉使用拼音文字之时，就是国民素质大幅度提高之日。他们两个都是书生，一说起拉丁化，就西瓜皮擦屁股没完没了。老毛说，书生们，别谈什么拉丁化了，远水解不了近渴，OK？咱们还是摆摆龙门阵吧。什么叫（摆）龙门阵？就是聊天嘛。他要聊的是"三国"和"水浒"。小姐，不是吹的，现在像我这样和第一代领导人的核心有过接触的，已经凤毛麟角了。我还记得，老毛当时瘦得像棵柳树。因为长发披肩，所以可以说是棵垂柳。怎么说呢，除了下巴上的那个痣子，他与后来百元大钞上的水印头像简直判若两人。

对，长发披肩。你别以为只有现在的年轻人才长发披肩，那时候老毛就开始留长发了。OK，《圣经》上说得好，月光之下，并无新事。这种事早就有了。我曾跟范晔有过一次辩论。她说唱摇滚的都是新人类。我说新个屁。男人留长发，女人留板刷，再到三里屯泡泡吧，就是新人类了？要说女扮男装就是新人类，那你们的姑奶奶花木兰、祝英台该怎么称呼？要说泡吧，我在酒吧里尿出去的酒精就比你们喝下去的多，那我也算新人类了？范晔气得噢噢叫，拍桌子打板凳，恨不得杀了我。杀了我，她也不是新人类，只能是新人犯。她说她的哲学是，人不犯我，我不犯人，人若犯我，我必犯人。我听着就乐了。胡诌什么呀，这不是毛主席语录嘛，什么时候成了她的哲学？小姐，你不要笑。我知道你和范晔是好朋友，站在一个战壕里。不同意（我的看法）不要紧，咱们可以辩论。实践是检验真理的惟一标准嘛。我从来不怕辩论。真理就像灯捻，向来都是越挑越明。

OK，不说这个了，还是来说老蒋梳头发吧。头发从西南往东北梳，一开始梳得并不流利，可是梳着梳着，就流利起来了。当时苏区的指挥权在李德手里。你喜不喜欢看球？我？我当然喜欢。在海外的时候，我经常去看球。这两年，我也关心起了中国的职业联赛。千万别小看那个皮球，它是中国历史和现实的缩影。你也爱看？太好了，这样我就可以讲清楚了。十月革命一声炮响，给我们送来了马克思列宁主义。改革开放一声炮响，给我们送来了米卢蒂诺维奇。对，米卢是国家队的（教练），不说他了，还是来说俱乐部。李德就是外籍教练。外籍教练不懂中国国情啊。老毛私下也说过，虽然李德是军事学院的高材生，可他的水平还比不上我们的土八路（注：当时还没有"八路"的称号）宋江。宋江三打祝家庄，一步一个脚印，可圈可点呀。可李德呢，因为不懂中国国情，所以尽管是主场作战，还是免不了要给对方送分。左倾路线害死人啊。他说国军不过是蚂蚁罢了，用樟脑画条线，蚂蚁就爬不进来了。所以他不打防守反击，要打就打全攻全守，比分一落后，就贸然地打起了长传冲吊。结果呢，攻，攻不进；守，守不住。好多时候，前线就压在我方的小禁区。这样一来，不光对方连连得手，我方还时不时地来两个乌龙球，自己扇自己嘴巴。当时，同志们都私下议论，应该把李德的樟脑给没收了，送给他一点薄荷油，让他清醒清醒。

我听田汗说过，好端端的一个碉堡，一炮就给轰掉了。当时国军用的是普伏式山炮，德国造。还有102口径的重迫击炮。那玩意儿厉害得很，打碉堡就跟敲核桃似的。三十六计，走为上计。那时候，红军已经准备撤退了，只是我们还蒙在鼓里。有一天，我和葛任正在散步，突然看见一队红军沿着白云河往西走。有一个背着军锅的炊事员，是个老实人，他来向葛任行礼的时候，冰莹问他，你们要去哪里？那人没有说话。那人走了以后，冰莹说那人没有礼貌。你听听，都什么时候了，冰莹还礼貌长礼貌短计较着呢。葛任对她说，上面不让他们乱讲，他们自然只能当哑巴，这是铁的纪律。就在同一天，我看见我那个相好手上起了血泡，就问她怎么回事。她说，她们都在编草鞋，每个人要编五双。她呢，觉得应该追求进步，不能给我丢面子，就额外多编了两双。哟嗬，不对劲啊。大敌当前，放着工事不挖，打那么多草鞋干什么？晚上睡觉，我从她的头发里闻到了一股香气，炒面的香气。我就问她，白天是不是炒炒面了。她说是啊。这一下我心里有数了。我连忙去问葛任，葛任刚从瑞金开会回来，应该知道。他说他已经问过李德了。李德讲了，那支红军是刚组建的，拉到前线锻炼锻炼，这是鹰最初的飞翔。多年以后，我在马克思的《路易·波拿巴的雾月十八日》里看到了这句话。C'est le premier vol de l'aigle（这是鹰的最初的飞翔）。飞翔？问题是，明明是撤退，为什么要说飞翔呢？我不放心，就又去问了田汗。可田汗说他也不知道。我对他们说，我们还是趁早准备，免得到时候手忙脚乱。他们问我是怎么知道的？我就讲了讲草鞋和炒面。他们立即交代我不要乱说。葛任还对我说，杨修的故事你总该知道吧？小姐，你知道杨修吗？OK，杨修是三国人，聪明绝顶。曹丞相出兵汉中讨伐刘备，有一日定口令为"鸡肋"。杨修同志眉头一皱，立即猜出曹操要撤兵了，于是他就到处乱嚷嚷。他不知道，他猜出曹操用意之日，就是他命丧黄泉之时。听葛任这么一说，我的脊梁骨都麻了。

我记得，就在我怀疑将要撤退的第三天，我遇到了胡安。自从到了苏区，我再没有见过他。他在一个山沟里建了一个造假窝点，领着一帮人制造伪币。那些伪币是要在白区用的，曾给国民党的金融体系造成很多麻烦。胡安卖家业卖来的钱，全都用来购买造假设备了。他还造了许多假美钞，上面印着美国首任总统华盛顿的头像。跟真的一模一样，上面也印着一行字，In God We Trust（我们信仰上帝）。这次见到他，我以为他掌握了什么情报，来和女婿商议良策的。我旁敲侧击，问他听到了什么风声，可他却是个大糊涂蛋，什么都不知道。他说，他是来看巴士底的。后来，他憋不住了，终于说出他是来演戏的。演戏？演什么戏？他说，OK，到时候你就知道了。我正要走开，他又忍不住了，说他在山沟里都快憋死了，他一生视钱如粪土，现在让他每天和钱打交道，烦都烦死了。他早就不想干了，想出来演戏，可领导不放。现在，领导终于开恩了，让他出来过一把戏瘾，参加《想方设法要胜利》（《无论如何要胜利》）的演出。还说，在法国时他就演过戏，当时演的是莎士比亚的《麦克白》。说着，他就眉毛一挑，有板有眼地给我背了一段莎士比亚（的台词）。

怎么样？他问我。实事求是讲，他还真是一块演戏的料。他真应该留在上海，和阮玲玉演对手戏。他对我说，多年来，他一直没有机会登台，现在总算逮着机会露一手了。我问他演什么，他说演英雄人物没意思，因为你得板着脸说话，他要演就演白匪。他还顺风扯旗，说导演对他很欣赏。我后来得知远不是这么回事。原来，演白匪的那个同志闹情绪不演了，才轮到了他。胡安当时很激动，脸色通红。我盯着那张脸看了半天，想，莫非我多心了？倘若行将撤退，组织上哪还有闲情逸致，让大家看戏呢？

演出地点是尚庄。前面说了,冰莹原来也在里面演一个角色,可那天,她偏偏没去,是另外一个女演员演的。我这才从葛任那里知道,冰莹怀孕了,不能再淋雨了。对,那天下着毛毛细雨。她没去,葛任也没去。瞿秋白那天来找葛任,讨论拉丁化方案,想去也去不成。我?当然去了。虽然下着雨,但还是去了,不能不给胡安面子啊。胡安化了装,帽檐朝后,装模作样地抽出皮带,严刑拷打台上的那个女人,非要让人家交代红军的下落,还不时在人家的脸蛋上左摸一下,右摸一下。我一看他那个样子就乐了。我旁边的一个人也捂着嘴笑个不停。我一看,那人正是杨凤良。杨凤良得意地告诉我,他认识那个女演员,因为她常去找他的相好,要跟她学唱歌,跟她学茶艺。我们影响旁边的人看戏了,他们让我们闭嘴。我看见他们都握着拳头,不停地喊着打死白匪。你说得对,这说明胡安演技高超。我和杨凤良也跟着喊打死白匪,打死白匪。什么叫白匪?国军称红军为赤匪,红军称国军为白匪。为了让胡安知道我们在为他捧场,我和杨凤良把嗓子都喊哑了。胡安别提有多得意了,又是叉腰,又是吐痰,在台上横着走过来,横着走过去,就像一只大螃蟹,吐白沫的大螃蟹。把那个女演员"打昏过去"以后,他恋恋不舍地回到了幕后。我记得最后一幕是这样的,那个女演员艰难地从地上爬了起来,发表了一通演讲,然后高呼苏维埃共和国万岁,斯大林万岁,红军万岁,打死白匪,打死蒋介石,打死汤恩伯。就在她振臂高呼的时候,舞台前面突然乱成了一锅粥,接着是一声枪响。事情来得太突然了，我还以为白匪杀过来了。等我迷过来的时候，我才知道是观众在放枪。而应声倒下的不是别人，正是我的革命引路人胡安。他刚从台上下来，还没卸装呢。他太性急了，急着向观众打听对他的演技有何反映，可还没有问出个所以然，就吃了一枪。他躺在一摊雨水里面，嘴张得很大，眼窝里都是泥，有一只耳朵也被打豁了，看上去就像拉丁字母V。

OK，这么多年来，胡安的身影常在我眼前晃来晃去。自从川井向我提起希望小学的事以后，胡安在我眼前晃得更勤了。去年有一天，我抚今追昔，夜不能寐，一时心血来潮，就赋诗一首。夫人还以为我在给哪个小姐写情诗呢，追着要看。我认为我写得不错，看过的人谁不说好。好几家报纸都争着发表，后来《诗学》（《中国诗学》）捷足先登，把它发了出来。不过，诗里面没有提到胡安的大名。不是不想写，而是不能写啊。道理很简单，他生活在历史之外。至今，我还没有看到哪本书上提到他。有谁知道他呢？谁也不知道，所以写了也是白写。再进一步讲，中国诗词讲究平仄，把胡安（两个字）放到里面，也不好押韵啊。

& 历史诗学

在《中国诗学》杂志2000年第3期上，我看到了范继槐先生的那首诗。从诗中看，范老确实早就想过重游白陂了：

> 千里跋涉寻梦来，半世灯火照戏台。
> 军民同欢军歌亮，白云河映白陂月。
> 东边喊罢西边和，前幕拉上后幕开。
> 想方设法要胜利，你称赤匪我称白。
> 外教东进短兵接，本帅西向长征烈。
> 荒山依旧枋口绿，老泪犹滴苏维埃。

诗中果然没有出现胡安的名字，更没有提到胡安的英雄事迹：为扰乱国民政府的金融秩序而造假。范老说的并没有错，从诗学角度讲，把"胡安"、"造假"这些字眼放到里面，还真是"不好押韵"。由此看来，曾外公胡安的死，既在历史之外，又在诗学之外。

曾外公胡安当年的"造假窝点"，位于白陂镇十五里以外的一个山谷。有趣的是它也叫后沟——如前所述，白圣韬曾被关押在延安的后沟。我曾经到过这个后沟。时过境迁，现在那里只剩下了一间行将坍塌的石屋。一些我叫不出名字的野花，从石屋前裂开的石条中长了出来，犹如梦幻之物。石屋的周围杂花生树，树枝上落满了鸟粪。这一切都说明，它早已被人遗忘在了时光的尽头。

最先透露胡安死讯的，是上海的《民权报》和天津的《津门报》，两篇文章内容基本相同。下文选自民国二十三年（即1934年）10月10日出版的《津门报》，里面提到"赤匪造假高手胡某"是被政府某保安团击毙的，这显然与范老的自述大相径庭：

> 记者近日从××保安第××团获悉，赤匪造假高手胡某已被击毙，给国庆献上了一份厚礼。自二十年（注：即 1931 年）九月国民党中央党部致函国民政府，提议悬赏缉拿赤匪要犯以来，赤匪要人已屡受重创。胡某虽非赤匪要人，然其制造假钞，图谋危害民国，破坏安定团结之大好局面，逆迹显著，亦不可小觑。据悉，胡某此次是在参加一个恶毒攻击党的领导、丑化党与军队形象的活动中，被我乔装打扮的保安团成员击毙的，可谓死有余辜……

如果这段话属实，那么事情就太蹊跷了：因为如果曾外公是被保安团击毙的，那么依照惯例，苏区定会追认他为革命烈士。可事实上，曾外公与烈士这个称号毫不沾边。毕尔牧师在《东方的盛典》中的一段话，或许有助于这个谜团的解开。他首先写道，是我的姑祖母首先看到《津门报》上的这篇报道的。我的姑祖母立即怀疑，文中所说的胡某，就是葛任的岳父胡安，并担心葛任也遭遇了不测。毕尔牧师接下来写道：

> 因为《津门报》曾宣称，"All the news that's fit to print"（凡天下所可刊新闻，无不刊登），所以上面时有虚假报道。我想以此说明，这很有可能是妖言惑众之辞。但我无法安慰她，随着时间的推移，她的忧虑也与日俱增。这之后，我通过红十字会中的朋友查询此事，

得知死者确系胡安先生。不久,红十字会中又传闻,胡安其实是被红军击毙的。因为红军已经败北,正图谋转移,而胡安对红军已毫无用处。至于政府所宣称的是保安团乔装打扮深入苏区内部所为一说,其实只是政府的离间之计。政府的用意很明显,即以此诱使红军内部肃反扩大化及自相残杀,从而走入那万劫不复的深渊。

其实,这几种说法里面,我倾向于相信范老的说法,即曾外公的死,是由于观众混同了艺术和现实的界线而误致的。我想,如果热爱戏剧表演的曾外公胡安泉下有知,对《津门报》和《东方的盛典》上的说法,他也不会认同。他或许还会认为,能够死于观众之手,对他来说是一种无上的光荣。

顺便补充一下,我最近一次见到曾外公的名字,是在《南方金融时报》(2000年10月12日)上面。众所周知,这已经是金钱至上的消费主义时代了。我看到"胡安"这个名字的时候,我还以为那是一个与曾外公重名重姓的人。文章的题目是《伪币犯赖治国引渡伏法》。讲的是在香港和美国警方的合作下,公安部门最近捕获了一个制造假币的犯罪团伙,并将其头目赖治国从美国引渡归案。据赖治国坦白,他是在祖父影响下走向犯罪道路的。他的祖父生前曾向他透露,他的那手"绝活"是跟着一个名叫胡安的人在大荒山学会的。有趣的是下面一段文字:

  警方在接受记者采访时说,鉴于此前一些伪币犯也曾提到过"胡安"其人，并称胡为"大宗师"，警方认为，在我国南方某些地区，一定还隐藏着另外一些与胡安有关的犯罪团伙。在庆功会上，有关领导号召同志们在鲜花和荣誉面前，一定要保持清醒的头脑，争取为人民再立新功。庆功会上，同志们也都纷纷表示，一定认真总结经验，戒骄戒躁，尽早将所谓的"大宗师"胡安捉拿归案，以不辜负组织上对自己的殷切期望。

有什么办法呢？正是因为胡安被排除在了历史诗学之外，他们才会犯这种知识性错误，并注定要辜负组织上的期望。

@ 每天都有人头发变白

胡安死去当晚，冰莹哭昏了几次，眼珠（泡）肿得像两个水蜜桃。葛任同志找我谈话，让我带着冰莹母女马上离开苏区。他说，左倾路线越来越占上风了，再不走就来不及了。我问到底是怎么回事。他说，许多人都知道我和他在日本时与陈独秀有过交往，对我们不大放心。小姐，我前面说了，在日本时，陈独秀曾多次到过川田家里，和我们结下了深厚的友谊。我怎么能想到，现在这竟成了我们的历史问题。我非常感谢葛任的提醒。多年之后，我之所以想方设法要放走葛任，就是考虑到他那时对我的救命之恩。OK，你说对了小姐，当时我若是不走，指不定会成为左倾路线的刀下鬼。所以,现在提起此事,我感受最深的,就是左倾路线害死人,我们既要反左,又要反右,但主要是反左。

谈话地点是枋口小学后面的凤凰谷,四周很静,偶尔能听到一声狗叫。我问,有没有查出那个开枪者。他没有正面回答我,只是催我快走,越快越好。他让我看在昔日的情分,能够把冰莹母女送到天津。说那里有两个牧师,一个叫毕尔,一个叫埃利斯,他们会帮助照料冰莹母女的。我问他怎么办,他说他虽然名叫葛任,听上去和"个人"谐音,但他的命运不能由个人做主。然后,他告诉我,他会派阿庆护送我们走出苏区。

重新回到他的住处时,冰莹已经醒过来了。她要去一个叫西官庄的村子接女儿。因为她一直在演戏,也因为葛任有肺病,容易传染,她把女儿放在西官庄的一个老乡家里。葛任讲,他已经派阿庆去接了,一会儿就接来了,还是先准备行李吧。我们等啊等,怎么也等不到阿庆。Fuck!到了后半夜,他终于回来了,满脸是血,腿也瘸了。他说,他在西官庄见到了蚕豆,可是带不回来。葛任问为什么?阿庆说,老乡担心他是骗子,专门骗小孩的,死活不愿交给他,还放狗咬了他一下。葛任问他何故脸上也挂了彩,他说路上遇到一群饥民,挨了一顿揍,马也受了伤。后来得知他是一名红军,才放了他一马。冰莹又要昏过去了。葛任一直在安慰她,说保证将蚕豆送到天津。冰莹对葛任说,能不能找瞿秋白商量一下。葛任说,秋白也是自身难保,我们别给他添乱了。就在我们正说话的时候,田汉把通行证送来了。OK,

从这件事上看，他跟葛任的友谊确实不一般。通行证就是救命稻草，要是没有它，想走出苏区那简直是白日做梦。田汗这时才说了实话，告诉我们红军真的要转移了，转移之前，会进行清洗。你不懂什么叫清洗？OK，清洗就是肃反，肃清反革命，所有的人都要过过筛子，有疑点的都要清理出革命队伍。

我们终于出发了，因为走得急，我连自己的相好都没带。走的还是和胡安来时的路线，只是已经物是人非了。我不断地想着胡安的死。脑子里枪声一直在响，就像点着一挂鞭炮。命运真是难以捉摸，不久前，是胡安把我带到了苏区，现在我却要带着他的女儿逃离苏区。他若是泉下有知，不知该做何感想。当时，我们跑啊跑，昼伏夜出，终于到了大埔。前面说了，大埔是个重要的交通站。可到了大埔，原来的交通员却一个都不见了。没办法，我只好把冰莹交给了当地的一个老乡。当然，我给了他不少钱。假钱？哈哈哈，你真是个机灵鬼。没错，确实是假钱。不管怎么说，我总算是松了一口气。阿庆问我下一步该怎么办？我说，我得再回去一趟。他说为什么？我说，我的相好还留在苏区呢。我一个大老爷们儿，就这样一拍屁股走了，也太对不起人家了。我要他们在这里等我，等我把那个相好接出来，再一起绕道香港去天津。他说他愿意和我一起去。我去征求冰莹的意见，告诉她，我返回去之后可以把蚕豆带出来。冰莹说OK。她真是个好女人，反复交代我，一定要小心再小心，还说，她时刻为我祈祷。可是，我没有想到，我和阿庆刚离开大埔，就被敌人逮住了。

小姐，刚被俘的时候，我并没有投降。我还是撑了几天的。他们说，你们的政权马上就要吹灯拔蜡了，你们不是鼓吹暴力革命吗？这就是暴力革命，暴力革命是不可避免的，我们马上就要进攻苏区了。我当然不同意他们的观点，就用列宁的《国家与革命》与他们争辩。我说，OK，列宁说了，马克思和恩格斯关于暴力革命不可避免的学说，是针对资产阶级国家说的。资产阶级国家由无产阶级国家代替，不能通过自行消亡，根据一般规律，只能通过暴力革命。而无产阶级国家的消灭，只能通过自行消亡。他们知道马克思，但不知道恩格斯。我给他们解释了好半天，临了，他们突然给了我一个耳光。说，说来说去，恩格斯还不是工厂主的儿子，属于资产阶级。那一耳光打得我七窍生烟。后来，又撑了几天，我就撑不住了。不投降不行啊。有人说，我这个人一辈子都在不停地投降，还说我见了女人就磕头。小姐，我给你磕头了吗？没有嘛。还有人说我是天生的叛徒。笑话！用叛徒这个套子就能把我套起来了？燕雀焉知鸿鹄之志哉！侏儒又怎能为巨人做好铠甲呢？听他们那么一讲，我好像毫无信仰似的。谬也！我是有信仰的，我的信仰就是希望国家强盛，早日实现现代化。可是，要强盛，要实现现代化，首先得稳定，稳定压倒一切。你知道，我是学法律出身，讲求秩序和以法治国。没有安定团结，什么事都干不成。你说奇怪不奇怪，当初那帮人也是这么给我耍花腔的。别说，还真把我说动了，后来我就投降了。这是大气候和小气候决定的，也怨不得我本人。其实，人们每天都在投降，就像每天都有人头发变白。后来，每当有人在我面前叽叽喳喳，说东道西，我就会想起鲁迅的那句话，走自己的路，让别人去说吧。

既然投了降，还被任命为国军一支小分队的副队长，那就不光要有语言，还要有实际行动。为表现自己拥护安定团结，我就把造币厂供了出来。反正红军要转移了，造币厂也没有用处了，胡安也死了，都说出来也不要紧。不光我投降了，阿庆也投降了，他也供出了造币厂。直到1943年，我在大荒山见到了白圣韬，我才知道阿庆一直是田汗的人。前些日子，秘书让我看了一份材料，是个姓朱的人（注：指朱旭东）写的，上面说，阿庆当年投降是田汗安排的。我再想起当年的情形，就忍不住有个疑问：莫非我当年被俘，就是阿庆泄的密？当然，我只是猜测，没有任何事实依据。什么？供出冰莹？不不不，我没有，阿庆也没有，这一点我还是可以打保票的。

& 关于阿庆的一点补充

范老看到的那份材料，就是朱旭东后来整理发表的《与田汗将军拉家常》中的一篇：

> 每当我提到赵耀庆，田将军就说他记不清。可是这一次，田大人自己说漏了。他说："冰莹是我派人送走

的。那人叫阿庆。"我故意逗他,是不是《沙家浜》里的阿庆。他说不是,是另一个阿庆。后来,他就说开了。他说:"有一天晚上,我正在洗脚,那小子一溜小跑来向我请假,说葛任让他送冰莹离开苏区,他不能不去。这事葛任已经同我商量过了。当时左倾路线错误很严重,冰莹要是不走,不光她有危险,还会连累葛任。我让阿庆不要声张,从哪里来还到哪里去,先照葛任说的办。他担心路上会被白狗子(白匪)俘虏。我就说,当了俘虏,照样可以为党工作嘛。他迷迷瞪瞪地看着我,我说,这就相当于换了个工作岗位。一定要向雷锋同志学习(注:朱旭东在此注明,田汗同志记糊涂了,当时还没有学雷锋这档子事呢!),干一行,爱一行,永做革命的螺丝钉。我交代他,要是被俘了,可以向敌人报告造币厂藏在哪条沟里。要实事求是,不要说假话。这样一来,敌人就会信任你,把你当成座上宾,你也就顺利打入了敌人内部。他扑通一声跪到地上,连说不敢。我摸着他的后脑勺,说,看你那副熊样,起来!造币厂已经废了,闲着也是闲着,正好送给白狗子。如果白狗子也用它来制造假币,那正好可以扰乱国民党的金融秩序,这比尖刀插进他们的胸膛还要厉害。那小子一听,扑哧一声笑了。他比猴都精,把事情办得天衣无缝。当然,这也跟戴笠有关系。他跟戴笠是老乡。国民党反动派向来很庸俗,讲究什么老乡见老乡,两眼泪汪汪,不讲原则。后来的许多情报,都是阿庆捎过来的。

后来，他突然失踪了。再后来，听说他到了河南，'文革'期间还吃了不少苦头。这没什么，甘蔗没有两头甜嘛。当初，我们在前线打仗，你却在重庆享福。享够了福，现在受点苦，也算是扯平了。我还听说他有情绪。怎么，还想跟人民讲价钱不成？听说他最后跳了井，死就死了，还要弄脏一口井，真不像话。"

当我问到葛任是否知道阿庆的投降是有预谋的时候，田大人手一挥说："你应该去问他本人，我又不是他肚里的蛔虫。"他说得轻巧。我去哪里问呢？众所周知，葛任早在几十年前，就战死在二里岗了。

留在大埔的冰莹，还在苦苦等待着范继槐和阿庆。她后来对安东尼·斯威特说，大埔外面有架山，名叫敬贤山。有人告诉她，从敬贤山的山谷，可以走到凤凰谷。她常常站在山谷之中，望眼欲穿，等待着女儿的出现。随着时间一天天过去，她的绝望也就一点点加深。她以为自己再也见不到女儿了。事实上，不光蚕豆见不到了，肚子里的孩子她也见不到了。安东尼·斯威特在《绝色》中，引用冰莹自己的话写道：

> 转眼间，父亲已死去三个礼拜了。中国人称之为"三七"，是祭奠亲人亡灵的一个日子，我便在敬贤山下焚香祭父。那时候，烟雾缭绕之中，我好像听到了女儿的啼哭，看到了葛任面对女儿手足无措的样子。那时，我就担心再也见不到葛任了。我哭了。这时，我突

然看到那个老乡站在我身后。他说，有人找我。我以为是范继槐和阿庆，就问是否还有一个孩子。他说没有。来人是我们剧团的一名成员，他也曾在《无论如何要胜利》中演过白匪。他告诉我，范继槐和阿庆已经被政府招安了。我问他是怎么知道的，他说范继槐和阿庆已经带人进苏区搜山，骑着高头大马，手上戴着白手套，腰间别着短枪。我问到蚕豆，他却一点也不知情。我往最美好的地方想像，想像葛任已经带着蚕豆安全转移了。但从那一天起，悲伤和恐惧就攫住了我的心。大约两三天之后，我流产了。既然葛任喜欢女孩子，我想，那一定是个女婴。从此，我对葛任一直怀着无法偿清的歉疚。但世界对我的折磨到此还没有结束。一年以后，我从一个从陕北过来的朋友那里得知，他见到了葛任，却并没有见到蚕豆。我的眼前顿呈黑色……

@ 狗的哲学

我估算葛任他们已经转移了，才带着小分队到后沟去。印钞机完好无损，我连忙带人将它们全都拉走了，然后交给了驻扎在附近的一支保安团。大概是为了让我死心塌地为党国效劳，上峰得到这个消息以后，立即派人送来了嘉奖令，并且把阿庆划归我领导。遂后，上峰又安排我做了几次讲座，重点讲述安定团结对抗日的必要性。忙完这个，我才抽出身来，带着人马重返苏区。

衣锦还乡？拉倒吧。我还担心遇见熟人呢，那样面子上多不好看。为了不让人认出来，我戴了一副眼镜。起先戴的是金边眼镜，可部下说我像上海滩的小流氓，我就又换了一副。这一下他们不说我像流氓了，说我像个账房先生。在那个年代，做有钱人是要提心吊胆的。我就一狠心，把一只镜片敲碎了。这样一来，我就像个蒙面人了。

事实证明，我的担心是多余的。一直到瑞金，我都没有遇见熟人。红军与国军经过了几次激战，这里的人都已经走光了，剩下的都是死人。看到那些（死）人一个个都没脸没皮的，我感到很奇怪，后来才知道那都是狗给啃的。不，小姐，我不是存心要吓你。别害怕，这世上没有鬼。作为一个唯物主义者，我从不信鬼。不过，你要真是害怕，可以躺到我身边嘛，那样鬼就不敢把你怎么样了。OK？挤不下？挤不下可以想想办法嘛。我们既要善于发现问题，还要善于解决问题。你看你，你这样一打岔，我就想不起来说到哪儿了。

对，说到死人了。他们都没脸没皮的，只剩下了骨头、骷髅。骷髅们的嘴巴咧得很大，看上去像是在大笑；眼窝里黑洞洞的，乍一看好像戴着墨镜似的。好好好，不吓你了，说点别的。不知道从什么地方来了几个牧师，他们默不作声地在田间地头掩埋尸体。我上去和他们说话，他们也不理我，一个个面无表情，有如孤魂野鬼。因为他们当中有几个是外国人，不能随便惹的，我就放过了他们，继续向白陂镇开进。到了那里，我看见白云河的桥洞里也是死人。有一具尸体，头发长长的，上面也有一只银质发夹。上帝呀，我的心立即提到了嗓子眼儿。对，我想她可能就是我的那个相好，赶紧命令随从下水打捞。就在这时候，我看见了一群狗。它们瞪着一双双狗眼，一步步向我走过来。真的，当时我并不知道它们有何贵干。我的一个部下捡了一块石块，想轰它们走，可它们根本不吃这一套。它们绕过我，通过白云桥，向阿庆走了过去。当时阿庆正背着手，在河的那一边散步。后来我发现了，每当阿庆的手背起来，狗就会朝他走上去，每当阿庆的手放下来，狗就会立定站住。Fuck！就跟动画片里的场面似的。

后来我明白了，它们正等着吃掉阿庆呢。狗通人性啊，狗的哲学也就是人的哲学。经过了多次战争的洗礼，狗已经学会了一分为二看世界。在它们眼里，人大致可以分为两类。一类人被缴了枪，手背在身后，他们通常都是人犯或俘虏，马上就要毙掉了，这类人可以吃；另一类人手中有枪，枪平端在胸前，他们是要枪毙前一类人的，这类人不可以吃。还是那句话，狗通人性啊。人喜欢吃狗肉，狗也喜欢吃人肉啊。OK，彼此彼此。我这才想起来，为什么我很少看到女尸，因为她们都已经被啃去了脸和双乳，成了无性别的人。多年之后，我在劝降葛任的时候，还向他提起过那些狗。听了我的话，葛任的泪就流了下来。我曾想，泪都流了，事情肯定好办了，可事实却并非如此。

那个女人（被）捞了上来。发夹倒是同样的发夹，但人却不是同一个人。唉,我看走眼了。那人的颧骨上有一个洞。那还用问,当然是枪眼。水一泡,枪眼就变大了,像是用铁棍捣出来的。突然,从那个洞里爬出一只螃蟹。什么?你说什么?超现实主义绘画?我不懂什么超现实主义,没有发言权,但我知道这就是现实。我记得我也跟葛任提到过那只螃蟹。葛任当时就呕吐了,吐了一阵,就像杜鹃啼血似的,一摊血突然咯了出来。

我还给葛任说,我曾在白陂镇搜寻他的遗体。我说的是实话。当时,我以为他也被肃反掉了,见到尸体就下马察看。葛任开玩笑说,我那样做是为了邀功请赏。OK,我不否认这一点。不过,当时我确实担心他的下落。说来也巧,在离白陂镇不远的西官庄村,我竟然见到了蚕豆。她正在门前烧火,脏得像个泥猴,手里玩着一根骨头。一个老人坐在她身边,眯缝着眼看着她。看见我们过来,那个老人连忙把蚕豆领到了一堵墙后边。我当时犹豫了一下,想,要不要把她带走呢?经过一番激烈的思想斗争,我最终说服自己,还是不要轻举妄动。我是这样想的,如果葛任还活着,等他回来领女儿的时候,发现女儿不见了,他还不给活活急死?

OK,当天晚上,我就住在白陂小学。那时候,我可没想到,多年之后葛任还会再次来到这里,我和他还会再次在这里狭路相逢。晚上,我怎么也睡不着,我就到凤凰谷散步。四周都是黑的,只有马灯照到的地方是亮的。我突然听见有人在长满枸杞和荆棘的草丛中呻吟。战士们也听到了,如临大敌,全都趴了下来。一群怕死鬼。我命令他们去搜。

他们猫着腰，循声而去，渐渐缩小了包围圈，然后将那人扒了出来。那人已经身负重伤，无法站立了。我看不见他的脸，因为他的脑袋勾在胳肢窝里，就像鸡头藏在翅膀下面一样。我让卫兵把他的脑袋拽出来，那人哇哇乱叫，鬼哭狼嚎。看他那么难受，我就想，要不要发扬一下革命人道主义精神，补上一枪，把他送上天堂呢？我正犹豫呢，看见黑暗中有很多小亮点，像鬼火一样闪着光。哈哈，看你吓的。我不是说过了吗，我是个唯物主义者，历来不信鬼。那不是鬼，而是狗。那些野狗都围了上来，等着吃他呢。

听到狗叫，他的脑袋从翅膀（胳肢窝）下面伸了出来。马灯照着他的脸，脸上都是血。他说范老范老（注：应是老范?）救救我。听他叫我范老，我才听出他是谁。他娘的，原来是杨凤良。他后来对我说，他把他的鲜花调送到外地的一个镇子上，等回来的时候，才发现这里到处都是死人，还说葛任可能也死了。OK，听他这么一说，我赶紧去西官庄寻找蚕豆，但没能找到。

从那以后，我就一直在偷偷地打听葛任的下落，并留意报纸上的报道，但我一直没有他的任何消息。我以为他真的死了。我又想起了那个孩子。在离开大荒山的前夜，我又梦见了她：瘦瘦的瓜子脸，眼很大，睫毛很长，眼白发青，就像夜的晴天。在梦里，孩子瞪眼看着我。我又想起了葛任和我的友谊，觉得对不住他。于是有一天，我就带着几个亲信，去了一次西官庄。费了很大劲，我终于找到了那个领养蚕豆的老人。他告诉我，有人把蚕豆领走了。我问那人是谁,他说是个女的。他比比划划地给我讲那个女人长什么样。怪了,因为我听出他说的好像是冰莹。Fuck!这不是胡扯吗?据我所知,冰莹走后再没有回来过。我给他上了一堂政治课,告诉他这件事很重要,一定要实事求是,如果我知道你骗了我,我是会秋后算账的。可他翻来覆去还是那句话,把我气得半死。我正要给他点厉害瞧瞧,我的手下突然给了他一枪。请记住,不是我开的枪,开枪的是国民党反动派。我向你发誓,这辈子我从未开枪打死过一个人。我的手是干净的。老人临死时,手指苍天,似乎在说,蚕豆在哪里,只有天知道。考虑到他曾照顾过葛任的女儿,我就替他收了尸。不,我没有把他丢到河里喂鱼,而是挖个坑把他埋了。够意思吧?不管怎么说,狗是啃不着他了。

&　巴士底病毒

那个保护过我的母亲蚕豆的老人,其姓名已经无可稽考。如前所述,蚕豆确实是被我的姑祖母接走的。那个老人手指苍天,大概是要告诉范继槐,他并没有说谎,老天爷可以为他作证。

姑祖母是在1934年10月启程前往大荒山的。因为"伪币犯胡某"已被枪毙,所以她一路上都在担心葛任和冰莹也遇到了不测,使蚕豆成为孤儿。她是坐船去的,在福建泉州上了岸,然后再赴白陂。正如我前面提到过的,与她同去的是埃利斯牧师。到了白陂镇以后,她看到的景象与范继槐看到的相同:荒无人烟,只有野狗在四处游荡。当然,和范继槐一样,她也看到了那些默不作声的神职人员。据埃利斯牧师在《东方的盛典》一书中所记,那些神职人员是奉国际红十字会之命,从江西九江赶来收尸的。正是从他们那里,姑祖母和埃利斯打听到有一个操外地口音的女孩,和一个老人呆在西官庄村。那些神职人员曾要求老人带着孩子离开,但那个老人却执意要留下。他们还告诉她,有一只小狗一直跟着那老人和小女孩。姑祖母想,那只小狗,很可能就是胡安从法国带回来的那只名叫巴士底的狗的后代。正是凭借这一线索,她和埃利斯在西官庄村找到了老人和蚕豆。

那只从巴士底狱门口捡回来的狗,其后代也叫巴士底。姑祖母并没有见到它。就在她和埃利斯牧师到达大荒山的前几天,巴士底被别的狗咬死了。当时老人饥饿难耐,舍不得把它扔掉,就把它煮着吃了。而蚕豆手中的玩具,就是巴士底的腿骨,细小、光溜,就像一杆烟枪。姑祖母第二天就带着蚕豆启程回天津了,而埃利斯牧师却留了下来。他先是收尸,遂后又在此防治瘟疫,并在多年之后再次见到了葛任。

我的姑祖母说,从大荒山回到天津以后,蚕豆就病倒了,"持续低烧","夜夜惊叫",还"不许吹灯"。她的病越来越重,最后竟发展到卧床不起。姑祖母想,她定是活不久了。经天津教会医院的一位名叫戈登·汤普森(Gordon Thompson)的医生诊断,蚕豆感染的是一种奇怪的新型病毒。他的目光后来落到了她手中的那个像烟枪一样的玩具上面。得知那是狗的腿骨，他大吃一惊。而当他知道这个小姑娘曾经吃过狗肉的时候——姑祖母说，当时他差点呕吐——他便断定她身上的病毒与那只名叫巴士底的狗有关。遂后，他便把这种奇怪的病毒命名为巴士底病毒（Bastille Virus）。戈登医生一定没有料到，他的这一说法后来不胫而走，并最终走进了《大英百科全书·医学分册》，成为他对现代医学的一大贡献。

经过戈登医生的悉心医治，我的母亲蚕豆最终幸免一死。但是，在以后的岁月里，由于巴士底病毒的作用，她渐渐变得性情急躁，喜怒无常，使我的姑祖母备受折磨。多年以后，我的父亲，一个没有给我留下任何记忆的人，就是因为无法忍受她的折磨而离家出走的。母亲蚕豆死于1965年春天，那一年，我才两岁。我是被姑祖母养大的。她说，我们就像隔代的母牛和幼犊。据姑祖母说，母亲是全身麻痹而死的。死前的几天，她目光斜视，喉咙痉挛，口水流个不停——从枕巾上拧出来的水，每天足有半个痰盂。

在前面提到的粪便学专家于成泽先生的寓所，我曾遇到过一位传染病医生，并向他打听有关巴士底病毒的知识。我这样做的目的，主要是因为担心自己受母亲的遗传。在整理这部书的过程中，我也时常急躁不安，有时竟会出现短暂的意识丧失。我很担心自己还没有整理完书稿，就告别了人世。那位传染病医生告诉我，感染上巴士底病毒的人，最快的会在两周内死去，但很多时候，这种病毒会在身体内隐藏下来，将你的整个身体都当成它的病灶，在很多年之后，再慢慢地置你于死地。我问这种病会不会遗传，他答非所问，说他几乎每天都能遇到巴士底病毒携带者。我记得，就在我们谈话的时候，于成泽先生的一名博士生走了进来。他也加入了我们的谈话。他告诉我们，上星期五，有一种新的电脑病毒出现了，这种病毒就叫巴士底病毒。它具有和医学上的巴士底病毒相近的特征：无法根除，不定期发作。据他说，对这种电脑病毒，连最新的杀毒软件都奈何它不得，并且杀毒软件本身还会感染上它的病毒，从而成为新的传染源。

他的这种说法使我不由得想起了戈登医生本人的命运：1954 年，戈登本人也死于巴士底病毒的发作。他是因为我的母亲还是因为别的患者而受到的传染，我不得而知。戈登先生的死曾使他的学生，后来的诺贝尔医学奖获得者 Fernando Galbiati（弗纳多·伽尔贝塔）唏嘘不已。在一本名叫《The Broken Wave》（《被击碎的浪潮》）的书中，弗纳多先生提到了戈登为蚕豆治病一事：

> 我的老师戈登先生的命运因为一名华裔女孩而得到改变。她是一位名叫葛任的抗日英雄的后裔。戈登先生就是在她身上发现 Bastille Virus（巴士底病毒）的。巴士底是一条狗的名字，它是葛任（注：原文如此）从著名的巴士底狱的门口捡回来的宠物。但奇怪的是，此种病毒迟至 70 年代末期才在巴黎出现。据《世界卫生年度报告》显示，近年在非洲、俄罗斯、中国中西部地区以及海湾的阿拉伯国家，Bastille Virus 存在着蔓延的趋势。每念及此，我的忧虑就和对戈登医生的怀念一

样深切……

@　扁桃体发炎

两年后，一个偶然的机会，我知道葛任并没有死。我在报纸上看到葛任给鲁迅发的唁电。当时，我也发了一份唁电。那几天，我特别留意我的唁电是否登了出来。我的没有看到，葛任的倒看到了。前面说了，葛任与鲁迅有交往。都是文人，臭味相投，惺惺相惜，所以他尽量往大处说：人生知己，汤汤泪水；斯世同悲，浩浩怀山。

看了这唁电，我这才知道葛任没死，不但参加了长征，而且还顺利到了陕北。但随后好几年时间，我并不知道他确切的消息。那时候，我已在军统任职。派到陕北的密探告诉我，葛任在延安搞翻译，翻译托尔斯泰。托尔斯泰你知道吗？不，他不是服装设计师，而是一个作家。列宁说过，托尔斯泰是俄国革命的一面镜子。

国共两党建立统一战线以后，不时有人到延安去。有一次，一批美国记者从上海来到重庆，要到延安采访。其中有个人名叫 Goodman（古德曼），以前来过重庆，和我比较熟。我请他吃了顿饭，让他帮我打听一下葛任。他错误地认为我是要他收集情报，就说他只是个记者，不介入政治。我连忙向他表示，我和葛任是同窗好友，听说葛任在翻译托尔斯泰，想把他的书拿到重庆出版，没别的意思。Goodman

说，他从上海出来的时候，有一个名叫冰莹的话剧演员也委托他打听葛任，想知道葛任的肺病怎么样了。OK，我这才想起来，可不是嘛，葛任还是个肺病患者呢。

Goodman 从延安回来的时候，我刚好去了外地，不在重庆。所以，葛任（的情况）我还是不清楚。没过多久，我就得知他在和日本人的交战中死去了，死得很惨，全军覆没。这么大的事，派去延安的那个草包竟然一点也不知道。小姐，知道我为什么叫他草包吗？首先，他确实是个草包，其次他姓萧，草字头的"萧"。你信不信，当面我也敢叫他草包！当然，他已经死了，叫草包他也听不见了。草包没有把情报告诉我，我就只好等着看报纸了，可报纸上也没有报道。我急得上火，牙床都肿了，扁桃体也发了炎、化了脓。小姐，你过来看一下。看见了吧，我没有扁桃体，就是那时候割的。不割不行啊，因为它老是要化脓。总而言之一句话，当时我是干着急没办法，只好拿扁桃体开刀。我记得当时的《新华日报》就在重庆的虎口岩，是共产党办的报纸。我曾派人深入虎穴打探消息，可他们竟然也不知道。

啊？流泪？不，我没有流泪。小姐，你年龄还小，或许还难以理解其中的奥妙。听到这个消息时，我可以说是悲喜交加。OK！《诗经》上说得好，兄弟阋于墙，外御其侮。能死于抗战，成为一个民族英雄，那实在是不幸中的万幸啊。我很想搞清楚葛任是怎么死的，替他宣传一下，这样我面子上也有光啊。为此，我还特意调阅了一份日本报纸《报知新闻》。里面果然有关于葛任死去的报道，大吹大擂，称二里岗战斗是他们赢得的又一次重大战役。

大约过了一个礼拜，姓萧的草包把密电发过来了，也说葛任是在二里岗殉国的，还说追悼会已经开过了。我想以老朋友的身份往延安发一封唁电。统一战线嘛。可事情已经过去了，再发唁电，那不是马后炮嘛！搞不好人家还会认为你是故意往伤口上撒盐。思来想去，最后还是免了。

& 万物为刍狗

范老所说的"草包"名叫萧邦齐。其实，萧邦齐先生并非草包。据《Biographical Dictionary of Republican China》（《中华民国传记词典》，美国白鸦出版社，1989年版）一书介绍，萧邦齐早年毕业于莫斯科医学院，是个内科医生，曾与本书第一部分提到的张占坤同窗共读。1948年去香港，后到了美国旧金山的一所大学任教。萧邦齐先生晚年所著的《重现个人身份》一书，曾写到过自己当年在延安与葛任的接触。其中，他还提到了张占坤的被杀。下面的一节文字，原题为《万物为刍狗》，最初曾单独发表于香港《东方海》杂志，后被收入《葛任研究会刊》第三辑：

庄子之语实乃至理名言：不夭斤斧，物无害者，无所可用，安所困苦哉。我便是因懂得医术，被派到陕北去，当了表演。经过长征，红军将士患肺病者多如牛毛。周恩来夫妇便有肺病（注：原文如此），葛任亦患肺病，下层士兵患肺病者更多。因缺衣少药，将士怨恨猬集。就我所知，有两种病习为常见：一曰便秘，二曰肺结核。军统或以为，我可以此探得赤匪内幕。古语云：宁愿向南走一千，不愿向北走一天。实不相瞒，当时我不愿应承此事。范继槐找我谈话，云他曾听胡适之先生云，管理江宁织造的曹寅（曹雪芹祖父）当年名为内务府的采购官，实为康熙爷的特务，在江南打统战的，可他照样受后人爱戴……我最初去的是保安，那是长征的终点。我曾听昔日同窗张占坤云，1869年5月28日（清历四月十七日，天历己巳十九年四月十一日），太平军残余部队捻军抵达保安伊始，即被清军攻破。那是历史上距今最近的一次长征的结局。以史为鉴，我思量红军不日亦当为政府军击败，届时我便可逃离这不毛之地，归隐田园。老聃云："天地不仁，以万物为刍狗。"兵燹四起，我辈自然只是一束刍（注：禾草），一只狗而已。天下太平与否，岂我辈所虑之事欤？

我首次见到葛任，是在那年的初雪之日。当时，我与白圣韬、张占坤在河边散步。河水尚未结冰，有一小船于飘雪的河面上行驶，别具风味。船上所坐之人，即为田汗与葛任。因范继槐曾托我探听葛任病情，故我向白圣韬言道，风闻葛任已病入膏肓，药石罔效，今见此人，方知谣传也。白圣韬云，葛任确有肺病，并业已加重，得便请我前去一诊，以寻疗治之策。盖一周之后，白圣韬引我去见葛任,云葛任咳嗽结胸,病势甚危,问我可有良策?我于一间窑洞之内见到了葛任。洞中阴沉黑暗,点燃蜡烛方能看清洞中景象:倚墙有一木桌,上置一铜制笔筒,内插两支毛笔,一支红蓝铅笔,一支水(钢)笔。还有一本托尔斯泰小说选,商务版的,译者为瞿秋白。我曾翻了那本小说,上用红蓝铅笔画了诸多杠杠,眉批与校正亦繁如辐辏。他言道,欲重译托氏此著,并写一弁言。又云,他于白圣韬处闻知,我是到过俄乡的。他嗓音低沉,似弹琴之时踩着踏板。我好言劝他细心养生。他言道自感时间紧迫,总完不成分内之事,且又是愈聚愈多。譬如,他欲筹资在延安出版鲁迅文集,然至今仍不得其果。他似乎并非要我诊病的,而是要与我闲谈。他曾问及俄语地名"阿斯塔波瓦",原意为何。我坦言不知其详。他说他到过"都腊",晓得"都腊"之意为"堵截",却不知"阿斯塔波瓦"的俄语原意,只知它是一个小火车站的名字。后,经张占坤提醒,我方知"阿斯塔波瓦"乃托尔斯泰死亡之所——于葛任而言,他的"阿斯塔波瓦"当为二里岗。

二里岗之事,闻自葛任好友黄炎。当是时也,黄炎曾来医院就诊。云自闻葛任战死以来,他常常竟夕难眠,以致头晕目眩,呼吸不畅。并云,他欲撰写葛任英雄事迹,欲提升其精神,以励后人。不知何故,其后我并未看到黄氏之鸿篇⋯⋯不久,拾粪运动开始。同窗张占坤被收审。有人前来调查我与张占坤之往来,暗示我可揭发张占坤，以求自保。我思谋良久，设若我闭口不言，便是死路一条，与内人团聚无望矣。思前想后，我道出他曾说起捻军长征，意指红军长征并非史无前例。调查者忿然言道，仅此一条，便可令他去见阎王。因毛曾训示，长征是宣言书，是宣传队，是播种机，自从盘古开天地，三皇五帝到如今，历史上从未有过此等长征。运动尚未终结，张占坤就给砍了头。传闻他屈打成招，承认自己为政府派至延安的特务。占坤先生是被我这个真特务送上断头台的。自此以后，我时时自责，愧疚不已，难以自拔。1947年3月12日，政府军空袭延安。我被弹片击中，隐身于一窑洞之中，如一只狗舔着自己的伤口。是时虽为春天，却是大雪纷飞。3月18日黄昏，政府军进入延安，我被当做红军俘获。幸亏我伤的是腿。设若我的口腔被击穿，不能言语，我便会被政府军击毙，他们获悉我之真实身份，反而兴致大减。他们巴不得我是红军，好报功请赏……

到了西安，范继槐曾来电催我返渝。我告之，腿伤未愈，不能如电遄赴，希谅……此后多年，我是既不反共，亦不阿蒋，躲进小楼成一统，苟全性命于乱世，若桃花源中人……

读者可能还记得，在本书的第一部分，白圣韬曾提到，张占坤之死是因为他的揭发。现在看来，张占坤的被砍头，功劳还应该有萧邦齐先生一份。我把这事告诉了白凌，说她的祖父白圣韬对张占坤的死并不能负全部责任。我的本意是要替她的祖父开脱些责任，可她却一点也不领情，还说，那反正都是"Dog fight（狗咬狗）"。

@ 谈诗论道

OK，我们还接着说。大概过了个把月，有一天，戴笠将我叫到了重庆中山路，军统总部漱庐就在那里。什么，不知道漱庐？这样吧，哪天我带你去住两天，保管比住五星级宾馆还舒服。嗐！只要想想戴笠曾在那里办公，你就知道那里该有多舒坦了。当然，历史在进步，无论是硬件还是软件，都有很大发展，所以比以前还要舒坦。

戴笠啊，这个人长得有点像猫科动物，笑面虎一个。这个人还是很有学问的，这从名字上就能看出来。他的名字来自《诗经》：君乘车，我戴笠，他日相逢下车揖。当然，他的名字本身就提醒了你，见了他一定要作揖。所以每次见他，我除了敬礼，还要拱手作揖。我这辈子可没少作揖。不过，真要说起来，作揖可是我们中国人的传统美德啊。在全球化的今天，由于艾滋病的流行，我曾在大会和小会上反复讲过，要用作揖代替握手、接吻，因为可以减少传染嘛。

OK，还说我们的。戴笠当时笑了，说免了免了。小姐，我有一个放之四海而皆准的理论，不妨给你说说。那就是，只要你有学识，是个人才，那你不管走到哪里都会受到尊重和爱戴。戴笠就对我很尊重，他主动给我让了座，沏了茶，递了烟。然后，他说要向我请教一个问题。我说，什么问题，说说看。为了逗他高兴，我还给他戴了高帽，说他这是密切联系群众。他说他看到一首诗，喜欢是喜欢，可就是看不懂。我心里窃喜，OK！这正好是我的强项啊，正好可以给他露一手。他递给我一份报纸，是香港一个叫徐玉升的人编的《逸经》。我一看，这首诗叫《蚕豆花》。我当时并没有反应过来，只是觉得它有点熟悉，好像在什么地方看过。我对他说，不就是蚕豆花吗？风花雪月，无聊文人的游戏罢了。戴笠说，听说陈独秀喜欢蚕豆花，这是不是陈独秀写的。我说肯定不是，陈独秀的诗我都看过，他写的是古体诗。他就又问，那么是献给陈独秀的？当时我想，这个笑面虎，醉翁之意不在酒，而在陈仲甫。我就对他说，陈独秀不是已经死了吗？管他娘的。姥姥！就在我这么说的时候，我已经想起来了，这好像是葛任写的，在日本时写的。前面，我好像给你讲过，"五四"以后，它又登在叫什么《新世纪》的杂志上，还曾喧闹一时。眼下，这首诗的作者，署的名字是一串拉丁字母，我拼了一会儿，终于将它拼出来了，犹豫，忧郁。没错，一定是葛任写的，因为葛任的俄文名字就叫忧郁斯基。

我就想，这个笑面虎，让我看这个是什么意思？难道是怀疑我与共军有染不成？不过，我并不十分担心，因为葛任已经死到了二里岗，戴笠总不至于怀疑我有通灵术，能跟死人打交道吧？我就对他说，有什么指示，你就明说吧。戴笠说，他浮生偷得半日闲，想找个朋友谈诗论道，调剂一下生活,就想到了我。接着他就问我平时还读不读诗歌。我说,读啊,诗是一种特殊的意识形态嘛,不读不行啊。他又问当今的诗人当中,我比较看中谁的诗歌。我想,他问这个什么意思?千万不能因为我的一句话,给诗人们带来麻烦。于是,我就说,徐志摩写得不错,可他已经死了。泰戈尔写得也不错,不过远在印度。虽说诗人又叫骚人,可这两个人都不发牢骚,写的都是云彩啊,飞鸟啊,只管抒情,应该是诗人们学习的好榜样。OK,我话一出口,他就说听君一席言,胜读十年书。我的真本事还没有露出来呢,他就开始给我戴高帽了,并且还要给我敬酒。小姐,你大概还不知道,在喝酒问题上,我向来奉行三中全会精神,只喝三盅,多一盅也不行。可那天是个例外,因为是领导敬酒,我只好多喝了几盅。

后来,他的狐狸尾巴就露出来了,问到了葛任的诗。他说,崔永元(注:中央电视台节目主持人,范老原话如此)不是在搞实话实说吗,这里又没有外人,你也就实话实说吧。我只好说,葛任的诗我看得很少,早年看过一些,后来就再没有看到过。他就说,看来,你真的是没有看过,因为我刚才让你看的,就是葛任的诗。我看逃不过他的法眼了,就一拍脑门,做出茅塞顿开的样子,说,老板一提醒,我就突然想起来了,那应该是葛任写的,是他在日本的时候写的。戴笠说,"五四"的时候,他也是个热血青年,喜欢读新诗,当时他就看到过这首诗,当时的题目叫《谁曾经是我》。这狗娘养的,既然什么都知道了,还来问我做什么?

我虽然嘴上没说，但肚里已经是气鼓鼓的了。就在这时，他拍了拍手，让女秘书把他珍藏多年的那本《新世纪》拿了出来。那个女秘书长得可真漂亮，香喷喷的，简直是胡蝶第二。女秘书把杂志递给我，一扭一扭走了。戴笠的案头工作做得很细，上面已经画得一道道了，凡是跟现在的这首不一样的地方，都用朱笔勾了出来。我正想着他的葫芦里卖的什么药，他突然问我，范先生，萧邦齐可靠不可靠？我说，他受党教育多年，没听说他有什么思想问题啊。他又问，葛任死去的情报是不是他提供的。我说是啊，我不是给您汇报过了吗，怎么啦？笑面虎这才告诉我，葛任应该还活着。他会给我说些什么，各种可能性我都想到了，就是没有想到这一点。小姐，不瞒你说，当时我被他搞得一头雾水，还以为他犯病了呢。过了一会儿，我说，老板，你不是开玩笑吧？他说，军中无戏言，从这首诗中看，葛任不光还活着，而且很可能就在大荒山。

我的酒劲一下子过去了。大荒山？他去那里干什么？我问。他说，他也在思考这个问题。他说，从已经破获的情报来看，《蚕豆花》就是葛任在大荒山写的。他说，他已经托人打听了一下，现在大荒山白陂镇一带，确实有一个外地人。受托之人虽然不认识葛任，可他描述的相貌特征，与葛任确有几分相似。我再次向他申明，这不可能，因为所有情报都已证实，葛任已经死了。戴笠端起酒盅在桌上磕了两下，说，先不要妄下结论，要注意调查研究。还说，他已经向老头子（蒋介石）汇报过了，经老头子同意，他想派我去大荒山摸摸底细。如果葛任确实在大荒山,他希望我能搞清楚葛任在那里有何贵干,然后劝降葛任,让他为党国服务。Fuck!他把我叫到漱庐,原来是为了这个!

看来,这问题他已考虑成熟了,不然他拿不出那个方案。方案分为好多条,但总的说来可以归纳为以下三点:一讲原则性,也就是要以党国利益为重;二讲灵活性,也就是要讲究策略;三讲纪律性,也就是要注意保密。他对我说,只要以三项要求为纲,就可以纲举目张。最后,笑面虎还特意要求我,要以情动人,以理服人,让葛任先生懂得这样一个基本道理,那就是鱼儿离不开水,瓜儿离不开蒂,干革命靠的还是三民主义。

小姐,戴笠这个人深谙外松内紧之理,笑里藏刀。在他手下混饭吃,有一点要切记,就是任何时候都不要惹恼他,否则绝没有你的好果子吃。交代完了工作,他又惺惺作态,对我说,如果你真的感到为难的话,我可以考虑别的人选。在这历史的紧要关头,我如果敢吐个不字,他就敢把我拉出去崩了。我可不想死到他手上。我眼都不眨一下,说,OK,还是我来吧。我把戴笠哄得很高兴。他说,有什么要求尽量提,组织上一定设法满足。

& 徐玉升与《逸经》

正如我们已经知道的,葛存道先生遇刺之后,徐玉升先生曾受胡安之托,远赴青埂,将葛任接到了杭州。在以后的两年时间里,徐玉升与葛任建立了深厚的友谊。葛任去日本之后,徐玉升也离开杭州去了香港。据徐玉升在《钱塘梦录》一书中说,葛任到日本以后,曾多次给他写过信。得知他在香港创办了《逸经》报的时候,葛任还曾向他建议:

> 《逸经》应多刊仲甫(陈独秀)、守常(李大钊)之宏文。且寄来了守常的《青春》,其中有"春日载阳,东风解冻。远从瀛岛,反顾祖邦。肃杀郁塞之象,一变而为清和明媚之象矣;冰雪冱寒之天,一幻而为百卉昭苏之天矣。每更节序,辄动怀思"之语,感人肺腑。

《逸经》上果然转载了这篇文章。据徐玉升先生说,《逸经》后来给人留下"亲布尔塞(什)维克"印象,就缘自《青春》一文。但在以后的许多年里,葛任和徐玉升很少再有联系。大概是在1929年,他收到过葛任的一封信,葛任告诉他,自己在上海大学教书,并计划写一部自传体小说,叫《行走的影子》。他立即给葛任回信,希望能在《逸经》上连载此书,并说,"令父亡命瀛岛之情形,老夫略知一二。若得闲来港,我可讲与你听,于你或有裨益。"此后,他们又是多年没有联系,但对葛任的行踪,对葛任与冰莹的苏区之行,及葛任参加长征之事,他"皆有耳闻"。后来,他曾向国民政府申请,望能获准到延安采访。他的目的除了采访,还为了能见到葛任。由于他给人留下的"亲布尔塞(什)维克"印象,所以他的申请未获批准。到了1941年,他从一个去过延安的香港记者那里得知葛任正从事翻译工作,便想葛任的书或许已经写完了,就给葛任去了一封信,旧话重提,望能在他的报纸上连载它。到了1942年冬天,他突然从一位逃到香港的友人处获悉,葛任已在二里岗死于日寇之手。但其后不久,还处于惋惜和悲痛中的徐玉升,却意外地收到了一首诗,《蚕豆花》:

> 此函因辗转日久,封皮已污烂不堪,邮戳亦难以辨识。内文虽无落款,然字迹之清秀,表明此诗乃葛任所寄无疑。署名为拉丁字母,或可译为犹豫,忧郁。我想,其定然乃葛任遇难前投寄,可视为葛任之遗言。

至于这首诗究竟是什么时候寄出的,因为葛任与范继槐的面谈对此有所涉及,这里暂且不论。正如我们所知道的,徐玉升很快就把这首诗刊登在了《逸经》上,"以示对葛任之深切怀念,暨对中共将士誓死抗战之敬佩"。《逸经》(1943年1月6日)所刊载的《蚕豆花》全文如下:

> 谁曾经是我,
> 谁是我镜中的一天,
> 是青埂峰下流淌的小溪,
> 还是白云河边盛开的蚕豆花?

325

谁曾经是我，

谁是我镜中的春天，

是阿尔巴特街的蜂儿，

还是在蚕豆花中歌唱的恋人？

谁曾经是我，

谁是我镜中的一生，

是窑洞中的红色火苗，

还是蚕豆花瓣那飘飞的影子？

谁于暗中叮嘱我，

谁从人群中走向我，

谁让镜子碎成了一片片，

让一个我变成了那无数个我？

　　与《新世纪》上的《谁曾经是我》相比较，那种探究自我真相的急迫和勇气，依然存在；变化的只是个别词语，出现了"青埂峰"、"白云河"、"阿尔巴特街"、"窑洞"等等。这些词语像一串珠子似的贯穿了葛任的一生。而嗅觉比狗鼻子都尖的戴笠，当然不会放过这些词语。

　　徐玉升先生事先怎能料到，《蚕豆花》一诗的发表，不光导致了葛任之死，而且改变了与葛任有关的许多人的命运。这当中也包括他自己的命运：1944年6月9号，他被军统特务刺杀在通往香港浅水湾饭店的沙石小径。

@　组阁

我向领导提出的要求其实很简单,那就是助手由我挑,先派助手去摸摸底,然后再亲自出马。戴笠同意了,还说不管点到谁,他都会为我开绿灯。OK,拿到这尚方宝剑,我就开始组阁了。

怎么组阁的?嘻,我一说,你就理解我的良苦用心了。我挑的第一个人就是前面提到的杨凤良。挑他,有这么几种考虑。这一呢,葛任以前没有亏待过他。他虽然加入了军统,可私下提起葛任,他仍是尊敬有加。我想,如果那人真是葛任,那杨凤良是不会让他为难的。这二呢,杨凤良是外交官出身,长着三寸不烂之舌,能把一根稻草说成金条,也能把一根金条说成稻草。劝降葛任,没有他这样的高手不行。这三呢,他和我关系不错,在苏区时,我们都是异类。什么叫异类?异类就是你们说的另类。我们是惺惺相惜呀。到了重庆,仍然来往频繁。你肯定看出来了,我这个人,任何时候,都喜欢和群众打成一片,虽然身居高位,却从不摆什么架子。他每次来串门,我都是好酒好肉招待,就差给他找女人了。当然,他也不要女人。他是个死心眼,一心只想着"鲜花调"。他给我说过,那个娘们儿还呆在大荒山,已经生下了他的小宝宝。他早就盼着能和那对母子团圆了。君子成人之美,这是中国人的传统美德,我何乐而不为呢?

讲到这里，我突然想起了一件小事。前些年，我应邀到北岳恒山参加一个旅游节。那一次，我遇到了一个和尚，头上的戒疤像枣核那么大。他说他是从菩提寺云游至此的。他一讲菩提寺，我心中一惊，因为白陂镇也有个菩提寺。活动结束之后，那个小和尚跑到宾馆的房间来找我。我看他模样乖巧，就让他坐了一会儿。小姐，你一定想不到，眼前的这个小和尚，竟然是杨凤良的孙子。

当时听他那么一说，我立即从他的眉眼中看出了杨凤良。像，真像，像极了，特别是那对招风耳，就像是一个模子里倒出来的。他的眼睛很像"鲜花调"，虽然当了和尚，可还是顾盼生辉，就跟会说话似的。他说，他在典礼上听人家念到我的名字，就想问我打听个事。他说，他听一个叫孙国璋的人讲起过我。孙国璋是何许人也？我想了好一会儿，才想起来他是杨凤良在重庆时的随从。我问他，喂，小和尚，姓孙的都给你讲了什么？他说，孙国璋告诉他，范继槐知道他祖父是怎么死的。我对他说，和尚都当了，还是祛除执迷，潜心拜佛吧。他双手合十，施主长施主短的，就是不走。我问他还有什么事。他说，他还想顺便打听一下，我跟刘法清熟不熟悉。小姐，刘法清你不知道吧？嗐，他就是刘少奇的孙子，就在恒山当道长。我给小和尚说，我是来参加旅游活动的，别的事我插不上手。Fuck！费了很大劲，才把他打发走。临走的时候，他对我说，施主先休息吧，等你和刘道长联系上了，我再来找你。Fuck！要是被这家伙缠上，那还了得？我就连夜下了山。小姐不要替我担心，这次去白陂，事先我已经给有关方面打了招呼，就是千万不要让和尚们来参加庆典，免得我看着心烦。

& 杨凤良的后人

范老所提到的杨凤良的那个孙子，原名叫杨闽，从名字上就可以看出他是福建人。他的祖母并不是"鲜花调"——如前所述，"鲜花调"母子早已死于阿庆之手——而是杨凤良的结发妻子。杨闽是1996年来白陂祭祖时，留下来到菩提寺当了和尚的，取法号为明海。

现在的菩提寺，位于白陂市管城区中山北路63号。与它斜对面的60号，就是当年"鲜花调"开茶馆的地方，现在是一座三星级宾馆，名叫翠花园，它是一个珠宝商人投资修建的。我前后几次到白陂，都住在这个宾馆。翠花园设施齐全，内部环境也很幽雅。惟一的不方便是妓女太多，要求提供性服务的电话总是响个不停，睡眠会受到一些影响。我常常从翠花园溜出来，到菩提寺内转悠。菩提寺现在的面积约有五十亩，是一个凹形院子，墙角放着陶罐。我第一次去的时候，那里正在举办书法比赛。冠军获得者就是我前面提到的郭平先生。按郭秘书的说法，他习墨多年，获此殊荣也是理所应当。在那个凹形院子里，我与郭秘书有过几次交谈，但他从未向我提起过明海。

在整理完范老的自述以后，我又去过一次白陂。这一次，我特意向郭秘书打听明海其人。郭秘书一句话就把我打发了："业障，明海已经圆寂了。"死了？年纪轻轻的，怎么说死就死了？可除此之外，他不肯再多说一句。在离菩提寺不远的一个茶馆里，我和另一个和尚有过一次交谈。他叫明慧，准确地说应该是前和尚明慧，因为他现在已经还俗了，圆滚滚的脸上胡子拉碴，就像越冬后发芽的土豆。他以前是瑞金人，还俗之后在此经营茶馆。他说，因为消费者比较信任和尚，他就给这茶馆起名明慧茶馆。茶馆里面悬挂着一幅中堂，上面描绘的是青灯黄卷。它是茶馆品牌的象征。中堂前面的收银台上，供奉着红脸关公。不过这里的关公并非象征忠义，而是财神的化身。

明慧与明海关系很铁，当初去北岳恒山，就是他们结伴去的。据明慧说，刘（法清）道长的故事，还是他告诉明海的。这么说着，他一边招呼小姐往我的茶杯里续水，一边起身向收银台走去。转眼间他就拿来了一份报纸，是1995年8月6日的《华东信息报》。他说是他云游上海时在地铁站买的。那上面有一篇报道，说的就是刘法清道长：

> 刘少奇的孙子刘法清在北岳恒山当了道长。刘三十来岁。他刚出生，父母就被送进"牛棚"。不久，父亲刘允斌被造反派整死。后来，妈妈把他带回青海草原自己的家里。牧民们施舍给他吃的，喇嘛庙里的活佛教他识字念经。后来参军，参加了对越自卫还击战。退伍后又回到青海草原当乡长。6年前，在宝鸡龙门洞出家入道。龙门洞是他幼时与奶奶路过的地方。刘法清修道习

经,云游四海名山古刹。去年春天落脚北岳恒宗殿。共和国主席的孙子头戴两片纯阳巾,穿着布衲子,腰系丝绦,身佩七星剑。

前和尚明慧说,他们在北岳恒山并没有见到刘道长。回来之后,明海拿着这份报纸翻来覆去地看。明海感到,除了名字、宗教以及个别细节的不同,报纸上说的简直就是他自己:他的祖父虽然不是国家主席,但当过外交官;他的父亲也是被整死的;母亲曾带着他在武夷山丛林中以野果和植物根茎果腹;他自己呢,不光参加过对越还击战,而且还被炸掉了一截腓骨,外加几根脚趾,至今走路还像鸭子;虽然他没有当过乡长,但这并不说明他与乡长没有瓜葛。他声泪俱下(这实在有失佛门尊严)回忆起,因为祖传的宅基地问题,他和当地的乡长有过一次争执。争执的结果是,他被五花大绑地扭进了派出所。如果他不认罪,那么手电筒就会一直照着他的瞳仁。前和尚明慧说,他也不知道明海讲的是否确实,因为《楞严经》上说:"由心生故,种种法生;由法生故,种种心生。"《大乘稻芊经》上也说:"若见因缘即能见法。"我不懂其意,明海就解释说,这意思是说,意识产生物质,物质又产生意识。他担心我还没有听懂,就对我循循善诱:"比如,我想挣钱娶媳妇,就开了这家茶馆。挣了钱,女人一多,我就不想娶媳妇了。既然隔着篱笆就可以挤到鲜奶,我为什么要养一头奶牛呢?这就叫'由心生故',这就叫'若见因缘即能见法'。"

明海觉得,既然他们遭遇相同,那么刘法清能当道长,他也应该在菩提寺弄个一官半职。除了念经以外,他最热心的工作,是组织文化活动。那次书法比赛,就是他牵头组织的。为此,他将多年的积蓄都拿了出来。事先,他和郭秘书有个约定,郭秘书拿到一等奖以后,就去给有关方面做工作,任命他为菩提寺的住持。他担心郭秘书变卦,还将寺内的一些陶罐送给了郭秘书。郭秘书请他放心,说,从提拔年轻干部的角度考虑,这住持是非他莫属。后来,郭秘书如愿拿到了一等奖,但"住持的职称"(明慧语)却给了另外一个和尚。他去找郭平论理,两个人就吵了起来,准确地说是三个人,还有随后赶来的住持。前和尚明慧说,郭秘书有一句话不够恰当,就是他提到明海是个瘸子:"白陂马上就改成市了,让一个瘸子当住持,对城市形象不利嘛。"明慧说,就是这句话,把明海气住了。"是不是就是因为这个圆寂的?"我问前和尚明慧。

"圆寂?谁圆寂了?"前和尚明慧问我。他的眼睛瞪得溜圆,比钢珠还圆。我只好告诉他,我是听郭秘书说的。前和尚明慧随即抚膝大笑。说,明海并没有圆寂,而是像达摩那样"一苇渡江,只履西归"喽。我不懂这个典故,前和尚明慧就解释说,菩提达摩曾与梁武帝萧衍论说佛理,话不投机,就折一根芦苇化做船,渡江而去喽。他告诉我,明海是跟着一个来此旅游的美国人走的。按明慧的说法,明海当和尚已经当够了,现在想当个传教士,美国的传教士。他有个英文名字叫 George Deng,邓之乔。这名字有点怪,前和尚明慧说,他琢磨来琢磨去,有一天正沏着茶,突然顿悟了，它的意思就是"等着瞧"。"等着瞧，瞧什么？"我不明其意。前和尚明慧就解释说，按佛教上的说法，这就叫"若动而静，似去而留。可以神会，难于事求"。

因为白凌曾经告诉我，范老在白陂期间，也曾到明慧茶馆喝过茶，我就问前和尚明慧对范老有何印象。前和尚明慧还记得白凌和日本人川井，却想不起来范继槐是谁。经我提醒，他终于恍然大悟，"阿弥陀佛，原来是那个家伙啊，他是郭秘书带来的。老家伙有三多：话多，痰多，尿多。"还说，趁范继槐出去撒尿的工夫，郭秘书发展他加入了组织。我还以为什么组织呢，原来是华伟消费联盟。他说，虽说国家已经取消了这个组织，但郭秘书要他加入，他也只好硬着头皮加入。他对我说："同志，呆会儿你不买单可以，但要买上一盒阿拉斯加海豹油。"

@ 一箭双雕

杨凤良走时，一弯明月斜挂天边。那晚的月亮我还记得，边缘很薄，OK，就像农民同志挂在墙上的镰刀的锋刃。我去机场送他，顺便把戴笠交代过的三项指示又给他说了一遍。然后，我语重心长地交代他，凤良啊凤良，首先要搞清楚那人是不是葛任。是呢，就等着我去处理；不是呢，就悄悄撤回来，不要打草惊蛇，免得给组织脸上抹黑，让别人笑话我们军统。

我还给葛任起了个代号O。小姐,从这个代号上面,就可以看出我的良苦用心。零蛋嘛,意思就是没有。只要不是傻瓜,就能听出我的话外音嘛,更何况他比猴都精。是啊,我的意思是说,如果他认为那不是葛任,他就可以把他放了。他是个聪明人,应该知道该怎么办。走到飞机舷梯前的时候,我让他代问"鲜花调"好,还说,身体是革命的本钱,到了那边要爱惜身体。笑什么,笑什么,我可没有别的意思。我只是对下属表示关心。

杨凤良一行有七八个人。《左传》上说,虽鞭之长,不及马腹。为了得到确凿的消息,也为了防止杨凤良背着我捣鬼,我把我的一个干儿子也塞到了里面。他长得很清秀,名字也跟女孩子一样,叫邱爱华。他是个孤儿。1941年6月初,日军轰炸重庆,好多人都跑进大隧道避难,难没有避成,却死到了里面,其中就有他的父母。OK,说起来也真是好笑,八年抗战,让日军炮火炸死的重庆百姓,也不过千把人,平均下来,一年也就是百十来条命。可那一次,被自己人踩死的,被空气憋死的,竟然有一万人之多。我受命指挥清理尸体,军用卡车装了一车又一车。在郊外埋人的时候,死人堆里突然传来了哭声。对,他就是邱爱华,当时只有十四五岁,光着屁股,小鸡鸡上还没有长毛呢。哦,对不起小姐,我是实事求是。当时穷啊,营养跟不上,确实没长毛,包皮还没有退下去呢。当时,政府发起了一个献爱心运动,我响应政府的号召,领养了这个孤儿。他对我忠心得很。这么说吧,就是让他光屁股坐到冰块上，他也绝不说二话。为了让他到基层锻炼，我送他当了兵，随后又把他当成一枚重要的棋子，安插在了杨凤良身边。不过，杨凤良并不知道我和邱爱华的关系。有一次，我去杨凤良那里视察工作，看见邱爱华有些军容不整，上去就扇了他两个耳光。我还故意问杨凤良，这是谁家的男娃子？要好好管教。杨凤良当场就踢了邱爱华一脚，还限期让他写出深刻检查。姥姥！要是知道那是我干儿子，他敢吗？

OK，我们还接着说。杨凤良走后，我就掐算着时间，等着他来电。几天过去了，我想杨凤良该到了。一天晚上，我哪也没去，就等着消息。姥姥！左等不来，右等不来。我急了，想，邱爱华总该来个电话吧，竟然也没有。这倒是稀奇事。我想，这小子在给我耍什么花招呢？莫非他猜透了我的心思？啊，小姐，你真是聪明。要是放在43年，你肯定是个干特务的料。我让杨凤良去，确实是一箭双雕。如果杨凤良悄悄放走了葛任，并且做得神不知鬼不觉，那当然是最好不过了。但是，不怕一万，就怕万一。万一走漏了风声，戴笠怪罪下来，OK，那就对不起了，我就只能拿他开刀了。什么，让我替他兜着？那怎么行呢。还有许多事情等着我去做呢。为了区区一个杨凤良做出无谓的牺牲，那就太不值得了。进一步说，好汉做事好汉当嘛。如果他还是个男人，那就应该挺身而出，勇敢地承担起这个责任。

& 对邱爱华之死的补充

范老有点自作聪明了。根据孙国璋先生所述,杨凤良其实早就知道邱爱华是范继槐的养子:

> 从重庆到白陂,杨先生特意告诉我,要善待邱爱华。邱长着娃娃脸,小胖墩,酷似美国童星秀兰·邓波儿。我曾把仅有的罐头让给他吃。他有一台 record-player(电唱机)。大概是从范继槐处弄到的。杨先生本人对他甚是亲切。我曾目睹杨凤良亲自为他打开一瓶罐头,并递到他手中,令人感到他反倒是邱的侍从。我曾对杨先生的举止提出异议,然,杨先生说,邱无父无母,他是把邱当成自己的骨肉看待的。在白陂镇,他(邱爱华)常做噩梦。有一夜还尿了床。对,尿床。我日后常想起这孩子,想起他的梦。他总是梦见自己死了。我想,这是因为他有过一次死亡经历的缘故。你已经知道,我后来研究的是哲学。某种意义上,研究哲学就是研究噩梦。希腊语称噩梦为 Efialtes,Efialtes 是引起噩梦的魔鬼的名字。拉丁语称噩梦为 Incubus,也有魔鬼之义。德语把噩梦叫做 Alp,既指精灵,也指魔鬼。王季陵先生告诉我,我走后不久,邱便死去了。莫非他真的是被魔鬼掳走了?

这里所说的邱爱华的"一次死亡经历",指的就是范老提到的大隧道惨案。史料记载,日军对重庆的毁灭性轰炸,共有两次。第一次是在1939年的5月3日到4日。日本海军航空队由武汉基地起飞,在突破国民政府空军的阻击之后,对重庆实施狂轰滥炸。而川井当时就隶属于海军航空队的第一空袭部队。在明慧茶馆聊天的时候,川井曾向郭平秘书和白凌讲过当时的情景:

> 那是昭和十四年(注:即公元1939年)初夏的事。我们驾驶的是中型轰炸机,大约在午后1时飞临重庆。与我同机的冈部告诉我,预定目标是从朝天门至中央公园的繁华地带。他引用一休禅师的话说,这叫"逢佛杀佛,逢祖杀祖"。一休禅师,你们的明白?
>
> 冈部现在还活着。支那人不是说,矮个子聪明吗?他身长不过五尺(注:日本长度单位,一尺合0.303米)。他就很聪明。他与那位先生(指茶馆老板明慧)一样,战后当了和尚,法号二休。共投下了100枚爆炸弹,70枚燃烧弹。翌日下午,又发动了第二冲击波。上一次是26架(飞机),这一次是27架。炸弹虽然没丢多少,但效果奇佳。用八路军的话说便是集中优势兵力,消灭有生力量。一些教堂炸掉了,一些使领馆炸掉了,至于死伤民众,尤不知凡几。

据《日军大轰炸》(渝都出版社,1989年版)记载,这两天内的轰炸，共炸死3991人，伤2323人，炸毁建筑物847栋。炸毁的宗教场所计有：圣社交会教堂，安息会教堂，公戏会，中华基督会。七星岗天主教堂焚烧之后，仅留下30米高的钟楼和从法国运来的大钟。书中的一张照片显示，有一架被炸飞的管风琴，落到了另一个弹坑之中，就像个小小的灵柩。此书同时还记载，位于重庆苍平街的《新华日报》印刷厂、编辑部、营业部，也被炸毁了。当时的国泰戏院，一次就死去了200名观众。这些事例说明，范老前面提到的"八年抗战，被日军炮火炸死的重庆市民，也不过千把人，平均下来一年也就是百十来条命"的说法，并不确切。

两年之后，1941年6月5日，日军对重庆发动又一次空袭。就是这次空袭导致了范继槐所说的大隧道惨案。史料记载，那天下午6时左右，在刺耳的空袭警报声中，重庆市民大量涌入隧道。隧道因此水泄不通，新鲜空气逐步减少，而温度却逐步升高。洞内的人往外挤，洞外的人往内挤，秩序大乱。敌机是晚上7时抵达重庆的，此时洞内的避难者因为缺氧和互相挤压，已经死伤无数。晚上8时和10时，敌机又发动两个"冲击波"（川井语），到11点钟，洞内的人已经基本死光了。现在可以断定，邱爱华的父母就死于这次惨案。川井虽然没有参加这次空袭，但他对此并不陌生：

> 我没有参加昭和十六年（注：即1941年）的轰炸。那是另外一支部队干的，与我们无关。你们的

明白，我们海军航空部队对6月6号的轰炸战果，还有些瞧不起：那一万余人是窒息和相互挤压而死的，或者说是被吓死的，并不表明他们战术得当。一首俳句中说："芭蕉又熟了，南风徐徐地吹来，春花野杜鹃。"南风吹来之时，芭蕉已经熟了，故与南风无关。

被范继槐从死人堆里救出来的邱爱华，一定没料到，他会死于大荒山——他诸多的噩梦之中，是否包括这项内容呢？让我们重新回到阿庆曾经讲述过的那个重要时刻。因为一块肥皂，阿庆的部下与杨凤良的部下发生了冲突，阿庆先是杀掉了自己的部下，随后把账赖到了杨凤良部下的头上，接着又前往菩提寺向杨凤良要人。杨凤良呢，遂把邱爱华交了出来。正如我们已经知道的，当时到周庆书（即阿庆提到的周扒皮）家里抢肥皂的并不是邱爱华，而是后来的海峡大学校长王季陵。现在我们可以设想，杨凤良把邱爱华交给阿庆，无非是要借阿庆之手除掉他，免得他向范继槐通风报信。然，杨凤良一定没有料到，阿庆不光杀了邱爱华，而且把他以及"鲜花调"母子全都干掉了，全扔进河里喂鱼了。

如果这个设想可以成立，那么我们就可以进一步证实：一、杨凤良确实想放掉葛任；二、杨凤良不可能再主动与范继槐联系，范继槐接下来所说的杨凤良曾给他回电一事，与事实有很大出入。

@ 迷雾中的冰莹

姥姥！又过了两天，我终于接到了杨凤良的密电。Fuck！他是哪壶不开提哪壶啊。唉，我最担心的事情还是发生了。密电只有十个字："〇号在白陂，妙手著华章。"姥姥！这不是故意让我为难吗？我气得眼冒金星。杨凤良活够了！普天之下，竟然还有这样的混账王八蛋，一点都不替领导分忧。

我正生着闷气，突然得知冰莹来了重庆。是我的部下告诉我的。我的部下和一个钢琴师交好，有一天带孩子去练琴，刚好碰到钢琴师夫妇在打内战。原来，钢琴师在重庆的九龙坡机场遇到了冰莹。回到家，他越看夫人越不顺眼。夫人看出了门道，揪着他的耳朵问他是不是有花心了。你猜这位同志是怎么说的？他说，你这架破琴早就走调了，再弹也弹不出什么动听的曲子了。夫人又揪着他的另一只耳朵，问他谁家钢琴不走调。他不说。私下，他对我的部下说，只有一架钢琴不走调，那就是冰莹，然后他就讲了他在九龙坡机场遇到冰莹的事。他说，以前他在上海大学读书时见过冰莹，这么多年过去了，冰莹还像当时一样漂亮。

言者无意，听者有心，我的部下赶紧向我做了汇报。我就想，在这历史的紧要关头，她来这里干什么？是不是为了葛任？总之，我心里直发毛。我担心那个钢琴师看花了眼，所以得到情报，我就驱车去了一趟九龙坡，想查到一点关于冰莹的线索。九龙坡你知道吗？对，现在改成九龙坡火车站了。当年，毛泽东和周恩来到重庆谈判，就是在九龙坡机场降落的。

在我的地盘上，想摸清她的行踪，那还不是小菜一碟？我很快就搞清楚了，那人确实是冰莹，眼下就住在歌乐山。我立即派人盯住了她。她大概发现有人盯梢，就搬到了夫子池，那是人们祭拜孔夫子的地方。搬到夫子池又怎么了，还是跑不出我的手心。派去盯梢的同志对我说，只有一个人和冰莹见过面。我问是谁，那家伙说是赵耀庆。OK，我就吩咐他继续盯梢，要想方设法调查清楚他们的谈话内容。那人说，他们好像没谈什么要紧事，他只是看见他们在庙里烧香，后来又到夫子池给乌龟放生去了。当年的善男信女，都喜欢在夫子池给乌龟放生。我立即驱车去了夫子池。透过窗户，我果然看到了冰莹和阿庆。他们真的买了几只乌龟，正在放生。重庆者，雾都也。当时雾很大，视觉效果不是很好，所以我没能看清冰莹的脸。但是，仅从她的侧影看，她确实是风韵犹存。她戴着一顶宽檐帽子，风把那帽子吹歪了，使她的风韵更足了。俗话说得好，歪戴帽子斜插花嘛。

讲到这里，我又想起了一件事。在全国人大八届五次会议上，重庆改成直辖市以后，我又去了一趟重庆，又到当年的夫子池看了一下。池啊庙啊，早就填了、拆了，上面建了一所中学。陪同我参观的同志告诉我，"文革"期间，革命群众分成两派，真枪实弹在这里打了起来。打得正欢呢，一

341

件怪事发生了。许多只乌龟从一个厕所里爬了出来，它们就像好莱坞电影里的小恐龙，上了马路还东张西望。OK，人们顾不上打了，一个个弃枪而逃。所以后来有人讲，是乌龟平息了那场史无前例的武斗。当地的领导同志对我讲，经有关部门考证，那些乌龟就是当年夫子池里的乌龟。（它们）是怎么活下来的？嗐，重庆乃是山城，地下都是石缝，那些乌龟就是躲在石缝里活下来的。枪声惊动了它们，它们上来看热闹了。他们讲的时候，我走神了。我在想，那些乌龟当中，有没有冰莹放生的那一只呢？我还想，那些乌龟要能活到今天该有多好，让马俊仁熬上几大锅中华鳖精，给运动员们好好补一补，那奥运会长跑金牌就让中国人承包了。

刚才我讲到哪了？对，讲到冰莹和阿庆了。别看阿庆平时趾高气扬的，可这会儿在冰莹面前，他却是毕恭毕敬。看到阿庆恭顺的样子，我的神经就像灯捻那样，一下子给挑亮了：何不将这小子派到大荒山呢？你大概还不知道，阿庆以前是冰莹家的仆人，后来又跟着葛任走南闯北。什么，我已经讲过了？你看，当代史又变成了古代史，转眼间就忘了。莫非我真的老了？范老，范老，我都是被你们叫老的。嗐，还有人叫我范翁的。以后你不要叫我范老了，就叫我范先生算了。小姐，你一定要懂得这样一个道理：每个德高望重的人都愿意长寿，可是没有人愿意当老头，尤其是在漂亮的小姐面前。

当时，我考虑来考虑去，越想越感到阿庆就是这块料。正这么想着，我看见阿庆和冰莹分手了。阿庆先走，过了一会儿，站在池边的冰莹也走了。等她走远了，我的车才跟上去。什么，盯梢？不，我可不是要盯她的梢。让我亲自盯梢，不光是大材小用，而且还有失体统。当官就要有当官的样子嘛。我之所以跟踪她，是要重温我和冰莹、葛任的友谊。雾越来越大，在雾中冰莹显得那么孤单。她要到哪里去？我又一次想到了那个问题。她是不是为葛任的事情来的？莫非她已经知道葛任并没有死去？当时，我又想起了笑面虎（戴笠）的话，那就是劝葛任来到重庆，为党国效力。我想，如果葛任来到了重庆，冰莹和葛任不就相见了吗？作为朋友，我应该为他们久别重逢做出自己应有的贡献嘛。

　　后来，我就跟着冰莹来到了一个餐馆。OK，我还记得，那餐馆名叫怡和园。不是颐和园，是怡和园，心旷神怡的怡。冰莹进去了，我也不能老在外面呆着呀，就也跟着进去了。我直接上了二楼。隔着栏杆，我可以看清一楼的冰莹。我看见一个人捧着冰莹的手吻了起来。格登！我心里格登了一下。那小子是谁呢？可他背对着我，我看不清他的脸。你可以想像，那顿饭我怎么能吃得下！我看见他给冰莹夹菜，冰莹也给他夹菜。冰莹刚敬他一杯酒，他又倒过来给冰莹敬酒。刚碰杯，转眼间又碰上了。姥姥，他是谁呢？他怎么会有那么大面子，竟能得到冰莹的青睐？一直等到那人去付款的时候，我才看清他。姥姥！原来是孔繁泰。你大概不知道此人，"五四"的时候，他和葛任一起坐过牢。我以前在上海见过他，那时他从法国回来，想到上海大学教书。我记得葛任对我说，他是孔子的七十四代孙。当年我还请他吃过饭,我们也算是老朋友了。

他们分手后,我派人盯着冰莹,我自己则跟上了孔繁泰。他乘着滑竿,慢悠悠地在市区闲逛。好个重庆城,山高路不平。我无法开车,只好把车扔给部下,也乘上了滑竿。走了一圈,他竟然又回到了夫子池。我的那个部下这时还在夫子池等我,他一见我就咋咋唬唬,说阿庆刚才又来了。就在这时候,孔繁泰突然看到了我。危急关头,方显英雄本色。我立即像刚看到他的样子,大大方方地朝他走了过去。小姐,把你的手递给我。我就这样握了握他的手,又和他拥抱了一下。他呢,完全被我的热情感动了,哼哼叽叽反倒说不出话来。我对他说,世界真小啊,我是偶然路过此地,看到你的背影比较熟悉,没想到真的是你。我叫他孔夫子,他叫我范律师。我请他去喝酒,然后又请他到寒舍小聚。当天晚上,他就住在我那里。我问他到重庆有何贵干。他说,他是来夫子池祭祖的。哈哈,蒙谁呢?这个家伙大老远跑来重庆,只是要在夫子池烧炷香吗?为了搞清楚他来重庆是否与葛任有关,我主动提起了多年前在上海见面的事。没想到,我一提起葛任,他便涕泗横流,如丧考妣。他告诉我,他在法国就听说了葛任战死的消息。他还说,好男儿血洒疆场,也算是最好的归宿。虽然他的眼泪是真的,鼻涕也是真的,由不得我不信,可为了透过现象看到本质,我不得不提起了冰莹。如果他承认见到了冰莹,我就会信他;如果他不承认,那就说明他是在耍花腔。我就说,这一下把冰莹害苦了,一对金童玉女就这样拜拜了,只有来世才能相见了。还说，如果见到了冰莹，我们一定得好好安慰安慰她，让她继承葛任同志的遗志，化悲痛为力量，为国家做出自己应有的贡献。孔繁泰先是 OK 了一声，接着说道，冰莹好好的呀，没看出她受什么苦啊。我问他，孔夫子，你怎么知道人家受苦没受苦。他咦了一下，说他刚见过冰莹，还在一起聊了一会儿法国的戏剧，她压根儿就没有提到过葛任。

冰莹？冰莹就在重庆？我故作惊讶，一下站了起来，还故意碰翻了茶杯。孔夫子说，是啊，在重庆，不过她谁都不愿见。我这才相信，冰莹来重庆其实与葛任并无关系。我问孔繁泰在重庆还见到了哪些朋友，他提到了阿庆，说，他一见到阿庆，就想起了鲁迅写到的阿 Q，只不过阿 Q 先生戴的是破毡帽，坐的是乌篷船，阿庆先生戴的是平顶帽，坐的是吉普车。我说是啊是啊，阿 Q 同志阔了。他说，你也阔了嘛。我连忙摆手，向他讲明，当再大的官，我也是人民公仆。

费朗的记述

在本书第一部分，我曾提到葛任的狱友孔繁泰，在法国记者费朗（Jacques Ferrand）的帮助下去了法国，并成了卢梭的信徒。他和费朗保持了终生的友谊。1943 年春天，他返回法国不久就因病去世了。他死后，费朗写了一篇名为《L'Entretien infini》（《无尽的谈话》）的回忆文章（他后来的文集用的也是这个题目),其中提到了孔繁泰的这次故乡之行。我从文章中得知,孔繁泰到重庆来,并不是为了焚香祭祖,而是为了与鲁迅等人创办的中国民权保障同盟取得联系。下面是文章中与葛任、冰莹、范继槐有关的内容:

……迟至1942年,孔(繁泰)才在一份关于萧伯纳访问中国(注:萧访问中国的时间为1933年2月)的报道中得知,鲁迅、蔡元培、杨铨等人在中国创办了民权保障同盟,同盟的宗旨是争取释放政治犯,向他们提供法律保护,并获得出版、结社、言论、集会等公民自由。这与他信奉的天赋人权观念是相同的,于是他立即着手回国,欲与同盟取得联系。一想到他要见到许多老朋友,他就彻夜难眠……他也提到了葛任,他的狱友,诗人,一朵个体存在的秘密之花。我记得那天晚上,孔向我背诵了葛任的诗句:"谁曾经是我,谁曾经是我的一生,是微风中的蓝色火苗,还是黑暗中开放的野玫瑰?"而孔先生本人便是诗中所说的"蓝色火苗",黑夜中散发奇异芳香的野玫瑰。我想起许多年前,我第一次见到他时,他就向我背诵过这首诗。当时他刚从步军统领衙门的马厩释放出来,身上还散发着马粪的味道。

当他飞越驼峰(注:指喜马拉雅山脉)回到祖国以后,他才知道同盟早于1933年6月就解体了。他白跑了一趟。他也没能见到当年负责接待萧伯纳的民权同盟的秘书长杨铨。他回到法国后对我说,早在1933年的 6 月，杨铨就在号称"东方巴黎"的上海被国民党特务刺杀了。我记得孔提到此事时，不无讽刺地说，上海人总喜欢把上海与巴黎、纽约、伦敦相比，其实更应该把它与吉隆坡、西贡（注：现名胡志明市）、马尼拉相比。至少，巴黎和纽约从来没有当过别人的殖民地。在上海，特务可以在光天化日之下杀人。他说，杨铨就是在一个礼拜日的早晨被枪杀的，同时死去的还有杨铨的儿子。我清晰地记得，他把那些行凶的特务称为"歹徒"。

在重庆，他见到了葛任的遗孀冰莹，葛任和冰莹早年的一个姓赵的仆人（注：指阿庆），以及多年前回上海时认识的一位律师朋友范继槐。他劝冰莹与他一起到法国去，但冰莹说，她身体多病，无法远行。有趣的是，那个姓赵的仆人和姓范的律师正是特务组织的负责人。当范问他为何回国的时候，他说他是回乡祭祖的。他的说法似乎骗取了律师的信任。正如我们已经知道的，生于公元前六世纪的孔子，就是孔繁泰的祖先。在孔子故居山东曲阜沦入日军之手以后，重庆夫子池边的文庙就成了祭孔圣地。孔说，在谈话的第二天早晨，范还曾亲自陪同他到文庙祭祖。昔日的友情像花蕾一样，突然绽放了，但友情并不能弥补他们之间的政治分歧。当孔试图向范律师表示他对国内政治现状的不满时，那位律师先生引用旅居英国的中国小说家老舍在《猫城记》中创造的一个独特词汇"Sharekyism"（大家夫司基主义），委婉地说明，这是战争的需要。经孔提醒，我才知道老舍创造的那个词"Sharekyism"，指的就是"人人工作，人人快乐，人人共享"。范提到老舍是意味深长的：一方面说明他对流亡在外的中国人的政治活动并不陌生；另一方面又说明，他反对孔繁泰尊奉的天赋人权观念，认定那是不负责任的猫人的语言。孔对我说，范最后用戏谑的口吻对他说："作为一个中国人，我一直是孔子的信徒，而你，孔子的后裔，却成了孔子道德观念的背叛者。"

范说的没错，在中国，具有永恒价值的孔子的道德观念，是不需要人权观念支持的。孔子的世界是二元论的世界：劳心者与劳力者，小人与君子，奴隶与贵族。从某种意义上说，孔子与卢梭就像冰与炭难以相融。而孔繁泰先生，这位东方的君子和卢梭的信徒，就在那冰与炭之上踏步前行，直至现在进入天堂……

这段文字表明，连费朗这样精通中国时局的记者，也认为葛任早已经战死了。事实上，在当时及以后的许多年里，这都是西方通讯社的共识。

@ 屁股擦干净

OK，孔夫子一走，我就把阿庆叫来了。当初给杨凤良讲的，我又给他讲了一下。当然，对新形势下出现的新问题，也不能不考虑。我就向他暗示，到了那里，可以把杨凤良除掉。

怎么暗示的？这太容易了。我对他说，阿庆，你到了那里，和杨凤良能合作就合作，不能合作呢，那就夺掉杨凤良的兵权。阿庆一听，高兴得就跟娶了媳妇似的，表示一定要光荣地完成党国交给他的任务。按说，这么大的事，我应该写个条子让阿庆带上，这样杨凤良就会乖乖地交出兵权。但我没写。我是故意没写。阿庆很机灵，还专门提出了这一点。我说了谎，告诉他，我已经给杨凤良讲了，如果我再派人去，那就是代表我去的，你应该服从他的指挥。二桃杀三士，OK，这样一来，杨凤良和阿庆就免不了一场明争暗斗了。我比谁都清楚，杨凤良是斗不过阿庆的，因为杨凤良是外交官出身，遇事喜欢讲道理，但是秀才遇着兵，有理说不清。阿庆虽然也算个文化人，可与杨凤良相比，那就小巫见大巫了。很可能还没等杨凤良啰唆完，他就白刀子进红刀子出了。当然，辩证法告诉我们，要从正反两个方面看问题。所以，我也考虑到了另一种可能，那就是杨凤良把阿庆干掉了。果真如此，天也塌不下来。因为杨凤良一旦发现我对他失去了信任，就会带着葛任逃离大荒山。对我来说，这个结局未尝不能接受。

阿庆也是从九龙坡机场起身的。送他走的时候，他问我还有什么指示。我只说了一句，屁股要擦干净。直到他上了飞机舷梯，我还语重心长地喊了一声，嘿，屁股！他当然懂得我的意思。我想，他每次擦屁股的时候，都会想到我的叮嘱。

阿庆走后,我又开始了漫长的等待。他娘的,真是怪事,和上次一样,我也是左等右等,就是等不到阿庆回话。这期间,领导(戴笠)来过一次电话,我只好对他说,再等等吧,现在是信息社会,信息就是一切,没有准确的信息就贸然行动,是会犯冒进错误的。我劝老板耐心一点。上有政策,下有对策,我怕他起疑心,就又喂了他一颗定心丸。我说,阿庆对你、对我、对党国,都是忠心耿耿,他不会背叛我们的,一旦那边有什么信息,我立即启程。不管怎么说,我总算把他糊弄过去了。可当中只隔了一天,戴笠又把电话打来了,让我到漱庐见他。到了之后,我才知道他让我去一趟武汉,说那里的日本人俘获了一名美国飞行员,他要我找日本人交涉一下,然后再从武汉去大荒山。看来,我不亲自去一趟是不行了。我说OK,我这就回去收拾一下,马上动身。他说,他已经向老蒋请示过了,等我到了大荒山,如果发现那人确实是葛任,那么不管葛任提出什么要求,都可以先答应他。还说,如果他归降政府,那么政府就网开一面,允许他成立一个新党,在国防参议会里占据六个议席。我问戴笠,蒋委员长说话算数吗?戴笠说,算不算数再说嘛,没有六个,五个还是可以的嘛;没有五个,四个也行嘛。我立即想,真的能弄到四个,那也不错啊。

接下来,我们又谈了一会儿美国人被俘一事。我当即表示,小日本胆也太大了,竟敢和美国人过不去。Fuck!那不是太岁头上动土吗?当然看问题要一分为二。美国佬太牛了，处处推行霸权主义，干涉别国内政，让小日本搞一下，也不是什么坏事，至少给了我们一个机会，一个讨好美国人的机会。戴笠对我的看法非常欣赏。他说，中美关系在任何时候，都是我们对外关系中的重中之重，这步棋要办（走）好。我不敢怠慢，立即接受了这个命令。我是带着一名日本人上路的。他是一个日本间谍，名叫稻本润一。我记得很清楚，那家伙不光能说一口流利的中国话，而且还会说广东话，能把你说成"累"，把小姐说成"小改"，把同志说成"通缉"。哈哈哈，我们就准备拿这个日本"通缉"（同志）换回那名美国佬。

俗话说，风水轮流转。从重庆到汉口的船上，我一直在想，历史总是喜欢重复，只是有些细微的差异。OK，你想想是不是这个道理。我第一次去大荒山，受的是葛任的邀请，结果被俘的是我；这次呢，却轮到葛任被俘了。再往前想想，当初去日本留学，我们坐的是同一艘邮轮，现在呢，我又坐着邮轮去劝降葛任。我记得很清楚，上船的时候，我还碰到了一位（国民参政会）参政员。他姓张，叫张奚若。你不知道此人？他可是大名人，有名的刺头，天生的反对派，敢跟老蒋顶牛。他一见到我，就拉住我问到，冰莹是不是来重庆了？我说不知道。他说，你们这些人，说话从来就不能信。张奚若也是从法国回来的。姥姥！要是让他知道我此次远行与葛任有关，那事情可就糟了。他肯定搞得天下皆知。小姐，我给你说句实话。要不是他名声太大，我就派人把他干掉了。当时，我吩咐我的一个手下，盯住他！想办法搞清楚他听到了什么风声，然后立即向我汇报。

& 张奚若

和白凌小姐一样，我以前对张奚若先生也是一无所知。我是读了范老的自述以后，才开始留意他的相关资料的。

张奚若先生，出生于1889年，比葛任年长10岁，陕西朝邑人。和这部书中的大部分人物一样，他早年也是学医的，但他后来从事的却是政治学的研究。他是中国现代政治学的奠基人，曾任清华大学政治学系主任、西南联大政治学系主任。1925年10月5号的《晨报副刊》上面，有徐志摩对张奚若的一段描述：张奚若是个"硬人"，"直挺挺的"，有一种天然不可侵犯的威严，而"这直挺挺中，也有一种异样的妩媚，像张飞与牛皋"。

抗战时期，张奚若曾以文化团体代表的身份，遴选为国民参政会参政员。范老说的没错，他确实常在老蒋面前"顶牛"。1941年，他曾在蒋介石面前痛骂政府的腐败和蒋的独裁，搞得老蒋很没面子。蒋不得不提醒他："欢迎提意见，但不要太刻薄。"张奚若一怒之下，竟然一拍屁股甩袖而去了。1946年旧政协会议前夕，张奚若应西南联大学生会的邀请做过一次演讲，宣称，"假如我有机会见到蒋（介石）先生，我一定对他说，请他下野。这是客气话。说得不客气一点，便是请他滚蛋。"看来，范老说的没错，张奚若确实是个"刺头"。

据《张奚若文集》一书介绍，1949年9月，张奚若先生以无党派爱国人士的身份，遴选第一届全国政协委员。在政协一届一次会议上讨论国名时，针对"中华人民民主共和国"和"中华人民民主国"等提案，张奚若认为这些名称都太啰唆了，都不如"中华人民共和国"。他的理由是，"人民共和国"这几个字"已经把人民民主专政的意思表达出来，不必再把'民主'二字重复一次了"。这一次，他的运气很好，因为"大会采纳了他的意见"。姥姥（套用范老的口头禅）！如果范继槐当年在重庆码头干掉张奚若的话，我们的国名就可能是另一种叫法了。

1957年5月，政府要求党外人士帮助整风。毛向他征求意见，他顺口说出了16个字：好大喜功，急功近利，鄙视既往，迷信将来。其实，他能活到1957年，已经是天大的造化了。据《张奚若文集》第498页所记，在此前一年，他就宣称："喊万岁，这是人类文明的堕落。"

1973年，当整个神州大地都在欢呼"毛主席万岁，万岁，万万岁"的时候，张奚若先生死了。

@　川井寻兄

在船上，我给稻本润一做了许多思想工作。我告诉他，中日两国一衣带水，应该是友好邻邦。你呢，好歹也算个有识之士,应该起到带头作用,反对这场非正义战争。他竖着耳朵,光听不说。后来,当他知道我在日本留过学的时候,立即变得热情起来。我告诉他,我在日本有许多好朋友。他问,都有哪些好朋友,我就讲起了我和川田一家的交往,川田,川井,代子。我告诉他,等战争结束了,我还会到日本去,见见老朋友,为中日友好做点贡献。姥姥!他还不信。我说,别不信,中国人说话向来算数。小姐,你已经知道了,我后来真的又到日本访问去了。对了,我们这次去大荒山和川井见面,不也是在为中日友好做贡献吗?

我在汉口停了两天,有地下组织(注:这里当指军统)暗中相助,我很快将那个飞行员兑换了回来,然后派人送回了重庆。那两天,整个江汉平原都在打仗。炮弹可没长眼睛,说不定就落到你头上了。所以,送走美国佬,我恨不得立即插翅飞离这个鬼地方。就在我准备启程的那天晚上,有一个日本人鬼使神差一般,突然出现在我的面前。我当时没有认出他。他靠在门框上,手里捧着一束花。那是一束山樱,花已经干了。小姐,我敢打赌,你一定猜不到他是谁。哈哈哈,他就是我这次要会见的川井。嘻!真是说曹操,曹操到。我刚与稻本润一提到他,他就来了,他娘的也真够神速的。他是来向我询问他哥哥的下落的。他告诉我,那束花是他母亲从父亲的墓地采摘的,让他带给他的哥哥川田。还说,他哥哥一看到那束花,就会明白母亲大人的用意。我问什么用意,他说就是让哥哥回去继承家业。小姐,你大概不知道,日本人的家业是由长子继承的,长子挑剩下的,才能轮到次子。当时，我边周旋边想，川井一定是从稻本润一那里知道我的住处的。八格牙鲁！在这节骨眼上，怎么跑出来这么一个东西？

川井对我说，他母亲把山樱递给他的时候说，只要找到了葛任、黄炎和范继槐中的任何一个，就可以知道他哥哥的下落。现在，葛任死了，黄炎虽然没死，但远在延安，他想见也见不到，所以他只能找我打听。说得好听，与其说他在打听，还不如说他在向我要人。这算是哪门子事啊，他哥哥早就死了，我拿什么送给他？可是看他那个架式，要是我交不出人，我就别想囫囵着离开汉口。姥姥！老外什么都好，就是这一点让人讨厌，遇事太认真。人已经死了，还找他干什么？再说了，你哥哥死在中国，好歹也算你们日本的民族英雄，你应该自豪才是呀；这样愁眉苦脸的，你就不觉得给你哥哥丢人？当然，心里可以这么想，话却不能这么讲。小姐，我正这样想着，突然有一种拨云见日的感受。民族英雄！民族英雄！OK，你提醒得对，在得知葛任在二里岗战死的消息时，我已经说过类似的话。不过，这一次，当着这个日本人的面，我的这种感受更加强烈了。我长驱直入，想，这一次，如果我迫不得已，不得不处死葛任，那我何不借川井的手，让葛任再当一次民族英雄呢？

什么，这是借刀杀人？小丫头片子，没遮没拦的，胡说什么呀！我实在是处处替葛任着想啊。这事要是发生在别人身上，我还懒得费这么多心思呢。OK，如果你非要这么想，我也没办法。但作为一名长辈，我得告诉你，世上的事从来都是如此。只要目标好看，你就不要怕手段难看。这就像律师在法庭上替人辩护。小姐，请你记住，古往今来，没有一个律师能毫无罪恶感的替人辩护。即便是为一个无辜的人辩护，他的唾沫星子里也有毒素。小姐，别吐舌头。你还是个丫头，还不懂得这样一个道理：任何一个人，在他小的时候，他看见什么就是什么，他是为自己的眼睛活着的；一旦你长大成人了，成了一名合格的公民，那么别人看你是什么，那你就是什么，你是为别人的眼睛活着的。懂了？懂了就好。这是个颠扑不破的真理，就像二一添作五。你想，葛任多聪明呀，他一定能认识到，我这都是为了他好。听起来好像有点荒唐，但为了让他在荒唐的人世中永垂不朽，我有必要做出这样勇敢的选择。我心一横，走，带他走，带他到大荒山，让他亲自向葛任要人。当然，话不能说得这么直，应该有个漂亮的弧度。我对他说，我正要到南方看望一个朋友，那个朋友或许知道你哥哥的下落，等我问清楚了，我会告诉你的。不，我没有告诉他那人就是葛任。如果我说了，他肯定以为我在糊弄他，因为他已经听说葛任死了。我刚说完，他抽出一枝花献给了我，说，范老，你真是我们日本人说的七福神。都是自己人，这么说就太客气了，我对他说，什么七福神八福神的，别戴高帽了，这是我们中国人的传统美德，当年你们一家对我不薄，滴水之恩当涌泉相报嘛，等我回来，我会想办法通知你的。他连忙扯住我，说，你这一走，我怕再见不到你了。我说，你还不相信我吗？如果你一不怕苦二不怕死，那你不妨跟我一起去。

小日本都是急脾气，办事向来讲究效率，当天晚上就要动身。你大概还不知道，日本人把火车说成汽车，把汽车说成自动车。他说他要坐自动车离开武汉，再转汽车。我的助手听不懂。八格牙鲁，因为离开日本太久了，我也被他搞糊了。我的助手以为自动车就是三轮车，就上街找了两辆。我又让他把三轮车打发走了。不，我可不是瞧不起三轮车。前面不是说了吗，当时整个江汉平原都在打仗。武汉就像个狗×衙门，进得来，却出不去。对不起，我本来不愿说粗话，可为了实事求是，我不得不这么说。姥姥！为了能逃出去，我们在脸上涂了锅底灰，头发上染了草木灰，看上去就像金庸笔下的丐帮。你说说，乞丐又怎么坐得起三轮车呢？

马不停蹄，一直逃到一个叫做乌龙泉的地方，我们才停下来喘了口气，洗了把脸。脸映在水中，比鬼都难看。这哪里是人过的日子嘛。我的痛苦没人能够理解，川井呢，还在旁边催我快走，催得我一头火。杨凤良啊杨凤良，阿庆啊阿庆，这都是你们造的孽啊。我想，如果阿庆这时候来电，告诉我那人不是葛任，我扭头就走，绝不再受这份罪。可问题是，一直到大荒山，我都没有接到阿庆来电。

七福神与喜鹊宴

希望小学剪彩的前一天，范继槐和川井举行了历史性会晤，地点就在我前面提到的翠花园宾馆——顺便提一下，

"翠花园"三个字是郭秘书的手笔。范老住在三楼,川井住在二楼。据白凌小姐透露,就在范老"端着臭架子"等待着川井拜访的时候,郭秘书问范老是否休息好了。范老说,他刚进房间,就接到一位小姐的电话,要求上门服务。他以为是整理房间的,就让她进来了。可她一进门,就要解他的皮带。郭秘书立即表示,请范老尽管放心,他们一定加大扫黄力度。范老说:"嘻!抹大拉的马丽亚也干过这事,用肉体换取金币。"郭秘书不知道抹大拉的马丽亚是谁,听着像个洋名,就以为范老是在向他暗示,最好能换个洋妞。于是,他就凑近范老,说:"这里有几个俄罗斯小姐,据说来自莫斯科的阿尔巴特街,色艺双全,要不要选一个出来侍候侍候您?"范老摆了摆手,说:"你的心意我领了,还是工作要紧。"

白凌说,就在这个时候川井来了。等他鞠完了躬,范老就和他搂到了一起,"哇噻,就像两只大狗熊似的"。接着,双方就进行了一次"友好的交谈"。就在这次交谈中,川井又再次提到,范老是他的"七福神"。后来,我查阅了很多资料,才搞明白"七福神"是哪七神:戎(日文读音为Ebisu)、大黑(Daikoku)、布袋(Hotel)、福禄(Fukoroku)、昆沙门(Bishamon)、辨天(Benten)、寿老人(Jurojin)。它们的具体含义我不得而知,不过从字面上看,它们大概代表着吉祥和祝福。下面是郭平秘书保存的谈话录音的节选:

川:范先生是我的七福神。七福神,你们(注:

指当时在场的白凌和郭平）的明白？你们的神是福禄寿，我们的神是七福神。欣闻支那的神又多了一个，福禄寿喜。我不明白是哪个喜，后来才明白是喜鹊的喜。范先生，祝你幸福平安，福禄寿喜。

范：哈哈哈，彼此彼此。小郭，你安排一下，找个会弹词的，给川井先生弹个《鹊桥仙》。《鹊桥仙》与日本俳句有几分相似，你听了，定然有宾至如归之感。

川：我与范老确有缘分。昭和十八年（即1943年），我若不是与范先生来到白陂，我就被调回长崎了。我的几个朋友都被调了回去，加入了神风突击队。昭和十九年，他们从长崎飞往吕宋（即菲律宾），嗣后都化做了斋粉。

范：是神风突击队中的大和队吗？

川：是呀。不去吕宋也会死的。昭和二十一年，美国人的原子弹炸了广岛和长崎。战争结束后，我去了长崎，它是那样丑陋。有一首和歌，唱的就是长崎和那些死者。"祖国变得这样丑陋，献身者的徒劳让人惋惜"。平成二年（即1990年），我到长崎时，看到港口的樱花，还不由得想起了范先生的功德。

范：这没什么。我们中国有一句古话，救人一命，胜造七级浮屠。我记得，你在汉口找到我时，手里就拿着一束樱花。

川：我就是拿着那束樱花来到大荒山的。不过，当时我尚不明白，范先生是要我来杀人的，要杀的就是葛任。

范：中国还有一句话，过去的事就让它过去吧。不要再提它了。你身体怎样？

川：一切安泰，只是因上了年纪，肠胃不好，有些……有些干结罢了。

范：许多年前，有一个医生（注：当指白圣韬）曾告诉我，吃喜鹊肉可利肠胃，记住，用的须是雄鹊。

范老显然想打住川井的话头，但"川井的不明白"，仍然一口气讲了下去，说他当初其实是从日本海军航空队逃出来的。一来是怕死，二来是要寻找哥哥。他的叛逃，使他成了日军追捕的对象。他没有再回武汉，而是逃到了香港。在香港，他仍然四处躲避着日本特务的追杀。后来，他与英国人取得了联系，极力向他们说明自己是一名"反战者"。在英国人的帮助下，他乘坐"皇后号"邮轮去了美国。"反战者"的身份虽然使他得以在美国落脚，但随着光阴的流逝，生活的继续，他对留在故土的母亲和妹妹的思念也与日俱增。说到这里，他引用了谢芜村（注：日本著名诗人，1716—1783年）的一首俳句："秋夜，思念的，只有双亲。"昭和四十八年（即1973年），一个偶然的机会，在得知日本靖国神社正筹备修建一个新的"鸟居"（即牌坊）之后，他立即做出了一个与他精心保持了多年的"反战者"身份相悖的决定：先捐资修建这个"鸟居"，然后将哥哥川田的牌位移到靖国神社——看来，从"反战者"到民族主义者，仅一步之遥。他说，这也是妹妹的愿望。妹妹告诉他，母亲死后，她在整理母亲遗物时，发现了大哥的一封信。在那封信中，大哥向母亲讲明自己为何要来中国。现在，妹妹将这封信寄给了川井。

看了那封信，我理解了哥哥。哥哥在信中告诉我，得以经历这个时代，他感到自豪、荣耀。他说，战前，他的生活是懒惰的，暧昧的，庸俗的，无意义的。他终于过上了一种积极的有价值的生活，摆脱了时刻缠绕他的虚无。他还说服母亲，允许我也到支那来，与他共享这种生活。至此，我才明白母亲为何会放我来到支那。

他就想，把哥哥的牌位放在靖国神社，哥哥的亡灵一定会得到七福神的保佑。于是他携带巨款回到了日本。

川：我与妹妹约定，在九段下（注：东京地铁站名，与靖国神社相邻）见面。妹妹一只手拿着兄长的相片，一只手举着一面小军旗，海军军旗。照片上还有你，你的明白？是我们在喜之郎（餐馆）的留影。我们谈到了支那，葛任，还有黄炎。

范：还有我？那（照片）可太宝贵了。它是中日友好的象征。你妹妹还好吗？当年，她可是一朵蚕豆花。

川：妹妹也老了。她带着一个小包。我想，里面定然是母亲的遗物。打开了，是一身整洁的军服，与我当年的军服一模一样，肩章、纽扣都闪闪发亮。

范：小郭（郭秘书），想办法把那张照片翻拍一下，挂到希望小学的资料室。中日友好应该代代相传。历史不应该忘记。要记住，忘记历史，就等于背叛。

这时候，服务小姐来了，带他们到楼下参加晚宴。在摆放着鲜花的过道里，郭秘书小声央求白凌转告范老，再由范老提醒川井，公开场合不要把"中国"说成"支那"，"太难听了，我们的市长已经有意见了，只是碍于中日友好，不好当面提醒他。"白凌说，她把郭秘书的话告诉范老以后，范老抓着她的手使劲捏了捏，表示知道了。

晚宴上有一道菜不能不提，那是一盘红烧喜鹊。由此可见，范老与川井会谈时针对大便干结问题发表的一个看法，很快就引起了当地政府的重视。这个宴会，也由此被称做喜鹊宴。顺便说一下，自此以后，红烧喜鹊成了翠花园的特色菜。因为当地的喜鹊日渐稀少，所以只有远方来的尊贵的客人，才能吃上这道特色菜。当市长来到范老身边敬酒的时候，范老说："为了白陂市早日翻两番，实现小康，我们共同举杯。"市长要敬三杯，但范老说，为了纪念三中全会，他每次只喝三盅。接下来，乘着酒兴，范老发表了一通演讲。我第二次到白陂采访时，曾看到了当时的录像资料。从录像看，范老的即席演讲虽然语无伦次，并出现了个别语误——比如经常把川井说成川田——但是感情充沛，具有很强的感染力：

老骥伏枥，志在千里。烈士暮年，壮心不已。以前，我们大江歌罢掉头东，为了什么？还不是为了面壁十年图破壁，遂密群科济世穷嘛。啊？"面壁十年"这个说法，是从印度来的，"支那"这个说法也是从印度来的。在五世纪，中国的佛学家就自称"支那"。唐三藏去西天取经，路上最喜欢说的一句话就是"我们的大支那"，神气得很啊。佛教从中国传到日本以后，日本也开始称我们为"支那"。有些同志说，到了江户时代（注：公元1603—1867年），英文China传入日本之后，日本人才称我们为"支那"。完全是不负责任的胡诌！法律讲求以事实为依据，我们法学家就最讲事实。我要问一句，这不是故意缩短中日文化交流史吗？你们可以问问川井先生，日本人民到底是什么时候叫我们"支那"的。OK，看到了吧，川井先生是同意我的观点的。日本战败后，民国政府向日本外务省提出交涉，说"支那"是蔑称，是卑语，要他们以后不要称我们为"支那"了，要称我们中华民国。当时，我已经移居了国外，听到这个消息，我就知道蒋介石要完蛋了。自卑嘛。太自卑了嘛。只要有头发，就不要怕别人提到电灯嘛。当然啦，老蒋是个光头，寸草不生。Fuck！别人本来是恭维你，说你历史悠久、底子厚，可你却以为人家在骂你。分明是腰杆不硬嘛。这样的政府当然不得人心，当然要垮台。同志们，刚才我和川田（川井）先生会晤的时候，我高兴地听到，川田（川井）先生还尊称我们为"支那"。同志们，这很能说明问题啊。

说明川田（川井）先生尊重我们的历史，热爱我们的历史。这就是我们友好合作的基础。让我们为中日友好合作，干杯！

博学的范老把所有人都唬住了。据白凌说，喜鹊宴结束以后，川井先生护送范老回到房间，范老说："烟。"他就赶紧递上一根烟。范老说："水。"川井就从服务小姐手中拿过茶杯，双手捧上。范老又说："火。"川井就给范老点了火。范老抽了一口，说了声好烟，就把烟头摁灭了。接下来范老才说："总算把屁股给你擦干净了。请你记住，离开了白陵市，就不要再说支那人。你不是在美国呆过嘛，你就叫我们唐人算了。别人要问你为何这么叫，你就说，美国有唐人街，你是从美国来的，叫顺口了。喂，你知道吗？黄炎现在就在唐人街，也不知道死了没有。"

@ 调查研究

姥姥！一路上吃了多少苦，受了多少罪，我就不多说了，因为都是我应该做的。值得每天挂在嘴上吗？不值得嘛。我最看不惯有些人，做了一点工作就哇哇乱叫，生怕别人不知道。不过，我亲爱的小姐，为了对读者负责，对下一代负责，你写的时候，还是要（把路上受的苦）加上去。OK？比如，怎样躲飞机，怎样挨饿，都可以写。请你插上想像的翅膀。这么说吧，凡是你能想到的艰难困苦，我都领教过。川井也吃了苦?没错,我承认。但他是为了他自己,我却是为了葛任。两者之间存在着本质的区别,是不能混淆的。

到了大荒山,我没有直接去白陂,而是来到了尚庄。那里距白陂很近。我第一次来大荒山,就是先在尚庄的那个小教堂里落脚的,这次也是。现在的小教堂打扫得很干净,一看就是住过人的。可我派人搜查了一遍,却没有发现人影。我坐在那里,触景生情,想起了上次来这里的情形。我还记得阿庆曾给我端过一盆洗脚水。那盆水放在床前,映着一轮明月,就像一个梦。我的助手好像理解我的心事似的,也给我端来了一盆洗脚水。我一边洗脚,一边开始工作。没有调查,就没有发言权嘛。没有足够的信息,就不可能做出正确的决策嘛。说来说去,首要的工作是要搞好调查研究,收集到足够的信息。我对助手说,小鬼,你去吧,这水我自己倒,你到白陂市(镇)一趟,看看杨凤良、赵耀庆在搞什么鬼名堂,顺便把"鲜花调"也带回来。他问我,是不是想听她唱小曲。我立即把他训了一通。Fuck!都什么时候了还听小曲呢,工作是第一位,小曲是第二位,快去!但他坚持要给我洗过脚倒了水再走。唉,这样的好同志,现在到哪里去找啊?

他走了以后,我把川井叫了过来。我正找着谈话的角度,我的助手大呼小叫跑了回来。看见川井站在一边,他有些犹豫。我说,讲吧,出了什么大不了的事,把你吓成这样。他说,他看见了一个老外,那人正往这边走。老外?这里还有老外？是当地的牧师吧？透过窗子，我果然看见了一个外国老头。他还真是个牧师，是国际红十字会的工作人员，我后来才知道，他就是葛任以前向我提起过的埃利斯牧师，小教堂就是他打扫干净的。

我派助手叫住了埃利斯。见到我，他迟疑了片刻，便叫了我一声范先生。哟嗬，他怎么知道我姓范？莫非军机已经泄露？我连问他怎么知道我姓范。我记得很清楚，他说了三个字：葛尚仁。我想，他是因为发音不准，才把葛任说成葛尚仁的。而葛任，肯定是从杨凤良和阿庆那里知道我可能会来白陂的。OK，就凭泄露军机这一项，我就可以把他们两个全都毙掉。

不管怎么说，我总算是弄清楚了，老板（戴笠）的情报没错，呆在这里的果然是葛任，而且葛任很可能还没有离开此地。怎么说呢小姐，这虽然在我料想之中，但是！我还是像被鱼刺卡住了喉咙，一句话也说不出来了。过了好一会儿，我才醒过神来。我让他说得详细一点。当时他没说他是牧师，只说自己是个医生，是来给葛尚仁看病的。还说，他想带葛尚仁离开此地，但葛尚仁说，还会有一名医生来为他看病的，那个人姓范，名叫范继槐。指的不就是你吗？你在日本不是学医的吗？站在一边的川井突然开了口。这也好，我正发愁如何向他谈论葛任呢，这一下省事了。我就拉他坐下，对他说，是啊小日本，我要让你见的人，就是我们共同的朋友葛任，他还活着，只有他知道你哥哥的下落。我看见川井的嘴巴一下子张大了，怎么也合不住。接着，他就急着要去见葛任。我拉住了他。放老实一点！我对他说，别人要是知道你是日本人，肯定会将你打成马蜂窝。他不知道什么叫马蜂窝，迷迷瞪瞪地看着我。我掏出左轮手枪，对着他做了一个射击的姿势。这一下他知道我不是开玩笑了，乖乖地站在那里，温顺得就像一条狗。

那天晚上，我就和埃利斯牧师呆在一起。我派我的手下把川井关了起来，不许他胡说乱动。我摆出研究问题的架式，对埃利斯说，葛任同志的身体怎么样了，说说看。埃利斯说，葛任患的是肺结核。废话，我能不知道！但我稳住神，没有吭声。他说他给葛任注射了盘尼西林，葛任的病情略有好转。我说，OK，好就接着打。他显然把我当成了医生，竟然和我讨论起了肺结核的防治问题。老外如此天真，让我都不知道说什么好。当我骗他说我也信教的时候，他就两眼放光，高兴得直捋胡子。马克思？对，马克思也长着大胡子。他们长得有点像，但不是很像。这么说吧，如果说马克思长得像一匹骏马，那么埃利斯牧师长得就像一头毛驴。哈哈哈，他还真的像头驴。他劝我和他一起留下来，一边看病一边传教。我说，你说得太好了，看病解决的是身体问题，传教解决的是精神问题。身体是物质基础，精神是上层建筑，要两手抓，两手都要硬。他高兴坏了，胡子捋得更勤了。就这样，我几乎没费什么工夫，就取得了他的信任。他的话匣子打开了，说个不停。于是，我很快知道葛任就住在枋口小学，对，它就是我们这次要去的希望小学。

小姐，你不是向我打听过白圣韬吗？OK，现在我终于要说到他了。当时,是这个长着大胡子的老外先向我提起他来的。他说,白医生也可以留下来,与我们一起工作。我就纳闷,白医生?白医生是谁?他说白医生是个中医,是赵耀庆先生请来为葛任治病的。他说,白医生开的药方很奇怪,里面竟有狐狸的粪便。牧师这么说的时候,我还以为白圣韬不过是当地的一名郎中,后来才知道,他是从延安来的,是个肠胃方面的专家。别急啊小姐,我后面还要讲到白圣韬的。我不是说过吗,我经常想起此人。在漫长的历史中,我只要一便秘,就会想起这个人。不光便秘的时候想到他,吃香蕉的时候也会想到他。为什么?你竟然连这个都不知道?那我就顺便告诉你吧,便秘的时候,吃点香蕉,粪便就会变得像香蕉那样软硬适中,然后排成一路纵队,胜利地到达自己的彼岸。

OK,我们还是言归正传。那天的调查研究一直进行到深夜。第二天早上,我去找埃利斯牧师的时候,他已经走了。他给我留下了一张条子,说他要到外地购买一些药品,好给葛尚仁治病。具体什么地方他没说,所以我找也没处找。滑头,真是个大滑头,外国人真是不能相信。什么?你说我想杀了他?哈,算你聪明。不瞒你说,我还真这么想过。俗话说得好,无毒不丈夫啊。可是还没等我下手,这头毛驴就从我的眼皮底下溜走了。

就在那天早上,我的助手向我报告说,杨凤良不在白陂。砰,我脑子里砰了一下。看来,杨凤良已经被阿庆除掉了。我又问,"鲜花调"呢?他说"鲜花调"也不见了。

Fuck！莫非"鲜花调"也被阿庆干掉了？一想到那个活蹦乱跳的女人也死到了阿庆的枪口之下，我的心就像被猫抓了一下。滥杀无辜，典型的滥杀无辜，典型的无组织无纪律，典型的无政府主义！后来，当我见到了白医生，我又从他那里学到了一个新词，自由主义。理论一联系实际，就对上号了。没错，阿庆犯的就是自由主义错误。你说什么？是我让他干的？你这话又是从何说起呢？哦，你这么一说，我倒想起来了。是啊，我确实交代过他，屁股要擦干净。我说过的话，我都是认账的。历史是过去式，所以我是不会赖账的。但是，请你务必听好了，当时我的意思是说，必要的话，可以送杨凤良上天堂，但绝没有让他把"鲜花调"送进地狱。姥姥！经是好经，都被这个歪嘴和尚念歪了。这个挨千刀的，屎倒是擦净了，可是屁眼也让他给擦破了。

我对助手说，小鬼，麻烦你再跑一趟，把邱爱华给我叫来。小鬼半天不说话。过了好一会儿，他才告诉我，邱爱华是和杨凤良一起失踪的。不看僧面看佛面，阿庆总不会连邱爱华一起干掉吧？

& 我成为我的开端

埃利斯牧师离开白陂以后，曾在给毕尔牧师的信中，提到了他与葛任及范继槐的交谈。它也收录在《东方的盛典》一书中，下面是此信的节录：

经阿庆允许，我在天井中与尚仁交谈。尚仁盘腿坐在木凳上，与我低语。门外，大山踊跃如公羊，小山跳舞如羊羔；湖水微澜如风琴，河水潺潺如弦琴。他说："有个姓范的人将到大荒山来，他会住在尚庄。"他的话让我惊奇。说着，他就笑起来了，尔后又是轻咳。我便问他如何得知，他说，夜间做了梦，梦见他和范站在去日本的邮轮上，他说："床一直在晃，就像是海中的船。"这么说的时候，他依然在笑。我说："尚仁，如果你说得对，那就是神迹，是主在梦中向你显现，让你离开白陂，就像主向摩西显现，让他带领以色列人出埃及。主的名圣而可畏，敬畏主是智慧的，凡遵行他的旨令的是聪明人，主是永远当赞美的。"他说他并没有梦见那个带着权杖的摩西。你（指毕尔牧师）知道，时间也会善意地成为恶行的帮凶，所以当时我劝他离开，并试图用中国人的解梦术来劝告他："船是出走的预兆，你应该听信梦的预示。"但他却说："我目标虽有，道路却无，而所谓的道路，便是犹豫。"在最后的时刻，我劝他皈教。他说："时至今日，我虽留恋生命，但对任何信仰都无所把握。我惟一的目标是写出自传。我的自传比所有小说都要精彩。写的是我是怎么变成这样一个人的。这或许是我成为我的开端，虽然我知道写不完了。"他起身拿出了他写的一张纸。在那张土黄色的纸上，写着几个字："行走的影子"。看来，他是注定要留在此地了。当我为他祷告的时候，他流了泪。这是我在白陂见到他以来，惟有的一次见他流泪。他似乎为自己的流泪害羞了。于是我又看到了他脸上羞涩的红云，如朝霞运行在水上。他说："孩童时的经历令人难忘，但没有人能回到童年。"他并劝我立即离开白陂，说："这不是你停留的地方，不然我当深感不安。"

尚仁既能预言范的到来，便说明他对命运有考虑。我想，他和范的友情，或许能使他免于一死。因为诗篇中说，友情能叫磐石变为水池，叫沙地变为泉源。我果然在尚庄见到了范。他身材瘦削，彬彬有礼，不苟言笑，如中世纪修道院里的修士。我心中有盼望，和他交谈了一夜。因尚仁曾说他早年也是个医生，我便称他范医生。鼎为炼银，炉为炼金，人的称赞可以炼人。我称赞他是个有德之人。为尚仁命运计，我没有问起他此行的真正目的。我不想惹恼他。因为沙土沉，石头重，愚妄人的恼怒，比这两样还要沉重。我告诉他，这里有河流，春天有嫩草，有羊群，有教堂，有捣白的妇人，可以在此得享安静；有困苦穷乏的人患了病，便治他们的病症。他说，我说得有理，他会细加考虑的。嗣后，见他已困乏不堪，我便劝他歇息。但他睡下时已近天明。我趁他睡下，去了一趟尚仁的住处，想告诉他神迹出现了，范已到了尚庄。因受兵士的阻拦，我没能见到尚仁。兵士说，葛任昨日一夜未睡，天快亮时才躺下。我没有再回尚庄，而是到广州去给尚仁买药。走出白陂时，天已大亮。我想，范或许已经看到了我写给他的那封信，里面有我留给他的箴言："压伤的芦苇他不折断，将残的灯火他不吹灭，待他施行公理，叫公理得胜，人们都要仰望他的名。"我想，他若珍惜他的名，他便不会让尚仁死去。

信后的注释表明，两个礼拜之后，当埃利斯牧师再次回到白陂的时候，枋口小学已经人去楼空了。

@　阿庆的工作汇报

阿庆的鼻子比狗都尖。还不是一般的狗，起码是警犬。就在那天早上，我正要去见葛任，阿庆自己摸上了门。OK，他一进来，扑通！就给我磕了一个响头。还把枪举过头顶，让我拿他开刀。我闻到了一股酒味，臭烘烘的酒味，还有一股子洋葱的味道。我这个人最讨厌别人吃洋葱。小姐，你喜欢洋葱吗？不喜欢？太好了，太好了。看来我们适合在一起生活。回到京城，你干脆住到我的四合院算了。

OK，先不讲这个，还是来讲阿庆。我当时就想，这小子一定没有执行三中全会精神。干我们这一行的，最忌讳的就是醉酒。酒后吐真言嘛，还有什么比讲真话更危险的呢？我皱起了眉头，起来！一个军人，一点也不讲究军容风纪，像什么话？起来！他这才乖乖爬起来。他对我说，他没能很好地完成任务，有愧于领导的信任。慢慢说，坐下来慢慢说嘛。他还是不敢坐，还是乖乖地站着，一边揉着膝盖一边说，惨啊，被杨凤良害惨了呀。小姐，你只要问一下我的秘书就会知道，我有个优点，就是特别关心群众、关心下属。我就问他到底是怎么回事。他说，自从来到白陂，杨凤良就没有给过他好脸色，不但不配合他工作，而且处处找他的碴。刚来的时候，他想见见葛任，杨凤良也不让他见，连葛任在什么地方，都不让他知道。可杨凤良呢，不但不遵守三项指示，而且把葛任在白陂的消息传得到处都是。是吗？都有哪些人知道了？我问他。他说，你想，让宗布知道了，还能不泄密吗？宗布是搞新闻的，比重庆电台还厉害，宗布要是知道了，普天之下还有谁不知道。姥姥！这些情况完全出乎我的意料，它就像一根竹签似的，一下子戳到了我的心口上。

讲啊，讲下去啊。我命令他继续讲下去。他说，有一天，他得知葛任关在枋口小学，就起了个大早，想去看个究竟。可他刚到门口，就被杨凤良的手下按住了。阿庆反剪着手，重新跪到了地上，向我说明杨凤良的手下是如何折磨他的。他说，就在这时候，他看见了葛任。葛任在两名卫兵的看守下，从凤凰谷散步回来了。他想和葛任打个招呼，可杨凤良的卫兵用毛巾捂住了他的嘴巴，都快把他给憋死了。他非常委屈地说，从小到大，算上这一次，他的嘴巴只塞过两次毛巾。他的话勾起我的好奇心，我就问他上次是在什么地方？他说是在杭州，有一次，他对别人说，葛任的父亲是被左轮手枪打死的，葛任的岳父胡安不让他乱说，就用毛巾塞住了他的嘴巴。这个小滑头，在这紧要关头提起此事是何居心？是要说明他与葛任一家的渊源，还是要说明他对葛任一家的不满？你说错了小姐，这可不是什么一分为二的问题。按我的理解，他是想说明这样一个问题：虽然葛任以前对我有恩，但我对他也不是没有意见；OK，现在既然你已经大驾光临了，你就看着办吧，不管对葛任做出怎样的处理，都跟我阿庆没有关系了。姥姥！这小子鬼着呢。

我想听听他还会放出什么屁来，就命令他畅所欲言。他说，回到白陵市（镇），他就去找杨凤良。杨凤良呢，向他道了歉，说那是误会。为顾全大局起见，他没有和杨凤良计较。但是，随后杨凤良就开始盘查葛任关在希望小学（注：应是枋口小学）的消息，是谁透露给他的。查来查去，杨凤良就盯上了一个叫邱爱华的人。邱爱华？邱爱华是谁？这个名字怎么这么耳熟？我故意这么说。阿庆就说，邱爱华是杨凤良的手下，重庆人，精明能干，也很正直，看不惯杨凤良不务正业公然与"鲜花调"胡搞，与蒋委员长的新生活运动唱反调，杨凤良就把他当成了眼中钉、肉中刺，要借机除掉他。然后呢？我问。阿庆就说，当天晚上，他的一个部下巡逻回来，突然听到有人在白云河边又哭又喊，龟儿子，你们不得好死。接着就是几声枪响，砰，砰，砰！他的部下把这情况向他汇报了，他连忙带着人马到外面察看。说到这里，阿庆流了泪。他说，他来迟了，连邱爱华的尸首都没有见到，只看到地上有一摊血。

你怎么不向我汇报呢？我问他。他说，一到大荒山，他就准备向我汇报，可是杨凤良把发报机都砸了。这么说着，他再次跪了下来，说，他没能光荣地完成任务，请领导从重处罚。我又问他，杨凤良现在何处？他立即站了起来，用邀功请赏的口气对我说，他想到我可能不得不到白陂来，为我安全起见，也为了替死去的兄弟报仇，他已经把杨凤良干掉了。"鲜花调"呢？我问他。他说，母狗不翘尾巴，公狗也不容易上去，杨凤良堕落到这种地步，她也脱不了干系，于是他把她也除掉了。

对于他的一面之词，我自然不能全信。但他醉醺醺的样子，还是赢得了我的信任。酒后吐真言嘛。话又说回来，不相信他，我还有别的办法吗？即便我当场毙掉阿庆，那也是于事无补呀。所以，当时我只能昧着良心表扬他干得好，并说要把他的英雄事迹上报戴笠，给他请功。他给我敬了一个礼，说多谢长官栽培。唉，两天以后，当我从白医生那里得知阿庆的真实身份，以及杨凤良死去的真相时，阿庆已经逃走了。不，他没有回重庆，不知道跑到什么鬼地方了。但在当时，我对阿庆的表演不能不深感佩服。我不由得想到，他是故意喝了点酒来蒙我的。小姐，从一滴水中，可以看到太阳的光芒。也就是在那个时候，我进一步确信，连阿庆这样的人都能做出如此的英雄业绩，蒋介石一定会完蛋，共产党一定会胜利。怎么样，都让我说准了吧？不过，这都是后话了。

我记得阿庆讲完后，侧身站在门边，做出请的手势，让我先走。他说他要为我保驾护航，带我去见葛任。听他的口气，我能活着去见葛任，都是他的功劳似的。一匹马站在路边,我边向马走去,边拽着白手套。可是,手套好像长到了手上,怎么也拽不下来。姥姥!我这才发现,我的手心都是水,把手套都浸湿了。我该怎么和老朋友见面呢?我突然意识到,我很可能错怪了杨凤良和阿庆,如果葛任愿意走的话,无论是阿庆还是杨凤良,都会放他走的。他之所以呆在这里不走,就是为了等着我的到来,共叙昔日的友情。一想到这里,我的眼泪都流了下来。小姐,那是感动的泪水啊。我让阿庆骑马先走,先给葛任通报一声,告诉他我随后就到。可是,装做烂醉的阿庆怎么也爬不上马背。我只好对我的助手说,小鬼,去扶他一把。哈哈哈,阿庆当时算是出够了洋相。你从这边把他扶上马背,他就从那边栽下来。最后一次还撞住了一块石头,腿梁都磕破了,血都渗了出来。

& 真实就是虚幻?

比较一下阿庆和范老的自述,我们就会发现:好多时候,同一件事用阿庆的嘴巴说出来是一个样,用范老的嘴巴说出来是另一个样。比如,阿庆说他和范是在枋口小学门口见的面,当时他让手下抬着专门为葛任赶制的轿子往枋口小学走,准备将葛任转移到安全的地方,"快走到小学门口的时候,突然看见那里三步一岗,五步一哨。惊天地,泣鬼神,俺(阿庆)的脑袋一下大了一圈。俺立马想到,范继槐已经来了,葛任已经走不掉了。"而范老却说,他是在尚庄见的阿庆,并且是"阿庆自己摸上了门"。

受阅读惯性的支配,我和许多人一样,常常会有这样一个幻觉:一个被重复讲述的故事,在它最后一遍被讲述的时候,往往更接近真实。也就是说,在听到范老录音的时候,我常常觉得阿庆的话是假的,而范老的话却包含着更多的真实成分。一位精神病学专家告诉我,这说明我在潜意识之中是个"人性进化论者",即相信随着时间流逝,人性会越来越可靠。

其实,"真实"是一个虚幻的概念。如果用范老提到的洋葱来打比方,那么"真实"就像是洋葱的核。一层层剥下去,你什么也找不到。既然拿洋葱打了比方,我就顺便多说一句,范老所说的阿庆吃洋葱一事是值得怀疑的,因为白陂种植洋葱始于1968年。

说起来,我对"真实就是虚幻"的认识,还是来自与白凌小姐的交谈。我曾对白凌说:"只要你能让范老说出葛任之死的真实内幕,我是不会亏待你的。"白凌立即抢白道:"舌头长在他嘴里,我哪里知道他说的是真的还是假的。"还说,恐怕连范老也搞不清自己说的是真话还是假话,"他为了证明自己牙口好,在火车上吃了十几袋冰块。他的牙口真好,吃起来嘎巴响,但那是假牙。你总不能说假牙不是牙。"她振振有辞,搞得我哑口无言。她还随口甩出了一句名言:"别蒙我!什么都是假的,只有美元是真的。"正因为此,在谈到报酬的时候,她坚持不要人民币,非要我付给她美元,一手交钱,一手交货(录音带)。我故意逗她:"美元也有假的呀,我的曾外公就是制造假美元的高手。"当时,她还不知道我的曾外公就是早已死去的胡安,立即压低嗓门,问我能不能帮她搞一点。她说,学校附近一个银行的验钞机,就像聋子的耳朵,是个摆设而已,好多假钞都验不出来,"有时突然叽叽乱叫,可拿起一看,哇噻,倒是张真的。"我说,那只能说明,那个验钞机也是假的,属于假冒产品。说这话的时候,我突然意识到,"真实"其实就类似于范老所描述的阿庆的上马动作,你把它从这边扶上马背,它就从那边栽下来。我正这么想的时候,白凌突然一本正经地对我说:"别蒙我,我会找内行鉴定的。"

哦,白凌还真这么干了,是她的男友告诉我的。她的男友,也就是她所说的"内行",名叫米克·杰格(Mick Jagger),美国人,与滚石乐队的创始人同名。我一直怀疑这不是他的真名。我的这个怀疑得到了证实:为了成为杰格二世,他留起了披肩长发,并通过整容手术使自己的嘴唇变厚。如果你认为猿猴的嘴唇是性感的,你就必须承认杰格二世的嘴唇也是性感的。令人遗憾的是,性感的杰格二世也无法分辨出那些美元的真假。在饭桌上,当杰格二世向我透露是他带着白凌去验钞的时候,白凌有些不好意思了。我对她说,我不会认为这是对我的污辱。在最美好的意义上,我把这种行为看做是对真实的渴望:即便所有的东西都是假的,至少这种渴望本身还是真的。

我说的是白凌,同时也是我自己:如果没有这种对真实的渴望,我就不会来整理这三份自述,并殚精竭虑地对那些明显的错讹、遗漏、悖谬，做出纠正、补充和梳理。我在迷雾中走得太久了。对那些无法辨明真伪的讲述，我在感到无奈的同时，也渐渐明白了这样一个事实：本书中的每个人的讲述，其实都是历史的回声。还是拿范老提到的洋葱打个比方吧：洋葱的中心虽然是空的，但这并不影响它的味道，那层层包裹起来的葱片，都有着同样的辛辣。

@ 白圣韬

阿庆最终还是没能爬上去，只好一瘸一拐在前面带路。走到白云桥的时候，有一个人迎面走了过来。小姐，请你猜猜他是谁。不，不是宗布。我到大荒山的时候，宗布已经走了。你不是一直想知道白圣韬的事情吗？他就是。我记得很清楚，当时他手里拿着一只马辔头，像是在寻找丢失的马匹。可这会儿，阿庆一瘸一拐的样子吸引了他。看他站在那里，阿庆就向我介绍说，这就是白医生，望闻问切，样样在行。我和他握了握手，对他说，谢谢你来白陂。他说，这都是他应该做的。我又说，看见了吧，阿庆的腿擦破了，手头又没有药，你给治一下吧。白医生说，这好办。说着他就跑到马屁股后面，用马辔头挑起一块马粪，说，马粪就可以治。

OK，马粪，价廉物美。我问这么好的偏方是从哪里找到的，他说是从《圣经》上看的。我就问他是不是基督徒，他没说是，也没说不是。只是说，他以前在教会医院工作。当他拿着热烘烘的马粪走向阿庆的时候，阿庆的酒意就全消了。阿庆喊，这不是屎吗，怎么能当药呢。白圣韬说，当然是药，打假英雄王海（注：范老原话如此）来了，也不敢说这不是药。可阿庆还是捂着鼻子连连后退。我虽然知道马粪是外敷用的，但还是故意对阿庆说：忠言逆耳利于行，良药苦口利于病，你就把它吃了吧。阿庆呢，还是往我身后躲，好像那是一颗定时炸弹。我又说，革命尚未成功，同志仍须努力，病好了，好继续革命呀。白医生这时候才说，（马粪）不是吃的，是用来外敷的。当着我的面，阿庆只好乖乖地捋起裤腿。白医生就把马粪抹到了阿庆的腿梁上。他抹得可真细心，就像给果树涂石灰浆似的。

涂了马粪，我们继续往希望（枋口）小学走。那是我以前战斗、生活和学习的地方，所以我心情很激动。阿庆说，他现在臭烘烘的，去见葛任好像有点不合适。我没有搭理他。我问白圣韬，医生同志，这段时间你和病人接触较多，他现在的精神状况怎么样？是的，我没说葛任的名字，我说的是病人。白圣韬说，你说的是不是〇号？我说是啊，还问他是怎么知道的。他说是听赵将军说的。他说，这个称呼很怪，他一下子就记住了。我命令他不要再给别人讲。他说，作为一名教会医生，除了给人看病，他对尘世间的一切都不关心。当我再次问起葛任的病况时，他就先阿门了一声，然后才说〇号患的是肺痨，需要静养。我问，〇号到底还能撑多久。他又来了一声阿门，然后说，上帝可能随时把他召去。我说,像什么盘尼西林呀,反正该用什么药尽管用,经费问题无须多虑。他说,将军一开口,我就知道将军是个行家,内行领导内行,事半功倍啊。小姐,我看出来了,他说的是心里话。没办法,水平搁在那儿,谁也不能不服啊。他还劝我,见到了〇号,一定要劝他按时服药。

说着说着,我们就到了校门口。小姐,别看我已经上了年纪,可回忆起当时见面的情形,我还是历历在目。当时,葛任一见到我,就和我拥抱到了一起,还说让我为他受苦了,唉,真是折杀我也。说实话,他搞得我有点下不来台。我只好对他说,我是看了《逸经》上发表的诗,知道他还活着,特意来拜访他的。他很敏感,我话音没落,他就赶紧解释,这事与《逸经》没有关系,希望我不要去找徐玉升的麻烦。我笑了一下,说,不会的,总理(孙中山)在世时说过,天下为公嘛。OK,你的朋友就是我的朋友,请放心,我不会跟徐玉升过不去的。他似乎还是不放心,就说徐玉升也一定认为他死了。他说,那首诗是二里岗战斗之前寄出的。当时,他收到了徐玉升的一封信,问他的自传是否写完了。这么多年来,他一直没能安下心来写作,只好将自己的一首短诗修改后,寄给徐玉升充数。唉,想起这事,我心里就不是滋味。小姐啊小姐,你瞧瞧,这都算什么事啊,他发表的是诗,可我却不得不要他的命,折杀我也。

他说,写(修改)诗的时候,他倒是非常想找个机会,再来一趟大荒山,再看一看白云河,再找一找自己在此丢失的女儿。如果他没被发现,他就在胡安当年出资建造的小学里住下来，将自己的书稿从头再写一遍，也算是实现小时候的一个愿望，当个文人！OK，你别笑，他就是这么说的，当个文人。他说，他没有想到，信发出没多久，他就去了二里岗。因为寡不敌众，他们被打散了。他虽然受了伤，可还是活着逃了出来。再后来，他就来到了白陂，隐姓埋名住了下来，幸亏原来的人都死光了，没有人能认出他，所以他总算过了几天安稳日子。说到这里，他着重向我强调，徐玉升一定跟别人一样，以为他死了，是个民族英雄，不然不会将那首诗发表出来的。为了证明自己所说属实，他还特意说明，白陂市（镇）现在还没有邮局，他想寄也没法寄啊。因为急于表白，他免不了有点画蛇添足。后来，我还真的派人做了一番调查研究。嗐，西官庄就有个邮局，是国际红十字会建的。不过，那时候葛任已经死了，我无法和他当面对质了。我还记得，西官庄邮局里的工作人员是个瘸子。据他自己说，是被狗咬瘸的。我的部下好样的，对工作极端负责任，为了杜绝漏洞，为了安定团结，当然也为了把屁股擦干净，他把那个瘸子给宰了。什么，那部下叫什么名字？唉，毕竟上岁数了，到了嘴边我又想不起来了。

可我跟葛任说话的时候，葛任却咬定是他来大荒山之前寄出的。我看他都有点急了，并且连连咳嗽，就拍着胸脯向他保证，OK，不管徐玉升知不知道你还健在，我都不会拿徐先生开刀。小姐，作为法学家，我这个人说话向来一诺千金。后来，我真的放了徐玉升一马。当然，后来他还是被弄死了，胸前中了九弹。不过，那可不是我干的，不关我屁事。

& 西官庄邮局

查《中国地方邮政史》（南方出版社，1998年版）可知，西官庄邮局是大荒山最早设立的邮局之一，时间是1935年的10月。范老的记忆力真好，它还真是红十字会的传教士们建的。顺便说一下，埃利斯牧师当年写给毕尔牧师的许多信件，就是从这里寄出的。从《邮政史》的插图上，我们还可以看到它的照片，那是一幢灰色的瓦房，门口有一株皂荚树。皂荚树现在还活着，因为它树冠很大，树下有一大片阴凉，所以一到夏天，那里就成了避暑胜地。我去的时候，看到树干上挂着一个标语牌，上面用红漆写着，"横下一条心，挑断两根筋"，下面的落款是"社精办"。经当地人提醒，我才知道那"两根筋"指的是输精管和输卵管，"社精办"指的是西官庄社会主义精神文明办公室。站在那个标语牌前，我不由得想到，葛任或许就在这个树下，将《蚕豆花》一诗寄给徐玉升的。

当然，他究竟是在何时将它寄出的，到目前为止还难有定论。虽然按范老所说，葛任曾咬定他是在来大荒山之前寄出的，但我相信，那其实是出于对徐玉升先生的保护。如前所述，我倾向于认为，寄出的时间应该是在他到了大荒山之后。我的理由很简单：一、葛任既然找过蚕豆，那么一定到过西官庄,范继槐(或者其部下)也正是考虑到邮局的那个"瘸腿"有可能认识葛任,才杀了他以绝后患的;二、正如徐玉升在《钱塘梦录》中所说,他收到《蚕豆花》一诗的时间,是1942年底。如果葛任是从延安寄出的,那么最晚也应该是在1942年的5月底,即在他去宋庄(朝阳坡)之前。我的意思是说,尽管当时兵荒马乱,但一封信在路上足足走上半年,时间也未免太长了,有点不大可能。

如果我的推论可以成立,那么接下来的问题就是:葛任为何要将诗歌寄给徐玉升先生呢?是希望亲近的人知道,他并没有在二里岗战斗中成为民族英雄?还是想向世界预告,作为一个真实的人,他真正的生活其实才刚刚开始——如埃利斯牧师所转述的那样,这是"我成为我的开端"?对这些问题,我实在无力回答。我想读完本书的读者,每个人都会找到一个属于自己的答案。

@ 循序渐进

我们说话的时候,葛任面色红润,只是有点瘦。他的脸刮得很干净,还像上海大学的那个教授。这么说吧,如果不咳嗽,不咯血,他一点都不像病人。问题是他咯血了,我就不得不表示一下关心。我问他贵体安康否?他说,他在梦中看到过自己的肺,就像一块酱豆腐,但白医生和牧师却说那不像豆腐,而是像干酪,干酪样结核。我劝他认真治病,病治好了好继续革命，身体是革命的本钱嘛。我记得很清楚，他点上一支烟，慢悠悠地说，白医生反对他抽烟，可反正已是将死之人了，还是接着抽吧。他让白医生给我泡了一杯茶，说茶叶是阿庆带来的，好茶。阿庆很机灵，连忙插了一句嘴，说那是我让他带的。姥姥！就这一次，他的表现还算符合领导要求。

你看，当天的会晤可以说是循序渐进，由浅入深。外交惯例嘛。我记得葛任说过，老友相聚，莫谈国是。我说行，违者罚酒三盅。所以小姐，就像现在一样，刚开始我和葛任也只是寒暄而已。什么大贞丸啊、川田啊、川井啊、黄炎啊、胡安啊，有点海阔天空的意思。我问他还有什么要求，尽可以向组织上提出来。他说，这里很舒服，他对一切都很满意。他还反问我，你当初不是说过，这里比上海还舒服吗？你看，我多年前的话，他都还记得清清楚楚，脑子好使得很呢。尽管如此，我还是对阿庆、白医生说，都给我记住，服务工作要搞好，硬件、软件都要跟上。接着，我就问葛任，是否见到了蚕豆。他说，他到处找过，因为现在的人都是外来户，不熟悉那段历史，所以没能找到。我试图安慰他，说，女大十八变，越变越好看，这么多年了，蚕豆说不定已经嫁人了，她与你迎面走过，你也不一定能认出她。他说，这怎么可能呢，蚕豆从小就长得很像冰莹，只要见到她，他一准能把她认出来。我趁机对他说，蚕豆也可能被人带出了苏区。车到山前必有路，有路必有丰田车，她现在一定活得好好的，你不必担忧。他听了只是叹息。我就又劝他,皮之不存,毛将焉附,只要养好了身体,你们父女团圆的日子多得很。

其实我本来是想对他说,蚕豆又不是你亲生的,姥姥,你费这么大劲犯得着吗?可我没说。因为说也没用。他到死都是个文人,摆脱不了儿女情长。我对他说的是,世上无难事,只要肯登攀,等我忙完这一阵,我一定动用军统的关系网络,帮你找到蚕豆。可他说,他的日子不多了。他曾想在死前见女儿一面,一来弥补一下自己的过失,二来可以给冰莹有个交代。现在倒好,书写不成了,女儿也找不到了。OK,他提到了冰莹,这正合我意。我本来也想借冰莹来劝降他的,可一直张不开口。我的孙女范晔常钻在卫生间里,唱什么你是我胸口永远的疼。谁让范晔胸口疼我不知道,可我知道葛任胸口疼是因为冰莹。还是那句话,儿女情长嘛。可出于外交礼节,我不便在他面前提冰莹。这会儿,是他自己先提起的,可不能怨我。我就赶紧对他说,我在陪都见到了冰莹。他听了一愣,问她到陪都做什么,是不是演出去了。我说了谎,说不是演出,而是为了打探他的消息。我给他点上一支烟,说,葛任啊葛任,你艳福不浅啊,看样子她依然爱着你呢。

他心有所动,这一点没能逃出我的法眼。我就趁热打铁,说,葛任兄,你何不随我到重庆去,与冰莹团聚呢。这么说着,我突然心头一亮,突然意识到,葛任之所以旧地重游,或许是为了追忆昔日的爱情。我前面不是说,他和冰莹在大荒山有过一段幸福生活吗?他笑了,说,范老(老范?）啊范老，你终于亮出了底牌，你是来劝降的吧？

姑祖母的顾虑

现在看来，对葛任为何来到大荒山，至少有几种看法：他"骨子里是个文人，大概是为了安静写书，要不就是为了养病。他有肺病，需要南方的湿润与阳光"（白圣韬）；"为了总结自己一生的革命经验，为革命提供理论根据"（赵耀庆）；现在，范老又假借葛任之口提出，葛任来此，除了写书，还为了寻找蚕豆及重温"昔日的爱情"。他们谁的说法符合事实，我自然难以分辨。不过，有一点是肯定的，即，葛任在此之前，确实不知道蚕豆已经被人接走了。我的姑祖母谈到此事时，说：

> 到了1936年冬，见了尚仁给鲁迅的唁电，我得知尚仁还活着。我想，要不要把蚕豆的事告诉他呢？这不难。红十字会常有人到陕北去，捎一封口信就行了。可我没做。时过境迁，他或许已淡忘了此事。若他知道了蚕豆已病得不成样子，必定会自责万分。徒然地增加尚仁的痛苦，我于心不忍。我没告诉冰莹，也是这个道理。且，为蚕豆安全计，我也不便这么做。犹大无处不在，若有人知道她是共党分子葛任的女儿，她便会遭受讥诮和戏弄，说不定她还会被丢进衙门。若是那样，她便只有一死了。在以后的许多年里，我也是守口如瓶。

387

没有人知道她就是尚仁和冰莹的女儿。到"文革"时，在一篇批判陈独秀的文章中，有人提到了尚仁。当时若有人知道蚕豆是尚仁的女儿，上帝啊，那后果真是不堪设想。

但是，如前所述，当初来大荒山寻找蚕豆的，除了我的姑祖母，还有埃利斯牧师。而在 1943 年的春天，范继槐到达大荒山之前，埃利斯牧师已经和葛任见面了，也就是说，他和葛任谈话的时候，很可能会提到蚕豆被救一事——埃利斯牧师不会有姑祖母那样的顾虑，因为，他并不知道蚕豆到天津以后生病的事。但遗憾的是，对埃利斯牧师是否跟葛任谈到了我的母亲蚕豆，我没有看到任何文字记载。按姑祖母的猜测，即便葛任从埃利斯牧师那里知道了蚕豆的下落，他也不可能离开大荒山来到天津。就像他预感到会有人来大荒山一样，他或许也能预感到，即便他到了天津，照样会有人找上门来，到时候死去的可就不仅是他一个人了，蚕豆，以及我的姑祖母，都将在劫难逃。

@ 劝降

小姐，你都已经看到了，我这人有个优点，明人不说暗话。OK，既然他把话挑明了，我也就豁出去了。我说，好吧，那就权当我是来劝降的。我给他斟上酒，点上烟，把离开重庆时戴笠讲到的成立新党的事给他讲了一下。我说，老蒋说了，只要你愿意到重庆去，你可以成立一个新党，并在国防参议会里占据六个议席，这可是天大的面子啊。六个？那不比陈独秀先生还多一个吗？他突然笑了起来。他说的没错。陈独秀死前，国民党也曾经许诺过，让他组织一个新党，并给他五个议席。老蒋说话算话吗？他问我。我看他似乎有了兴趣，立即和他碰了一杯，那还用说，最高指示就是圣旨，一句顶一万句。

小姐，我来给你学学葛任的动作。把你的手递给我。你的手真软啊，比阮玲玉的还软。你别误会，我可没有拉女孩子手的习惯，我只是想给你做个示范。当我告诉葛任可以有六个议席的时候，葛任就这样捏着自己的手指头，挨个儿捏，捏了一会儿，说，范律师，六个太多了，一只手数不过来，还是算了吧。Fuck！起初我还以为他是谦虚，后来才知道他对此真的毫无兴趣。他说，我知道你的意思。你无非要让民众知道，葛任还活着，二里岗战斗是瞎编的，是延安方面谎报军情，好向中央政府邀功请赏。

我不得不承认葛任聪明，是真聪明。他确实看透了政府的把戏。是的，戴笠确实是这么对我说的，这是劝降葛任的重要意义所在。但眼下在谈判桌上，我却得咬紧牙关，不能承认。我说，葛任，你过虑了，政府是因为敬仰你的学识，才派我来白陂接你到重庆去的，这都是为了你的前途。你猜猜，他是怎么回答我的。他说，抗日战争很快就要结束了，然后就是内战，到时候老蒋会兵败如山倒，败在共产党手下。说实话，当时我有点不以为然，认为他在发高烧说胡话，因为当时共军占据的地盘只有屁大一点。站在当时的反动立场上，我对他说，葛任啊葛任，还是现实一点吧，现在是国难当头，老蒋又是公认的抗战领袖，连张奚若都为政府效力了，你又何必搂着自己的信仰不放呢？信仰能当饭吃吗？不能嘛。你不要担心老蒋容不下你，你看人家张奚若，他虽然常和老蒋顶牛，可老蒋对他还是敬重三分。

我刚说到这里，葛任就打断了我，说自己并没有被信仰牵着鼻子走，这些话也和信仰没有关系。说到这里，他还顺便拿自己的名字做了一番解释。他说，他的名字与"个人"读音相同，他是以个人的身份讲这番话的，和党派之争无关。我说，老兄，这里又没有外人，你就不要谦虚了，我还不知道你的底细，你信仰共产主义，代表了相当大的一部分人。我从骨子里尊敬你们，可人生如梦，为何要在一棵树上吊死呢？小姐，我没耍花腔吧，说的都是掏心窝子的话吧？可他，可他却丝毫不为所动。

唉，我没能说服他倒罢了，他竟然还想说服我。出乎意料，太出乎意料了。我本来是来钓鱼的，没想到被鱼钓了一下。他劝我不要再回陪都了，不然，早晚会像秦始皇的兵马俑一样，成为老蒋的殉葬品。什么，那时候还没有兵马俑？看来，小姐真该搬到我那里，让我给你补补课了。秦朝时，就已经有兵马俑了，当时是世界第一大奇迹，现在是世界第八大奇迹。前两年，我还陪外宾去看过，看得他们目瞪口呆，不得不佩服中国人的聪明才智。什么，葛任活着的时候，它们还没有出土？这我承认。好吧，我们就不要纠缠这些小问题了。反正葛任当时劝我，不要再回重庆了。我说，你也太好玩了，是不是想让我投降延安？葛任又笑了。他说，我不是在劝降你，我是个无权者，我是出于对朋友的感激才这么说的。随后，他告诉我，他早看出了我的良苦用心，我派阿庆和杨凤良来，无非是为了放他走。知我者，葛任也！我又和他拥抱了一下。接着，他就要求我不要怪罪阿庆和杨凤良，是他自己不愿走，怪不得阿庆和杨凤良。听他的口气，他还不知道杨凤良已经喂鱼了。我当即请他放心，海纳百川有容乃大，我和那两个杂种也都是老朋友了，不会为难他们的。

不知不觉，天已经快亮了。是白圣韬告诉我们的。我们谈话的时候，白医生照我的吩咐，一直坐在旁边照应。他说，鸡已经叫过三遍了。他催葛任去休息，并埋怨葛任这样下去身体会垮掉的。他把葛任的灯关（吹）掉了，葛任又把灯拉（点）亮了。他问葛任是不是还要写书，葛任说，写什么写，我把稿子都烧了，现在想抽根烟再睡。我听见葛任说，人生有小休息，有大休息，睡觉是小休息，死亡是大休息。他现在就盼着大休息了。这话耳熟啊。直到离开了希望（枋口）小学，我才想起，瞿秋白当初也说过类似的话。

& 小休息，大休息

大概是因为上了年纪，范老的话有时会前后矛盾。这里就是一例。他在前面提到,他与葛任谈话的时候,"没有第三人在场";但这里却说,白医生照他的吩咐,"一直坐在旁边照应"。莫非白医生不算人?他算不算人,这里暂且不论。我想说的是,当时在场的除了白圣韬,还有范的助手丁奎。

1996年春天,在看过了"白圣韬的自述"以后,我几经周折,终于采访到了它的记录和整理者丁奎先生。在此之前,我对他的印象仅限于《葛任研究会刊》的一张照片。照片上的丁奎先生,已是风烛残年:双下巴,肿眼泡,目光涣散,面部肌肉松弛。在这次谈话中,他透露葛任的那部书稿《行走的影子》,是他奉范继槐之命烧掉的!

> (当时参与谈话的)就阿拉(我们)三人呀。听不懂上海话?好,那我就讲普通话。就三个人,范、葛、我。还有一个医生,白医生。我们一边吃豆腐,一边交涉。葛不投降的呀。范讲,蒋介石给他几个议席,伊(他)听不进去的呀。几个,我忘了。伊讲了呀,只想休息,困觉(睡觉)是小休息,死是大休息。伊(他)想大休息。我现在也想大休息。唉,肝坏掉了,心也坏掉了,离死不远了。

> 人之将死,其言也善。都到了这辰光(时候),我讲的都是真的。你勿要给别人乱讲,我死后你再讲。葛的书,是我烧掉的。我没看,一页也没看。凡事须听将令,是范令我烧掉的。土黄色的纸,厚厚的呀,像一部《新华字典》。范讲,烧它是为了保全伊的名节。不烧,麻烦就大了。什么麻烦?好多人都会知道,葛任没死

（注：应指没有在二里岗死去），擦那（操他妈），要是那样，阿拉（我们）的行动就败露了。

"人之将死，其言也善"，所以我宁愿相信丁奎先生的讲述。在这次见面后不久，他果然就死了。事实上，我对丁奎先生一直心存敬意：如果不是他贡献出了白圣韬的自述材料，我可能永远不知道我的葛任外公是怎么死的——当然，我后来从他的孙女那里得知，那些材料，其实并非无偿奉献，而是卖给葛任研究会的。

丁奎先生死后，我收到了他孙女的一封信，说有事和我谈。她对我说：

> 和你谈过话，过了一礼拜吧，有一天，祖父躺在床上读一首诗。对，就是你说的《蚕豆花》什么的。读就读呗，还摇头晃脑呢。我们嫌他吵，就躲了出去。快到中午的时候，我们回家烧饭，发现他躺在床上没有了声响。走过去一看，呀，他的头歪在一边，嘴角都是血丝，靠门的那只眼还睁着，估计是等人进来。手里拿着一个木匣子，上面都是灰。他一定是在取木匣子时栽倒的。什么都晚了，已经咽气了，脸色煞白，只是身子还是热的。

我想，木匣子里装的东西一定与葛任有关，就问她能不能让我看上一眼。可她先说不知道家人把它放到哪里了，然后又拐弯抹角地提到，办祖父的丧事花了不少钱，现在是社会主义市场经济，既然你想看到木匣子里的东西，那么能不能按经济规律办事？对她提出的要求，我并不感到陌生。如前所述，余风高的儿子余立人，也提出过类似的要求。当然，她比余立人还多了一项要求，即要求我不要把此事说给她的父母："要是让他们知道了，他们不敲你一笔竹杠才怪。实话给你说吧，他们已经敲了葛任研究会一笔。操那（操他妈），钱都给了我哥。"她从梳妆台下掏出那个木匣子，拍了拍，说："绝对猛料，值这个数！"她伸出一个手指头。我还以为是一千呢，后来才知道是一万。

经过一番讨价还价，最后她同意我用两盒阿拉斯加海豹油——它对我毫无用处——换取那个木匣子。打开以后才知道，里面装的是一摞旧报纸，并且已经成了一堆碎纸片。里面的耗子屎告诉我，那是耗子们的杰作。我勉强辨认出，有两份是《边区××报》，一份应该是1942年10月11号的《边区战斗报》——我在本书的第一部分曾提到，黄炎的报道《敌后铁流》就刊登于这一期，另一份我后来才知道它的日期；有一份是《民众日报》；有一份是《×埠报》，我想应该是宗布和黄济世编辑的《申埠报》；还有一份叫《×经》，从范继槐下面的叙述中，我得知它确实就是徐玉升在香港出版的《逸经》。

@　历史是由胜利者书写的

对，小休息啊，大休息啊，瞿秋白确实说过。说话听声,敲锣听音。我就想,葛任是不是在暗示他已经活够了,我应该学习宋希濂,将他杀掉呢?你不知道宋希濂?他是国民党三十四师的师长,黄埔军校毕业。有人说,天下乌鸦一般黑,洪洞县里没好人。姥姥,太片面了,典型的形而上学。宋希濂就是个好人。要不,他后来怎么又当上了全国人大代表(注:应是政协委员)。我也是个好人,虽然我没能挽救葛任,可我还是个好人。要不,白纸黑字,报纸上怎么会说我德高望重呢?

这么给你说吧,小姐,尽管到了这一步,我还是想争取保住葛任的性命。我想,怎么办呢,要不和戴笠谈谈?虽然没有把握,但摸着石头过河嘛,还是有必要争取一下嘛。所以,和葛任谈过话之后,我就拨通了戴笠的手机(注:就是电话)。我告诉戴笠,我弄清楚了,那人确实就是葛任,但是葛任拒绝投降。葛任病重的消息,我也给他说了。我问戴笠,下一步该怎么办,请指示。他让我过一会儿再给他挂电话。小姐,你真聪明,他也做不了主,他得向老蒋请示。过了一会儿,我又打了过去。戴笠这个笑面虎可真是心狠手辣啊,说什么既然他已经快死了,那就把他毙掉算了。我说,要不要把他弄回重庆?他说,弄回来干什么,如果他不投降,那弄来弄去又费钱,又费事,太不划算了。不,在电话里我没有提到川井。电话里说不清楚,他要知道我跟日本人有来往,肯定对我起疑心。对了!这种事只能当面推心置腹,徐徐道来。哈,小姐,你跟我走这一趟,还真是学了不少斗争经验嘛。

放下电话，要说我不痛苦，那肯定是假的。可这是大气候和小气候决定的，我又有什么办法呢？实事求是讲，我并没有痛不欲生。一来我早有心理准备，知道戴笠狗嘴里吐不出象牙；二来，我对葛任已经仁至义尽了，现在毙掉他，其实也是在成全他。既然他说国民党一定要倒台，共产党一定要胜利，那我杀掉他，他不就成为烈士了吗？胡适说过，历史就像个小姑娘，你把她打扮成什么样子，她就是什么样子。要知道，胜者王侯败者寇，历史是由胜利者书写的。

方针是明确了，可如何落实还是个问题。什么，我亲自动手？不，我不能亲自动手。担心透露出去身败名裂？我就知道你会这么想。不光你这么想，小红女也是这么想的。去年，小红女还偷偷问我，当时我是否有过激烈的思想斗争，我说没有，真没有。我对她说，你的艺术团名叫心贴心，我给你说的也都是贴心话。她当时看着我笑，还说，瞧瞧瞧，脸红了脸红了。笑话，这又不是什么见不得人的事，我为什么要脸红呢？我本来还想给她解释一下，后来一想算了算了，不能跟她一般见识。她毕竟是个艺人嘛，知识结构不行，讲也是对牛弹琴。小姐，你跟她不同，所以我不妨给你说得详细一点。至于写传记的时候怎么写，那是你的自由，我不想干涉，不过，我还是要提醒你一句，下面这几句话，最好不要写进去。这么给你说吧，我没有亲自动手，主要是因为对葛任所说的共产党一定要胜利、国民党一定要失败，还有点将信将疑。诸葛一生惟谨慎，吕端大事不糊涂。在长期的斗争实践中，我也养就了这种品格。不怕一万，就怕万一。万一八路军战败了，那葛任不是白吃了一枪吗？OK，我就想，最好是川井来把这事给办了。那样一来不管谁赢谁输，不管历史由谁来写，民族英雄这个桂冠葛任都戴定了。唉，我的好小姐呀，知我者，谓我心忧，不知我者，谓我何求。天地良心，我是因为热爱葛任才这么做的呀。当时我就想，这事最好不要传出去，如果真的传出去了，那我就可以给别人说，没错，葛任确实死在了大荒山，不过，那是日本人干的。我晚到了一步，没能救出葛任。对，你说得对，在武汉时，我就想到过这一手，所以才把川井带来。不过，我现在说的，都是新形势下的新问题，因为当时我并没有想到，葛任真的会呆在大荒山，而且真的没走。

我对手下说，去，去把小日本给我领来。因为川井被关在一个小黑屋里，所以他来的时候灰头灰脸的，头发茬上爬满了蜘蛛网。他一来，就眼巴巴地看着我，范老，我哥哥的下落问清楚了没有。我让他坐下，又给他倒了一杯茶，然后用哀悼的口气对他说，老弟，我已经问过葛任了，你哥已经死了，你一定要节哀啊。他听了，眼里噙着泪，半天不吭声，Fuck！就跟傻掉了一般。我立即训了他一通，像你这样经不住风雨，又如何能见到彩虹。小姐，顺便说一句，我认为在经济全球化的今天，他能做成那样的业绩，就跟我当年的训斥很有关系，醍醐灌顶嘛。之后，他慢慢缓过了神，问我他哥哥是怎么死的。我鼓足勇气，把想过多次的话讲了出来。听着川井，二里岗战斗是谁指挥的，你知道吗？他说知道，是葛任指挥的。我说，你哥哥就死在二里岗。然后我告诉他，你不要恨葛任，你哥哥为天皇而死，对你们日本人来说，他是生的伟大，死的光荣，你应该感谢葛任才是。感谢葛任？他一下跳了起来。我又把他按住了。先别冲动，我说，你不光应该感谢他，还应该帮助他。葛任现在已经病重了，我给你一个帮他的机会，你去把他杀了。一来葛任就成了我们的民族英雄；二来等你回到了武汉，你可以对你们领导说，你把葛任干掉了，这样你也就成了你们大和民族的英雄。我刚说完，他的脸就吓白了，比屁股都白。没出息的家伙！还连连后退呢，迈着小碎步，一直退到了墙根。然后，他蹲了下来，捂着脸哭了起来。看来，我刚才的那顿训斥并没能起到立竿见影的作用。我就对他讲，怎么想就怎么讲，哭什么哭？不许哭！他就抹着泪，上气不接下气地问我，接下来是不是要把他也杀了。

我笑了。我是笑他太幼稚，可他却误解了我，以为我笑里藏刀，真的会要他的人头。Fuck！我要他的人头有什么用。可当时，看，小姐，他就这样往门口溜。因为门口站着我的人，所以他溜了几步就跪了下来，又把我称作他的七福神，要我看在他哥他妈的面子上饶他不死。我朝他的屁股上踢了一脚，命令他立正站好稍息。为了让他安心工作，我给他吃了一颗定心丸。说，我会放你的，一定会的，我们中国人历来说话算数。

事情就这么定了。当天晚上，葛任就成了民族英雄。那一天应该是惊蛰（注：即公历3月6日）前后，因为雷声不断，已经有人在白云河里种茭白了。当时我不在场，天一直下雨,我懒得出去。当然我也没闲着,钻在尚庄的小教堂里起草密电,给戴笠的密电。小姐,不是吹的,后来,无论是内地的《民众日报》,还是香港的《逸经》,上面发表的消息,都是根据密电的内容改写的。在那封密电中,我建议中央政府把葛任树立为民族英雄,民族楷模。写完以后,天已经快亮了。工作了这么长时间,我也该睡一会儿了。可我刚睡着,就做了一个梦。什么,白日梦?也可以这么说吧,因为天已经亮了。我梦见了葛任,他脸上挂着幸福的微笑。什么意思?那还用问,他正在感谢我对他所做的一切。我这个人听不得别人表扬,连忙说,别客气,别客气,这都是我应该做的。姥姥!就在这时候,助手把我吵醒了,说阿庆和白医生扭打到了一起,要不是他半路碰见了,强行将他们拉开,白圣韬就没命了。我听了很生气,觉得阿庆也太不尊重知识分子了。我就命令助手去调查一下,先搞清楚双方为什么动手,然后让阿庆写一份检查交上来,等候处理。

助手走了以后,我再也没有睡着。我想,他们一定是因为马粪打起来的。我忘记给你说了,有一天,阿庆从马上摔了下来,磕破了腿,白圣韬用马粪给他疗伤。什么,我已经说过了?你看我这脑子,当代史又变成了古代史。我就想,阿庆一定认为那是我在背后捉弄他,但是吃柿子拣软的捏,他不敢朝我发火,只能拿白圣韬医生出气。不久以后,助手回来了,说他已经调查清楚了,是阿庆先动手。我问是不是因为那泡马粪。助手说不是,是因为川井。白圣韬告诉阿庆,前半夜他看见川井在和葛任聊天,到了后半夜,他看见葛任的屋里还亮着灯，就去催葛任睡觉。但是进到屋里，他发现葛任躺在床上，靠门的那只眼望着门口。后来，他才发现葛任已经变冷了。白圣韬就给阿庆说，肯定是川井下的手。可阿庆却不听这一套，上去就抡了白圣韬一枪托。我说，小鬼，你再跑一趟，把阿庆叫来开个会，研究一下新形势下的新问题。但助手却对我说，阿庆跑了。跑了？跑哪里去了？他说去追川井了。Fuck！阿庆真是成事不足，败事有余，一点也不理解领导的苦心。是我故意网开一面，放他（川井）跑的呀。我说，天要下雨，娘要嫁人，由他（阿庆）去吧，你去把白圣韬给我叫来。

是的，当时我曾打算把白圣韬带回重庆去。我想，如果领导（戴笠）问起来，我就让他为我作证，证明我发回去的密电句句是真。不过，后来我担心他言多必失，路过香港的时候，我又把他给放了。当然，我之所以放他，也有自己的考虑。对，我当时已经想好了退路。如果戴笠对我起了疑心，我就三十六计走为上计，路过香港时，他或许还能派上用场。

不管怎么说吧，白医生至死都得感谢我的大恩大德。小姐，我还记得他被押来时的样子，哈哈哈，鼻梁骨都被打断了，鼻血一直流个不停，就像两股喷泉。我让助手给他洗了脸，然后问他想到哪里去。幸亏他反应快，说他想跟我走，国家正在用人之际，他或许能派上用场。小姐，不瞒你说，当时如果他话语之间有半点闪失，我肯定要给他一枪，把他送上天堂……

& 尾声

范老的自述还没完,但与葛任有关的部分,就到此为止了。整理完上述文字以后,我又另外找齐了丁奎保存的那几份报纸:民国三十二年6月1号的《逸经》,6月2号的《民众日报》,6月3号的《申埠报》,以及6月4号的《边区战斗报》。这几份报纸都涉及到了葛任之死。不过,此时距葛任之死(3月6日前后)已经过去了三个月。

其中,《逸经》的文章最为全面。在同一天的报纸上,还有关于物价飞涨,小偷被抢;城垣沦陷,日军轮奸;车夫纳妾,妓馆八折;日军推进缅甸,滇缅公路被关;小儿路迷,少妇忤逆等等报道。关于葛任的那篇短文,发表在仁丹广告和保肤圣品乳酪膏广告之间:

> 近几日,报社同仁又再度忆起葛任先生。葛任乃青埂人氏,葛洪之后,其父葛存道先生,早年追随康南海先生。葛任曾留学东瀛,归国后参加了五四运动,后又至苏俄调查十月革命后之社会状况。盖因其有苏俄经历,故至大荒山苏区后,在中国布尔塞(什)维克内部节节高升。葛任先生经年著述《行走的影子》一书,殊为可惜的是,此书稿现已了无踪影。去年的今日,他奋袂执锐,与日寇决战,牺牲于二里岗,迄今尸骨未见。然,多日之前有传闻,葛任还活于人世,报社同仁

无不欣喜。近日方知,乃指葛任先生精神永存。呜呼,大道之行也,天下为公。他为自己一生划(画)了一个圆满的大写的句号,实为天下文人之表率也。

文章中的最后一句显然让当时的中央政府感到了不安。政府或许认为,文章中所说的"圆满的大写的句号",是对葛任的代号〇号的暗示,暗指葛任并没有死于二里岗。所以,第二天的《民众日报》上,就刊登了如下一则消息:

> 记者今日拂晓获悉:国府正酝酿掀起学习抗日英雄先进事迹活动。无论党派,不分国别,只要为抗战而死,皆为国民之效仿对象。牺牲于台儿庄的张自忠、牺牲于衡阳的美国人弗兰克·施尔(Frank Schiel)、牺牲于二里岗的葛任、牺牲于黄石口的加拿大人诺尔曼·白求恩(Norman Bethune)……十人,为首批人选。

次日,宗布的《申埠报》,原封不动地转录了这条消息,并加了一个编者按:"1943年5月10日,美国记者赛珍珠(Pearl Buck)女士在《生活》杂志上发表《给中国一个警告》一文,指出'政府中的高压者比以前更高压了','中国人现已央求美国的援助应直接交付中国民众,用于民众之身,而不应用以资助某一党派集团'。现在,国府亟应此略,当为上策。"我从黄济世的《半生缘》中得知,这个编者按,正是出自宗布本人之手。顺便说一句,我查遍当时的报纸,在随后的一段时间内,国民政府并没有掀起这场活动。

在6月4号出版的《边区战斗报》上面，我再次看到了黄炎的文章，题目叫《战斗的一年》。文章回忆了去年6月4号首次将托派头子王实味揪到大会上批判的情形。文章的结尾，葛任作为正面形象出现了：

> 过去的一年，是战斗的一年，胜利的一年。去年的今日，我们还在大会上批判揭露王实味的丑恶罪行，而今年的今日，我们已经将隐藏在革命队伍内部的托派人物，悉数打翻在地。整风的目标已经完全实现……实践证明，王实味乃不知羞耻、不知天高地厚之人，惟一的特长无非狡辩而已。前几日，我在延河边遇见田汗同志，田汗同志给我讲的一件事，使我对王实味的嘴脸有了进一步认识。田汗同志说，葛任同志牺牲前就对他说过，王实味的俄语差劲得很，却处处冒充专家，听不得同志们的批评意见。别人说一句，他就说十句。现在，他终于不得不闭嘴了……我们越是怀念像葛任这样的好同志，就越是憎恨王实味这样的人……同志们，我们虽然取得了重大胜利，但是，我们还要继续提高警惕，认真学习。只有这样，我们才能在革命的征途上披荆斩棘，勇往直前。

我还找到了昭和十八年（即1943年）6月6号出版的《朝日新闻》。在一篇题为《我是祖国的山樱》一文中，葛任的名字也出现了：

> 六月一日，是国际儿童节。记者日前在京都一幼稚

园，参观了儿童活动。儿童为到场的皇军演唱了《我是祖国的山樱》。场面催人泪下。十七年（即1942年）今日，皇军在二里岗歼灭八路军头目葛任，赢得二里岗战役之胜利，乃我大东亚战争中一重要事件。八路的爱打游击。但今日截至记者发稿时，皇军龟山部已于华北石家庄一带，对八路军"毛驴小队长"沈福儒部实施围剿。愿儿童们的歌声，能漂洋过海，激励龟山部将士，赢得二里岗之后又一胜利。

我特意找到这篇文章，是因为其作者就是川井的妹妹代子。由此可见，川井并没有将他的大荒山之行告诉任何一个人。白凌告诉我，参加完希望小学剪彩仪式之后，在驱车前往白云河水电站工地参观的途中，她曾悄悄问起川井先生，为什么没有把葛任死在大荒山的消息传播开去。川井先生还没有吭声，范老就抢先替他回答了："小姐，那还用问，他跟我们一样，也是因为爱嘛。"这句话很入耳，但有些笼统。所以至今我还不知道，范老所说的"我们"是谁，"爱"的对象又是谁。

1999年5月至2001年7月写于郑州

2001年8月至10月改于郑州